suhrkamp taschenbuch 2364

Hermann Broch, geboren am 1. November 1886 in Wien, ist am 30. Mai 1951 in New Haven gestorben. Auf Wunsch seines Vaters absolvierte er eine technische Ausbildung, die er 1907 mit der Qualifikation eines Textilingenieurs abschloß. Ab 1913 erste schriftstellerische Publikationen. Bis 1927 war er leitender Direktor der Firma seines Vaters: danach Verkauf der Fabriken und von 1925–1929 Studium der Mathematik, Philosophie und Psychologie. 1938 bei der nationalsozialistischen Okkupation Österreichs Verhaftung durch die Gestapo. Emigration in die USA dank einer Intervention von James Joyce. 1950 Honorary Lecturer für deutsche Literatur an der Yale University, New Haven.

Das Werk Hermann Brochs erscheint im Suhrkamp Verlag, herausgegeben von Paul Michael Lützeler, Germanistikprofessor an der Washington University, St. Louis (USA).

Die kommentierte Werkausgabe umfaßt folgende Bände:

I. *Das dichterische Werk:* Band 1, Die Schlafwandler. Eine Romantrilogie: 1978. Band 2, Die Unbekannte Größe. Roman: 1977. Band 3, Die Verzauberung. Roman: 1976. Band 4, Der Tod des Vergil. Roman: 1976. Band 5, Die Schuldlosen. Roman in elf Erzählungen: 1974. Band 6, Novellen, Prosa. Fragmente: 1979. Band 7, Dramen: 1979. Band 8, Gedichte: 1980.

II. *Das essayistische Werk:* Band 9/1, Schriften zur Literatur/Kritik: 1975. Band 9/2, Schriften zur Literatur/Theorie: 1975. Band 10/1, Philosophische Schriften/Kritik: 1977. Band 10/2, Philosophische Schriften/Theorie: 1977. Band 11, Politische Schriften: 1978. Band 12, Massenpsychologie: 1979.

III. *Briefe:* Band 13/1, Briefe bis 1938: 1980. Band 13/2, Briefe aus dem Exil: 1980.

Zur Thematik dieses Werkes schreibt Broch selbst: »*Die Unbekannte Größe* ist der Roman des intellektuellen Menschen. Der Mathematiker Richard Hieck, Protagonist des Romans, ist einer der kleinen Kärrner, die an der Gestaltung der Zukunft mitarbeiten, die immer eine Funktion der Erkenntnis ist: In welcher Weise kann ein der Wissenschaft hingegebener Mensch zu jener Gesamterkenntnis gelangen, zu der er seiner Grundanlage gemäß hinstrebt? Wie kann er, von seiner Einzelwissenschaft kommend, zur Lösung des rational unbewältigbaren Erkenntnisrestes (manifestiert in den großen Fragen des Todes, der Liebe, des Nebenmenschen) gelangen?«

Erstmals wird in diesem Band auch Brochs Filmskript *Das Unbekannte X,* das sich an den Roman anlehnt, publiziert.

Hermann Broch
Kommentierte Werkausgabe

Herausgegeben von
Paul Michael Lützeler

Band 2

Hermann Broch

Die Unbekannte Größe

Roman

Suhrkamp

Umschlagabbildung:
Lyonel Feininger, Wolken überm Meer II (Ausschnitt), 1923

suhrkamp taschenbuch 2364
Erste Auflage dieser Ausgabe 1995

Satz: IBV Lichtsatz KG, Berlin
Druck: Nomos Verlagsgesellschaft, Baden-Baden
Printed in Germany
Umschlag nach Entwürfen von
Willy Fleckhaus und Rolf Staudt

1 2 3 4 5 6 – 00 99 98 97 96 95

Inhalt

Die Unbekannte Größe

Das Unbekannte X

Hermann Brochs Kommentare

Anmerkungen des Herausgebers

Die Unbekannte Größe

Erster Teil

1

Der Physiksaal mit seinen weißlackierten Bankreihen und den weißen Fliesen an den Wänden erweckte einen hygienischen Eindruck. Auf dem langgestreckten Katheder am Fuße des Amphitheaters stand eine Garnitur merkwürdig gekrümmter Glasgefäße, und der Laboratoriumsdiener Anton Krispin war eben daran, sie wegzuräumen. Er war ein kleiner schlechtrasierter Mann, der schwarze Clothkittel hing fleckig und ungebügelt von seinen Schultern, auf der karierten Weste baumelte eine silberne Uhrkette, und jetzt, da er die von der Vorlesung noch kreuz und quer mit mathematischen Formeln beschriebene schwarze Tafel abwaschen wollte, mußte er sich auf die Zehenspitzen stellen. Einige Studenten saßen noch in den Bänken, sahen zu, wie die Tafel unter den breiten feuchten Strichen schwarz und glänzend wurde, wie das Kreidewasser weißlich heruntertropfte, und wenn der Diener schließlich am untern Tafelrand mit einem horizontalen Abschlußstrich die noch in Bewegung befindliche Tropfenschicht auffing und wegwischte, so hatten manche der Zuschauer angenehme Empfindungen. Zum Beispiel wurde Richard Hieck durch die schwarzglänzende feuchte Tafel an den Samt des Nachthimmels gemahnt.

Richard Hieck schob sich aus einer der oberen Bänke heraus. Er trug gleich dem Diener einen schwarzen Laborantenkittel, freilich soutanenhaft bis zum Halse zugeknöpft, und er ermangelte also der nachlässigen Flottheit, die den Diener auszeichnete, vielmehr war er ein großer und schwerfälliger Mensch, der sorgsam seinen Kittel zusammenhielt und trotzdem nicht verhindern konnte, daß sich dieser in den Klappsitzen verfing. Aber ungeachtet solch massiger Unbeholfenheit, ja geradezu ihr widersprechend, war der starkknochige Schädel vorn mit einem Gesicht versehen, an dessen Fettlosigkeit und Schärfe man erkennen konnte, daß es sich mit der Zeit – entsprechenden Lebenswandel vorausgesetzt – in die asketische Härte eines Antlitzes spanischer Prägnanz verwandeln würde. Durch die Fenster des Korridors, der den gewohnten Anblick jeder Vorlesungspause bot, blinkte Wintersonne herein, überhellt vom Schnee der gegenüberliegenden Dächer; von den Heizkörpern unter den Fenstern stieg Wärme empor, wolkig hing Zigarettenrauch im einfallenden Sonnenlicht, promenierende Schritte schlurften über den Steinholzboden, Zigarettenstummel lagen in den Winkeln, aus den geöffneten Türen der Hörsäle drang stickige Luft, und es roch staubig. Hieck mit seinem unbewegten steifen Gang, die rechte Schulter stets ein wenig hochgezogen, steuerte auf das Zimmer Professor Weitprechts zu. Es handelte sich um seine Doktordissertation.

Die Tür zum Prüfungsraum, der gleichzeitig als Vorraum zu Weitprechts Zimmer diente, stand offen. Die Handbibliothek des Instituts war hier untergebracht, von den Wänden grüßten einige Professorenbildnisse, und an dem von gelben Stühlen umgebenen Prüfungstisch saß Doktor Kapperbrunn, der mathematische Assistent Weitprechts. Als reiner Mathematiker verachtete er den physikalischen Betrieb. Und weil Hieck von der reinen Mathematik zur Physik abgeschwenkt war, bedachte er ihn mit besonderem Hohn. Er sah von den tabellarischen Rechnungen auf, an denen er gelangweilt arbeitete.

»Hallo, Hieck... sagen Sie, können Sie noch addieren?«

»Nein«, sagte Hieck ernst, »ein richtiger Mathematiker braucht nicht addieren zu können.«

»Brav«, sagte Kapperbrunn, »aber schön wäre es, wenn Sie mir den Dreck da abnehmen würden.«

»Bitte«, sagte Hieck höflich, »darf ich es ansehen?«

Kapperbrunn stand auf. Er hatte ein fröhliches und unwissenschaftliches Gesicht, alles an ihm war ein bißchen rundlich, wohlvorbereitet für den künftigen Bauch, den er vorderhand mit vielerlei Mitteln abwehrte.

»Gut, daß morgen Sonntag ist«, sagte er, »Sie fahren natürlich nicht Ski?«

Hieck, über die Tabellen gebeugt, deren er sich sofort bemächtigt hatte, sagte:

»Hier ist ein Fehler oder ein Wunder.«

»Hoffentlich ein Wunder«, meinte Kapperbrunn uninteressiert.

»Ein solcher Unterwert ist nicht möglich... das müßte doch Professor Weitprecht schon aufgefallen sein.«

»Ja, er erwähnte was davon«, gab Kapperbrunn zurück, »aber schließlich können auch Ordinarien sich irren, besonders wenn ihnen der Irrtum in den Kram paßt.«

Hieck schaute zur Türe, die in Weitprechts Zimmer führte.

»Nein, nein, er ist nicht drinnen, aber ich habe es ihm auch schon ins Gesicht gesagt... übrigens fahre ich heute abend auf die Kloberhütte und bin erst Sonntagnacht retour.«

Hieck sagte: »Wenn es stimmt, ist es eine Revolution der Physik.«

»Es hat schon viele Revolutionen gegeben«, sagte Kapperbrunn.

Weitprecht kam herein. Über seine Halbbrille hinweg musterte er die Anwesenden mit scheuer Fahrigkeit, aber auch mit einer gewissen lauernden Intensität in dem scharfen Vogelgesicht:

»Stimmt es, Doktor Kapperbrunn?«

»Rechnungsgemäß wird es stimmen, Herr Professor.«

»Nun ja... hören Sie, Doktor Kapperbrunn, mir schwant immer, daß man dem Phänomen gruppentheoretisch beikommen müßte.«

Kapperbrunn horchte auf:

»Das müßte man sich überlegen.«

»Ja, bitte tun Sie das...« Weitprecht wollte in sein Zimmer, blieb aber nochmals stehen: »Das könnte eigentlich sehr aufschlußreich werden?«

Kapperbrunn wies auf Hieck:

»Da haben wir ja einen alten Zahlentheoretiker... Sie haben doch schon was Zahlentheoretisches publiziert vor Ihrem Sündenfall, was meinen denn Sie dazu?«

Hieck sagte:

»Ich kann es noch nicht überblicken, aber ich möchte mich gerne damit befassen.«

»Wie heißen Sie?« fragte Weitprecht rasch, und dann setzte er hinzu: »Ach ja, Herr Hieck, verzeihen Sie.«

»Herr Professor, ich wollte mich eigentlich erkundigen, ob Herr Professor meine Arbeit schon durchgesehen haben«, brachte Hieck seine Frage an.

»Ihre Arbeit? Ihre Arbeit?...« Weitprecht sann angestrengt nach, »...ja... Kunz ist darüber... na, sie wird schon in Ordnung sein... aber Sie könnten sich inzwischen wirklich ein wenig mit Doktor Kapperbrunn über die gruppentheoretische Behandlung unterhalten... das wäre mir wirklich sehr wichtig.«

Und er verschwand in sein Zimmer.

»Tja«, sagte Kapperbrunn, als Weitprecht draußen war, »so sieht also der bequeme Posten aus, den ich mir da vorgestellt habe. Wenn ich mal Ordinarius sein werde, werden meine Assistenten ein geruhsameres Leben haben, darauf können Sie sich verlassen.«

Hieck sagte langsam: »Es ist aber eine bestechende Idee... vielleicht war's doch kein Beobachtungsfehler.«

»Ein wirbeliger Chef ist eine Pest... und bestechende Ideen sind erst recht eine Pest... ich werde mir die Sache auf der Kloberhütte überlegen...«

»Ich habe im letzten Jahr bloß mengentheoretisch gearbeitet«, sagte Hieck.

»Sie können's ja auch mengentheoretisch probieren.«

»Das ist nicht Ihr Ernst?« meinte Hieck.

»In der Wissenschaft werden plötzlich die absurdesten Dinge ernst.« Kapperbrunn hatte die Hände in den Hosentaschen und schaute auf den Schnee hinaus. »Zumindest in aller Wissenschaft, die nicht reine Mathematik ist... in der Mathematik geht es immerhin noch am reinlichsten zu.«

»Ja«, sagte Hieck.

»Wissen Sie«, sagte Kapperbrunn, »die Mathematik ist so eine Art Verzweiflungstat des menschlichen Geistes... an und für sich braucht man sie ja wirklich nicht, aber sie ist so eine Art Insel der Anständigkeit, und deshalb mag ich sie gern.«

Hieck wußte nicht viel zu entgegnen. Kapperbrunn erschien ihm zynisch, Kapperbrunn übte Verrat an irgend etwas, doch man wußte nicht, was er verriet. Die Mathematik? Die war für Hieck etwas sehr Aufregendes, doch auch darüber ließ sich nichts Rechtes aussagen, man wußte nicht, warum sie aufregend war. Und dabei sprang Kapperbrunn schon wieder ab.

»Wirklich ernst nehmen es bloß die Weiber«, er wies durch die offengebliebene Türe auf den Korridor hinaus, wo ein paar Studentinnen sichtbar waren, »man sollte die Wissenschaft ausschließlich von den Weibern betreiben lassen. Früher haben sie doch auch die Feldarbeit verrichtet. Aber die Männer... Sie, Hieck, mit Ihrer Statur hätten eigentlich Holzfäller werden müssen.«

Hieck war nicht der Mensch, der so leicht auf eine andere Gedankenbahn zu bringen war. Er mußte an die primitive Zimmermannsaufgabe denken, aus einem Stamm das größte Balkenvolumen herauszuschneiden. Eine Maximumaufgabe, dachte er, aber es gibt eine Faustformel dafür. Nun hörte er Kapperbrunn sagen:

»Nehmen Sie sich ein Mädel da draußen, sofern es eine hübsche gibt, und schnallen Sie sich für zwei Tage die Bretteln an. Seien Sie froh, solange Sie keine Respektsperson sind, man wird es nur allzubald.«

»Ja«, sagte Hieck und dachte an die Bibliothek, in die er jetzt gehen mußte. Er wußte nicht recht, wie wegkommen, und darum machte er plötzlich eine unvermittelte und schülerhafte Verbeugung und war draußen.

2

Ohne daß es jemand ahnte, ohne daß er es selber wußte, hatte Hieck eine schwere Jugend gehabt. Sicherlich waren es nicht die bescheidenen Verhältnisse, in denen er aufgewachsen war, denn zu essen hatte es immer gegeben, wenigstens bis zur Kriegszeit. Und da war er zu bäuerlichen Verwandten gebracht worden, bei welchen er es nicht eben schlecht gehabt hatte. Nein, das war es nicht, oder das war es doch, denn das Bedrükkende und Unsägliche dieser Jugend lag in dem eigentümlich Flackernden, das vom Vater ausging, etwas, das sich dem ganzen Hause mitteilte und alles, was geschah, in eine Atmosphäre unfaßbarer Unsicherheit brachte. Und sogar jetzt noch, wo er nun schon seit sieben Jahren tot war, wirkte dieser unsichtbare und unheimliche Feuerschein noch so sehr nach, daß Richard Hieck niemals das Gruseln gänzlich verlor, das ihn als Kind stets verfolgt hatte; immer wieder wurde er von dieser pochenden Angst erfaßt, und besonders, wenn er vor der Tür der elterlichen Wohnung in der Kramerstraße stand.

Der Vater war ein stiller Mensch gewesen, beinahe zart, mit einem kurzen dunklen Vollbart um das asketische Gesicht, er war irgendeinem stillen Beruf nachgegangen, den man niemals hatte ergründen können und der bloß »das Amt« hieß, aber so still dieser Mann gewesen war, gerade diese Stille und Unbemerktheit, mit der er ging, mit der er unvermutet wieder auftauchte, machte das Haus unheimlich. Amtsstunden konnte dieses Amt kaum gehabt haben, denn manchmal kam er ganz spät nachts nach Hause, und war man auch zu Bett gelegt worden, man getraute sich nicht einzuschlafen, ehe man seinen Schritt gehört hatte; und wenn er, was er nie verabsäumte, ins Zimmer trat, dann betrachtete er lange die scheinbar Schlafenden, so lange, daß man es kaum mehr aushielt, oder er öffnete das Fenster, daß das Mondlicht breit über die Betten rieselte, und leise pflegte er sich dann auf einen Stuhl zu setzen, um unabsehbar zu verweilen. Es geschah nie, daß er wie andere Väter einen Spaziergang mit seinen Kindern machte, und als einmal – es war ein Sonntagnachmittag – die Mutter davon sprach, gar sehnsüchtig, weil in der Welt draußen so schöner Frühling sei, da hatte er, der sonst kaum ein Lächeln zeigte, ganz freundlich aufgelacht und gesagt: »Die Welt brennt in uns, nicht außer uns.« Und diese Begebenheit, selber weiter brennend, unauslöschlich, unvergeßbar, hatte sich für ewig eingeprägt, weniger der Worte halber, obzwar die sonderbar genug geklungen hatten, als wegen des hintergründig belustigten Blickes, der sie begleitete und der jeden Gegenstand, auf den er fiel, ablehnte, dennoch ihn seltsam verändernd; es war ein Ablehnen alles dessen, was zutage lag, und es war der Blick und das Auge eines Nachtmenschen, von dem man nicht wußte, wann er eigentlich schlief, wunderte man sich doch stets aufs neue, daß er Speisen zu sich nahm. Ja, ein Nachtmensch, der bloß zufällig in den Tag geraten war, und als er einige Zeit später in einer verdeckten Mondnacht nach dem Abendbrot den Ältesten, es war Richard, bei der Hand nahm, und mit ihm zu eben jenem Ausflugsort hinauswanderte, von dem die Mutter damals gesprochen hatte, so war die Nächtlichkeit dieses Ersatzes für den verweigerten Nachmittagsspaziergang nur ganz natürlich. Richard hatte keine Furcht verspürt, obwohl die Bäume das Tal schwarz säumten, die Frösche am Bachrand quakten und es unfaßbar war, daß der Vater plötzlich die nebelschwere Wiese betrat und Blumen zu pflücken begann. Wirklich unheimlich wurde es erst, als sie in die Stadt zurückkamen, denn da hatte der Vater die Blumen, die er bisher sorgsam in der Hand getragen hatte, so daß man meinen mußte, sie seien für das Haus oder für die Mutter bestimmt gewesen, da hatte er die Blumen von der Brücke aus in den Fluß geworfen; »Sterne im Wasser«, hatte er dazu gesagt. Und so war es immer, nichts war eindeutig, alles war ins Flackernde gezogen, und sogar die Mutter, die ihrer Natur und ihrer bäuerlichen Abstammung gemäß sicherlich einem weniger verwobenen Leben zugekehrt gewesen wäre, sie hatte etwas Schattenhaftes unter dem Einfluß dieses Mannes bekommen, dieses schattenhaften Mannes, unter dessen Blick sich das Gefüge aller Beziehungen auflöste, so daß man schließlich nicht mehr wußte, was diese Familie zusammenhielt, warum man überhaupt das Kind dieser Eltern, Geschwister dieser Geschwister, ja ob man überhaupt war. Niemals wurde im Hause vom Vater gesprochen, und als er gestorben war, erinnerte kein Bild an ihn, vielleicht weil dieser Tod ebensowenig eindeutig war wie das Leben dieses Menschen, es war ein Gestorbensein, das bloß einen graduellen Unterschied bedeutete, eine etwas dichtere Nebeldecke, ein richtiger Scheintod nach einem richtigen Scheinleben, ein Weg, der von vornherein durch die Nacht geführt hatte und der keinen Abend kannte.

So eigentümlich verschattet war diese Jugend gewesen, und wenn es sich auch bei den verschiedenen Kindern verschieden ausgewirkt hatte, es trug ein jedes der Geschwister Stücke dieses Schattens mit sich. Bei zweien von ihnen zeigte es sich in einer unbändigen Unrast; der zweiundzwanzigjährige Rudolf war in Südamerika und ließ nichts von sich hören, und die um ein Jahr jüngere Emilie war nach einer leidenschaftlichen Liebesgeschichte richtig durchgebrannt, trieb sich in Berlin oder sonstwo herum. Die zweite Schwester dagegen, Susanne, in ihrem Äußeren Richard am ähnlichsten, ein schweres Mädchen mit hartem Gesicht, bereitete sich seit Jahren auf den Eintritt ins Kloster vor und ließ sich durch nichts von diesem Vorhaben abbringen. Wohin Otto, der jüngste – dazwischen war ein Kind gestorben –, sich wenden würde, war noch nicht zu erkennen: die Mutter sagte, daß der schöne, schlanke Knabe dem Vater gliche, doch sein heiteres und freches Gehaben hatte nichts von dessen Nächtlichkeit an sich, selbst dann nicht, wenn er mit übertriebener Resignation darauf hinwies, daß er wegen des mangelnden Geldes gezwungen gewesen sei, auf den ersehnten Beruf eines Kunstmalers zu verzichten und statt dessen die Stellung eines Lehrlings in einer graphischen Werkstätte anzutreten.

In der vom Vater ausgehenden Auflockerung alles Seins wären die Kinder wahrscheinlich beruflos geblieben. Und es war gewissermaßen eine Umkehrung seines Einflusses und des väterlichen Wesens, daß sich Richard so verbissen an die Schule und an das Studium geklammert hatte: in der Schule und ihrer Regelmäßigkeit hatte er wenigstens einen Teil der Eindeutigkeit gefunden, die ihm als Kind genommen worden war. Und wohl ebendeshalb hatte er bald eine geheime Zuneigung zu klaren und mathematischen Dingen gefaßt, eine Zuneigung, die sich in der Mathematikstunde zu der Vorstellung verdichtete, daß er selber einstens diese beglückend eindeutigen Dinge der Klasse vermitteln werde. Noch immer lebte diese Vorstellung in ihm, und sogar heute noch sah er eine lauschende Klasse und darin sein eigenes Kindergesicht, aufschauend zu dem Katheder, auf dem er selber stand: es war sein Lebensplan geworden, und eindeutig war er dabei geblieben – er bereitete sich auf das mathematische Lehramt vor. Einstweilen gab er Nachhilfestunden. Und er war, das hatte er bereits einsehen gelernt, in seiner Unduldsamkeit kein guter Lehrer. Doch er machte billige Preise, und so fand er immer noch genug Schüler, um nicht nur sein eigenes Taschengeld zu verdienen, sondern auch der Mutter zum Haushalt beisteuern zu können. Die Mutter freilich hatte seit dem Tode des Vaters eine langsame, dennoch merkliche Wandlung durchgemacht, eine Rückwandlung sozusagen zu ihrem eigenen Selbst. So schwer auch das äußere Leben geworden war, es wurde nunmehr diese Frau, die ihr fünfundvierzigstes Jahr schon überschritten hatte, eigentlich immer heiterer, ja, sie war in ihrer beschaulichen Heiterkeit beinahe hübscher geworden, als sie es je gewesen war. Und mochte sie sich über Emiliens Lebensweise auch kränken, beinahe neiderfüllt schaute sie auf diese Tochter, die ihr zweifelsohne viel näher stand als Susanne mit ihren Klosterabsichten. Man konnte diesen fortschreitenden Prozeß der Verweltlichung und der inneren Verjüngung nicht übersehen, nicht einmal Richard, so sehr er auch in seine eigenen Probleme eingesponnen war, brachte dies zustande, wenngleich er – und das bemerkte er gelegentlich sogar selber – immer wieder und beinahe mit Haß die Augen abwandte, um die Veränderung der Mutter nicht zur Kenntnis nehmen zu müssen.

3

Richard hatte die Ergebnisse der Weitprechtschen Versuchsreihe vor sich liegen und bemühte sich um eine gruppentheoretische Ausdeutung. Die Lampe über dem Tisch war mit einer Zeitung abgeblendet, um Otto, der bereits im Bette lag, nicht zu stören. Es war das gewohnte allabendliche Bild, und es war Richard seit vielen Jahren genau so vertraut wie der Geruch der Wohnung und wie ihre Geräusche. Er kannte nicht nur den Geruch eines jeden einzelnen Zimmers zu den verschiedenen Tageszeiten, er wußte nicht nur, bis zu welcher Tapetenblume der Schatten des Spiegelrahmens reichte, sondern er kannte auch die Geräusche des Fußbodens, wenn man sich auf dem Stuhle bewegte, und wenn er scharf genug hinhorchte, so konnte man an dem Zustand der Möbel und der Luft erkennen, ob einer im Zimmer schlief oder nur still lag und Schlaf vortäuschte.

Die Fenstervorhänge waren nicht vorgezogen; es war das altgewohnte Bild.

Das Schweigen spannte sich in dem Raum zu immer schärferem Bogen. Richard spürte, daß Otto wach lag. Sie waren Brüder, dennoch jeder in sich verschlossen, und jeder für sich mußte mit der Aufgabe fertig werden, das in ihn versenkte Erbgut zum eigenen Sein umzugestalten. Richard ahnte etwas von dieser Aufgabe, und er beneidete Otto: vielleicht würde es der Kleine weniger schwer haben, vielleicht wird es ihm weniger schwer fallen, zum eigenen Sein zu gelangen, da es nicht wie bei ihm selber unter so viel klobiger Ungeschicklichkeit versteckt lag. Es war jedoch nicht nur das, was das Schicksal Ottos leichter erscheinen ließ – in allen praktischen Belangen, und gar dort, wo Geldinteressen auftraten, da wurde Otto, trotz aller äußeren Ähnlichkeit mit dem Vater, zum Sohn seiner Mutter, zupackend und nüchtern, jederzeit bereit, aus dem Gegebenen das Beste herauszuholen, und immer wieder staunte Richard, daß es dem Jungen gelungen war, sich mit dem unerwünschten praktischen Beruf abzufinden, und immer wieder war er geneigt, dies auf die von der Mutter stammende irdische Genußsucht zurückzuführen. Aber weil ihn solche Überlegungen beim Arbeiten störten, sagte er plötzlich in die Stille hinein:

»Du könntest jetzt endlich einmal einschlafen.«

»Das geht nicht auf Befehl«, sagte Otto.

»Wenn du nicht schläfst, kann ich hier nicht arbeiten.«

Otto hatte sich im Bette aufgesetzt. Man sah es nicht in der schattigen Ecke, in der das Bett stand, aber Richard spürte es:

»Leg dich hin«, sagte er.

»Ich liege sowieso«, war die Antwort, ganz offen und schamlos gelogen, denn nun hörte man, woher der Schall kam.

Richard machte sich wieder an die Arbeit. Er hatte plötzlich unzüchtige Gedanken. Auch hier war etwas nicht in Ordnung, auch hier war es nicht eindeutig. Frauen waren Nachtmenschen, wenn es wirkliche Frauen waren oder sie als Frauen gelten sollten, denn die Kolleginnen in den lichten Hörsälen konnten nicht als solche gelten. Kapperbrunn hatte schon recht, wenn er diese als wissenschaftgeeignet, aber auch als wissenschaftverseucht bezeichnete. Ein paar von ihnen waren ja wirklich sehr tüchtig. Und vielleicht mochten sie auch zum Skilaufen taugen. Eine wirkliche Frau hingegen mußte aus der Nacht geboren sein, aus der Nacht plötzlich auftauchend, geschlossenen Auges wie die Nacht selber, auf daß man in sie versinken könne, hineinstürzen wie in die Schwärze des Nachthimmels.

»Gute Nacht«, sagte der Kleine und legte sich geräuschvoll hin.

»Na also«, sagte Richard, »jetzt schlaf.«

Die unzüchtigen Bilder wurden von Bildern einer freundlichen Zukunft abgelöst –: vorausgesetzt, daß Weitprechts Theorie von den Quanteninterferenzen wider Erwarten doch Hand und Fuß haben sollte, und vorausgesetzt, daß sich hierzu eine ausreichende gruppentheoretische Erklärung finden ließe, und vorausgesetzt, daß man von hier ausgehend eine umfassende Anwendung der Gruppentheorie auf die übrigen physikalischen und sonstigen Lebensphänomene würde folgern können, so wird nicht nur Weitprecht den Nobelpreis bekommen, sondern es wird auch der Name Richard Hieck zu einem der berühmtesten im Wissenschaftsbetrieb werden.

Natürlich wußte er, daß man mit Phantasien in der Wissenschaft nichts erreicht. Aber die dienten für den Augenblick einem andern Zweck: denn wenn er einmal auf anerkannte Leistungen würde hinweisen können, wenn er einmal eine Respektsperson – aber nicht im Sinne Kapperbrunns – sein würde, dann würde das klobige Kleid seines Daseins von ihm abfallen, es wird sein Ich durch das eklige Fett seines körperlichen Daseins hindurchleuchten, rein und klar und licht gleich der mathematisch durchleuchteten Welt, und ledig aller Vorstellungen von den Nachtfrauen und ihren idiotischen verschlossenen Gesichtern wird er auf einem sonnigen Abhang mit einem richtigen hübschen Mädchen Ski fahren. Ganz gegen seine sonstige Gewohnheit begann er leise zu pfeifen.

»Du pfeifst ja«, sagte Otto und stieg aus dem Bett.

»Himmelherrgott, ja...«

Otto war zum Tisch gekommen. Eitel, wie er war, hatte er sich nicht mit den traditionellen Nachthemden begnügt, sondern die Mutter dazu gebracht, ihm Pyjamas zu nähen. Allzu herrlich waren sie ja nicht ausgefallen, faltig und schlappig hingen Jacke und Hose um den schlanken Körper, und außerdem war die Hose zu kurz. Aber die offenstehende Jacke ließ die braunelfenbeinerne Haut auf der Brust des Knaben sehen, und dies allein war es, was Richard bemerkte. Es war die gleiche Haut, die gleiche haarlose knochige Jünglingsbrust, wie sie der tote Vater gehabt hatte, als man seinen Leichnam wusch.

»Was machst du da?« fragte Otto überflüssigerweise.

»Du siehst es ja.«

»Ist das schwer?«

»Ja... nein.«

Otto zog den zweiten Stuhl herbei:

»Du hast es gut, du kannst in der Nacht arbeiten.«

»Ich muß auch bei Tag arbeiten.«

»Ja, aber... es ist etwas anderes.« Otto dachte angestrengt nach, er konnte es nicht ausdrücken, es war zu schwierig, denn es war der Bruch in der Seele dieses verhinderten oder künftigen Malers: das Unsichtbare in der Welt manifestiert sich in der Nacht, in der Nacht ergreift das Denken Besitz von der Welt, doch wer die Welt mit den Augen bewältigen will, der ist auf die Sonne angewiesen. Und weil er es nicht ausdrücken konnte, sondern lediglich spürte, daß es mit dem Malen zusammenhing, sagte er schließlich nur: »Ich lerne jetzt Kupferstechen.«

»Das braucht doch kein Mensch mehr.« Das war eine etwas grausame Antwort, und Richard Hieck milderte sie auch sofort: »Ich meine, daß die photographischen Methoden heute viel wichtiger geworden sind. Es ist doch so?«

»Wir brauchen es ja auch nicht im Geschäft, aber es gehört mal dazu.«

Und auf einmal mußte Otto lachen, ein unmotiviertes und eigentlich idiotisches, dennoch fröhliches dummenjungenhaftes Lachen. Er hatte sich auf den Tisch geschwungen und schlenkerte mit den Beinen.

Richard war irgendwie angenehm berührt, wenn es ihm auch nicht gelang, in diese Fröhlichkeit einzustimmen:

»Nanu, was ist denn jetzt so komisch?«

»Weil du da rechnest, und Susanne geht ins Kloster; wir sind eine komische Familie.«

Und weil dies schließlich auch die Meinung Richards war, erwachte ein brüderliches Gefühl in ihm. Barsch und väterlich sagte er, sich über die Rechnungen beugend:

»Laß mich arbeiten.«

Otto tat, als wollte er ihm helfen, und hätten sie ihre beiden nebeneinander über den Tisch gebeugten Gesichter sehen können, es wäre ihnen aufgefallen, wie ähnlich sie einander waren, beide leidenschaftlich, das eine bereits männlich, schwer und inquisitorisch, das des Jungen aber zart und von einer gewissermaßen aufgelockerten und beinahe lasziven Glut.

Richard fand nicht gleich in seine Berechnungen zurück, es hatte sich etwas in seinem Innern gelöst, und er gab sich dem Gefühle hin. Aber vielleicht ebendeshalb wurde es ihm nun möglich, sich leicht und langsam in die Arbeit gleiten zu lassen, und er ahnte in zart vernebelter Ferne, daß sich ein gruppentheoretischer Weg finden werde. Mit ausgestrecktem Finger berührte er vorsichtig die nackte Brust des Knaben:

»Du, geh jetzt wirklich schlafen.«

Otto, selber wohl schon müde geworden, gehorchte diesmal. Und als die Atemzüge seines Schlummers leise vernehmlich wurden, da lichtete sich für Richard der Nebel, er sah eine kristallische Landschaft vor sich – anders hätte er das nicht benennen können – eine erleuchtet sternenhafte Landschaft, in der die Zahlengruppen zwar nicht als solche zu sehen, wohl aber so leicht einzuordnen waren, daß man die den Zahlen geöffnete, mit Zahlen sich erfüllende Landschaft in eine beglückend logische und gleichzeitig ein wenig karussellhafte Bewegung versetzen konnte. Und wenn es auch noch nicht die Lösung der Weitprechtschen Aufgabe war, die aus den derart bewegten Abwandlungen der Zahlenkonstellationen sichtbar wurde, so vollzog sich damit in dem schweren und unschönen, von kurzen Haaren ungleich bewachsenen Schädel Richard Hiecks doch etwas, das als Vorstoß in mathematisches Neuland zu gelten hatte, es vollzog sich ein Stück schöpferischer Aufhellung, und es wurde ein Stück der komplizierten unendlichen und niemals ausschreitbaren Gleichgewichtskonstruktion bloßgelegt, die an sich aus leeren Beziehungen besteht und trotzdem das Wunderwerk der Mathematik ist.

4

Man näherte sich den Weihnachtsferien.

Auf dem Korridor wurde Doktor Kapperbrunn vom Laboratoriumsdiener Krispin mit kollegialer Hochachtung angesprochen:

»Herr Dozent, wie lange wird der Weitprecht heuer lesen?«

Kapperbrunn zwinkerte ihm zu:

»Na, was glauben Sie?«

Krispin grinste:

»Wenn es nach ihm ginge, hätten wir am heiligen Abend Seminar. Können Sie da nichts machen, Herr Doktor?«

»Ich? Ich streike einfach.«

Für Weitprecht war jeder Ferientag eine unangenehme Leerstelle des Lebens. Unter dem Vorwand nichtabbrechbarer Experimente erzwang er sich regelmäßig eine Verlängerung des Laboratoriumsdienstes, und es hatte noch keine Ferien gegeben, von denen er mit seinen Vorlesungen nicht ein paar Tage abgeknappt hätte. Und so sehr er bereit war, jeden, der ihm bei seiner Arbeit nützen oder schaden konnte, mit einer an Unterwürfigkeit grenzenden Höflichkeit zu behandeln, dem Laboratoriumsdiener Krispin gegenüber nützte ihm solches Verhalten nichts, bei diesem war er in Ungnade.

Krispin sagte:

»Sie haben leicht streiken, Herr Dozent, aber wann soll reingemacht werden?«

Und unwillig begab er sich in sein Kabinett. Sogar der Kittel hing beleidigt an seinem Rücken herab.

Kapperbrunn schaute ihm belustigt nach. Er hatte Seminar über Vectorrechnung zu halten, und seine kurze Pfeife rauchend, schritt er langsam zum kleinen Studienraum hinüber. Das Seminar machte ihm Freude. Er hatte ein natürliches pädagogisches Geschick, und er ließ es gerne glänzen. »Nur wer der Wissenschaft genau so gleichgültig gegenübersteht wie die Studenten, nur der kann ein guter Lehrer sein«, pflegte er zu sagen, »die Jugend liebt es nicht, einen Besessenen agieren zu sehen, und wenn wirklich mal einer von ihnen besessen sein sollte, so braucht er überhaupt keinen Lehrer.« Absichtlich kehrte er den Routinier der Wissenschaft heraus, aber wenn er sich auch immer rühmte, daß er in Ski und Tennis mindestens ebensoviel leiste wie in der Mathematik, wenn er auch, wo immer es anging, den in allen Sätteln gerechten Mann mimte, so steckte in seiner Routine doch eine gute Portion zwar nicht schöpferischen, sicherlich aber echten Könnens, und im geheimen tat er sich nicht wenig darauf zugute.

Zwei Studentinnen standen vor der Türe des Seminars, und Kapperbrunn ging jovial auf sie zu:

»Noch immer keine Weihnachtsferien gemacht? Sie sind eine perverse Jugend, das muß ich schon sagen.«

Hilde Wasmuth lachte:

»Damit Sie uns dann die Seminarbestätigungen vorenthalten, Herr Doktor.«

»Ach, die verschaffen Sie sich einfach dann hintenrum durch Krispin... wir wissen doch, wie's gemacht wird.«

Hilde Wasmuth war ein adrettes aschblondes Mädchen. Immer trug sie einen frischgewaschenen sorgfältig geplätteten weißen Laboratoriumsmantel, immer trug sie Blusen mit großer bunter Masche, die sie aus dem Mantelausschnitt heraushängen ließ.

Hieck kam daher. Als er Kapperbrunn mit den beiden Mädchen erblickte, stellte er sich in sichtbarer Entfernung auf.

Es war vier Uhr nachmittags, der Himmel war schneeverhangen, und es dunkelte bereits. Krispin erschien und drehte die Lampen an.

Kapperbrunn bemerkte den wartenden Hieck. Er wandte sich ihm zu:

»Hallo, Hieck, was machen Sie denn hier? Wollen Sie auf Ihre alten Tage nochmals mit Vectorrechnung beginnen?«

»Nein, das nicht, aber ich möchte Sie gerne sprechen, Herr Doktor, jetzt oder nachher...«

»Wenn es sich um Ihre gruppentheoretische Sache handelt... ich habe nachgesehen, es ist so, wie ich Ihnen sagte, in Crelles Journal aus dem Jahre 23, warten Sie mal, ja, Heft 1, finden Sie einen Beitrag von Gurwicz zu Ihrem Thema.«

Das war seine Stärke. Er hatte ein stupendes Gedächtnis für alle Publikationen der letzten zwanzig Jahre. Hieck war etwas unangenehm berührt: niemand wird gerne in seiner Entdeckerfreude beeinträchtigt, der Artikel von Gurwicz war überflüssig.

Er schüttelte den Kopf:

»Danke vielmals, Herr Doktor, aber es ist was anderes.« Die beiden Mädchen standen noch immer bei der Türe, er konnte seine Sache nicht anbringen. »Vielleicht haben Sie nachher ein paar Minuten Zeit.«

»Schön«, sagte Kapperbrunn, »dann langweilen Sie sich vorerst mal eine Stunde mit uns.« Er komplimentierte die beiden Damen in den Seminarraum hinein. Hieck folgte ihnen.

Es war eine durchaus wichtige Sache, die er mit Kapperbrunn besprechen wollte. An der Sternwarte sollte angeblich die Stelle eines wissenschaftlichen Hilfsarbeiters ausgeschrieben werden, und ein solcher Posten hätte bei aller Bescheidenheit des Salärs für Richard und seine prekären Vermögensverhältnisse immerhin etwas bedeutet; außerdem gab es künftige Avancementsmöglichkeiten. Nun hatte er wohl das astronomische Kolloquium bei Professor Maier abgelegt, aber es fehlte ihm das astronomische Praktikum, denn er hatte sonderbarerweise niemals an eine solche Karriere gedacht. Er verstand es selber nicht, denn jetzt schien ihm gerade die Astronomie der tiefere Sinn seines mathematischen Studiums gewesen zu sein. Hatte er nicht mit dem Vater immer zum Nachthimmel emporgeblickt? War es nicht der Vater gewesen, der ihm als erster die Sternbilder gezeigt hatte, ihn den Orion lieben gelehrt hatte und die rötlich schimmernde Venus? Fast dünkte ihn sein Leben verfehlt, und klar wurde ihm, man könnte wohl sagen, schreckhaft klar, daß es eben des Vaters Liebe zum Nachthimmel gewesen war, die ihn von der Astronomie wie von einem verbotenen Land ferngehalten hatte: nicht seinen Kindern, sondern der Nacht hatte die Liebe jenes Mannes gegolten, und immer noch bewirkte sein unheilschwangerer Einfluß, daß das Zwiespältige nicht durch das Eindeutige ersetzt werden durfte, die Tiefe der nächtlichen Sphäre und ihr dunkles Licht nicht durch die Helle der Erkenntnis.

Indes – glücklicher Zustand des Menschen, der einem Objekt hingegeben ist –, da Richard Hieck nun am Seminartisch saß, vergaß er seine trüben Gedanken: er bewunderte neidlos die Geschicklichkeit, mit der Kapperbrunn dieses Vorbereitungsseminar den Zwecken der allgemeinen Relativitätstheorie anpaßte und um ein einziges Vectorbeispiel herum das ganze Gebiet von Lorentz bis Weyl in Bewegung zu bringen verstand, er ließ sich willig von Kapperbrunn einfangen, und ohne sich um dessen sichtliche Amüsiertheit zu scheren, arbeitete er, vor Aufregung schwitzend, sozusagen unter Aufgebot seines ganzen massigen Körpers mit. Und als noch überdies Hilde Wasmuth, von Kapperbrunn boshaft unterstützt, pedantische Zwischenfragen stellte, die jeden vernünftigen Menschen zur Raserei bringen konnten, da artete die Angelegenheit aus: fünf Uhr war längst vorüber, Krispin war schon einige Male mißbilligend hereingekommen, und es war beinahe sechs, als endlich geschlossen wurde.

»Sie sind ein mathematischer Tank, Hieck«, sagte Kapperbrunn auf dem Wege zu seinem Zimmer, »ich sagte Ihnen schon einmal, daß Sie zum Holzfällen geboren sind.«

»Ja, ja...« Hieck war verwirrt, und dann platzte er heraus: »Ich möchte astronomischer Assistent werden.« Und nun erst recht schwitzend, brachte er sein Anliegen und seine Bitte um Kapperbrunns Protektion hervor.

»Hm«, sagte Kapperbrunn, »ich habe auch schon von dem Posten was läuten hören, aber ich meine, daß wir vorsichtshalber erst Krispin fragen sollten, ob es verläßlich ist.« Und tatsächlich rief er Krispin herbei.

Krispin bestätigte das Gerücht. Der Herr Sauter (das war der Sternwartendiener) habe die Ausschreibung vor vierzehn Tagen ins Rektorat getragen, aber es sei was nicht in Ordnung gewesen. Jetzt liege sie fertig auf dem Tische Maiers (womit der Sternwartedirektor Professor Maier gemeint war). Der Maier würde es schon noch ein paar Tage liegen lassen.

Kapperbrunn freute sich:

»So, jetzt ist die Sache verläßlich... und Sie wollen, daß ich mit Maier spreche, lieber Freund Hieck?«

Ja, darum wollte Hieck bitten. Denn Kapperbrunn mit seinen vielfältigen akademischen Beziehungen war auch auf irgendeine Weise mit Maier verbunden, und ehe Kapperbrunn seine Dozentur erhalten hatte und zu Weitprecht ging, hieß es sogar, daß er Assistent im astronomischen Institut hätte werden sollen.

»Bitter«, sagte Kapperbrunn, »bitter, denn wenn ich mit ihm spreche, kann ich bei seinem nächsten Abend nicht absagen.

Und Sie bedenken nicht, daß der Mann zwei unverheiratete Töchter hat.«

Das war ein Gedankengang, auf dem Hieck nicht mehr folgen konnte. Er sah hilflos und ohne Verständnis drein.

»Ja, sehen Sie, Hieck, das ist höhere Mathematik, und von der verstehen Sie nichts. Aber wir wollen auch Weitprecht einspannen. Nur muß man dem vorgaukeln, daß Sie seiner gruppentheoretischen Illusion auf der Spur sind. Dann geht er für Sie durchs Feuer.«

5

Daß Susanne es in der Weihnachtszeit besonders arg trieb, das war in der Familie bekannt, und man war darauf vorbereitet. Ihre Kammer, die sie einstmals mit der Schwester gemeinsam bewohnt hatte und in der noch Emiliens Bett stand – sie selbst schlief nach wie vor auf dem Kanapee –, hatte sie längst zu einer Art Kapelle umgewandelt, das fiel niemand mehr auf, aber jetzt, da der 1926. Geburtstag des Himmelsbräutigams bevorstand, bekam die Kapelle, wie alljährlich, Ähnlichkeit mit einem Brautgemach: denn wurde Emiliens Bett auch nicht benutzt, so häuften sich – daran war zum Teil die Architektonik der Kammer schuld, die hier die größten Mauerflächen bot – gerade im Bettwinkel die Heiligenbilder an den Wänden, und Susanne hatte sie jetzt alle mit weißen Spitzendraperien geschmückt; das wirkte wie Brautschleier.

Die Mutter hatte für solches Gehaben noch am ehesten Verständnis, obwohl sie immerzu beleidigt war, daß sie da ein Wesen geboren hatte, das sich programmgemäß zu einer richtigen und kräftigen Frau mit mütterlichen Brüsten und mütterlichem Schoß entwickelt hatte, ausgestattet mit allen monatlichen Unzulänglichkeiten einer Frau, und das sich trotzdem seiner Bestimmung entzog und sein Bett mit einem Phantom teilen wollte: für Frau Katharine Hieck, die lange genug mit einem menschlichen Phantom zusammengelebt hatte, war die Kirche oder der Himmelsbräutigam, oder wie sonst man dies nennen wollte, erst recht ein Phantom. Nichtsdestoweniger und vielleicht eben infolge ihrer Ehe hatte sie nun nachträglich die Fähigkeit gewonnen, sich in ihre Kinder hineinzudenken; solange der Mann, mit dem sie die Kinder gezeugt hatte, an ihrer Seite war, erschien ihr das Vorhandensein dieses Nachwuchses, erschien ihr der gemeinsame Besitz an diesen Kindern als etwas Unverständliches und geradezu Gespenstisches, jetzt hingegen, da sie des Erzeugers zu vergessen begann, da wurden die Kinder ihr Alleinbesitz, da waren sie aus ihrem Schoße sozusagen ohne fremde Beihilfe hervorgegangen, und es war eine Gemeinsamkeit hergestellt, die sie früher nicht gekannt hatte. So verschieden die Kinder auch untereinander waren, sie erblickte doch in jedem von ihnen einen Teil ihres eigenen mütterlichen Seins, und wenn sie in Emilie und ihrem männersüchtigen Treiben die Erfüllung einstiger und noch immer schlummernder Wünsche bejahte, so gab es neben diesem Strom irdischer Bejahung noch ein schmales Bächlein, das man zwar nicht als überirdisch bezeichnen konnte, das aber immerhin in Sphären dahinfloß, die an Susannens Seelenlandschaft grenzten: vielleicht war es gerade das Vergessen ihres einstigen Ehestands und die Umdeutung der Geburten zu Resultaten unbefleckter Empfängnis, war es dieser an der eigenen Person erlebte mystische Prozeß, der eine dünne, von ihr selbst kaum bemerkte Verbindung mit Susanne und deren katholischer Einstellung zuwege brachte.

Allerdings, für Susanne gab es nichts eigentlich Mystisches – sie besaß das jedem Laien zugängliche Wissen um kirchliche Dinge, begriff die Bedeutung der Priesterweihe, begriff das Wunder der Eucharistie und des Meßopfers, sie hatte eine Ahnung von den Symbolen des Kultes und des Ornats, doch sie hätte es strikte abgelehnt, diesen Einrichtungen einen besonders geheimnisvollen oder gar mystischen Gehalt zu geben, vielmehr bewegte sie sich in einer Welt völliger Konkretheit, und die Verwandlung des Weins in das Blut Christi war ihr von ebenso einwandfreier und konkreter Kausalität wie der Satz, der die Erfahrung »Wenn es regnet, ist es naß« festlegt.

Und merkwürdig genug, so unreligiös Richard sich auch verhielt, so wenig er von religiösen und nun gar von kirchlichen Problemen berührt wurde, die Umwandlung des Geistigen und Symbolhaften in Konkretes war ein gemeinsamer Boden, auf dem er sich mit der Schwester traf. Denn die mathematische Welt, in der er sich bewegte, all ihre algebraischen Gebilde, ihre mengentheoretischen Beziehungen, ihre infinitesimale Unendlichkeit im kleinen wie im großen, diese ganze Welt war bloß in sehr roher Weise im Konkreten wiederzufinden, und selbst die physikalischen Feingebilde, wie sie von den kunstreich ersonnenen Experimenten geliefert werden, selbst die Berechenbarkeit dieser physikalischen Geschehnisse, all dies war bloß ein kleines und unzureichendes Abbild der gedanklichen Vielfalt, die die Mathematik ist, eingebettet in die Konkretheit der sichtbaren Welt als etwas Überkonkretes, nicht mehr Wegdenkbares, die Welt überspannend und doch in ihrer Wirklichkeit als eigene Wirklichkeit ruhend.

Otto hinwiederum – auch er durchaus weltlich gesinnt, sicherlich sogar noch weltlicher als der ältere Bruder – hielt gewisse dekorative Beziehungen zur Schwester aufrecht. Sie hatte zwar unter ihren Heiligenbildern mit sicherem Ungeschmack so ziemlich allen devotionalen Kitsch versammelt, der irgend aufzutreiben war, und auch die selbstverständliche Raffaelsche Madonna über dem Bette, durch millionenfache Kopierung selber bereits den Stempel echten Kitsches tragend, änderte nichts daran, aber Otto machte keine so feinen Unterschiede. Kunst war ihm in jeder Form recht, und ob nun Kitsch oder nicht, die Kapelle Susannens war der einzige Raum im Hause, in dem es etwas zu dekorieren gab. Fachmännische Miene im fachmännischen Antlitz, unterhielt er sich oft mit Susanne über die Ausschmückung der Stube, prüfte Jahr um Jahr die weiße Weihnachtsverschleierung, freilich stets bereit, die konfessionelle Tapeziererarbeit ins Groteske zu ziehen, irgendeine unmögliche Schleife an der elektrischen Birne anzubringen, um unter plötzlichem überlegenen Gemecker die verdutzte Susanne im Zweifel über das Gelingen des Gesamtarrangements zurückzulassen.

So machte sich jedes von ihnen, von der Mutter angefangen, über Susannens Tun lustig und war ihm doch nicht völlig fremd. Es geschah häufig genug, daß Richard sich zu der Schwester setzte, ihre Gebetbücher zur Hand nahm und darin nach einem logischen Zusammenhang zu suchen begann, der sich mit dem seiner mathematischen Bücher eigentlich hätte decken müssen, sofern man überhaupt an der Einheitlichkeit alles Logischen festhalten wollte. Und ließ sich auch keinerlei Anhaltspunkt für eine logische Ähnlichkeit finden, es erschien ihm das Ziel der Schwester doch um ein Erkleckliches ehrlicher und geradliniger als das seine: sie sprach wenigstens offen und ehrlich vom Himmelsbräutigam, für den der ganze kultische Apparat in Bewegung gesetzt und erhalten wurde, für den sie sich vorbereitete und für den sie das Bett schmückte und richtete – Susanne hatte ein klares Ziel! Er hingegen? Ja, was wollte er? Auch ihm ging es letzten Endes um eine lichte Braut, um eine Braut, welche die ganze Welt bedeuten sollte, indes, die Mathematik war sicherlich nicht diese Braut, die Mathematik war es nicht, und sie war bloß etwas Vorgeschobenes, obschon sie ganz danach angetan war, die gesamte Welt zu umfassen und sogar noch weit über sie hinauszugreifen. Er wollte mit der Mathematik etwas erzwecken, etwas, das so außerhalb der Mathematik lag wie Christus außerhalb der ihm dienenden Kirche, doch er gelangte niemals über die internen mathematischen Zwecke hinaus. Wo war sein Ziel? Wo war die Eindeutigkeit dieses Ziels?

Da saßen sie einander gegenüber, zwei junge, dennoch schwerfällige und unschöne Menschen, behaftet mit zu viel gelbem Fett auf ihren Körpern, sie atmeten stark und regelmäßig in diesen Körpern und steckten doch ein jeder darinnen wie in einem Gefängnis. Rudolf war in Südamerika, Emilie in Berlin oder vielleicht schon wieder woanders, – sie aber, die anscheinend so ähnlich und einträchtig hier beisammensaßen, wurden sie nicht ebenso in die Ferne getrieben? Denn weniger sinnfällig sicherlich, doch nicht minder wirklich, gingen sie zwei Wege, die immer weiter auseinanderstrebten, und sie alle flüchteten aus der Nacht des Vaters, und gleich ihm flüchteten sie wieder in die Nacht.

Richard sah in Susannens Augen und erschrak, weil es die gleichen Augen wie die seinen waren – welch ein Blick! schräg aufwärts, der plötzlich den weißen Augapfel und rote Äderchen entblößte, ein Blick, der unheimlich war und etwas Irrsinniges an sich hatte. Und ohne eigentlichen Zusammenhang entdeckte Richard, daß sich die Weihnachtszeit plötzlich in weißer Stille herabgesenkt hatte, eine plötzliche Aufhebung des Lärms, eine plötzliche Aufhebung des Normalen, und, von hier aus gesehen, ein freundlicher nach innen gewandter Irrsinn der Welt, ein Unstetigkeitspunkt in einer stetigen Kurve. Der Teufel mochte sich da auskennen.

Er fragte:

»Was schenkst du der Mutter?«

Sie brachte einen Kissenbezug zum Vorschein, den sie gestickt hatte: um ein loderndes Herz, in dessen Flammen das Kreuz und langgestreckt die Buchstaben INRI standen, rankte sich der Spruch »Wo Liebe wohnt, ist Gottes Segen«. Ein blasphemischer Zweck und eine scheußliche Ausführung, freilich von Richard nicht bemerkt.

»Schön«, sagte er; aus seinem eigenen Berufsgebiet vermochte er kein Geschenk zu formen.

Susanne verstaute die Handarbeit unter einem Stoß ähnlicher Dinge, die sie für die Klosterfrauen vorbereitet hatte. Sie war von unerhörter Emsigkeit, denn da sie außer ihrer Arbeitskraft dem Kloster nur wenig mitbringen konnte, mußte sie diese Arbeitskraft zum äußersten anspannen. Sie war Handarbeitslehrerin, geprüfte Kindergärtnerin und bereitete sich jetzt auch auf die Krankenpflege vor. Sie tat es mit der professionellen Heiterkeit dessen, der durch die Art seines Tuns alle Möglichkeiten der ganzen reichen Gotteswelt bereits ausgeschöpft zu haben glaubt, mit jener Heiterkeit, die ebendeswegen auch zu ihrem erwählten religiösen Dasein gehörte.

Im Gegensatz zu Otto, der dieser schwesterlichen Heiterkeit mit allerlei uneingestandenem Mißtrauen begegnete, weil sie von anderer Herkunft als die seine war, vermochte Richard den Heiterkeitsunterschied nicht zu erkennen, und er beneidete Susanne, genau so wie er Otto um dessen Leichtigkeit beneidete. Er ahnte, daß alle Heiterkeit mit der Ausschreitbarkeit der Welt zusammenhing und daß es allein darauf ankam; jedoch die Mathematik als solche war unausschreitbar, und wenn sie auch große Teile des physikalischen Weltgeschehens zu dekken vermochte, ja, wenn sie auch ganz neue Zugänge zur Erhellung des Logischen vermittelte und wenn auch die Sterne ihr untertan waren, so gab es wohl die brennende Freude des Erkennens, aber heiter war es nicht. Wir alle kommen aus den Niederungen des Lebens, aus der Nacht des Mutterleibes, aus der unbegreiflichen zuckenden Nacht der Eltern, was wir mitbekommen, ist Nacht und Düsternis, und wir wollen alle zur Helle und zur Heiterkeit. Ja, so ist es. Und es war auch der Grund, der ihn immer wieder zu Susanne führte, obwohl ihm ihre Heiterkeit oftmals als leicht idiotisch erschien, es war wie ein von Jugend gewohntes Betreuen einer Schwester, die nicht ganz vollwertig zu nehmen war, und doch war es nicht minder wie ein Betreutwerdenwollen, es war ein sonderbar weit gespannter Rahmen, in dem sich dies ereignete, und doch waren die konkreten Formen solchen Geschehens bloß die einer kleinbürgerlichen Romantik, die unheimlich war, weil die Kammer, in der sie sich vollzog, im Unendlichen schwebte und die Nacht der Herkunft und die Helle unerreichbarer Zukunft in ihr wehte.

Also es war Weihnachten, und da die Institute geschlossen waren, konnte Richard einen der nächsten Vormittage für seine Einkäufe benützen. Man mußte sich nicht sehr anstrengen, um für Susanne ein Weihnachtsgeschenk zu finden; man brauchte bloß in irgendein Devotionaliengeschäft zu gehen, deren sich einige um den Dom herum befanden.

Es war eine blausilberne Wintersonnenstunde. Die gelben Trams, deren Linien sich auf dem Platz vor dem Dome kreuzten, waren vom Morgenschnee noch behangen, ihre Fenster waren vereist, die Leute, die drinnen saßen, waren wie dunkle Schatten, und wenn die Gleitbügel der Wagen an vereiste Stellen der elektrischen Oberleitung streiften, gab es knisterndes Tagfeuerwerk bläulicher Sterne. Die Kälte biß sich an die Nase und Ohren an, und wie die meisten Leute auf der Straße erzeugte Richard mittels nach innen gewendeten Schnaubens von Zeit zu Zeit ein kleines pneumatisches Vakuum, um die Tropfenbildung in die Nase zurückzubefördern. Ländlich und unvermittelt klingelte inmitten des mechanisierten Verkehrs ein einspänniger Schlitten vorüber, die Holzschaufeln der Reinigungstrupps schabten über den weißgepolsterten Asphalt, und Richard, der sich für den Einkauf eines Sterns von Bethlehem oder so etwas Ähnlichem entschieden hatte, stapfte schwerfälligen und engen Ganges über den hartgefrorenen, mit Sand bestreuten Schnee des Gehsteigs. Manchmal glitt er aus und mußte sich mit einem steifen Ruck der Wirbelsäule wieder ins Gleichgewicht bringen, wobei es ihn vor Schreck heiß durchflutete. Wenn er einen schrägen Blick aufwärts zum Dom hin warf, den Augapfel weiß und ein wenig irrsinnig herausgedreht, da sah er nicht die beschneite Gotik des Baus, sondern die Tauben, die sich auf dem Gesims zusammendrängten oder auf und ab marschierten. Richard Hieck fühlte sich wohler als sonst und dachte an nichts, zumindest an nichts Mathematisches.

6

Am Neujahrstag saß die Familie beisammen. Emilie hatte ein Telegramm geschickt. Aus dem Riesengebirge. Sicherlich lief sie dort Ski. Mit irgendeinem Kerl. Rudolf in Südamerika schwieg. Vielleicht hatten sie dort gar nicht Neujahr. Es war ja Sommer dort.

Frau Katharine Hieck sah beinahe jünger aus als ihre Tochter, die in soutanenhaft hochgeschlossenem Kleid dasaß und deren weiches gelbliches Gesicht nicht die Spuren der verflossenen, sondern aller kommenden Jahre aufwies. In der doppelten Stille des Winters und des Feiertags hatte die Häuseransammlung ihren städtischen Charakter verloren. Man wußte nicht recht, wo man sich befand. Am Anfang eines neuen Jahres. Das war in dieser Stille wie eine Ortsangabe. Die Poststempel tragen von heute an die Ziffer 27 und manche 1927. Katharine Hieck war über fünfundvierzig, aber ihr Nacken war der einer jungen Frau, er war eine weißgepolsterte kurze und elastische Säule mit einer kleinen Kanellierung in der Mitte, in der sich das noch blonde Haar kräuselte.

Unendlich lag das neue Jahr vor ihnen. Und weil mit diesem dunklen Block so wenig anzufangen war und man doch daran gehen mußte, ihn in irgendeiner Weise zu bewältigen, sagte Otto:

»Wir müssen auf das neue Jahr trinken.«

Sie hatten eine gebratene und fette Gans gegessen, und die Idee Ottos war also durchaus angemessen. Nichtsdestoweniger sagte Richard:

»Ich bin gegen jeglichen Alkohol.«

Dieser Meinung war auch Susanne. Aber Otto beharrte:

»Ihr habt keine Spur von Feierlichkeit.«

Nein, Susanne und Richard hatten wenig Sinn für irdische Feierlichkeit. Das Irdische und Konkrete und Sichtbare, das war ihnen bloß zufälliges Merkmal für ungeheuerliche Geschehnisse, deren Gewalt sie ahnten; und beinahe mit Haß nahmen sie es auf, wenn sie merkten, daß ein irdisches Fest um seiner selbst willen gefeiert werden sollte. Und obgleich auch sie menschliche Liebe und menschliches Beisammensein ersehnten, ihr nächtliches Sein trieb ihre Wünsche zu übermächtigen Gebilden, die kaum mehr die Züge des Menschlichen trugen, mochten sie nun aus dem Himmel oder aus der Hölle stammen. Ungeheuerlich lag das Jahr vor ihnen, das zu feiern ihnen zugemutet wurde.

»Ach«, sagte Katharine Hieck mit wasserheller Stimme, »einmal im Jahr kann man Wein trinken.« Und sie dachte an Emilie, die täglich Wein trank, doch während sie Geld für Otto herauskramte, damit er den Wein aus dem benachbarten Wirtshaus hole, erinnerte sie sich, daß der Junge manchmal seine Mädchen ins Haus brachte, um sie ihr vorzustellen. All dies verdichtete sich plötzlich zum Bilde eines Hochzeitmahls, bei dem sie sich selber mit einem neuen Gatten sitzen sah. Ihr gesundes Blut wallte auf, und sie wurde rot.

Otto hatte die Hand hingestreckt. Er und die Mutter, sie wußten nichts von ungeheuerlichen Gebilden, wie sie in den schweren Köpfen und Körpern der beiden älteren Geschwister wohnten, seine Welt war von menschlichen Dimensionen, seine Wünsche, seine Liebe, seine Freuden, seine Feste waren im Kreise des Erreichbaren eingeschlossen. Und daß zum Neujahr Wein gehörte, das lag innerhalb dieser Grenzen.

Alle ihre auseinanderstrebenden Wünsche hatten sich nun an den Wein geheftet.

»Kannst du dem Jungen niemals nein sagen«, nörgelte Susanne. Sie hatte das Erröten der Mutter gesehen und sofort als unzüchtig empfunden; es war ihr, als müßte sie ihre eigene Keuschheit noch verstärken, um dies aufwiegen zu können.

»Etsch«, machte Otto und zog ihr eine Fratze. Er hatte das Geld bekommen, polterte zur Tür hinaus und überließ die Erwachsenen jener unausgegorenen Feindseligkeit, von der Familien so häufig befallen werden, wenn man sie eines gemeinsamen Interesses beraubt. Aus diesem menschlichen Urzustand rettete sie Richard – er schlug sich mit zwei Fingern auf die vorgebaute Kuppel seiner Stirne:

»Daß man dem Bengel immer wieder aufsitzt: drüben haben sie eine neue Kellnerin, und die gefällt ihm.«

Die beiden Frauen sahen einander an, und Katharine brach in ein glückhaftes Gelächter aus, von dem schließlich auch Susanne angesteckt wurde: sie, die gleich ihrem Vater fast niemals lachte, stimmte mit dem auch ihm zu eigen gewesenen jähen Auflachen in die Heiterkeit Katharinens ein. Warum lachten sie? weil die geheimen und ruchlosen Träume des Jungen offenbar geworden waren? oder weil es nichts fruchtete, die eigenen privaten Wünsche verbergen zu wollen? lachten sie, weil sie im Grunde keinerlei Geheimnisse voreinander hatten? Und Richard, der die gleiche Befreiung spürte, sagte stolz:

»Das war kein Witz, es ist wirklich so.«

Katharine sagte mit ihrer wasserhellen Stimme:

»Ja, ja, aber du hast es so komisch herausgebracht.«

Otto erschien wieder. Er war ein wenig zu geschniegelt gekleidet, besonders in Anbetracht der dürftigen Mittel, mit denen er solche Eleganz bewerkstelligen mußte. Zu seiner übertrieben weiten Hose trug er die zu klein gewordene dunkle Jacke, die zu seinem Firmungsanzug gehört hatte.

»Da ist der Wein«, sagte er und stellte die halbgefüllte große Karaffe auf den Tisch.

»Warum ist der Krug im Sommer beschlagen, im Winter aber nicht?« prüfte Richard.

»Laß mich in Ruh'«, sagte Otto, »wir wollen anstoßen... wir müssen uns jetzt etwas wünschen.«

Der Neujahrswunsch! Der Meteor des Jahres war in sanftem Bogen am Firmament erschienen, und die vor ihm standen, sie sollten ihre Wünsche daran heften. Welche Fülle von Wünschen gibt es! und der Mensch, der des Morgens aus seinem Bett und in seine Schuhe gestiegen ist, der nach mancherlei Verrichtungen am Abend seinen Leib wieder in das Bett zurücklegt, hat tagsüber vieles zur Befriedigung seiner verschiedenen Wünsche unternommen, obwohl ihm die meisten unklar geblieben sind. Und wenn er sie angesichts eines Meteors plötzlich äußern soll, da wird er gar häufig sprachlos vor Schrecken über seine eigene Unklarheit, aber vielleicht auch über seine Gleichgültigkeit, die ihn unfähig macht, die Wünsche des andern zu erraten und sie durch einen Trinkspruch zu unterstützen. Schließlich fand Otto die befreiende neutrale Formel:

»Die Mutter soll leben.«

Und weil dies so einfach war, daß auch im verworrensten Menschen noch etwas Warmes anklingt, stießen sie mit den Gläsern an, als könnte der Klang des Glases ein Echo aus ihrem Herzen sein, sie lächelten auch ein wenig dazu, und eigentlich warteten sie, daß nunmehr das Wesentliche erfolgen müsse, das Wesentliche, um dessentwillen es sich verlohnt hatte, heute morgen aus dem Bett zu steigen und ein neues Jahr zu beginnen.

Doch weil nichts dergleichen geschah, sagte Susanne hausfraulich:

»Man muß Kohle nachlegen.«

»Ja«, sagte die Mutter mit wasserheller Stimme.

Susanne erhob sich, klappte mit dem Schürhaken die Ofentüre auf; es lag noch Glut in der gelbgebrannten Ziegelhöhlung, und ein schmaler Strom Hitze blies ihr ins Gesicht. Spreizbeinig und gebückt, das ausladende Hinterteil dem Zimmer zugekehrt, verursachte sie gewaltiges Rasseln im Kohlenkübel, und wenn sie mit der Routine der geübten Heizerin eine Schaufel voll in die Glut beförderte, knisterte der Kohlenstaub in Funken auf. Susanne schlug mit dem Fuß die Ofentüre zu und begab sich wieder an ihren Platz.

Draußen irgendwo rauschte saftig und groß das Leben, und jeder von ihnen wollte einen Zipfel davon erhaschen, aber sie wußten nicht welchen, und sicherlich war es für jeden ein anderer.

»Wollte Gott, wir säßen nächstes Jahr wieder so im warmen Zimmer alle beisammen«, war endlich die Antwort Katharinens auf Ottos Trinkspruch; es war gewissermaßen ein lichter Moment, da sie damit einen Wunsch gefunden hatte, der sich ausnahmsweise auf die Gesamtfamilie bezog, wobei es allerdings unentschieden blieb, ob der Akzent auf »alle« oder auf »warm« zu legen war. Sie dachte selber darüber nach, und obgleich bei ihrer kargen Pension und ihren Zukunftssorgen die Heizungsfrage die größere Rolle spielte, ergänzte sie: »Vielleicht werden dann auch Emilie und Rudolf bei uns sein.«

Aber der Augenblick der Gemeinsamkeit hatte nicht vorgehalten. Susanne dachte schon an die bevorstehende Abendmesse und daß sie das nächste Neujahrsfest hoffentlich schon innerhalb der Klostermauern feiern würde, und auch Richard war mit seinen Gedanken woanders, sie schweiften zu einem Skiausflug, auf dem er vielleicht die nächsten Weihnachtsferien verleben wird, und erst als die Heizungsfrage ihm langsam ins Bewußtsein drang, empfand er es als Vorwurf, daß er noch immer an Mutters Tisch saß.

Deshalb knurrte er:

»Nächstes Jahr werde ich schon Schule halten, irgendwo in einer kleinen Stadt... oder weiß Gott wo.«

»Fein«, sagte Otto.

Groß und saftig rauscht draußen das Leben. Doch dunkel tobt der Kampf ums Dasein, der Kampf um den Platz an der Sonne, und selbst als Susanne jetzt sagte:

»Bei Sellinger sind Flanelle vom Weihnachtsverkauf zurückgeblieben; er gibt sie zum halben Preis ab«, war's Daseinskampf, denn er steckt in jedem einzelnen Warenpreis.

Da aber alle Zukunftshoffnungen für das neue Jahr nicht über den fürchterlichen Zwang der entfliehenden Zeit und über die Angst vor dem kommenden Alter hinwegtäuschen konnten, mußte Katharine Hieck immerzu an das seit der Jugend erhoffte Wunder der Liebe denken und an die Erfüllung, die sich jetzt sozusagen in letzter Minute doch noch einstellen sollte. Und besessen von dieser angstvollen Hoffnung tat sie etwas, was in diesem Kreise fast noch niemals geschehen war, sie erwähnte den Vater:

»Wenn Vater noch bei uns wäre«, sagte sie.

Das sagte sie, und so senkte sich im sanften Bogen des Meteors jenes Bild des Todes auf sie herab, das sie doch keinen Augenblick verlassen hatte. Und der Gast, den sie in mancherlei Gestalt für das nächste Neujahr erwarteten, er trug in den Falten seines Mantels den Hauch des Todes.

Katharine hatte keine Vorstellung mehr von dem dahingegangenen Gatten, aber unauslöschbar in ihrer Erinnerung war das Leben, das sie empfangen und empfangend weitergegeben hatte, und sie klammerte sich daran. Wohin war sie geraten? wohin wird sie noch geraten? Die Kinder, die hier saßen, waren dunkel und hatten fremde Züge, und die Kinder, die ihr ähnlich sahen, die ihre eigenen blauen Augen mitbekommen hatten, die waren weit fort. Und so sagte sie:

»Ich mache mir keine Illusionen mehr.«

Doch Otto sagte:

»Gibt's heute keinen Kaffee?«

»Schön«, sagte Katharine, »ich will Kaffee für euch kochen.«

Richard dachte plötzlich an die Gruppentheorie. Und dieses abstrakte und theoretische Gebilde, das war nun mit einem Male wie ein Zipfel des fernen und unsäglichen Lebens. Er ließ den Rest des Weins in den Magen fließen und hatte unter Weste und Speck ein angenehmes Gefühl.

Zweiter Teil

1

In den letzten Wintermonaten klärte sich manches für Richard Hieck; es war eine Art Erleuchtung, er wußte plötzlich, was er tun wollte. Oder er wußte ein Stück davon. Oder er glaubte, es zu wissen. Mittelbar verdankte er dies Kapperbrunn.

Er war Kapperbrunn für alles mögliche verpflichtet. Die Stelle an der Sternwarte hatte er mit seiner Hilfe erhalten. Am Fortschritt der gruppentheoretischen Arbeit nahm Kapperbrunn nicht nur allen Anteil, sondern er verabsäumte auch nicht, Weitprecht mit Andeutungen über deren physikalische Auswertbarkeit zu füttern. Und so war es auch sein Werk, daß der allen Amtsgeschäften abgeneigte und überdies kränkliche Weitprecht, anstatt in gewohnter Weise die Dissertation monatelang herumliegen zu lassen, in einem Akt der Selbstüberwindung das für die Sternwartestellung nunmehr doppelt wichtig gewordene Doktorat Hiecks jetzt selber beschleunigte.

Bei dieser Fülle äußerer Abhaltungen ging es übrigens bloß langsam mit der gruppentheoretischen Arbeit vorwärts, und es wurde März, ehe Richard das fertige Elaborat auf Kapperbrunns Tisch legen konnte.

»Anständige Arbeit«, sagte Kapperbrunn, nachdem er sie zwei Tage bei sich behalten hatte, »gediegenes Handwerk mit goldenem Boden, wir wollen es bei Crelle einreichen.«

Ansonsten führte Kapperbrunn zynische Reden:

»In der Wissenschaft gibt es zwei Wege, etwas zu erreichen: entweder den Weg des hysterischen Fortschritts und der hochfliegenden Gedanken, Typus Weitprecht, oder den der gesunden Reaktion. Ich, für meinen Teil, ich habe mich für den letzteren entschieden. Ich bin jederzeit bereit, mich bis auf Newton, ja, wenn Sie wollen, bis auf Descartes zurückzuziehen und alles, was nachher kam, als hysterisches Hirngespinst abzutun.« Er lachte schlau: »Überdies auch ein Weg zum Ordinariat.«

Richard wußte, daß es Kapperbrunns Leidenschaft war, die Leute durch überpointierte Skepsis zu verblüffen. Nichtsdestoweniger erfüllten ihn diese Reden mit dumpfer Empörung, einer Empörung, aus der plötzlich die Erkenntnis durchbrach:

»Sie glauben selber nicht daran, Herr Dozent.«

»Na, wissen Sie denn, woran Sie selber glauben?«

»Es handelt sich...« Richard suchte nach Worten, er fuhr sich über den schweren Schädel, ein ungeschicktes Lächeln spielte um den harten Mund, »es handelt sich nämlich auch für Sie um die Wirklichkeit.«

»Das verstehe ich nicht.« Kapperbrunn stellte sich dumm.

Richard strengte sich noch mehr an. Wie war es mit der Mathematik? ein helles Netz leuchtender Wirklichkeit, unendlich lag sie vor ihm, und man mußte von Knoten zu Knoten sich weitertasten, ja, so ähnlich war es, ein kompliziertes Himmelsgeflecht wie die Welt selber, ein Geflecht, das man auflösen mußte, um der Wirklichkeit habhaft zu werden.

»Überall ist die Mathematik drin«, sagte er schließlich, und zur Überraschung Kapperbrunns wurde er pathetisch: »schon daß ich die Dinge zählen kann, ist ein Stück Mathematik, das in der Wirklichkeit steckt.«

»Da hätten Sie Dichter, aber nicht Mathematiker werden müssen«, meinte Kapperbrunn, »na, Sterndeuter sind Sie ja ohnehin schon.«

Daß Kapperbrunn ihn damit verletzte, das merkte Hieck allerdings nicht, im Gegenteil, er fühlte eine starke Überlegenheit; Kapperbrunn stellte sich dumm und war trotzdem noch ein Stück dümmer. Was Richard Hieck seiner Mutter, aber auch den Geschwistern gegenüber immer empfand und was ihn eigentlich vor den meisten Menschen befiel, das kam, wenngleich in abgeschwächtem Grade, nun auch Kapperbrunn gegenüber zum Vorschein: die haßerfüllte Verwunderung über die Ausdrucksfähigkeit des Menschen, über seine ruchlose Fähigkeit, Worte zu halbwegs geordneter Sprache zu verbinden ohne Ahnung von dem Wesentlichen, auf das allein es ankommt und das allein ausdruckswürdig ist. Die Sünde des Nichtwissens! die Verstocktheit des Nicht-wissen-Wollens! Und vielleicht nur, weil er in diesem Augenblick von solcher Wut gegen Kapperbrunn erfüllt war, daß er ihn hätte ermorden mögen, und weil es seinem Geist gemäß war, alles sofort in theoretische Erkenntnis umzusetzen, begriff Richard Hieck, daß es stets das Nicht-wissen-Wollen war und stets das Nicht-wissen-Wollen sein wird, das die Menschen zu Mord reizt oder zumindest sie fähig macht, gleichgültig dem Tod des andern zuzuschauen.

Aber er machte noch einen Vorstoß; er wollte Kapperbrunns

Mitarbeit an seinen eigenen Gedankengängen erzwingen:

»Alles, was geschieht, vollzieht sich nach logisch gebauten Gesetzen...«

»So?« sagte Kapperbrunn, »das habe ich noch nicht gefunden.«

»Immer ist es das Gesetz, mögen Sie es nun Kausalgesetz oder sonstwie nennen...«

»Das Kausalgesetz ist unser modernstes altes Eisen.«

»Das ist ja gleichgültig... wenn das Kausalgesetz nicht mehr gilt, so ist es, weil die Logik dawider ist... wenn wir die Logistik erst richtig ausgebaut haben werden, dann haben wir die Wirklichkeit in der Hand.«

Mit düsterm Triumph schaute er auf Kapperbrunn; er hatte zum ersten Male formuliert, was so lange in ihm rumorte. Kapperbrunn nickte. Und in der Erleuchtung dessen, der viel mehr weiß, als er auszusprechen vermag, schloß Richard Hieck ab:

»Logik und Mathematik aber sind identisch.«

»Ja, ja, die Logistik...« Kapperbrunn machte eine ironische Pause, er, dessen Gewandtheit auch mit der Logistik fertig wurde und sich in ihr leichthin tummelte, war nun voller Widerborstigkeit, »...auch so eine neue Erfindung.«

Richard fühlte sich entsetzlich vereinsamt. Was galt ihm das Institut und alles, was hier geschah? es war, als sei das, was draußen lag, wesentlich wichtiger. Dort draußen heulte der Märzsturm. Der Winter war überaus streng gewesen, und winterlich war es noch immer, trotz des astronomischen Frühjahrsbeginns. Aus dem mütterlichen Schoß der Nacht dringt alle Erkenntnis, aus ihr entspringt alle Wirklichkeit der Welt, alle Helligkeit wird im Dunklen vorgeformt. Kapperbrunn wollte davon nichts wissen. Richard warf einen schrägen Blick nach aufwärts zu den Büchergestellen, auf denen die Büsten Newtons und Gauß' standen. Wer hatte diesen Schmuck gekauft? der Staat? es war eine Frage, die er sich noch niemals vorgelegt hatte. Die neue Hellsichtigkeit wirkte sich offenbar auch im kleinen aus.

Kapperbrunn, der für heute genug Skepsis produziert hatte, fragte versöhnt:

»Sie wollen also jetzt wieder Logistik treiben, statt bei der Astronomie zu bleiben?«

»Nein...«, sagte Hieck, und nach einer Weile, »...ja.«

»Hm, Sie sind ein präziser Mensch, Hieck.«

»Es läßt sich ja beides vereinen... die Arbeit an der Sternwarte ist grauenhaft mechanisch.«

»Weiberarbeit, wie alles, was wir treiben«, sagte Kapperbrunn mit der Stereotypie des Menschen, der sich eingerichtet hat. Und damit fand er sich freudig vor ein Lieblingsproblem gestellt: »An der Sternwarte habt ihr keine Osterferien? natürlich nicht...«, er schaute Hieck treuherzig und bedauernd in die Augen, »...das einzige Universitätsinstitut, das keine Ferien hat, bloß Urlaub einmal im Jahr.«

»Die Hilfsarbeiter haben nicht einmal Urlaub«, bekräftigte Hieck.

»Mja, die Sterne kreisen und kreisen, möcht' wissen, warum... ach, Hieck, was sind wir für arme Luder, ich wollte, ich wäre schon in Pension.«

Wie immer, wenn Kapperbrunn sein Privatleben in den Vordergrund brachte, wurde es Hieck unbehaglich zu Mute. Er sagte:

»Ich muß noch zu Weitprecht.«

»Tun Sie dies, wenn Sie durchaus müssen... er ist ohnehin in seinem Zimmer.«

Weitprecht empfing ihn mit der gewohnten abweisenden Liebenswürdigkeit; man sah es ihm an, daß er sich erst mit Mühe zurechtfinden mußte und unausgesetzt nach dem Namen seines Besuchers fahndete.

»Herr Professor haben mich für heute bestellt.«

»So, so, für heute... irren Sie sich nicht?« Mit einiger Nachhilfe kam er darauf, daß es sich noch um das Rigorosum handelte und daß er sich mit dem Mitprüfer ins Einvernehmen hatte setzen wollen.

»Diese ewigen Formalitäten«, jammerte er, freilich etwas heuchlerisch, denn er war viel zu ängstlich, um sich über irgendeine Vorschrift hinwegzusetzen. Über der entstellenden Halbbrille erhob sich eine schmale, an den Schläfen beinahe eckig abgebogene Stirne, leicht sommersprossig und umrahmt von angegrautem wirren Blondhaar. Der Mund war für einen Mann in diesem Alter merkwürdig frauenhaft und empfindsam. Kapperbrunn mochte recht haben, wenn er schadenfroh immer wieder behauptete, daß Weitprecht in seiner Ehe greulich tyrannisiert werde. Richard Hieck erinnerte sich der kleinen unschönen Frau, die zuweilen im Institut erschien, um den Gatten abzuholen. Manche Studenten grüßten dieses Stück Privatleben ihres Lehrers; Richard tat dies nie, ihm war es unangenehm.

»Also Sie sind jetzt an der Sternwarte«, sagte Weitprecht, stolz, sich derartig glänzend zurechtgefunden zu haben.

»Ja«, sagte Hieck, und da Höflichkeit nicht eben seine Sache war, brauchte er einige Zeit der Besinnung, um hinzuzusetzen: »Und ich bin Ihnen, Herr Professor, für Ihre Fürsprache dort sehr dankbar. Eine sehr angenehme Stellung.« Er war von so viel Höflichkeit recht erschöpft.

»Gerne geschehen, gerne geschehen«, lächelte Weitprecht mit entschwindendem Gedächtnis und hatte gleichzeitig das Gefühl, sich mit dieser Fürsprache ins eigene Fleisch geschnitten zu haben; er wurde besorgt: »Da werden Sie wohl keine Zeit mehr für unsere gemeinsame gruppentheoretische Arbeit finden?« Sein Lächeln wurde werbend und gewinnend.

Das Bild der Wissenschaft als des Netzes, von dem Masche um Masche gelöst werden mußte, stand wieder vor Richards Auge. Aber es hatte seinen beglückenden Aspekt verloren. Es schien ihm jetzt ein dürres Geflecht, an dem eine Schar von Blinden in unsinniger Weise beschäftigt war. So ähnlich mußte es Kapperbrunn meinen, wenn er die Wissenschaft ein infantiles Gesellschaftsspiel für Zurückgebliebene nannte: manchmal steckte doch etwas hinter Kapperbrunns Aussprüchen, auch wenn man sie nicht gleich verstand. Hieck schob den Gedanken beiseite.

»Selbstverständlich arbeite ich weiter, Herr Professor.«

Weitprecht lächelte ein wenig irr: »Dann wird es schon werden.«

2

In das Phantom seines Ichs versunken, taumelte er durch den jähen Frühling, der über die Welt gekommen war. Und noch niemals war Richard Hieck so viel unterwegs gewesen. Die Sternwarte lag auf einer bewaldeten Anhöhe, an deren Fuß sich eine Villenkolonie angesiedelt hatte. Es waren zwei Kilometer von der Stadtgrenze heraus, aber Richard benützte aus Ersparnisgründen fast niemals die Tram, und wenn er Nachtdienst hatte, war der Verkehr ohnehin schon eingestellt.

Mit astronomischen Beobachtungen hatte er wenig zu tun. Sie lagen ihm auch nicht sonderlich. War schon die Experimentalphysik seinem spekulierenden Verstand eine nicht genehme Fessel, so konnte er sich mit den Verrichtungen der astronomischen Instrumententechnik, mit der photographischen Handwerksarbeit und allem, was da drum und dran hängt und doch gelernt werden muß, noch viel weniger abfinden. Richard war keine romantische Natur, und er hatte von allem Anbeginn gewußt, daß Astronomie mit Sternenpracht kaum etwas zu schaffen hat, ja, daß man vom Nachthimmel verhältnismäßig wenig zu sehen bekommt. Ob man ein Ultramikroskop oder einen Refraktor einstellt und fixiert, ist ziemlich gleichgültig, der ganze Unterschied besteht in der geringeren Elastizität der astronomischen Praxis, so daß die Arbeit im Laboratorium in mancher Hinsicht sogar vorzuziehen war. Und auch im Beobachtungsmaterial als solchem wäre wenig Unterschied zu merken gewesen, denn das unendlich Große ist schließlich nicht verwunderlicher als das unendlich Kleine, und doch gab es hier von irgendwoher das erregende Bewußtsein übergroßer Dimensionen, jener übermächtigen Dimensionen, die sonderbarerweise in die Seele eines jeden Menschen die Spur göttlicher Ewigkeit einprägen, immer wieder ihn überwältigend, selbst denjenigen, der berufsmäßig schon an sie gewöhnt sein müßte – hätte man nicht dieses Bewußtsein unvorstellbarer Lichtjahre gehabt, unvorstellbar der menschlichen Seele und dennoch ihr bedeutungsvoll, es wäre die ganze Astronomie schlechthin langweilig zu nennen gewesen, und sehr oft war sie es auch wirklich.

Aber er liebte den Heimweg unter dem nächtlichen Himmel. Lind hing der Frühling in den Tannenbäumen, es roch staubig vom nadelbehäuften Waldboden, und es war ein sanfter und kühlender Geruch. Das kleine Wirtshaus, an dem man vorbeikam und dessen Tische unter den Bäumen standen, war um diese Zeit zumeist schon geschlossen; bloß eine Dachkammer, vielleicht die einer lesenden oder liebenden Kellnerin, hatte stets ein beleuchtetes Fenster. Sonntags allerdings gab es Betrieb, da saßen die Leute an den Tischen, während um die Glühlampen, die an weitgespanntem Draht über ihren Köpfen baumelten, die Schmetterlinge und Mücken schwärmten. In einer dieser Sonntagsnächte – es war damals, als der ganze Wald scheinbar voller Liebespaare steckte und Richard gleich einem Zwölfjährigen es vor Einsamkeit nicht mehr aushielt –, da hatte er sich hingesetzt, ein Glas Bier getrunken und die Liebespaare beobachtet, wie sie verwirrt aus dem Wald ins Helle traten, und war doch selber verwirrter als jene. Er verglich seinen eigenen massigen und ungelenken Körper mit dem der jungen Burschen, die da in kreuzweiser Umschlingung mit den Mädchen aus dem Dunkel auftauchten, und es erschien ihm unmöglich, daß je eine Frau liebend den Arm um seinen ungefügen Körper legen könnte. Das war nicht zu erwarten, und mochte er ein noch so berühmter Mathematiker werden. Doch diese ihm nicht unbekannten Gedanken wurden unterbrochen, als ein Mann, doppelt so groß und breit als er, in den Wirtshausgarten trat, ein zartes dunkles Mädchen an der Seite, und als die beiden unweit von ihm sich niederließen: zuerst folgerte er, daß dieser Mann das zarte Mädchen mittels Geldes oder schnöder Gewalt in Besitz genommen habe, indes mußte er bald feststellen, daß das Mädchen hoffnungslos in den Riesenkerl verschossen war, und diese Beobachtung, die eigentlich etwas Tröstliches für ihn hätte haben können, steigerte seine Verwirrung so sehr, daß er nicht nach Hause ging, sondern nochmals zum Observatorium hinaufstieg – ein unbezähmbares Bedürfnis nach freier Luft und freier Ausschau hatte ihn befallen. Dort oben vor dem Observatoriumseingang gab es eine kleine Gartenanlage, gab es Bänke am Rande eines geradlinigen Holzschlags, der – ein Streifen von etwa hundert Metern – von hier aus bis zum Fuß des Hügels reichte, und aufseufzend ließ sich Richard Hieck auf eine dieser Bänke nieder, um in die Ebene hinauszuschauen. Geradlinig stand der Wald links und rechts neben dem mit Rasen bewachsenen Streifen, hell leuchtete der Zickzackweg, der über diese Lichtung heraufführte, und still lag die Ebene unter einem leichten, kaum merklichen Nebelschleier, beleuchtet von einem Mond, der noch hinter dem Hügel verborgen war, dennoch licht genug, daß weit in die Ebene hinaus die weißblühenden Obstgärten gleich schneeigen Inseln im Perlmuttergrau des Landes schwammen. In noch weiterer Ferne aber sah man die Randberge des Tals, auf deren Höhen die Sterne aufsaßen wie verstreute Wachtfeuer, indes schütter ausgesät im Tal die Sterne der Wohnlichter blinkten. Geradlinig strebte die Lichterreihe eines Zuges der Stadt zu, deutlich vernehmbar sein rhythmisches Klappern, der Pfiff, mit dem er die Brücke über den Fluß begrüßte, das dumpfe Rollen, mit dem er über sie hinwegfuhr, er selbst schon unsichtbar, da seine Lichter von dem vorspringenden Waldhügel verdeckt wurden. Doch der ungeheuere Raum zwischen der Perlmutterebene und der samtenen Schale der Sterne darüber, das ungeheuere Gewölbe war vom Frühling ausgefüllt, zum Bersten ausgefüllt, es drang der Frühling mit jedem Atemzug in Richards Körper ein, er wurde von ihm ausgeatmet, mild und breit flutete das Leben, fluteten die Sterne oben und unten.

Richard, Füße in den Schuhen, Sockenhalter um die dicken haarigen Waden, saß vornübergebeugt, und er sah hinaus in das wogende Tal flutender Dunkelheit, in das die Sterne tauchten. Die Nacht, aus der er gekommen war, alle Nächte, die er je gelebt, die Nächte, die vor seinem eigenen bewußten Leben lagen, die ahnte er in sich, da nun die Nacht in ihn einströmte und seine Lungen füllte, einen Engel darin erweckend, der anatomisch zwar nicht feststellbare, immer jedoch vorhanden gewesene, geduckte und beleidigte Engel des Kindes, der vor lauter Geducktheit sentimental und schüchtern geworden war. Und Richard, noch immer in großer Verwirrung, begann die Position der Sterne festzustellen, gewiß keine schwierige Aufgabe für einen Astronomen, rekapitulierte Sternentfernungen, als müßte er sich auf ein Examen vorbereiten.

Er erhob sich. Ein ungeschicktes, ein wenig höhnisches und doch weiches Lächeln lag über dem gelben Asketengesicht. Es war gut, daß Otto ihn nicht sah, es war gut, daß Kapperbrunn ihn nicht sah, sie hätten beide nicht verstanden, was er hier trieb, und sie hätten sich bloß über ihn lustig gemacht. Olivenfarbig unter dem höhergestiegenen Mond senkte sich die Fläche des Grasabhanges, an dessen Rand er nun vorgetreten war, vom Tal stieg ein lauerer Hauch herauf, bewegte leise die Gräser. Richard wandte sich zum Gehen. Er mußte an Hilde Wasmuth denken. Gut, daß sie ihn nicht sah. Im Walde rieselte von Zeit zu Zeit der Wind in den Nadeln. Richard hatte Bier im Bauch und die Sterne über dem Haupt, und der Engel in seiner Brust hatte die Flügel gefaltet. So stieg er langsam, eng und ein wenig schwerfällig zu dem Wirtshaus hinab. Man hatte bereits geschlossen, der Platz lag verödet zwischen den Tannen, und auch der Riesenkerl mit dem Mädchen war schon fort. Unterhalb des Nadelwaldes begannen die Villengärten. Die ersten Rosen blühten, farbig im Lichte der Straßenlaternen. Die Häuser schliefen. An der Endstation der Straßenbahn lehnte ein Polizist, auch er vom Frühling umspült. Und dann durch die gepflasterte Allee, neben der auf eigenem Damm das Straßenbahngeleise lief, zwischen Feldern, Laubenkolonien, Baugeländen, vorbei an einzelnen Häusern und Verkaufsbuden marschierte Richard Hieck der Stadt zu. –

Während dieser Zeit war auch sein Bruder Otto nicht untätig geblieben. Der Nachtdienst Richards war für ihn ein richtiges Gottesgeschenk geworden. Kaum daß es im Hause ruhig wurde, entschlüpfte er und verfügte sich in ein Café, nicht nur weil dort der von ihm begünstigte Fußballklub »Marathon« seinen Sitz hatte, sondern auch weil in den Souterrainräumlichkeiten des Lokals an jedem zweiten Wochentag und überdies am Sonntag getanzt wurde. Mit seinen weiten Hosen, Gürtel um den Hosenbund, ohne Weste, mit offener Jacke und einem schwarzen Künstlerschlips im weichen Kragen des Hemdes, verwegene Mütze auf dem kunstvoll heraushängenden Schopf, so erschien er im Lokal, kindlich und gerissen zugleich. Seitdem er einen Schnellkarikaturenzeichner gesehen hatte, galt es für ihn als ausgemacht, daß er solches gleichfalls zustande brächte, und tatsächlich gelang es ihm, sich damit einen Erwerb zu schaffen, der ihm die Mittel zu seinen Eskapaden lieferte. Er streunte von Tisch zu Tisch, bot für geringes Entgelt das Zeichnen von Karikaturen an, die mal so, mal so ausfielen; aber da er visuelle Komik und Sinn für Humor besaß, lachten die Leute über ihn, auch wenn sie ihn manchmal einen unverschämten Bengel nannten, und die Frauen nahmen sich seiner an, gerührt ob seiner frechen Zartheit und seiner Neigung zu einer sanften Verlotterung. Otto war mit alldem sehr zufrieden, und nur der Zwang, vor Richard daheim eintreffen zu müssen, ging ihm wider den Strich. Glücklicherweise hatte Richard einen geordneten Fahrplan.

In den Straßen der Stadt hatte sich der Frühling sommerlich verdichtet. Unbewegt ruhte die Luft zwischen den Häusern, eine Säule unbewegter Wärme, die zu den Sternen hinaufreichte.

Den Kopf im Schoße einer Frau, die er kaum kannte, lag Otto

auf der harten Sitzfläche einer Bank im dunkleren Teil des Stadtparks. Er schnupperte an dem unbekannten mütterlichen Körper, und in plötzlichem Erlahmen seines Begehrens nahm er die Hände der Frau, schob sie sich unter den Kopf, und ein wenig hin und her wetzend, bis er den richtigen Platz gefunden hatte, blieb er, in die Sterne schauend, ruhig liegen. Es war ihm zum Heulen zumute, und wenn es einen Grund dafür gegeben hätte, er hätte losgeweint. Die Frau über ihm wagte nicht, sich zu bewegen, sie hielt den zarten Knabenkopf wie ein fremdes Geschenk in ihren Händen, ja, sie wagte nicht einmal, ihn um ein geringes zu heben, obwohl sie ihn gerne an ihre Brust gebettet hätte.

»Liebst du mich?« fragte sie.

Der Knabe in ihrem Schoß antwortete nicht.

Sie fragte nochmals und noch leiser:

»Liebst du mich?«

»Nein«, gab er leise zurück in einer weichen Starrheit, die nun auch sie umhüllte. Dann aber legte er sein Gesicht an ihre milde Brust, sie preßte ihn an sich und spürte, wie ihn lautloses, hemmungsloses, hoffnungsloses Schluchzen durchschüttelte.

Dann war er davongelaufen.

Zu Hause anlangend, hatte er den Vorfall beinahe vergessen. Er war froh, daß Richard noch nicht da war, er beeilte sich, ins Bett zu kriechen, denn es war später als sonst geworden. Als er gewohnheitsgemäß zum Einschlafen die Hände unters Gesicht legte, merkte er den Duft der fremden Frau. Das war so erregend, daß er wieder völlig wach wurde. Durch das offene Fenster sah man einen Ausschnitt des Nachthimmels, und der Mond schnitt ein schräges weißes Prisma in das Zimmer. Wo mochte Richard heute bleiben? Otto schnupperte an den Handflächen; sie waren ein wenig klebrig; eigentlich hätte er sich waschen sollen. Aber da war er auch schon eingeschlafen.

3

Daß die Temperatur in einem Raume stets zu einem Gleichmäßigkeitszustand hinstrebt, daß nicht ein Punkt des Raumes glühend heiß, der andere weltallskalt ist, daß der zweite Hauptsatz der Wärmelehre gilt, daß die Welt nicht plötzlich explodiert, daß die Sonne morgen wieder aufgehen wird, daß uns das Fleisch nicht mit einem Male grundlos von den Knochen fällt, daß unser Gehirn heute noch nach Gesetzen arbeitet, die immerhin als normal zu bezeichnen sind (soferne wir uns ein Urteil darüber erlauben dürfen):

dies alles ist Ergebnis eines ungeheuren Zufalls, dies alles ist nicht sicher, sondern bloß nach dem Gesetz der großen Zahlen halbwegs wahrscheinlich,

wobei das Gesetz der großen Zahlen auch nur wahrscheinlich ist und jederzeit von einem andern Gesetz abgelöst werden könnte,

denn auch dieser Satz ist bloß von Menschenhirnen entdeckt worden, über deren Normalität nichts Sicheres auszusagen ist.

Dies ist der Zustand der Welt, und er war Richard seit jeher bewußt gewesen, und es hatten an die zwanzig Jahre vergehen müssen, ehe die Physik ihm die theoretische Bestätigung dessen brachte, was er einstens am eigenen Leibe erfahren hatte. Heute freilich hatte er seine Jugendeindrücke vergessen, und die stolze Befriedigung, mit der er konstatierte, daß das Bild der Welt unzuverlässig und jederzeit abänderbar sei, erschien ihm als reine Folge seiner wissenschaftlichen Kenntnisse und seiner präzisen physikalischen Einsichten.

Doch in diesem Frühling brach die Scholle der Erinnerung auf.

Denn es war beinahe so, als würde mit der fortschreitenden Aufhellung des Lebenszieles in gleich zunehmendem Maße eine Aufhellung der Vergangenheit erfolgen: je mehr Richard von den Absichten wußte, in deren Verwirklichung sein Leben bestehen sollte, je mehr er sich klarmachte, daß es sein Ziel sein müsse, alle Lebenserscheinungen zu umfassen, mathematisch und berechenbar zu umfassen, weil er durch diese Fülle mathematisierter Welterkenntnis zur Totalität des eigenen Lebens gelangen werde, je klarer ihm dies wurde, desto größer und heller wurde auch das Fenster der Erinnerung.

Er erinnerte sich, daß er als Kind die feinen Juwelierläden im Stadtzentrum geliebt hatte. Auf schwarzem Samtgrund lagen im Schaufenster sternfunkelnde Brillanten. Aber er erinnerte sich nicht, wann dies gewesen sein konnte, denn er war bloß selten in die Stadt gekommen. Aber jetzt blieb er oftmals vor den Schaufenstern stehen.

Er erinnerte sich, daß er den Geruch in der Kammer Emiliens

und Susannens geliebt hatte. Seitdem suchte er diesen Geruch.

Er erinnerte sich eines Traums, aus dem er nach der Mutter schreiend aufgewacht war. Er hatte geträumt, daß er blind geworden sei, und als die Kerze endlich aufleuchtete, wollte er es nicht glauben.

Er erinnerte sich, daß er seitdem gemeint hatte, der Vater müsse erblinden, weil er die gleichen Augen wie er und Susanne hatte. Und all dies brachte er in einen Zusammenhang mit dem hassenswerten Nachtleben des Vaters.

Aber er erinnerte sich nicht des Ereignisses, das ihm die Unsicherheit der Welt dargetan hatte, ehe er noch von der Existenz der Physik etwas wußte, jenes Ereignisses, das eine unauslöschliche Skepsis in ihn eingepflanzt hatte. Er konnte nur feststellen, daß diese Skepsis von ganz anderer Art war als die Kapperbrunns, da sie ihn nicht von der Erkenntnis abhielt, sondern immer weiter vorwärts trieb in die Unermeßlichkeit des Wissens: nein, er glich nicht Kapperbrunn, der sich spielerisch in sein Ignorabimus zurückzog, sondern er war von diesem Ignorabismus zu immer neuen Vorstößen angestachelt, tief erregt und beunruhigt von der schwankenden Unsicherheit, in die er sich hineinbewegte, und stets gewärtig, auf Überraschungen zu stoßen, die aller Wahrscheinlichkeit widersprechen würden. Allerdings hatten die erwarteten Überraschungen für ihn stets den Charakter mehr oder minder bedrohlicher Katastrophen, und dieses konstante Auf-der-Hut-Sein vor Katastrophen begleitete ihn nicht nur in der wissenschaftlichen Forschung, sondern überall im Leben; er wartete gewissermaßen bei jedem entgegenkommenden Menschen auf einen aggressiven Irrsinnsanfall, aber nirgends war dieses Gefühl stärker als auf dem täglichen Heimweg zur elterlichen Wohnung, und sooft er die Treppe hinaufstieg, zweifelte er ein wenig daran, ob er die Wohnung droben überhaupt vorfinden würde.

Im Grunde war ihm Weitprecht sympathischer als Kapperbrunn. Ohne Weitprechts sprunghafte Ängstlichkeit zu teilen, lag ihm diese immerhin noch näher als Kapperbrunns Lebenssicherheit, besonders aber war es der ans Unberechenbare grenzende Wunderglaube des Ordinarius, der in ihm eine verwandte Note anklingen ließ, und diese innerliche Zustimmung ging so weit, daß er mit einer Art gegen sich selbst gerichteter Schadenfreude bis zu der Prophezeiung sich verstieg, Weitprecht werde ihm selbstverständlich einen Strich durchs Doktorat machen. Und er war ehrlich erstaunt, als sich die Sache glatt abwickelte und plötzlich die Promotion da war.

Wie sich's gehört, waren die Mutter, Susanne und Otto bei dem feierlichen Akte anwesend, natürlich auch Kapperbrunn, der, wie es nicht anders von ihm zu erwarten war, die Hände in den Hosentaschen, mit unsolennem Feixen dastand. Heiß schien die Sonne in den Promotionssaal. Richard schwitzte unter dem väterlichen Gehrock, den man herausgeholt hatte und der trotz Reparaturen an allen Enden zu kurz und zu klein war. Da sich unter den Doktoranden einige Korpsstudenten befanden, hatten die Verbindungen Delegierte geschickt; in Brille und Wichs mit gezücktem Schläger hatten sie neben der Estrade Aufstellung genommen. Gelangweilt und doch ein wenig an die Kirche gemahnt, vernahm Richard und mit ihm wohl auch die ganze Versammlung die glorreichen lateinischen Worte des Dekans. Jetzt bin ich Doktor, dachte Richard, als ihm vom Dekan das Diplom eingehändigt worden war, und konstatierte, daß sich an seinem schwitzenden Körper keinerlei Veränderung vollzogen hatte; er bewegte die Zehen im Schuh, das steife Plastron des Hemdes wurde langsam weich, scheuerte aber trotzdem an den Brustwarzen, der Kragen klemmte. Mit einem schrägen Blick sah der neue Doktor zur Decke empor: dort thronten, umrahmt von barockalem weißen Stuck als Deckengemälde, die Sapientia, die Alma mater, die Sagacitas, die Scientia, und Mars wie Apollon dienten ihnen in maßloser Verkürzung, während die Historia ihnen ernsthaft zuschaute. Unterhalb dieser Szene wurden Schläger in der Luft gekreuzt, damit irgendwer hindurchschreite.

Er erinnerte sich einer unsagbar langweiligen und erregenden Oper, zu der er aus irgendeinem Zufall als Kind mitgenommen worden war. Er saß auf der Galerie und betrachtete den gelben Stuck der Decke, während unten eine endlose Ouvertüre gespielt wurde. Vielleicht auch war es eine Operette gewesen.

Er erinnerte sich eines Liedes, das ein Leiermann unter ihren Fenstern zu spielen pflegte. Manchmal hatte man ihm eine in Papier gewickelte Münze hinunterwerfen dürfen. War man ihm auf der Straße begegnet, so war es stets herrlich gewesen, die auf den Leierkasten gemalte Mondlandschaft zu betrachten, den Ritter, der zum Schlosse aufschauend die Laute schlug, und an dem Kasten war ein Blechgefäß für die Aufnahme der gespendeten Münzen angebracht.

Er erinnerte sich zweier prunkvoller barockaler Nachttöpfe im Schlafzimmer seiner Eltern. Zwischen ornamentalen Goldleisten waren Blumenstücke abwechselnd mit Schäferszenen gemalt. Die Kinder hatten bloß weiße Nachtgeschirre. Er erinnerte sich des matten Glockenklangs, mit dem nach Beendigung der Feierlichkeiten der schwere Holzdeckel auf den Topf aufgesetzt wurde.

Die Bewegung unter den Anwesenden zeigte, daß auch hier die Feier ihr Ende erreichte. Richard, der noch an der Estrade stand, fühlte seine Hand ergriffen, und es war Weitprecht, der ihm gratulierte, freilich ohne zu wissen, wen er vor sich hatte, denn Richards mühselige Dankesworte quittierte er mit einem befremdeten Blick über die Halbbrille hinweg, als würde er ihn nicht erkennen. Schließlich lag dies im Wesen Weitprechts, aber es lag auch im Wesen dieses ganzen Betriebs, und Richard erinnerte sich Maxwells, der angeblich seine berühmten Gleichungen vergessen hatte, um Jahre später sie nochmals zu entdecken. In der Vielfalt der Welt verirren sich Erinnerung wie Vergessen; und in der Vielfalt der Erkenntnis, in der unübersehbaren Masse der Sachverhalte wird es gleichgültig, woher der Mensch kommt und wohin er strebt, Herkunft und Ziel verwischen sich. Richard suchte im Gedränge nach seiner Mutter, wurde jedoch statt ihrer Kapperbrunns gewahr, der auf ihn zutrat und aller Würde bar ihm auf die Schulter klopfte:

»Na, wie fühlen Sie sich jetzt nach dieser Entbindung, Hieck?«

»Danke, Herr Dozent«, sagte der neue Doktor unangenehm berührt, »aber da ist meine Mutter.«

Nicht einmal »Doktor Hieck« hatte Kapperbrunn sagen können, und die Mutter machte ein Gesicht, als hätte sie nicht viel von dem begriffen, was da vor sich gegangen war, weder von dem ganzen Gepränge noch von den Witzen Kapperbrunns, der an ihrer Seite blieb.

Langsam schob man sich zum Ausgang hin. Zwischen den Köpfen der Leute glaubte Richard einen Augenblick lang die Züge Hilde Wasmuths zu erblicken. Aber sie war es nicht. Hingegen wies Kapperbrunn in irgendeine Richtung: »Sieh mal an, da ist die Erna Magnus.« Man kam nur schwer vorwärts. Es roch nach staubigen Kleidern und nach dem erstickten Schweiß ungelüfteter Zimmer. Eine Frau mit hochrotem Antlitz küßte ihren doktorierten Sohn, der in elegantem Frack, das Cerevis schief auf dem blonden Scheitel, den künftigen juristischen Beamten ahnen ließ. Richard bemerkte nichts von alldem, dies besorgte an seiner Stelle Otto, der die Masse der Menschen als freundliches und ihm gemäßes Element empfand. Otto, der den Geruch in sich einsog und die Frauen beobachtete, bemerkte alles. Er beneidete Richard, der hier zu den Hauptpersonen zählte. Die vielen Füße schlurften auf dem Parkett und dann auf den Fliesen des Stiegenhauses.

Susanne fragte mit hintergründig belustigtem Blick:

»Wird man hier auch Doktor der Theologie?«

»Weiß nicht, mag sein«, gab Richard zurück. Er war enttäuscht. Susanne hatte wieder ihr idiotisch verschlossenes Gesicht. Wo war die Himmelsbraut? war es die Scientia da droben? Sie gingen langsam die ungewohnt breiten Marmorstufen der Freitreppe hinab. Die weißen Stukkaturgewölbe widerhallten von Menschenstimmen und Schritten. Wenn die richtige Schwingung zufällig getroffen wird, kann ein Haus einstürzen. Die Brücke von Freiburg, die vom Gleichschritt einer Kompanie eingestürzt ist. Es gibt auch gefälschte Doktordiplome. Es gibt Punkte des Zufalls, bei denen jede statische Berechnung versagt. Wenn die Stiege einstürzte, sie purzelten alle in ein ungeheures barockales Gefäß, in eine Sparbüchse des Teufels fielen sie, kunterbunt durcheinander, die Mutter und er und Susanne und Kapperbrunn. Ein Gespenstertopf. Nun war er Doktor. Wo ist die Wirklichkeit?

4

Gewiß, er hatte ein Gefühl unmerklicher Verwandtschaft für Weitprechts eigensinnig regellose und phantastische Forschungsmethoden, gewiß, er rechnete selber stets mit einem gleichsam logisch-rationalen Wunder innerhalb der Wissenschaft, jenem Wunder eben, dem Weitprechts antilogische Irrationalität unablässig entgegenhoffte, aber Richard Hieck besaß auch einen scharfen und kritischen Verstand, der wissenschaftliche Möglichkeiten sehr wohl abzuschätzen wußte, und so hatte er trotz seiner geheimen, man konnte beinahe sagen sündigen Neigung einiges von Kapperbrunns Verachtung für den Ordinarius übernommen, zu der freilich dessen Gehaben immer wieder herausforderte.

Da er nun zu dem engern Mitarbeiterkreis Weitprechts zählte, war es schicklich, ihm nach dem Doktorat eine Dankesvisite abzustatten. Hieck wäre wohl nicht auf diese Idee gekommen, wenn Kapperbrunn ihn nicht aufgefordert hätte:

»Wenn in Ihnen ein Funke Lebensart steckte, Hieck, so würden Sie Ihre Pflicht erfüllen und unsern alten Herrn mit Ihrem Besuch belästigen.«

Hieck wandte ein:

»Er vergißt mich ja doch von einem Mal aufs andere.«

»Bloß Ihr Gesicht... von den übrigen Körperteilen ganz zu schweigen.«

Sonntag vormittags machte sich Richard Hieck auf den Weg. Er trug wieder den väterlichen Bratenrock.

Weitprecht wohnte in einer netten, etwas entlegenen Straße. An den Gehsteigen war eine Reihe Bäume gepflanzt; die Häuser hatten schmale Vorgärten, die von keines Menschen Fuß je betreten wurden. Richard, längs der Eisengitter marschierend, war – des Bratenrocks halber – mit einem sonderbar gerollten Regenschirm bewaffnet, denn der Himmel war von großen übereinandergeschobenen Wolkentafeln in allen Grauschattierungen bedeckt. Es war schwül und stickig. Richard Hieck fand das Haus.

Auf dem Schild stand: Heinrich Weitprecht, Dr. phil., o. ö. Professor. Hieck schellte. Der vergitterte Glasflügel der Türe wurde geöffnet, das Gesicht eines Dienstmädchens wurde sichtbar. Richard fragte, ob der Herr Professor zu sprechen sei.

Der Flügel wurde geschlossen. Nach einer Weile erschien abermals das Gesicht des Mädchens. Wie der Herr heiße? Richard erinnerte sich mit Mühe seines Doktortitels. Das Mädchen verschwand wieder. Nun dauerte es länger, bis neuerlich Schritte hörbar wurden, aber dafür wurde er dann nicht nur eingelassen, sondern er sah sich nun auch der Frau Professor selbst gegenüber.

»Mein Mann ist ausgegangen«, sagte sie.

»Doktor Hieck«, stellte er sich nochmals vor.

»Ja, mein Mann wird sehr bedauern.«

Richard war unschlüssig, denn auf diesen Fall hatte ihn Kapperbrunn nicht vorbereitet.

»Ist es etwas Wichtiges?« sagte sie, da sie sein betretenes Gesicht bemerkte.

»Ich habe kürzlich doktoriert...«, war alles, was er zu antworten wußte.

»Ach, Sie sind ein Schüler meines Mannes«, sagte sie freundlicher, und als Richard nickte, »vielleicht warten Sie, es wird nicht gar so lange währen.«

»Ja, danke«, sagte Richard erleichtert.

Er wurde in eine bürgerliche Wohnstube geführt. Ein Schreibtisch stand dort. Zum Unterschied von dem in Weitprechts Institutszimmer herrschte darauf die korrekteste Ordnung. Aber es war Weitprechts Schreibtisch; Richard erkannte die dünne schüchterne Handschrift auf einem Stoß sorgsam geschichteter Blätter.

»Nehmen Sie Platz«, sagte Frau Professor Weitprecht, und mit der Gewandtheit einer stehenden Formel: »Ich gratuliere zum Doktorat.«

Richard, bereits sitzend, den Regenschirm und den steifen Hut in der Hand, zog den Bauch ein und machte mit dem Oberkörper einen Ruck nach vorn, was Danke bedeuten sollte.

»Sie schlagen die akademische Laufbahn ein?«

»Ich bin wissenschaftlicher Hilfsarbeiter an der Sternwarte... vorderhand.«

»Ich warne alle jungen Leute vor der akademischen Laufbahn.«

Sie hatte ein fahles Gesicht, sorgenvolle und kummerbereite Augen und einen bissig verkniffenen Mund, in dem man das hellweiße Perlenporzellan falscher Zähne bemerkte. Aber sie dünkte Richard sehr elegant angezogen; ihr Kleid war aus blauer Seide.

Unvermittelt seufzte sie: »Ach ja.« Und hierauf ließ sie ihn allein.

Richard betrachtete die Bücher, die geradlinig und sauber abgestaubt in den Regalen standen, erkannte einige, die Weitprecht ihm privat geliehen hatte. Dann hörte er die Flurtüre gehen, und gleich darauf trat der Hausherr ein.

Daß Weitprecht ihn erst verständnislos über die Halbbrille ansehen werde, das war er gewohnt und hatte er erwartet, daß er aber bloß kurz »Guten Tag, guten Tag« sagte und sich sofort zum Schreibtisch begab, um die dortliegenden Papiere durchzusehen, das war eine neue Nuance. Und ebenso, daß er sofort wieder zur Türe stürzte:

»Grete«, rief er hinaus, »Grete.«

Frau Professor Weitprecht kam aus dem Nebenzimmer:

»Was willst du von dem Mädchen, Heinrich, es ist beim Zimmermachen.«

Weitprecht deutete hilflos zum Schreibtisch:

»Hier fehlen zwei Blätter.«

Frau Weitprecht ging zum Schreibtisch:

»Und das?« sagte sie scharf, indem sie unter einem Briefbeschwerer zwei Blätter hervorzog und sie hochhob, »sie sind einzeln gelegen, und da haben wir den Briefbeschwerer darauf getan.«

Im Gesicht Weitprechts erschien etwas Verprügeltes, aber gleichzeitig schimmerte die Freude über die wiedergefundenen Blätter als ein unsichtbares und beinahe jungenhaftes Lächeln um den Mund.

»Hast du Herrn Doktor Hieck schon begrüßt?« Ihre Stimme hatte einen Nebenklang von Verzweiflung.

Allsogleich wandte er sich mit seiner ganzen Liebenswürdigkeit dem Gaste zu und streckte ihm beide Hände entgegen:

»Verzeihen Sie... ich freue mich, was führt Sie zu mir?«

Er erkennt mich nicht, dachte Richard und stoppelte seinen Dank zusammen.

»Ja«, sagte Weitprecht und lächelte freundlich, »vor Ihnen liegt das Leben, das ganze lange Leben... ja...«, und dann nahm er rasch eine Akademieabhandlung, die vor ihm auf dem Tische lag: »Haben Sie das schon gelesen? die neue Mitteilung von Bohr.«

Nein, er hatte sie noch nicht zu Gesicht bekommen.

»Sehr bedeutsam, sehr bedeutsam«, sagte Weitprecht, »von allen Seiten fügt es sich zusammen, es geht alles auf das gleiche Ziel los.«

Er spielte selbstverständlich auf seine eigenen Arbeiten an. Richard war hier im Bilde. Er sah keinen Zusammenhang. Aber er nickte.

»Wir müssen uns beeilen«, sagte Weitprecht, und leiser, wie eine nebensächliche, aber notwendige Feststellung, die einmal geäußert werden muß: »…ich habe nämlich nicht mehr viel Zeit.«

In menschlichen Dingen begriff Richard langsam. Er rechnete die Zeit bis zu den Sommerferien. Als hätte er Sand unter den Füßen, begann er mit dem Regenschirm auf dem Parkettboden zu kratzen. Unbehaglich sah ihm Weitprecht zu, die Metallspitze des Schirmes war scharf; schließlich sagte er zögernd: »Meine Frau…«, verstummte aber sofort, als Richard, zu ihm aufschauend, seine Tätigkeit einstellte. Das abwesende und doch freudige Lächeln wurde wieder sichtbar: »Hätte ich noch Zeit vor mir, ich würde mich mit mengentheoretischen Funktionen befassen… sagten Sie nicht, daß Sie dies getan hätten?«

»Ja«, sagte Richard, »das habe ich getan.«

»Arbeiten Sie weiter«, sagte Weitprecht. Hieck glaubte, daß nun eine neue Aufgabe kommen werde; indes Weitprecht, die Akademieabhandlung in nervösen Händen, sprach ausnahmsweise nicht von den eigenen Untersuchungen: »Arbeiten Sie weiter, ehe es zu spät ist, wir Physiker dürfen uns nicht mehr auf unser Gebiet beschränken, man bewältigt es sonst nicht…«

Von ferne ahnte Richard das reiche und doch verpfuschte Leben dieses Mannes. Er hatte kein Mitleid mit ihm; er verachtete ihn, verachtete ihn jetzt erst recht. Er war viel zu sehr eingesponnen in sich selbst, um einen andern zur Kenntnis zu nehmen, um mit ihm Mitleid zu haben. Er warf einen schrägen Seitenblick auf den Lehrer, der freundlos dasaß und einen Freund suchte. Merkwürdigerweise fiel ihm zu alldem bloß der Vater ein; niemand war bei dem Vater gewesen, nicht einmal die Mutter, als er starb. Im Nebenzimmer rumorte die Frau Professor, und er stellte sich vor, daß sie dies ebenso tun würde, während Weitprecht hier sterben würde.

»Ja«, sagte Weitprecht, »Sie kennen wohl Kapperbrunns Ausspruch, die Mathematik sei nicht die Magd der Physik, sondern ihre Königin… da hat er eigentlich recht.«

»Vieles ist vom Experiment aus entdeckt worden«, sagte Hieck, »beinahe alles.« Obwohl dies tatsächlich stimmte, war es eine Erkenntnis, die ihm, der alles vom mathematischen Denken her bewältigen wollte, wider den Strich ging, und er sagte es auch bloß, weil er das Tasten nach einem persönlichen Kontakt, das er in Weitprechts Reden unbestimmt fühlte, als unheimlich empfand. Er wollte ins gewohnte Gleis zurück, und so sagte es sich gewissermaßen ganz von selbst: »Die Gruppentheorie zum Beispiel...«

Weitprecht sprang richtig ein:

»Ja, kommen Sie damit zu Rande...?«

Richard sagte wahrheitsgemäß:

»Das Thema erweitert sich immer mehr und mehr... Doktor Kapperbrunn hat die bisherigen Ergebnisse meiner Arbeit an Crelles Journal geschickt...«

Weitprecht nickte:

»Ich weiß... ja, ich glaube, Sie sprachen doch davon...«, und mit einem furchtsamen und bösen Blick: »Wir werden's nicht zu Ende bringen... es wird nicht mehr gehen.«

Er sah verfallen und alt aus. Er war zu lange jung geblieben.

Hieck empfahl sich. Weitprecht begleitete ihn hinaus. Es regnete in dicken senkrechten warmen Fäden. Unter dem schwarzen Baumwollschirm ging Hieck nach Hause.

5

Das Wetter blieb nun trüb. Der Fluß führte beinahe so viel Wasser wie sonst nur im Vorfrühling. Der Stadtweiher, der große Stauteich der alten Stadtmühle, war bis zum Rande gefüllt. Über das Wehr bei seinem Ausgang stürzte ein dichter glatter Wasservorhang.

Der fast unbewegte, ein wenig ölig schimmernde dunkle Spiegel des Weihers – ein bleiern punktiertes Sieb, wenn es regnete – war von feuchten Wiesen umgeben, auf denen Disteln und Dotterblumen wuchsen. Am Südufer gab es eine etwa zehn Meter hohe Böschung, auch sie dicht mit Grün bewachsen, mit einem vor Feuchtigkeit so satten Grün, daß es ins metallisch Stahlblaue spielte. Die Maulwurfhügel im Gras waren weich und samtig. Einige Haselbüsche standen am Abhang.

Es war eine für Otto wichtige Gegend. Einesteils weil oberhalb der Böschung der Fußballplatz seines Klubs lag, andernteils weil den Ufern des Stadtweihers traditionsgemäß eine bedeutende Rolle im erotischen Leben der Stadt zukam, verklärt von der romantischen Erinnerung an Selbstmörderinnen, welche die feststehende Drohung, in den Stadtweiher zu gehen, wahrgemacht hatten. So sehr auch die beiden Schwestern Susanne und Emilie verschieden gewesen sein mochten, in ihren düsteren Vorstellungen und Erzählungen vom Stadtweiher hatten sie übereingestimmt und in Otto ein herrlich begeistertes Publikum dafür gefunden. Und wenn im Herbst der Teich gekehrt wurde, hatte Emilie niemals verabsäumt, den kleinen Bruder an der Hand zu nehmen und mit ihm hinauszuwandern, lüsterner Erwartungen voll, es würde aus dem grünen Schlamm und gelben Lehm der Arm oder das Bein einer vergessenen Selbstmörderin herausragen. Die Gepflogenheit solch erwartungsvoller Teichinspektion war von Otto beibehalten worden auch dann noch, als Emilie schon längst die Stadt verlassen hatte.

Zu diesem primitiven, aber soliden Grundstock an Phantasien gesellten sich später üppigere Träume, die sich gleichfalls um den Mühlweiher rankten: da war zum Beispiel das reiche Mädchen, das zur Not auch eine reiche Witwe sein durfte und zu deren Obliegenheiten es gehörte, in rasendem Liebesschmerz um den jungen und genialen Kunstmaler Otto Hieck den unerbittlichen Weg in den Weiher anzutreten, auf daß sie mit einem hinterlassenen Testament die Zukunft und die römische Ausbildung des jungen Genies sicherstelle. Dabei blieb unentschieden, oder richtiger, es blieb je nach Laune zu entscheiden, ob der Selbstmord bei Nacht und Nebel oder vor den Augen des Geliebten zu erfolgen hätte. Die erste Alternative bot den Vorteil der späteren Leichenauffindung anläßlich der Teichkehrung, die zweite jedoch gab dem kühnen und edlen jungen Mann die Gelegenheit, sich in die Fluten nachzustürzen und einen mutigen Rettungsversuch zu unternehmen, der nun wieder einerseits glücken, andererseits mißglücken konnte. Otto wählte stets mit Bedacht unter diesen Möglichkeiten: er konnte mit seinen glühenden Küssen und seiner leidenschaftlichen, unter den Kleidern kosenden, leichenschänderischen Hand die bereits Leblose dazu bewegen, die Augen aufzuschlagen und, im Himmel sich wähnend, die Arme um seinen Hals zu schlingen, so daß sich auf der Böschung das vollzog, was sich seit Menschengedenken stets dort vollzogen hatte; aber da nach so viel Todesgefahr und Errettung eine nachfolgende Eheschließung unausbleiblich schien, um so mehr als bei Weiterbestand der Dame bloß deren Gatte in den Genuß des erstrebten Vermögens treten konnte, und da Otto sogar in seinen Phantasien solch eheliche Eindeutigkeit scheute, entschloß er sich zumeist, die Dame im Zustand des Todes zu belassen, sie vielleicht mit Hilfe der Klubgenossen auf den Anger zu betten oder sie zum Klubhaus hinaufzutragen und nur noch mit raschem Stift die edlen Züge des toten Mädchenantlitzes auf den Zeichenblock zu bannen, im übrigen aber die Eröffnung des Testaments und die Erbschaft abzuwarten.

Freilich, das blieben häusliche Phantasien, und wenn Otto im Weiher badete oder droben auf dem Fußballplatz sich befand, da waren die erotischen Fähigkeiten des Weihers verblaßt.

Die Ankleideräume des Klubs waren in der primitiven Zuschauertribüne untergebracht. Der Eingang befand sich an der Schmalseite: es war ein langer und breiter Korridor, der tunnelartig das ganze Gebäude durchzog, die Decke stieg, den Sitzreihen entsprechend, stufenförmig aufwärts, und links lagen die Ankleidekojen, die Duschen und der Ruheraum. Durch die Ritzen der Holzdecke konnte man an manchen Stellen das Tribünendach sehen.

Es war Trainingsspiel der Juniorenmannschaft gewesen, und Otto stand jetzt unter der Dusche. Laukühl floß das Wasser über seinen braunen schlanken Körper, er stand mit gespreizten Beinen, bog sich vor und zurück, sah, wie das Wasser, zu einem schmalen Bach gesammelt, zwischen seinen Beinen auf das Lattengitter hinabrieselte und darunter auf dem braunen Betonboden eine kleine Lache bildete, ehe es gurgelnd durch den Ablauf verschwand. Er spürte, wie der Geruch des Schweißes davongeschwemmt wurde, er legte die Wange an seine glatte Schulter und gab der Schulter einen Kuß, worauf er sich umsah, ob dies auch niemand bemerkt hatte. In den Kojen und auf dem Korridor draußen wurde gelärmt. Die Tritte hallten auf dem Bretterboden. Zwei Stimmen bemühten sich, in Doppelklang »Ich küsse Ihre Hand, Madame« zu singen.

Walter Ritter von der ersten Mannschaft, der Trainer für die Junioren, trat in den Duschraum. Splitterfasernackt, bloß mit seinem Rasierzeug ausgestattet. Athletisch gebaut, mit schmalem Becken und breiten Schultern, die starken Beine etwas gekrümmt und nach einwärts gestellt, war er über und über behaart. Seine Haut stank nach zoologischem Garten, seine Fußballerfüße waren merkwürdige und gewalttätige Gewächse, wie zwei selbständige Wurzelgnome, die ihn spazierentrugen. Otto schauderte, daß seine eigene glatte Frauenhaut auch einmal zu solch rauhem stinkenden Leder werden könnte; er hob abwechselnd das rechte und das linke Knie, um die Schenkel berieseln zu lassen, in Wirklichkeit aber, um seine Blöße zu decken.

Ritter zog an der Schnur der zweiten Dusche, benetzte seinen Rasierpinsel und begann sich einzuseifen.

»Wie lang wirst du da noch herumtanzen, du Arschgesicht«, sagte er freundlich und blies die linke Wange zum Rasieren auf.

Otto bückte sich und ließ das Wasser über den Rücken spülen.

»Kommst du abends ins Café?« gab er zur Antwort, um seine Gleichberechtigung zu dokumentieren. Ritter fehlte niemals dort; es gab immer eine Reihe von Weibern, die ihm, dem Star, dessen Bild in allen illustrierten Zeitungen zu bewundern war, beharrlich nachliefen. Otto verstand diese Frauenhuldigung, aber er verstand sie trotzdem nicht, wenn er an die Haut Ritters dachte und an die schadhaften Zähne in seinem widerwärtigen Mund. Der Mund war grob geschlitzt, die Lippen bräunlich und schmal wie aus altem Kautschuk. Die kurze Nase darüber zeigte zwei schwarze Löcher. Er hielt sie jetzt hoch, weil er die Oberlippe rasierte.

Sein Handtuch vom Haken nehmend, verließ Otto den Duschraum. Ritter schrie ihm nach:

»So ein Lausbub wie du hat im Café überhaupt nichts verloren, aus euch kann kein Teufel eine anständige Mannschaft machen.«

Otto zog sich an. Seine übertrieben weiten Knickerbockerhosen reichten beinahe bis zum Knöchel. Ein grellgelber rotgeränderter Pullover ohne Ärmel vervollständigte seine Toilette. Er sah wie ein Papagei aus. Glatt nach rückwärts gestrichen, klebten seine langen nassen Haare am Schädel. Beim Ausgang zündete er eine Zigarette an. Karl Wohlfahrt erwartete ihn bereits.

Der späte Juniabend hing trüb und niedrig über den Wiesen. Die beiden Burschen gingen rauchend über den feuchten Fußballplatz und debattierten technische Details des heutigen Spiels.

»Verflucht, es wird wieder regnen«, sagte Karl und deutete auf den Flug der Schwalben.

Otto schmiß die Zigarette fort und atmete die graue Abendluft ein. Mild und feucht füllte sie seine vom Tabak häßlich gegerbten Lungen. Er beschloß, nie mehr zu rauchen. Der süße Abend machte ihn traurig, die gesunde Sentimentalität der Mutter erwachte in ihm:

»Weißt du, was der schönste Tod ist?«

»Ja, gehenkt werden... du weißt schon warum.« Karl lachte dreckig.

Otto hatte was anderes gemeint, obwohl es irgendwie ähnlich war, nur etwas weniger mörderisch, sondern mehr dahinschmelzend in einem Ewigkeitskuß. Aber wahrscheinlich ist es das nämliche, und deshalb schwieg er.

Sie überschritten die weiße Outline, sprangen über die Holzbarriere des Platzes. Der Boden war hier von den Füßen der Zuschauer kahlgetreten und lehmig. Dann kamen sie zur Böschung, die zum Stadtweiher hinunterführte. Sie versuchten, sich gegenseitig hinunterzustoßen, und dann setzten sie sich in Trab und kamen in langem Auslauf unten an.

Karl zündete eine frische Zigarette an, Otto folgte seinem Beispiel. Weit und sanft geschwungen lag die Landschaft um sie, rechts die grauen Häuser der Stadt, links die Ebene, in der sich die Weidenreihe des Flußufers verlor. Ottos Malerauge war zweifelsohne ein Kreuzungsprodukt aus dem Unwirklichkeitssinn seines Vaters mit dem auf die Tatsachen des Lebens gerichteten und an den Tatsachen sentimental werdenden Geist der Mutter. Im Westen stand die Wolkenwand, sie war porzellanartig durchscheinend geworden, von strahlendem Schwarzblau bis zu einem appetitlichen Orange, das an die Bargetränke im Café gemahnte. Für den, der es sehen konnte, war es ein erhabener Anblick. Otto sah ihn.

»Das Sparkassenbuch ist auf meinen Namen«, sagte Karl beutelustig, »das Geld wird mir ohne weiteres ausbezahlt, wenn ich bloß das Buch habe.«

»Dreihundert Mark«, sagte Otto.

»Ja, beinahe.«

Karl war ein langer Bursche mit krausen blonden Haaren über einem länglichen und ein wenig farblosen Gesicht. Im gleichen Alter wie Otto, besuchte er die technische Gewerbeschule. Er hatte das Projekt eines Fußballwettbüros ausgeheckt, das er zusammen mit Otto führen wollte, sofern es ihnen gelänge, das notwendige Kapital aufzutreiben. Er lebte bei seinen Großeltern in der Stadt, und er wußte von einem Sparkassenbuch, das für ihn angelegt worden war.

Ottos realitätsbesessener Unwirklichkeitssinn war durchaus bereit, auf den anrüchigen Handel einzugehen. Er hatte kein Gefühl für Gut oder Schlecht. Wenn er einen Vorteil für sich witterte, war ihm jedes Argument recht; es war ihm gegeben, in jedes moralische System, und mochte es auch das des Satans selber sein, hineinzuschlüpfen, und er tat es, ohne es zu bemerken. Das Widersprechendste fand in seiner Seele Platz, man konnte sagen, daß er seit seiner Geburt ein Doppelleben führte, mehr noch, ein dreifaches, ein vierfaches Leben, das ungeachtet seiner praktischen Nüchternheit dennoch zum Objekt der Realität wurde, untertan allen Realitätsfakten, wie immer sie sich darboten, und mit ihnen nur deshalb so sehr vertraut, weil sie in ihm zur Unwirklichkeit und zum Phantastischen umgeschmolzen wurden.

»Ja«, sagte er, »da hilft nichts, da werde ich eben auch dreihundert klauen müssen.«

»Hieck«, sagte Karl Wohlfahrt ernst, »ich klaue nicht, das Geld gehört mir.«

»Das ist alles eins«, sagte Otto überzeugt.

Louise Grubicht spazierte am Weiher entlang.

»Ach so«, sagte Karl, »jetzt verstehe ich, warum du da runter mußtest, na, was zahlst du, wenn ich euch allein lasse?«

Otto lächelte böse:

»Was? ich soll dir was zahlen ...? Gib du nur fein acht mit deinem Sparkassenbuch.«

Es dauerte eine Weile, bis Karl Wohlfahrt die Infamie begriff.

»Schwein«, quittierte er sie.

»Selber eines«, lachte Otto und puffte ihn in die Rippen. Einträchtig gingen sie auf Louise zu, und Karl bedauerte sehr, daß er nun leider heim müsse. Er verabschiedete sich artig und erwachsen, doch ehe er sie verließ, gelang es ihm, Otto einen gehörigen Fußtritt zu versetzen. Klar und einfach war in ihrem Lausejungenverhalten das Bild der erwachsenen Infamie vorgezeichnet. Aber das wußten sie nicht. Sie schieden in Freundschaft, während Louise ebenso artig wartete.

Grün, nächtlich und groß schimmerte der Spiegel des Teiches, grün und groß und dunkel schimmerte der Abend, an dessen Rand sie dahinschritten.

Louise war Assistentin in einem photographischen Atelier,

und sie hatte Otto beruflich kennengelernt. Sein Zeichentalent hatte mächtigen Eindruck auf sie gemacht. Sie war sechzehn Jahre alt, hatte braune Haare, veilchenblaue Augen, und für den Spaziergang hatte sie sich die Lippen geschminkt.

Otto hätte gerne gesagt: ich habe keine mit Haaren bewachsene Reibeisenhaut wie Ritter, ich bin unter meinem Hemd ganz glatt.

Und Louise hätte gerne gesagt: ich habe keine Hängebrüste wie meine Chefin, die immer mit Männern telephoniert, und die Haut in meinen Achselhöhlen ist rosa und nicht braun und faltig wie bei ihr.

Aber Otto sagte bloß: »Haben Sie auch schon den neuen Garbo-Film gesehen?... prachtvolle Sache.«

Und sie log: »Ja... eine große Künstlerin.«

Sie hatten ihn beide nicht gesehen.

Als es dunkler wurde, hielten sie sich an den Händen. Aus den feuchten Wolken wehte mild und sanft die Einsamkeit alles Menschlichen, die Nacht, aus der sie kamen und in die sie gingen.

6

Was Richard immer wieder erschütterte, war das Mißverhältnis zwischen Tun und Getanem. Ströme von Helligkeit gossen sich in sein Gehirn, verzweigten sich in den Nerven und in den Adern, machten sein Blut leicht und seine nach innen gerichteten Augen fernsichtig, jedoch das Resultat dieses glänzenden Aufwandes war bestenfalls irgendein wissenschaftliches Theorem geringen Umfangs, war etwas, das man einen mathematischen Satz nennen konnte – kaum der Mühe wert, daß man ihn veröffentliche –, war oftmals nur die Lösung einer kleinen, für den Zusammenhang eben notwendigen, an sich aber belanglosen Aufgabe. Und selbst wenn die kühnsten Lebenshoffnungen sich erfüllen ließen, wenn es gelänge, eine neue mathematische Disziplin zu erfinden, gleich Leibniz die Infinitesimalrechnung, gleich Cantor die Mengenlehre, wenn es gelänge, dem Wunder der Dimensionalität auf die Spur zu kommen, eine axiomlose Logik zu entdecken, was würde das schon besagen: das Erreichte, es bliebe immer nur ein geringer und geringfügiger Teil des unbezwinglichen Erkenntnisgebirges, es bliebe immer nur ein geringer Teil des ahnenden Erlebens und der unendlichen und kosmischen Fernsicht, ein kleiner beschreibbarer Teil des ewig Unbeschreibbaren. Wie überall hat die Natur im Produktionsprozeß ein ungeheures Aufgebot bestellt, das milliardenfach das schließlich erzeugte Resultat übertrifft.

Wenn er abends daheim beim geöffneten Fenster saß, wurden mit dem absterbenden Straßenlärm alle Töne traumhaft klar: eine Männerstimme oder ein Frauenlachen oder auch bloß das schwermütige Rollen eines Lastautos über das Pflaster oder ein einzelnes Hupensignal konnten dann ganz isoliert im Raum stehen, von nichts gehalten, von niemand hervorgebracht, und der solcherart selbständig gewordene Ton war so stark, daß man meinen mochte, es wäre dieser Ton die Nabe des Weltrads und der Raum kreise um ihn. Und verwunderlich und ohne sich eigentlich darum zu kümmern, wußte dann Richard, was der Glockenklang der Kathedralen über den Städten bedeutete und was Musik dem Menschen sein konnte. Aber er wollte darüber nicht nachdenken, er verschob es auf später. Sein Asketengesicht zog sich zusammen: zu reich war die Welt, erst mußte das Logische erledigt werden.

Nichtsdestoweniger war es nicht ganz ehrlich, und er wußte auch darum. Denn von den Stimmen des Irdischen, die er also zugunsten der reinen Spekulation ablehnte, lehnte er keine so sehr ab wie das Lachen der Frauen, wenn es durch das Fenster zu ihm heraufdrang. Und hätte er völlig ehrlich gegen sich sein können, so hätte er erkannt, daß es immer dieses Frauenlachen war, das ihm in allen Tönen der Erde mittönte, das ihm in aller Musik mitmusizierte, das er in allem Glockenklang mitklingen hörte. Aber so wenig er sich dies auch eingestand, er empfand es als sündig, und nicht nur, daß ihm das Mathematische als Rettung vor der Sünde erschien, sondern er war auch überzeugt, daß innerhalb des Mathematischen bloß von jenem Menschen etwas geleistet werden könne, der sich von allem Sündigen, oder wie man es sonst nennen wollte, rein hielt. Darum fand er sich auch stets bereit, Kapperbrunn, der allem Weltlichen so unverhohlen zugekehrt war, die letzte mathematische Würde abzusprechen, immerzu voller Argwohn, es verberge sich irgendein Schwindel hinter dem Können und den Leistungen des Dozenten. Ganz zu schweigen von den Studenten und Studentinnen im Kolleg, deren oftmals nicht sündefreies Treiben er aus nächster Nähe beobachtete und von denen ja tatsächlich sehr viele ohne innere Notwendigkeit und bloß deshalb sich der Mathematik zugewandt hatten, weil sich in dieser Disziplin augenblicklich die meisten freien Mittelschullehrerstellen vorfanden. Und der Gedanke ließ ihn nicht los, daß auch Kapperbrunn aus ähnlichen Gründen an die Mathematik geraten war.

Was aber die übrige und nicht mathematische Welt anlangte, so war seine Verachtung für diese vollständig und maßlos.

Susanne allerdings ließ er trotzdem weiter gelten. Sooft es mit seiner Arbeit nicht recht vorwärtsgehen wollte, suchte er die Schwester in ihrer Kapelle auf, verachtungsvoll und doch mit einer leisen und vagen Hoffnung, etwas geschenkt zu erhalten, eine Kraft und eine Art Befruchtung, die – vielleicht ein Teil von Susannens großer Sicherheit – ihm aus dieser fremdesten Sphäre zuströmen würde. Susannens große Ruhe und Sicherheit: unverständliche Tierhaftigkeit innerhalb einer noch unverständlicheren Geisteswelt, es war verächtlich und geheimnisvoll zugleich, und selbst wenn Susanne manchmal Unbegreifliches oder einfach Dummes daherredete, so steckte immer noch mehr darinnen als in der durchsichtigen Gleichgültigkeit der Mutter. Für die Mutter war die Mathematik eine Beschäftigung wie jede andere, Susanne hingegen, die sicherlich auch nicht mehr von Mathematik verstand, sondern nur darauf wartete, daß er schließlich alles lassen und sich dem Religiösen zuwenden würde, Susanne wußte um die Wichtigkeit und den Ernst seines Strebens. Und obwohl er über sich selber lächelte, stets aufs neue lockte es ihn, seine mathematischen Probleme, seine wissenschaftlichen Ziele mit Susanne zu besprechen, mit ihr, die so meilenweit von diesen Dingen entfernt war, ja, es lockte ihn, sich ihr und ihrer Sicherheit unterzuordnen wie einem unbewußten Orakel. Er tat es nicht, und sie hätte sich auch niemals solches Urteil angemaßt. Und hätte sie es gewagt, er wäre ihr wahrscheinlich sehr bald über den Mund gefahren. Denn nur im verborgensten Teil seiner Seele stand die Schwester an der Pforte des Geheimnisses, ein unerschütterlicher Wächter, geschlossenen Auges, aus der Nacht auftauchend, dennoch Wächter, so wenig auch ihr Geheimnis das seine war. Einsamer Glockenklang der Seele, unbegreifliche Quelle der Kraft.

Aber sie sprachen von gleich zu gleich miteinander, vieles aneinander gering schätzend, vieles aneinander achtend.

»Nein«, sagte sie, »man dürfte den Kleinen nicht weiter so herumlaufen lassen, er verkommt sonst rettungslos.«

Richard zuckte die Achseln: »Ich kann ihn nicht mehr bändigen... aber sei versichert, daß er es leichter im Leben hat als wir beide.«

»Mit Mathematik allein läßt sich eben ein Mensch nicht erziehen... es gibt mehr«, sagte sie.

»Ich weiß«, gab Richard verträglich zu.

Die Stube war dunkel; doch an der Wand, noch im Lichtkreis der Lampe, war auf einem gestickten Hausspruch zu lesen:

Du bist mein Gott,
ich bin Dein Knecht.

Richard hielt seine Augen darauf geheftet: ja, ein Knecht ist auch er, doch wo ist der Gott, dem er dient? unentrinnbar zum Dienen angehalten, vorwärtsgestoßen in immer härtere Fron, in die Fron einer Erkenntnis, die er nicht zu erfassen vermochte, dies war sein Los. Lebten er und Susanne wirklich? führten sie nicht ein Scheinleben? mühten sie sich nicht um einen Scheintod? war es nicht Otto, der wirklich lebte? ach, Otto hatte es leichter.

Aus der Nacht kamen sie, in die Nacht gingen sie.

Susanne sagte:

»Mutter könnte etwas mehr achthaben auf ihn, aber sie ist in letzter Zeit so merkwürdig.«

»Sie hat ihn immer verzärtelt«, sagte er.

»Der Vater hat ihm gefehlt«, sagte Susanne.

Das war sein Glück, wollte Richard sagen, indes er verschwieg es. Als der Vater gestorben war, hatte die Mutter gesagt: Nun mußt du ihn bei dem Kleinen ersetzen. Es war etwas Unanständiges in dieser Aufforderung, und innerlich hatte er sie sofort mit aller Entschiedenheit abgelehnt, fühlte sich aber trotzdem schuldbewußt, ihr nicht nachgekommen zu sein.

Breithüftig, breithinterteilig, breitbusig saß Susanne da. So sahen die Frauen aus, mit denen er sich bisher abgegeben hatte, nur daß sie auch breite träge Gesichter hatten, während das Susannens scharf und streng war. Mit diesem Gesicht hätte sie ohne weiteres ins mathematische Seminar gepaßt, besser als die meisten der Gänse, die sich dort befanden und die ihm – bloß weil sie von der strengen und männlichen Luft der Wissenschaft eingehüllt waren – nicht als Frauen galten. Das böse Licht der Dunkelheit webte um Susanne, und gleichzeitig ruhte der Strahl der Helligkeit auf ihr.

Susanne schaute von der Strumpfstopferei auf, rieb sich die Augen: »Es ist spät geworden.«

»Er ist wieder nicht zu Hause, der Bengel«, sagte er.

»Wir haben alle an ihm gesündigt«, sagte sie stuff.

»Himmlischer Vater«, Richard warf einen schrägen Blick zu der bilderbespickten Wand.

»Du sollst nicht lästern«, verwies ihn Susanne.

Man merkte, daß sie sich offenbar als eine Art Repräsentanz einer übergeordneten Väterlichkeit fühlte, jenes Übervaters, der, in der Sternennacht thronend, die Sternennacht selber ist. Unsinniger Zusammenhang, dachte Richard und verspürte wieder die Einsamkeit des Klanges. Sterne im Wasser. In dieser kleinen Wohnung sitzen wir beisammen. Beinahe eine Million Lichtjahre ist es bis zum nächsten Spiralnebel. Otto sündigt, er ist noch nicht zu Hause. Einsamer Klang einer Stimme: o dunkler Schoß.

»Letzten Sonntag ist er mit mir zur Kirche gegangen«, sagte Susanne mit einigem Stolz.

»Er wird schon ein Mädchen dort gehabt haben«, Richard merkte, daß auch Kapperbrunn dies hätte sagen können.

Susanne wurde eifersüchtig: »Er war mit mir.«

Sie war verbissen, wie er selber: sie waren beide düstere Optimisten. Kapperbrunn in seiner Fröhlichkeit war pessimistisch. Das war Richard plötzlich klar: erst die Resignation macht heiter, wer aber noch hofft und strebt, dem ist keinerlei Heiterkeit vergönnt; die Totalität ist eine verteufelte Sache. Wahrscheinlich war der kleine Bengel auch schon resigniert.

»Eine verteufelte Sache«, sagte Richard, Kapperbrunns Diktion beibehaltend.

»Was?« sie hatte den hintergründig belustigten Blick, den er kannte und der ihn doch seltsam beunruhigte.

»Beim nächsten Kirchgang werde wohl auch ich noch mit dabei sein müssen.«

»Dir rede ich nicht zu, du wirst schon von selbst kommen.«

Das Strohgeflecht des Stuhles, auf dem er saß, knirschte, wie es schon an so vielen Abenden, an unzähligen Abenden geknirscht hatte. Drüben schlief die Mutter, wie sie immer geschlafen hatte, in ihrem kittelartigen zerknitterten Nachthemd, schlief in dem Bett, das der Schauplatz seiner Zeugung und Geburt gewesen war. Viele Bäche des Lebens waren seitdem in ihn eingeflossen, und ununterscheidbar flossen sie jetzt in ihm dahin. Er erinnerte sich an die Geburt Susannens, er zählte damals fünf Jahre, Rudolf und Emilie waren schon vorhanden, und er erinnerte sich der Angst, die damals über dem Haus gelastet hatte. Und dann, als die Angst sich gehoben hatte und man zur Mutter gerufen worden war, da war es nichts, bloß ein neues Geschwister war vorhanden gewesen. Und das war Susanne. Gottes Mühlen mahlen langsam, fiel ihm ein, vielleicht wird die Ursache der damaligen Angst noch wirksam werden, vielleicht wird es noch nachgetragen, und Susannens Frömmigkeit schien ihm fast wie ein Versuch, das bereits historisch gewordene Unheil abzuwehren.

»Man wird seine Sünden nicht so einfach los«, sagte er und stand auf. »Ich muß wieder an meine Arbeit.«

»Du wirst doch nicht meinen, daß der Glaube etwas Einfaches ist«, antwortete sie, neuerlich über das Stopfholz gebeugt, »Gott ist einfach.«

Gott ist in allem Sichtbaren und ist außerhalb des Sichtbaren, er ist die Kirche und ist über der Kirche.

Was ging in Susanne vor? Zwischen ihm und ihr bestand der gleiche Altersunterschied wie zwischen ihr und Otto, fünf Jahre, so alt war sie, als Otto zur Welt kam. Er war geneigt, sein Verhältnis zu ihr auf das ihrige zu Otto zu übertragen: Ähnlichkeit geometrischer Figuren, mußte er denken, obzwar er wußte, daß die Dinge des Lebens sich nicht so einfach abspielen und noch viel weniger sich so einfach abbilden lassen.

»Nichts ist einfach«, sagte er.

In die Stille der Nacht münden alle Bäche des Lebens, alle Bäche des Erinnerns und Vergessens. Auf die Erde hingeworfen, atmet der Mensch, und sein Traum steigt von der Erde aufwärts. Atmet der Raum? weitet er sich ins Milliardenhafte, zieht er sich zusammen auf jenen kleinsten Punkt, in dem der Raum unräumlich wird, sich in die Einsamkeit des Klanges wandelnd?

Susanne sagte: »Ich habe eine Tür gehen hören... ich glaube, es ist Otto.«

Otto war das Kind der fünfjährigen Susanne gewesen, so wie Susanne sein Kind gewesen war. So weit stimmte es, nichtsdestoweniger war es ihm nicht recht. Susanne gähnte mit der gleichen schlaffen Gebärde, die er an der Mutter kannte.

Nacht für Nacht zur Erde zurückkehren, ihren Glockenklang vernehmen, den Klang, der anschwillt zur Ganzheit, zum Ahnen der Ganzheit und doch nichts zurückläßt als eine kleine Erkenntnis: dies war alles, was man verlangen durfte. Eine Million Lichtjahre, tausend Millionen Lichtjahre, das ist eine Zahl wie jede andere.

Er berührte mit zaghaft ungeschicktem Finger ihre Schulter: »Du, geh jetzt schlafen. Du bist müde. Gute Nacht.«

Dritter Teil

1

Der trübe Vorsommer war unmittelbar in dröhnende Hitze übergegangen. Die Anlagen in der Stadt wurden matt und überflüssig, sie waren keineswegs mehr das Lebendige im toten Steinmeer, das sie sein sollten, sie waren selber gestorben. Der Nadelwald um die Sternwarte stand trocken, der Feuchtigkeitslack der Nadeln war verschwunden, zäh quoll Harz an den Stämmen. Braun und leblos der Nadelboden des Waldes.

Man näherte sich den Ferien. Weitprecht war im Kolleg noch lange nicht mit dem Stoff zu Ende; er wollte eine Woche dranhängen. Aber niemand hatte das Ausspannen nötiger als er, man sah es ihm an.

Kapperbrunn sagte:

»Das ist die Hitze, er klappt im Sommer immer zusammen. Aber es ist eine leere Hoffnung, er liest weiter.«

Der Diener Anton Krispin hatte seine Weste abgelegt. Er trug den Laboratoriumskittel auf dem bloßen Hemd. Die silberne Uhr baumelte an ihrer Kette von einem Regal im Laborantenzimmer.

Soweit es ihm der Dienst an der Sternwarte erlaubte, arbeitete Hieck im Institut weiter. So wollte er es auch fürderhin halten. Er besuchte einige Seminarien, hatte Referate übernommen und hielt Vorträge. Es handelte sich vor allem um logistische und mengentheoretische Themen. Seine Stellung war ehrenvoll geworden; er zählte zu den Prominenten. Sein Beitrag in Crelles Journal war erschienen, für die kleine Welt des Institutes ein immerhin beachtliches Ereignis.

Eines Tages rief ihn Weitprecht zu sich.

Auf dem Tisch häufte sich Papier. Auch auf den Stühlen lagen einige Stöße. Weitprecht stand müde und hilflos davor:

»Ich muß Ordnung machen, Doktor Hieck..., wer weiß, wie es nach den Ferien aussehen wird, und es wäre schade um all das Material.«

»Ja«, sagte Hieck und wußte nicht, worauf das hinauslaufen sollte, obwohl es doch klar war, daß Weitprecht seinen Nachlaß jemand zu vermachen beabsichtigte.

»Sie bleiben doch über die Ferien hier?« fragte Weitprecht.

»Ja«, sagte Hieck.
»Kapperbrunn fährt nämlich fort.«
Sie schwiegen eine Weile.
Weitprecht hob wieder vorsichtig an:
»Meine Frau besteht nämlich darauf, daß wir abreisen... der Arzt hat ein Herzbad indiziert... meine Frau denkt an Nauheim.«
Hieck wußte nicht viel damit anzufangen.
»Ja, und da wollte ich Sie fragen, ob Sie diese Papiere sichten könnten, soweit es Ihre Zeit zuläßt, natürlich... Sie sind ja mit meinen Arbeiten vertraut, es wird Ihnen leicht fallen.«
Hieck sah ziemlich hoffnungslos auf die Papierstöße.
Beruhigend sagte Weitprecht:
»Es ist alles chronologisch bezeichnet. Die wellenmechanischen Arbeiten tragen außerdem in der rechten Ecke ein W. Und die quantentheoretischen tragen ein Qu... da, sehen Sie, es ist ganz einfach... alles übrige ist analog, man muß nur manchmal auf den innern Zusammenhang achten... es ist ganz einfach.«
Man roch den alten Papierstaub; Hieck hatte Lust, in der Nase zu bohren, aber er kratzte bloß sein Kinn.
»Die zugehörigen mathematischen Arbeiten sind in jenem Schrank«, gab Weitprecht als Draufgabe dazu und wies schüchtern auf die offenstehenden Fächer eines Schrankes.
»Ja«, sagte Richard.
»Allerdings«, Weitprechts Gesicht wurde noch sorgenvoller, »...eigentlich müßte die laufende Versuchsreihe noch abgeschlossen werden... da ist aber Fräulein Magnus daran, nur wäre es gut, wenn sie kontrolliert würde.«
Als Richard herauskam, feixte Kapperbrunn ihn an:
»Ich gratuliere zur Ferienarbeit.«
Hieck war ziemlich fassungslos:
»Weiß der Himmel, wie ich das schaffen werde.«
Kapperbrunn beruhigte ihn:
»Na, kränken Sie sich nicht... wir werden schon einen Neger beistellen.«
»Was?«
»Na, einen Neger, oder wenn Sie lieber mögen, eine hübsche Negerin, Sie werden das doch nicht wirklich alles selber besorgen wollen... irgendeins von den Mädchen wird sich eine Ehre

daraus machen, man darf es bloß nicht dem Weitprecht sagen.«

Kapperbrunn war in diesen Dingen wirklich unersetzlich. Aber Hieck fragte trotzdem mißtrauisch:

»Warum haben Sie's dann nicht selber übernommen?«

»Ich?... Natürlich weil ich wegfahre, und weil ich Ihnen auch was gönne. Und da habe ich den Alten eben auf Sie gehetzt. Ich wollte bloß ein bißchen Ihre Überraschung genießen, sonst hätte ich es Ihnen schon vorher gesagt.«

Kapperbrunn zwinkerte ihn durch die Brille an. Jetzt mußte sogar Hieck lachen.

»Also, wen wünschen Sie sich, Hieck?«

Hieck griff nach dem Nächstliegenden:

»Fräulein Magnus soll ohnehin noch die Versuchsreihe abschließen.«

»Vorausgesetzt, daß Krispin dem beistimmt, aber er wird die durchaus berechtigte Meinung vertreten, daß die Welt nichts verloren hat, wenn dies im Herbst geschieht.«

»Um so eher könnte sie über die Papiere gehen.«

Kapperbrunn schnitt ein Gesicht:

»Der Magnus kommt es bloß auf das Doktorat an... am Tage, an dem sie mit der Versuchsreihe fertig ist, geht sie auf und davon, darauf können Sie sich verlassen... die ist ein gescheites Mädel.«

Hieck wagte sich vor:

»Und Fräulein Wasmuth?«

»Tja, die Hilde Wasmuth... wenn Sie durchaus darauf bestehen... wenn ich ehrlich sein soll, bin ich nicht dafür; mir wäre die Wasmuth zu ehrgeizig, die wird einerseits vor lauter Genauigkeit nicht fertig, andererseits spielt sie sich als die geniale Nachlaßverwalterin auf, und Sie haben dann Schwierigkeiten... na, ob die Wasmuth oder eine andere, ich werde Ihnen schon eine verschaffen.«

»Ich danke Ihnen sehr, Herr Doktor Kapperbrunn.«

Hieck war merkwürdigerweise noch immer nicht völlig einverstanden.

»Ogottogott, die Hitze«, jammerte Kapperbrunn, »ich werde heute in Schwimmhosen Seminar halten... kommen Sie hin?«

»Nein, ich muß heute zur Sternwarte.«

Die Leinenvorhänge waren heruntergelassen, die Fensterkreuze zeichneten ihre Schatten darauf ab, Kapperbrunn hatte recht, es war zum Ersticken.

»Ich werde mit dem Seminar in den großen Hörsaal übersiedeln, dort ist es luftiger.« An etwas anderes schien Kapperbrunn nicht mehr denken zu können.

Der Hitze wegen fuhr Richard mit der Straßenbahn zur Sternwarte hinaus. Er stand neben dem Fahrer, der Wind strich ihm entgegen, die Bäume der Allee liefen vorüber. Die Buden waren geöffnet, an der Schattenseite saßen Leute, tranken rote und gelbe Limonaden und Bier. Beim Strandbad wurde der Wagen leer. Man sah das Bassin und die Kabinen, es wimmelte von nackten Leibern, Geschrei summte hell herüber, manchmal hörte man das plumpsende Aufrauschen, wenn einer vom Turm ins Wasser sprang.

Richard überlegte, ob er aussteigen solle. Er hätte noch Zeit zu einem Bad gehabt. Kapperbrunn wäre an seiner Stelle selbstverständlich ausgestiegen. Aber während er noch überlegte, fuhr der Wagen an, und Richard war froh, der Entscheidung enthoben zu sein. Er will lieber des Morgens schwimmen gehen. Otto ist natürlich drüben im Wasser. Er hat um vier Uhr Arbeitsschluß, kann also mit dem Rad schon hier sein.

Der leere Wagen wippte jetzt beträchtlich, der Beiwagen rumpelte. Sie überholten einen Lastkraftwagen, auf dessen Warenballen faul die Packer lagen; sie wurden von Luxuswagen überholt, in denen weiße geschlechtslose Gestalten mit Sonnenbrillen saßen. Lastkraftwagen und Autos kamen ihnen entgegen und waren im Nu vorüber. Sonnig dehnte sich die Ebene bis zum Bergrand hin, glasig von der Hitze verhangen.

An der Endhaltestelle standen zwei gelbe Trambahnwagen. Die Schaffner und Fahrer saßen auf der Bank vor der kleinen Wartehalle und schwatzten mit groben Stimmen. Die Taxichauffeure hatten ihre Wagen in die schattige Seitenallee gebracht, saßen schlafend auf ihren Führersitzen. In den beiden Gartenwirtschaften wurde für den Abend gerüstet. Mit geschlossenen Läden lagen die Villen in ihren Gärten, bisweilen hörte man Kinderstimmen aus dem Gartenschatten.

Langsam ging Richard durch die Villenstraßen. Am Sims eines Souterrainfensters, durch das man zwei polierte Bettenden und an der Wand Heiligenbilder sehen konnte – offenbar dem Hauswart der Villa gehörig – lag zusammengekrümmt ein Dakkel. Als er Richards ansichtig wurde, bellte er schläfrig auf und schaute ihm nach.

Das Leben war überall eindeutig, eindeutig wie Kapperbrunn, so eindeutig wie der Sommer, ein Zahn griff in den andern, fahrplanmäßig verkehrten die Trambahnen, fahrplanmäßig bellten die Hunde, fahrplanmäßig bewegten sich die Sterne. Schläfrig und lautlos drehte sich der schwingende Raum um die Achse der Welt, und milchig stand ein halber Mond im milchigen Blau des Himmels.

Myriaden und aber Myriaden von Einzelleben, Myriaden und aber Myriaden von Einzeldingen waren um ihn versammelt, ein beängstigendes Schwimmbad von Dingen, die lautlos aufstiegen und sich fallen ließen, Myriaden und aber Myriaden von Leben und Dingen waren in seinem schwitzenden Körper versammelt, Myriaden und aber Myriaden schwängerten sein Denken und fielen ins Nichts. Richard setzte Fuß vor Fuß, Schuh vor Schuh und begann langsam den Aufstieg zur Sternwarte, um seinen denkenden Körper fahrplanmäßig dort einlangen zu lassen.

2

Richard hatte sich übrigens geirrt: Otto schwamm an jenem Nachmittag nicht im Strandbad, sondern am entgegengesetzten Ende der Stadt, nämlich im Stadtweiher. Er liebte Abwechslung in seinen Bäderbesuchen.

Wegen des schwankenden Wasserspiegels im Stadtweiher konnte dort keine Badeanstalt eingerichtet werden, aber er war, wenn er Wasser führte, ein beliebtes Freibad. Seit den regnerischen Junitagen war der Spiegel um etwa zwei Meter gefallen, und am nördlichen Flachufer hätte man weit durch den Schlamm und Lehm waten müssen, um ins Wasser zu gelangen, am Steilhang unterhalb des Fußballplatzes hingegen war es ganz passabel.

Überdies war es äußerst bequem. Man zog sich im Klub aus und rannte dann über den Platz hinüber. Und so hielten es Karl Wohlfahrt und Otto auch diesmal.

Als sie im Wasser waren und das erste Schwimmvergnügen hinter sich gebracht hatten, wurde es Otto langweilig:

»Hier taugt es doch nichts.«

»Warum?«

»Keine Mädchen.«

»Tja...«

»Wenn man ein Motorrad hätte, könnte man am Fluß hinunter in die Gleuringer Au fahren; da käme jede gerne mit.«

»Kannst du dir ein Motorrad kaufen?«

Das Gespräch kam auf das Geld, das sie brauchten. Karl war noch immer nicht zu seinem Sparkassenbuch gelangt, und noch viel weniger war es Otto geglückt, den so großartig projektierten Raub auszuführen; er hatte auch nicht das geringste dazu unternommen. Sie schmiedeten Pläne ins Blaue hinein:

»Es handelt sich bloß um den ersten Verdienst; dann gebe ich das Geschäft auf und werde Maler.«

»Ein Maler verdient nichts.«

»So?... fast jeder Maler fährt im eigenen Auto.«

Er hatte plötzlich einen nicht zu bezähmenden Hunger nach dem Geld. Und gleichzeitig verlangte gebieterisch etwas in ihm, daß ein anderer es ihm verschaffen müsse, gebieterisch und spielerisch hatte es ihn gepackt, daß Karl derjenige sein müsse, der der Mutter das Geld abzugaunern hätte. Es beängstigte ihn und lockte ihn zugleich.

»Mir scheint, ich kriege einen Wadenkrampf«, sagte er und legte sich auf den Rücken, »ich muß aus dem Wasser.« Er wurde weiß im Gesicht. »Wenn ich untergehe, pack mich an den Haaren.«

»Quatsch«, sagte Karl und ruderte heran.

Wirklich, es hätte nicht viel gefehlt, Otto kam gerade noch zurecht ans Ufer. Als er Boden unter den Füßen spürte, verging der Krampf augenblicklich.

»Sowas, uff.« Er krabbelte atemlos heraus.

Von den Geldprojekten wurde nicht weiter gesprochen. Aber als sie Abschied nahmen, wurde Otto wieder käsweis und sagte gepreßt:

»Eigentlich könntest du mich mal abholen. Magst du morgen um fünf?«

Es war nicht anders als damals, als er zum ersten Male zu einer Frau gegangen war, und er wußte nicht, was ihn jetzt überkommen hatte. Es war ja über nichts geredet worden, und nichts war geschehen. Doch es war ein Wissen von etwas da, das ihn lockte und würgte und das er nicht benennen konnte. Und obwohl er sich nichts anmerken ließ, war es ihm wie das Geständnis eines Verbrechens, als er seiner Mutter von dem bevorstehenden Besuch Mitteilung machte.

Frau Hieck war ein wenig erstaunt:

»Du sagst ja sonst nie was, wenn wer zu dir kommt.«

»Ich möchte ihm aber gerne einen Kaffee geben.«

Die Arme unter der Brust verschränkt, lächelte Frau Hieck zufrieden:

»Am Ende wirst du jetzt häuslich. Brav.«

Am nächsten Tag erschien Karl in der Kramerstraße, wurde vorgestellt und erhielt in der Wohnstube Kaffee. Die grünen Jalousien machten das Zimmer dunkel, die Luft war von eingesperrter Kühle. Es roch nach Obst.

Katharine Hieck saß bei den Jungen. Ihre weißen Arme lagen auf dem Tisch. Mit wasserheller Stimme und der ganzen Routine der Kleinbürgerin fragte sie Karl nach Haus- und Schulverhältnissen, nach Herkunft und Zukunftsplänen. Karl starrte auf ihre weißen Arme.

Sie duzte ihn.

»Also auf der Gewerbeschule bist du, was lernt man denn dort?«

»Viel Mathematik und so.«

»Mathematik? da könnte dir der Richard helfen.«

Dunkel wie eine Klosterfrau kam Susanne herein und setzte sich dazu.

»Schau, er ist viel größer als Otto. Stellt euch einmal nebeneinander.«

»Ach ja, er ist einen Kopf größer«, brummte Otto, »da braucht man nicht zu messen.«

»Sie sind ebenso alt wie Otto?« sagte Susanne.

»Eigentlich müßte ich zu ihm auch Sie sagen, so einem großen Burschen«, meinte Katharine.

Der Junge errötete bis unter die blonden Haare.

Otto, der es sonst sicherlich nicht verabsäumt hätte, ihn darob aufzuziehen, schwieg diesmal.

Doch es schwiegen auch die anderen, Susanne, weil sie in ihre Dunkelheit zurückgefallen war, Katharine, weil sie den Blick des Jungen auf ihren Armen und Brüsten spürte und nicht geistesgegenwärtig genug war, um von Belanglosem sprechen zu können. So steckten sie alle die Nasen in die Kaffeetassen.

Kleinbürgerliche Verzauberung, dennoch Verzauberung. Und neben der massiven und schwarzen Susanne sah Katharine zeitlos weltlich aus, ohne Alter wie eine Rubensfrau, ewige Gebärerin, dennoch kinderlos, da nur ihr Geliebter ihr Kind sein kann. Und sich selber Kuchen in den Kaffee brockend, brockte sie auch dem neben ihr sitzenden Karl Kuchenstücke in die Tasse. Mit dem Löffel fischten sie dann die schwammigbraunen Stückchen heraus.

Susanne war die erste, die sich erhob:

»Ich glaube, daß man schon die Fenster öffnen kann«, sagte sie, indem sie sich den Mund abwischte.

Licht fiel herein, Hitze strömte herein; auf dem blonden Nakken Katharinens standen kleine Schweißperlen. Karl sah sie.

»Ich muß jetzt gehen«, sagte er, »schönen Dank, Frau Hieck.«

»Komm bald wieder«, sagte sie, »und wenn du was brauchst, kann der Richard dir helfen.«

»Gehen wir noch schwimmen?« fragte Otto.

»Natürlich«, sagte Karl rasch, als sei er froh, wegzukommen.

Unten holten sie die neben der Stiege verstauten Räder und fuhren ab. Karl voran, Otto hinterdrein. Rhythmisch und mit leiser Präzision klackten die Ketten, die Sättel quietschten manchmal. Das war alles bekannt und angenehm. Sie glitten sanft und elegant über den Asphalt und schwiegen, sie schwiegen erst recht, als sie über das rundköpfige Pflaster der Innenstadt holperten, aber am Domplatz fuhr Otto vor und schrie »Wohin?«

Karl deutete nach links, wo die Straße zum Stadtweiher hinausführte. Otto schüttelte den Kopf: »Fahren wir ins Strandbad.« – »Warum? wegen der Mädchen?« – »Nein, aber draußen ist's jetzt dreckig, und gestern wäre ich fast ersoffen.« – »Blödsinn, du bist nicht ersoffen.« – »Doch, beinahe, ich gehe nicht mehr hin.« Schließlich gab Karl nach, und sie fuhren ins Strandbad hinaus. Wieder schweigend. Nur manchmal zielte Otto scharf und fuhr in voller Geschwindigkeit auf Karls Hinterrad los, die beiden Pneumatiks prallten leise aneinander, beide Räder erhielten einen sanften und doch scharfen Stoß, und es war ein Spiel, das sie nicht lassen konnten, obwohl sie beide merkwürdig bedrückt waren und sich lieber gemieden hätten. Und so war es nur richtig, daß knapp vor dem Stadtausgang Karl den nachfahrenden Otto herankommen ließ und ihn fragte: »Triffst du Louise draußen?« – »Vielleicht.« – »Dann brauchst du mich ohnehin nicht, ich habe nämlich kein Geld fürs Strandbad.« Ohne den Einspruch Ottos abzuwarten, wendete er und fuhr in entgegengesetzter Richtung davon.

Allein schon zwei Tage darauf erschien er wieder, um Otto abzuholen; sie hatten es nicht verabredet gehabt, dennoch wartete Otto bereits auf ihn. Und als ob sie es verabredet hätten, fragte Karl nicht nach Frau Hieck, und Otto sagte seiner Mutter nichts von dem Gast. Von Kaffee war nicht mehr die Rede, vielmehr setzten sie sich sofort auf die Räder und fuhren ins Strandbad hinaus. Sie waren beide sehr glücklich.

So machten sie es einige Male, bis Frau Katharine zufällig darauf kam. Die beiden wollten eben zur Türe hinauswischen.

»Was heißt das?« rief sie ihnen nach, »warum brennt ihr denn durch?«

Otto jagte weiter, Karl war stehengeblieben. Seine Kehle war trocken, die Knie versagten; er mußte stehenbleiben, ob er wollte oder nicht.

»Guten Tag, Frau Hieck«, brachte er schließlich hervor.

»Was lauft ihr denn so? du hast ja keinen Kaffee bekommen.«

»Wir werden beim Schwimmen erwartet«, log Karl.

»Na, wenn's so dringend ist, dann lauft halt, aber das nächste Mal melde dich.«

»Ja, danke schön.« Karl flitzte die Stiege hinunter, hochrot im Gesicht. Als wäre der Leibhaftige hinter ihnen her, traten sie in die Räder.

Aber es nützte nichts, es war stärker als er: am nächsten schulfreien Nachmittag war Karl in der Hieckschen Wohnung, noch ehe Otto von der Arbeit kam.

3

Dank der Erlaubnis des Dieners Krispin durfte Fräulein Magnus die Versuchsreihe zu Ende führen. Sie war also den Juli über beschäftigt, und Kapperbrunn mußte für Hiecks Sortierarbeit einen andern Neger auftreiben. Er fand ihn in der Person Fräulein Ilse Nydhalms, Physikstudentin im sechsten Semester.

Zu Ehren der Ferien hatte Krispin nunmehr auch den schwarzen Laborantenkittel abgelegt; im bloßen Hemd wirtschaftete er in den Korridoren und Hörsälen herum. Der Kittel hing an der Tür im Laborantenzimmer.

Das Institut hatte die Stille einer Telephonzelle. Wenn Krispin im dritten Stock mit Papier raschelte, so hörte man es im Erdgeschoß, manchmal hörte man einen einsamen Glaston im Laboratorium, manchmal das Knistern einer elektrischen Apparatur. Richard liebte diese Stille. Sie war wie eine ins Weiße und Sonnige transponierte Nacht. Beinahe tat es ihm leid, daß er Ilse Nydhalms Arbeit nicht selbst besorgte.

Er hatte ihr vorerst ein paar Tage Zeit zum Einarbeiten gelassen. Als er dann hinkam, fand er sie verzweifelt vor dem Papierwust, der sowohl Weitprechts Schreibtisch als den Mitteltisch des Zimmers bedeckte; sie war dem Weinen nah:

»Dazu brauche ich drei Jahre.«

»Aber nein, Fräulein Nydhalm.«

Braunhaarig mit mattem Teint und grauen Augen, mittelgroß und schlank, so stand sie vor ihm. Über der Nasenwurzel bildete sich eine kleine Denkfalte:

»Wenn ich es bloß so ordne, wie Herr Doktor Kapperbrunn gemeint hat, wäre es freilich leicht, aber ich bin überzeugt, daß Professor Weitprecht damit unzufrieden wäre.«

Richard war überzeugt, daß Weitprecht, der in seinem Leben schon so viele Enttäuschungen hatte schlucken müssen, sich auch mit der geringeren Leistung zufrieden gegeben hätte.

Es war glühend heiß trotz der herabgelassenen gelben Leinenvorhänge. Durch einen Vorhangspalt zeichnete die Sonne einen bunten Spektralstreifen an die Zimmerdecke.

Ein wenig kurzsichtig blinzelnd, fuhr Ilse Nydhalm fort:

»Das wäre außerdem eine ganz langweilige bürokratische Arbeit, man muß es doch von innen her anpacken. Ich glaube, daß Herr Doktor Kapperbrunn sich das gar nicht richtig überlegt hat.«

Das sah Kapperbrunn durchaus ähnlich; flink im Zugreifen und im Erfassen jeglicher Aufgabe, wäre er durch nichts in der Welt zu bewegen gewesen, einen Schritt über die erste Lösungsgrenze hinaus zu tun. In diesem Falle hätte natürlich auch die bürokratische Lösung mehr als genügt, aber Richard Hieck tat es in der Seele wohl, daß dieses Mädchens Forderungen über Kapperbrunns Konzept hinausgingen. Er sagte also:

»Ja, da haben Sie recht, Fräulein Nydhalm.«

»Wie aber, um Gottes willen, soll man sich da zurechtfinden!« Sie machte eine hilflose Gebärde über all das Papier hinweg.

»Mna ja...« Sein stets sprungbereites Gehirn begann in Bewegung zu geraten.

Eben weil er in seiner ganzen Denkstruktur ein Antipode Kapperbrunns war, hatte er es noch niemals über sich gebracht, eine Aufgabe um ihrer selbst willen zu lösen, ja, es erschien ihm geradezu unmoralisch, eine Aufgabe anders als im Zusammenhang des Gesamtsystems zu sehen und von diesem aus zu begreifen. Und wenn es jetzt galt, sein Organisations- und Einfühlungsgeschick in den Dienst des Weitprechtschen Oeuvres zu stellen, so wurde ihm dieses automatisch zu einer Gesamtheit, zu einer Problemeinheit, in der alle Probleme zusammenzufassen waren, ehe man daran gehen durfte, sich um deren Einzelverständnis zu bemühen. Er hatte sich nun lange genug mit Weitprechts Themen herumgeschlagen, trug also ihr Gesamtbild schon längst fix und fertig mit sich herum, jetzt aber, da ihm oblag, es zu entwickeln, wurde es ihm erst zur Gänze klar mit all seinen Unzulänglichkeiten und mit seiner immer wieder aufschimmernden Genialität. Es wurde gleichsam ein Nachruf von seltener Eindringlichkeit, den er auf Weitprecht hielt, und Ilse Nydhalm mit zart zusammengezogenen Brauen über der Nasenwurzel hörte gespannter und gespannter zu, bis sie schließlich ihre Brille aufsetzte und Notizen zu stenographieren begann. Als er geendet hatte, sagte sie befangen und leise:

»Ja, so ist es, so ist es gewiß.«

Von ihrer Zustimmung angefeuert, ging er sofort daran, Hauptgruppen vorzuzeichnen und einen Ordnungsplan zu entwerfen, auf dem er mit rotem und blauem Stift Verbindungslinien zog:

»So, jetzt kann die Sache losgehen.«

Sie lächelte:

»Wirklich, jetzt kann es losgehen, danke schön, Herr Doktor.«

Unter der Brille hatte ihr Gesicht einen kindlich altklugen Ausdruck.

»Da ist nichts zu danken, Fräulein Nydhalm«, erwiderte er barsch und entfernte sich bald darauf. –

Jeden Vormittag erschien er im Institut. Eine Stunde lang etwa arbeitete er mit Fräulein Nydhalm und begab sich sodann ins Laboratorium zu dem rotwangigen Fräulein Magnus hinüber, um – sehr zu Fräulein Magnus' Mißvergnügen, denn sie faßte es als Kontrolle auf – nach den neuen Versuchsresultaten zu fragen. Wenn er ins Institut kam und Krispin begegnete, salutierte dieser und meldete: »Zwei Damen im Dienst, Herr Doktor.«

Er blieb Respektsperson. Und mit der ganzen Befangenheit, die man nebst dem schuldigen Respekt einer solchen zollt, trat Ilse Nydhalm ihm auch weiterhin entgegen. Er war aber selber viel zu befangen, um dies zu bemerken, die Arbeitsgemeinschaft war ihm ungewohnt und unheimlich, und als einmal eine Ansichtskarte aus dem Gebirge von Kapperbrunn mit Grüßen »an Sie, lieber Hieck, und Ihre schöne Mitarbeiterin« eintraf, da versteckte er die Karte und bestellte die Grüße erst einige Tage später.

Ilse Nydhalm war gelehrig und hatte Ideen. Seine Hilfe benötigte sie bald nicht mehr, und immer öfter benützte sie seine Anwesenheit, um ihn über mathematische Dinge auszuholen. Es war die Form ihrer Unterordnung und gleichzeitig das Mittel, ihre Beklommenheit zu verdecken. Und er hielt lange Vorträge, stets vom Problemmittelpunkt ausgehend und bis zu den Problemgrenzen vorstoßend, den Weg aufzeigend, den die Forschung bisher verfolgt hatte und den sie zu verfolgen haben wird, wenn sie ihre selbstgestellte Aufgabe erfüllen will. Seine Vorträge hatten auch hier denselben Fehler wie im Seminar; aggressiv und autoritär, duldete er weder Zwischenfragen noch Einwände. Denn es waren Auseinandersetzungen mit sich selbst, und er schwitzte dabei weidlich, und zwar weit mehr aus Aufregung als wegen der herrschenden Hitze: jedes Klarmachen der wissenschaftlichen Situation war ihm immer auch eine Erhellung der eigenen Ziele, und daß er solche Erhellung gewinnen und äußern konnte, das war wie eine Befreiung von dem, was hinter ihm lag, es war wie ein beginnendes Aufatmen und wie die Verheißung eines Lichtes, – aber daß er davon sprechen mußte, mehr noch, daß er vor einem Mädchen davon sprechen mußte, daß sich die befreiende und beglückende Erhellung erst im Sprechen vollzog, das war wie ein Verrat nicht nur an der Mathematik, sondern auch an dem Wesentlichen seines Lebens, denn was hier bloßgelegt wurde, das hatte – so meinte er – mit dem eigentlichen Ziel dieses Lebens und mit dem der Mathematik nichts zu schaffen, und strikte lehnte er es ab, die objektiven Ziele der Wissenschaft mit subjektiven Empfindungen zu verquicken. Ein buntes Spektralband spielte auf der Zimmerdecke, und die Gespräche mit Ilse Nydhalm standen in sonderbarem Gegensatz zu den Abenden, die er in der Stube Susannens verbrachte. Es war ein sehr komplizierter und völlig undurchsichtiger Verrat, den er da beging, der ihn auf sehr verwickeltem Pfad ins Sündige und dunkel Anarchische zurückführte! o unhörbarer einsamer Klang im Weltall. Aber jeder unbefangene Beobachter hätte bemerken müssen, daß Richard Hieck seit einiger Zeit mehr Wert auf seine äußere Erscheinung legte.

Des Morgens ging er zumeist ins Strandbad.

Er hatte die sechs Badlängen – eine selbstgegebene Vorschrift, die er strenge einhielt – soeben durchschwommen und kroch die schleimig-rissigen Holzstufen aus dem Bassin heraus. Dann setzte er sich auf den Betonrand, ließ die Füße ins Wasser baumeln und betrachtete die weiße Fahnenreihe der Badewäsche, die, leicht gebläht von der Morgenbrise, an zwei weitgespannten Stricken am jenseitigen Ufer aufgehängt war. Ein Stück weiter sah man die Allee mit den gleichmäßig vom winterlichen Weststurm abgebogenen Bäumen. Die gelben Trams flogen morgendlich wippend vorüber und rasselten.

Der Schwimmeister Vinzenz Ulreich in weißen Leinenhosen, nacktarmig und muskulös im blaugestreiften Trikot, fischte mit einem kleinen Netz an langer Stange gelbgrüne Blätter aus dem Bassin. Das Wasser schwappte leise an die Betonwände.

Plötzlich wurde Doktor Richard Hieck beim Namen gerufen. Die Stimme kam aus dem Wasser.

Es waren nur wenige Badegäste da. Das Wasser glitzerte streifenweise; Richard blinzelte und konnte nichts erkennen. Jemand kam im Freistil auf die Treppe zugeschwommen, neben der er saß. Die Gestalt setzte sich auf die Stufen und wiederholte:

»Guten Morgen, Doktor Hieck.«

Von oben gesehen, war am Busenausschnitt mit Sicherheit festzustellen, daß es sich um ein weibliches Wesen handelte. Aber der Kopf in der weißen Schwimmhaube hätte ebensogut der eines Jungen sein können.«

»Guten Morgen«, sagte Richard unsicher.

Das Wesen gab sich zu erkennen: »Zerbrechen Sie sich nicht den Kopf, ich heiße Erna Magnus.« Sie hatte die Beine heraufgezogen und hielt die Knie umklammert. Alles an ihr war lichtbraun wie heller Kaffee.

»Oh, Fräulein Magnus«, Richard schämte sich seiner Blöße und ließ sich neben der Stiege ins Wasser plumpsen. Jetzt schaute er von unten zu ihr hinauf und prustete. Lächerlicherweise gemahnte ihn ihr schwarzer Badeanzug an die Tracht Susannens.

»Danke«, sagte sie, »jetzt haben Sie mich tüchtig angespritzt.« Sie planschte mit ausgestreckten Beinen, »so, das ist die Revanche. Aber warum sind Sie ins Wasser. Kommen Sie, wir wollen in die Sonne gehen.« Sie war ausgesprochen respektlos.

Nun stand sie oben. Das Trikot glänzte schwarzfeucht, scharf hoben sich die Busenknospen ab, leichtgewölbt das frauliche Dreieck zwischen den Schenkeln.

»Ihr Flirt ist nicht da?«

»Wie, bitte?«

»Na, Ihr täglicher mathematischer Flirt.«

Verdrossen kam Richard heraus und setzte sich neben sie in den Sand. Nachdem er seine Füße eingegraben hatte, fühlte er sich weniger nackt.

»Ich könnte nicht arbeiten, wenn ich keinen Sport triebe«, erzählte sie.

Verächtlich mußte er an Kapperbrunn denken; das war dessen Rezept. Trotzdem spürte er leisen Stolz, weil er Kapperbrunn nun auch hierin nicht nachstand. Die Unberechenbarkeit der Welt war wieder manifest, der Fittich des Anarchischen berührte ihn aufs neue, und angesichts dieses schwarzen Schwimmkostüms kreisten seine Gedanken neuerdings um Susanne. Ilse Nydhalm würde sicherlich ein weißes Badekleid tragen. Der Himmel wurde bleifarben.

Langsam sagte er:

»Sonderbar, daß wir einander noch nicht getroffen haben; ich bin beinahe täglich hier.«

»Ich bin sonst noch zeitiger dran.«

Sie hatte ihre weiße Schwimmhaube abgenommen. Sie hatte rötlichblonde Haare. Susanne war beinahe schwarz. Und auch Ilse Nydhalm war dunkel.

Mit einem Male wurde ihm klar: das Sündige in der Welt ist das Unberechenbare. Was aus dem kausalen und gesetzlichen Zusammenhang gelöst ist, und sei es bloß ein einsam im Raume schwebender Klang, das ist sündig. Das Isolierte ist sinnlos und sündig zugleich.

Sein Asketengesicht zog sich zusammen.

Erna Magnus betrachtete ihn:

»Wenn Sie etwas mehr Sport treiben würden, tät's Ihnen auch nicht schaden. Sie könnten eigentlich sehr gut aussehen.«

»Glauben Sie, daß Gauß ein guter Skiläufer gewesen ist?« Er war für gewöhnlich nicht halb so schlagfertig, aber es war ein Einwand, den er gegen Kapperbrunn innerlich schon oft genug vorbereitet hatte, um ihn bei der Hand zu haben.

Sie lachte belustigt:

»Fahren wir miteinander ins Institut?«

Der Klang der Kirchenglocken steht einsam im Raum und ist nicht sündig, darf nicht sündig sein. Etwas stimmte da nicht, und trotzdem stimmte es und war richtig: was Susanne trieb, konnte aus einem allerdings undurchschaubaren Grund nicht gutgeheißen werden.

Es schien unmöglich, mit Fräulein Magnus zusammen im Institut einzulangen.

»Nein, ich muß zur Sternwarte.«

»Die könnten Sie mir eigentlich einmal vorführen.«

Wenn sie lächelte, zeigte sie alle Zähne und ein Stück Zahnfleisch. Es war ein Mund, der sicherlich schon viel geküßt hatte. Hieck mußte an das Waldwirtshaus unterhalb der Sternwarte denken.

»Na, Wiedersehen, Doktor Hieck.«

Sie erhob sich. Ihr Gang schwang weiblich in den Hüften.

Richard zog die Füße aus dem Sande und legte sich lang auf den Rücken. Seine Finger scharrten in dem feinen Sand, der leise knirschte und unter die Nägel drang. Er bemühte sich, das Geschehene umzudeuten, es zu retuschieren: Erna Magnus gehörte zu den Physikstudentinnen, ihre Geschlechtsmerkmale hatten also von ihr abzufallen. Sie taten es aber nicht. Er warf einen schrägen Blick nach aufwärts. Auf dem Sprungturm stand ein einsamer Mensch, ein junger Körper mit einer bunten Kappe; durchgebogenen Kreuzes hob er gestreckt die Arme und sprang ab, elegant sich überschlagend. Zwei Sekunden später hörte man das rauschende Aufzischen des Wassers.

Hieck kam erst am Nachmittag ins Institut.

Ilse Nydhalm sagte mit schmalen Lippen:

»Fräulein Magnus war vorhin da... ich glaube, daß sie Sie gesucht hat.«

Richard fiel bloß das Wort »Schlange« ein. Er sagte bedrückt:

»Ich habe sie heute ohnehin schon getroffen.«

Ilse Nydhalm antwortete nicht, sondern exzerpierte weiter, ohne die Nase zu heben.

Sie schwiegen. Nach einer Weile sagte er:

»Möchten Sie sich nicht einmal die Sternwarte ansehen?«

Ihre grauen Augen wurden groß.

»Wirklich?«

Richard ging diesmal, ohne die Laboratoriumsarbeit kontrolliert zu haben.

4

Wenn Katharine Hieck heute gern den Satz verwendete: »Ich mache mir keine Illusionen mehr«, so ist dies wohl als Reaktion auf eine Überbeanspruchung der Illusionen und der Phantasie zu betrachten, auf eine Überbeanspruchung, die sich zweifelsohne in der Ehe mit Hieck ergeben hatte. Denn als sie heiratete, da standen die Begriffe von Erwünschtem und Unerwünschtem, von Lobens- und Tadelnswertem, von Richtigem und Unrichtigem, Erlaubtem und Unerlaubtem in Katharine Hieck bereits fest, sie waren von ihrer ländlichen Kindheit bestimmt, waren sicherlich älter als ihr bewußtes Denken, und an ihnen war nicht mehr zu rütteln: als sie sich aber für Hieck entschlossen hatte – noch immer verstand sie nicht, wie dies geschehen –, da war es dieses völlig andersartige Wesen, das sie zu ihren eigenen Idealen umdeuten mußte und das sie trotzdem zwang, sich von all den festgewurzelten Begriffen loszureißen. Dies hatte eine ungeheuere, kaum zu bewältigende Phantasiearbeit gekostet, die zwar niemals ins Bewußtsein gedrungen, dennoch so quälend war, daß Katharine Hieck die Wirrnis und Dunkelheit ihres Ehelebens als Strafe für den Verrat an ihren eigenen feststehenden Idealen zu begreifen trachtete, um so mehr, als die gerechte Verteilung von Schuld und Sühne gleichfalls zu diesen Idealen gehörte. Und eine solche Gedankenreihe pflegte sie mit einem »Jetzt mache ich mir keine Illusionen mehr« zu beschließen.

Und seitdem Karl Wohlfahrt ins Haus kam, schwiegen sogar ihre Heiratsillusionen. Sie hatte eine gewissermaßen zusätzliche Mütterlichkeit gefunden, unbelastet von dunkler Herkunft war dieses Gefühl, eine gewissermaßen leichter disponible und freiere Mütterlichkeit als jene, die sie etwa Otto gegenüber aufbrachte. Mag sein, daß das bäuerliche Blut, das in Karls Adern rollte, die Wahlverwandtschaft bedingte, mag sein, daß dieser vom Lande stammende, zu den städtischen Großeltern verbannte Knabe ihr als Spiegelbild eigenen Schicksals diente, genug an dem, sie fütterte ihn mit Kaffee und Kuchen.

Otto, welcher all dies beobachtete, stand den Dingen mit Eifersucht und Unbehagen und Angst gegenüber, aber er schwieg.

Im Gegenteil:

Karl war avanciert. Er war der erste aus dem Juniorennachwuchs, der in die zweite Mannschaft übernommen wurde und beim nächsten Freundschaftsspiel gegen einen der Konkurrenzklubs, den »Sturmfittich«, mittun durfte. Lauernden Blicks lud Otto die Mutter ein, mit ihm das Wettspiel zu besuchen. Das war noch nicht vorgekommen. Und Katharine Hieck bezähmte die Abneigung, die sie gegen das Fußballspiel hegte, und nahm nicht nur die Einladung an, sondern ließ sich sogar erzählen, daß Karl rechter Centerhalf sei, ja, es erschien ihr dies als eine besondere Würde.

Die erste Halbzeit war vorbei. Es stand 2 : 1 zugunsten Sturmfittichs.

Otto war selbstverständlich in den Ankleideraum gegangen. Es herrschte Hochbetrieb. Auf den Bänken im breiten Mittelgang saßen die Spieler, zum Teil in jener entspannten Haltung, die ihnen von den Boxern im Kino bekannt war: die Beine gespreizt von sich gestreckt und die Arme lax hängend. Die Brausen im Duschraum rieselten. Der Trainer Ritter, ein Präzeptor Germaniae im großkarierten Anzug, brüllte mit dem Kapitän und den Stürmern wegen schlechter Kombination. Der, Kapitän Werner Huschinski, verteidigte sich auch nicht eben leise. Die Sturmfittiche, denen der Erfolg zu Kopf gestiegen war und die den Sieg vor sich sahen, höhnten ihre Gastgeber. Georg Bäcker hatte eine Fußverletzung und ließ sich verbinden. Kurzum, es herrschte Hochbetrieb. Und Otto, stolz dazuzugehören, wenn auch voll Neid auf Karl, schnupperte die schweißgeschwängerte scharfe Luft ein, dieses Gemenge von Gesundheit, Wäschegeruch, Wasser- und Kloakendunst.

Karl hatte die gelbblaue Bluse, die Uniform der Marathons ausgezogen. Mit einem gespannten Handtuch rieb er sich den nackten Rücken.

Ritter bemerkte Otto:

»Raus mit dir, hier wird nicht gekiebitzt.«

Otto feixte, deutete auf Karl: »Ich muß ihn massieren.« Und er nahm das Handtuch und begann Karls Rücken zu behandeln.

Der Schiedsrichter im weißen Pullover kam mit der ganzen Würde der offiziellen Persönlichkeit:

»Pause rum. In zwei Minuten gestellt sein.«

»Mach's gut, Karl«, sagte Otto wohlwollend und fachmännisch, »und immer dem Krause zuspielen, wenn du in der Klemme bist.«

Er ging hinaus, zündete mit großer Gebärde eine Zigarette an, warf mit großer Gebärde das Streichholz weg.

Nach englischem Muster betraten die Mannschaften im Trab das Spielfeld. Von der Tribüne tönte dünner Applaus.

Frau Hieck saß auf der Tribüne. Es waren nicht allzuviel Leute da. Die beiderseitigen Klubfunktionäre, die geschäftsmäßig und mit nebensächlicher Wichtigkeit an den Vorgängen Anteil nahmen. Dann die üblichen jungen Leute mit Sportmützen und schließlich eine Anzahl behäbiger Herren aus dem Mittelstand, die man überall anderswo eher denn hier vermutet hätte, die aber von einem unerklärlichen Schicksal zu einer unerklärlichen Begeisterung für den Fußballsport getrieben worden waren und sich kein Spiel entgehen ließen. Für Frau Hieck war das ungewohnte Bild anregend. Neugierig saß sie da und ließ sich von Otto Erklärungen geben.

Die Geschehnisse waren nun wieder in vollem Gang. Es wurde schärfer als in der ersten Halbzeit gespielt. Gleich nach dem Abstoß hatte Marathon ausgeglichen, es stand zwei zu zwei, und jetzt wurde es ernst. Die beiden Linienrichter hatten zu tun, sie liefen hin und her, ihre weißen Klappstühle blieben unbenützt. Jeden Augenblick flog der Ball über die Linie. »Elf-Meter-Stoß«, kündigte Otto an.

Die Fähnchen an den Spielecken flatterten. Karl in gelbblauer Bluse lief vorüber. Er wurde von einem violetten Sturmfittich hart angegangen, fiel hin, blieb liegen. Frau Hieck schrie auf.

»Das gehört dazu«, erklärte Otto ruhig.

Inzwischen hatte man Karl kunstgerecht die Beine hochgezogen und ihn nach ein paar Atemübungen auf die Füße gestellt; mit einem Klaps auf den Rücken wurde er wieder ins Spiel geschickt. Das Publikum applaudierte pflichtgemäß.

Frau Hieck war entsetzt:

»Das gehört dazu? das ist dir auch schon passiert?«

Aber Otto hörte nicht mehr. Zu ihrer erschreckten Verwunderung mußte sie sehen, daß er zu tanzen begonnen hatte, wozu er unausgesetzt »Huschinski« schrie. Aber nicht nur er gebärdete sich so wahnsinnig, sondern der größere Teil des Publikums war von dem gleichen Paroxismus ergriffen, und auf dem Felde schienen sie es währenddessen ebenfalls hübsch eilig zu haben. Immer mehr steigerte sich der Paroxismus und endigte in einem Geheul, aus dem das unverständliche Wort »Goal, Goal« herauszuhören war. Dann beruhigte sich die ganze Aufregung überraschend schnell.

»Ausgeschlossen, daß du da weiter mittust«, sagte Frau Hieck dezidiert, »so etwas Grausames!«

»Drei zu zwei für uns«, sagte er befriedigt, »jetzt holen sie nimmer auf... verdammt... Karl, halt ihn...«

Das Gejohle, wenn auch etwas schwächer, hatte wieder eingesetzt.

»Was ist los?« fragte Frau Hieck jetzt selber ein wenig interessiert.

»Uff... da hätte nicht viel gefehlt...«

Das Feld bewegte sich wieder nach rechts auf das Tor der Sturmfittiche zu. Der Tormann der Blaugelben lümmelte wieder am Pfosten.

»Hast du den Karl jetzt gesehen... tadellos?« Otto lächelte halb stolz, halb boshaft zu seiner Mutter hin.

»Nein«, mußte sie gestehen; in dem Gewühl war wirklich nichts zu erkennen.

So ging es eine halbe Stunde weiter, und als das Spiel abgepfiffen wurde, hatte die zweite Mannschaft der Marathons über die der Sturmfittiche 4:2 gesiegt.

Frau Hieck fuhr mit der Straßenbahn heim, die beiden Jungen

folgten auf den Rädern. Sie wurden mit einer wohlvorbereiteten groß angelegten Ermahnung empfangen, die im allgemeinen gegen das Fußballspiel gerichtet war, im besondern die Besorgnis für die Gesundheit der beiden Jungen kundtat – weil aus solchen Roheiten nichts Gutes erwachsen könne – und in einem Hinweis auf Richards geringe Sportbetätigung gipfelte: »Seht euch den Richard an, der hat keine Zeit für solche abscheuliche Roheiten gehabt, und er hat's auch zu etwas gebracht.« Karl hatte sich nach seinem Sieg anderes erwartet. Otto sagte bloß: »Sport ist Sport«, und Karl nickte.

Später, als sie allein waren, zeigte Otto flüchtig auf einen Schrank: »Hier hebt sie immer das Geld auf. Unsicherer Verwahrungsort, so ein Wäscheschrank.«

Im übrigen trieb er es jetzt ärger als je. Jeden Abend entwischte er. Unausgeschlafen, mit Ringen unter den Augen, schlich er tagsüber umher, gereizt gegen jedermann und in steter Abwehr.

5

Die Verlegenheit Richard Hiecks war nicht gering. Erna Magnus hatte ihm die Idee des Sternwartenbesuchs gegeben, und eigentlich wollte er diese Idee mit Ilse Nydhalm verwirklichen. Über dieses Dilemma vergingen nahezu zwei Wochen. Er löste es mit Gewalt, indem er schließlich mit Ilse Nydhalm allein hinfuhr. Aber er empfand es als einen Rechtsbruch.

Sie fühlten sich beide nicht besonders wohl in ihren Kleidern, und Frage wie Antwort gelangten über das Astronomische nicht hinaus. Schon auf der Straßenbahn begann er den Einsteinschen Makrokosmos zu entwickeln. Sie hörte gespannt zu, doch daneben empfand sie es als beglückend, daß sie sich in einer Geheimsprache unterhielten.

Ihnen gegenüber saß ein Mann mit den gespreizten Beinen des Korpulenten und las eine Zeitung: von Zeit zu Zeit hob er das graubärtige Gesicht und sah durch seine Brille zu ihnen herüber. Er war ein freundlicher Mann, und er zögerte mit dem Umblättern, denn er meinte, daß sie die Rückseite seiner Zeitung mitlesen wollten, während sie in Wirklichkeit bloß die Allgemeinverständlichkeit der Zeitung mit der Isolierung ihrer eigenen Verstandesgemeinschaft verglichen. Hieck zog ein Blatt

Papier heraus und ging daran, Formeln zu schreiben.

Es dämmerte bereits. An der Strandbadhaltestelle drängten sich die Leute, welche auf den in die Stadt zurückkehrenden Wagen warteten. Im Vorbeifahren erhaschte Richards Blick ein Stückchen vom Wasserspiegel des Bassins, überragt vom Sprungturm, dessen Gestänge sich scharf gegen den hellen Abendhimmel abhob. Sein schlechtes Gewissen erwachte aufs neue. Und um irgend etwas zu entschuldigen, sagte er:

»Bei unseren europäischen Sternwarten gibt es wenige Nächte mit klarer Sicht... deshalb lohnt es sich auch kaum, bei uns wirklich ganz große und kostspielige Instrumente aufzustellen... heute freilich wird es ausnahmsweise gutes Beobachtungswetter geben.«

»Da habe ich Glück gehabt«, sagte Ilse Nydhalm.

»Ja«, sagte er und war stolz, als hätte er das Wetter gemacht, »im übrigen sind wir in der Sternschnuppenzeit.«

Darauf sagte Ilse Nydhalm etwas Unastronomisches:

»Da kann man sich etwas wünschen.«

Aus der Nacht der Erinnerung brach ein goldener Schaft. Wunder des Wunsches, Wunder der Erfüllung, herausgehoben aus dem Gesetz, aus dem Nichts kommend, in das Nichts fallend, gestaltlos im Dasein, dennoch leuchtend. Oh, Mensch.

Zögernd, weil er wußte, daß es nicht am Platze war, sagte er:

»Es ist wahrscheinlich, daß die Mondkrater durch riesige Meteoritfälle entstanden sind.«

Als sie anlangten, hatte der Schaffner das Licht im Wagen bereits angeknipst, und hellerleuchtet stand der Gegenwagen an der Endstation. Zwei Leute saßen darinnen.

Der Graubärtige mit der Zeitung hatte sie gegrüßt und war ächzend abgestiegen. Jetzt verschwand er in der dämmerigen Seitenallee. Richard nahm nicht den Waldweg, sondern die Fahrstraße, die an der Ostseite des Hügels in zwei großen Serpentinen zur Sternwarte hinaufführte.

Von hier aus hatte man den Blick auf die Stadt. Mit einem Bodensatz von staubigem Nebel bedeckt, lag die Ebene zwischen Hügel und Stadt, schnurgerade führte die Allee zu ihr hin, dunkel der Streifen ihrer Baumkronen, doch dazwischen flimmerte ungewiß wie das Licht in einer Röntgenröhre der Streifen des Straßenpflasters, erleuchtet von den in den Bäumen verborgenen Laternen. Weiß schimmerte vom Strandbad her das Halbrund der Kabinen, doch der Wasserschimmer des Bassins verschmolz bereits mit dem Dunst der Luft. Noch waren die Konturen der Stadt, waren die Türme des Doms, der Turm der Universitätskirche und der von St. Anna zu erkennen; in rascher Aufeinanderfolge entflammten die Lichter in der Häusermasse, und dazwischen gleich Blinkfeuern wechselten einige Lichtreklamen von Gelb zu Rot. Geradlinig am Stadtrand die Reihen der Straßenlaternen.

»Gute Sicht«, sagte Richard, zum Himmel aufblickend, in dessen Farblosigkeit die ersten Sterne sich zeigten.

Auf dem Feld neben der Straße standen Strohgarben, trocken das Feld, trocken die Sträucher und Bäume an den Wegbiegungen. Dämmerung in ihrem nachthellen Gesicht.

Warum ist uns das so wichtig? wo ist das Leben, das vorüberrauscht? ist es in der Stadt? fließt es dahin in den Sternen?

»Wir sind gleich oben«, sagte Richard beruhigend, obwohl Ilse den Weg doch kennen mußte.

Der Hügel war von der Kuppelkontur der Sternwarte beherrscht; die Kontur schwang in den Tannenwipfeln aus.

Welk und trocken und starr. Beinahe vorsichtig hing die welke Luft und umgab die Starrheit der Dinge.

Dann waren sie droben.

Richard zeigte Ilse sein Arbeitszimmer. Es war ein sehr gewöhnliches Zimmer, es hätte ebensowohl das Büro eines Steuerbeamten sein können; aber es gefiel ihr.

»Sogar ein Sofa haben Sie hier.«

Ja, ein Ledersofa stand da; er hatte es nie benutzt. Und in einem jähen unbehaglichen Gefühl sagte er:

»Jetzt wollen wir aber zu den Instrumenten.«

»Fein«, sagte Ilse und setzte sich die Brille auf.

Sie hatte erwartet, daß er sie sofort zum Hauptrefraktor bringen würde, daß man hoch hinaufsteigen würde wie in einen Turm, um gleichsam im Gewölbe des Türmers das Wesentliche zu erblicken. Richard Hieck aber hatte sich einen systematischen Rundgang in den Kopf gesetzt: erst durch das Studiengebäude hinauf zum Meridiansaal, dann hinüber zum Refraktor, während der Rückweg durch die Bibliothek führen sollte. Und so stiegen sie erst die stillen Treppen hinauf, passierten den Meridiansaal, der schweigend und dunkel dalag, und traten von dort auf eine Dachterrasse hinaus.

»Hier haben wir einen Kometensucher«, sagte Richard und wies auf ein verhülltes Instrument, »natürlich ist auch der nicht mehr ganz modern.«

Es war völlig dunkel geworden. Man sah über die schwarzen Wipfel der Tannen hinweg; schwarz stachen sie in des Raumes Dunkelheit, aus der ein leiser Wind hauchte. In den Betonboden der Terrasse war ein flaches Geleise eingelassen.

Ilse wäre gerne auf der Terrasse geblieben, doch Hieck in merkwürdiger Ungeduld drängte weiter. Durch eine Glastüre gelangten sie in einen engen Korridor, und dann öffnete Hieck eine gewöhnliche schmale Türe, und nun war man plötzlich in dem Kuppelraum, eine leichte Überraschung, denn man sah nicht in die Höhe, sondern hinunter: man stand nämlich auf einer kleinen Galerie und schaute von da in einen verhältnismäßig kleinen, beinahe brunnenartigen Raum hinein; und keineswegs ein Turm, sondern in mäßiger Höhe wölbte sich die Eisenkonstruktion der Kuppel. Vor sich sah man schräg und glänzend die mächtige Röhre des Refraktors stehen, unten im Brunnen befand sich die Instrumenten- und Sucheranlage mit dem ledergepolsterten Beobachtersitz. Es roch kühl, trocken, kellerig.

Ein Mann schraubte an dem komplizierten Mechanismus da unten herum, es war nicht Professor Maier selber, wie Hieck eigentlich erwartet hatte, sondern Doktor Loßka, der erste Assistent der Sternwarte.

»Guten Abend, Herr Doktor Loßka«, sagte Richard, »dürfen wir hinunterkommen?«

Sie stiegen die kurze Wendeltreppe von der Galerie zum Beobachtungsstand hinab.

Doktor Loßka, mit dem stets beleidigt verkniffenen Gesicht des Nervösen, sah mit halbem Lächeln auf. Es war ein Gesicht, von dem man erwartet hätte, daß es jeden Augenblick von einem nervösen Zucken befallen werden müßte. Daß das Zucken ausblieb, war geradezu unangenehm.

Richard Hieck stellte Ilse als künftige Astronomin vor.

»Guten Tag, Herr Doktor Loßka«, sagte Ilse und streckte Loßka die Hand hin. Sie lachte und wurde dabei rot, denn an die Möglichkeit einer astronomischen Berufswahl hatte sie bis jetzt noch nie gedacht; auf der Herfahrt hatte sie zum erstenmal davon gesprochen. Und von irgendwoher dämmerte es ihr, daß

Richard da etwas verraten hatte, das für ihn ganz allein bestimmt gewesen war.

Loßka wollte etwas Liebenswürdiges sagen, geriet aber etwas daneben:

»Man sollte es nicht glauben, wohin überall die Frauen eindringen.«

Ilse schaute etwas betreten auf Richard. Doch Richard hatte nichts bemerkt, und wenn er es bemerkt hätte, er hätte Loßka recht gegeben. Er starrte nämlich das ragende Teleskop an, als hätte er es noch nie gesehen, es war ihm überraschend peinlich, und er bedauerte, Ilse hergeführt zu haben.

»Eigentlich ist es wirklich kein weiblicher Beruf«, sagte Ilse und sah scheu im Raume umher. Und nach einer kleinen Weile sagte sie: »Schade.«

Nein, es war wirklich kein weiblicher Beruf. Richard war durchaus dieser Ansicht. Und wenn Kapperbrunn die Wissenschaft als weibliche Domäne bezeichnete, so war das absurd und nichts weiter als einer von Kapperbrunns paradoxen Aussprüchen. Ein für alle Male, Studentinnen konnten nicht als Frauen gelten. Erna Magnus bildete eben eine Ausnahme. Richard starrte neuerdings auf den Refraktor. Wäre Erna Magnus an Ilses Stelle hier, so wäre es weniger peinlich. Das war freilich höchst befremdend.

»Ja, das ist also unser Hauptrefraktor«, sagte er und erwartete, daß Loßka nunmehr die Führung übernehmen werde.

Statt dessen sagte dieser: »Merkwürdig, Sie sind heute dienstfrei.« Er hatte die Kassette mit den photographischen Platten zur Hand genommen und sah unschlüssig darauf.

»Zum Astronomen gehört sicherlich auch eine besondere Begabung«, sagte Ilse, »es genügt wohl nicht, daß man's einfach interessant findet.«

Loßka war geschmeichelt und bequemte sich zu einigen Erklärungen. Zeigte den Sucher, den automatischen Fortbewegungsmechanismus, und dann wurde er von dem gleichen verschämten Hauspatriotismus wie Richard befallen:

»Eine wirklich moderne Anlage brauchte natürlich auch eine automatische Beobachtertribüne.«

»Und die haben Sie nicht?«

»Ah«, machte Loßka wegwerfend und beleidigt.

Richard stimmte ein:

»Auch die Kuppel muß bei uns von Hand bewegt werden.«

Die beiden Herren kamen in Feuer. Loßka schellte nach dem Diener.

Die Kuppel wölbte sich braun und ein wenig unheimlich: die Eisenkonstruktion warf ihre Schatten in die Krümmung hinein. Unterhalb ihres Randwulstes blitzte eine Kreisschiene, auf der sie mit Rollen aufsaß.

Loßka trommelte nervös mit den Fingern:

»Wo der Diener nur wieder bleibt«, sagte er herrisch.

Richard sagte beflissen:

»Ich will's lieber gleich selber machen.«

Aber inzwischen war der dicke Diener Sauter eilig eingetreten, und mit einem etwas verachtungsvollen Blick auf den Gast begann er ohne weitere Aufforderung einen Kurbelmechanismus an der Wand in Funktion zu setzen. Der Spalt in der Kuppel schob sich langsam und mit leisem Knirschen auseinander. Ein Streifen Nachthimmel.

Der Refraktor war genau auf den Spalt gerichtet.

Ilse blickte hinauf. Der Streifen Nachthimmel machte sie schaudern. Sie wußte nicht warum.

»Alles in Ordnung, Herr Doktor«, sagte Sauter im Abgehen.

»Ja, ja, Herr Sauter«, murmelte Loßka, doch Sauter war schon draußen.

Loßka war nun ganz bei der Sache. Alle Nervosität schien von ihm abgefallen, er war in seinem Element. Ohne daß er hinschaute, betätigten seine Finger – selber ein nervöser präziser Mechanismus – die Stellschrauben, und als alles in Ordnung war, lud er Ilse ein, nun an seiner Statt auf dem ledergepolsterten Beobachtersitz Platz zu nehmen.

Ilse tat es mit Herzklopfen.

»Sehen Sie etwas?« fragte Loßka.

Ilse sah ein milchiges Etwas mit ungenauen Rändern, die sich leicht zu bewegen schienen.

»Ja«, sagte sie begeistert.

Hernach verließen sie den Refraktorraum programmgemäß durch den unteren Ausgang und gingen, begleitet von Loßka, der sich aus unerfindlichen Gründen angeschlossen hatte, zum Bahnsucher hinüber.

»Die Aufstellung ist nicht übermäßig günstig«, erklärte Loßka, »aber die Fundamentierung der Instrumente ist bei uns trotzdem ganz ausgezeichnet.« Und gegen seine sonstige Gewohnheit verbreitete er sich in einem längeren Exkurs über erschütterungsfreie Fundamentierung astronomischer Instrumente.

Und weil er so schön im Zuge war, wollte er noch einiges über den schädlichen Einfluß der Temperaturschwankungen auf die Beobachtungsgenauigkeit und über Temperaturschutz hinzufügen, als ihm von Richard Hieck glatt das Wort abgeschnitten wurde. Hieck fand plötzlich, daß Loßka schon zuviel geredet hätte, sowohl überhaupt, als im besonderen über Sternwarteeinrichtungen, und daß es durchaus gestattet und angebracht wäre, wieder ins Theoretische zurückzusteuern; also begann er unvermittelt und mit erhobener Stimme von den Methoden zur Errechnung der Sternentfernungen zu sprechen, durchaus bereit, sofort auch ein Beobachtungspraktikum anzuschließen.

»Sie entschuldigen mich, Herr Kollege«, sagte Loßka, der nun seinerseits ungeduldig geworden war und der auch tatsächlich zur Observation zurückmußte, »für mich wird es Zeit.«

»Ja, verzeihen Sie, wir wollen Sie nicht aufhalten«, sagte Richard verwirrt, »Fräulein Nydhalm will ja auch bald heimfahren.«

Loßkas Gesicht war wieder an der Grenze nervöser Zuckungen. Die kleinen, von Falten umrahmten blauen Augen schauten mit grundloser Gehässigkeit in die Welt, grundlos die Gehässigkeit, grundlos der Blick, grundlos die Welt.

Durch die halbbeleuchteten sanatoriumsartigen Korridore gelangten sie wieder zu dem steueramtlichen Arbeitsraum, in dem Richard seinen Hut und Ilses Jacke zurückgelassen hatte, und während er die auf seinem Tische vorbereiteten Papiere nochmals durchflog, lehnte sie, leise sich hin und her wiegend, an der halbgeöffneten Türe.

Eine außerordentliche Einfachheit war für Ilse Nydhalm – so schien es ihr – in die Welt eingezogen. Es war, als sei alle Undurchsichtigkeit des Geschehens mit einem Schlage aufgehoben worden, es war eine Wohlordnung eingetreten, die sie in ihrem einundzwanzigjährigen Dasein noch nicht erlebt hatte: es war, als ob alles Vorbereitung für diesen Augenblick gewesen wäre. Was war eigentlich geschehen? Richard Hiecks Darlegungen hatten ihr zum erstenmal die Kosmogonie der Relativitätstheorie klargemacht – und nun erinnerte sie sich auch der

Beglückung, die sie als Kind empfangen, als sie plötzlich begriffen hatte, was die Buchstaben seien, was Lesen bedeute. Wohlordnung der Welt in neuer Kosmogonie! Aber so überzeugend es auch schien, daß das Gefühl großer und befreiender Ordnung aus solcher Erkenntnis und aus dem Wissen um solche Erkenntnis erfließe, es bestand daneben eine zartere und doch mächtigere Einsicht, gleichfalls im undurchschaubar Kindlichen wurzelnd, eine Einsicht, über die sich die Bäume eines längst vergessenen Gartens neigten, ein erinnerndes Wissen, das nicht des astronomischen Makrokosmus bedurfte, um zum Mikrokosmus der Seele zu gelangen, sondern viel eher den umgekehrten Weg genommen hatte und das Wesentliche im Weltgeschehen auf einen merkwürdig geringen Punkt der Gegenwart beschränkte: hier in einem hellen und neuen Sommerkleid zu stehen, leicht an eine Tür gelehnt, ein atmender junger Mensch, eingeordnet in das Geschehen der Welt, in das Atmen der Sterne, in den Herzschlag der Zukunft. Oh, Mensch.

Sie traten ins Freie. Richard hatte seinen Vortrag wieder aufgenommen und mündete nun in die Einsteinsche Hypothese vom gekrümmten Weltraum, dessen Expansion und Restriktion die Bewegung der großen Sternsysteme bedingen soll.

Ilse hörte zu und hörte nicht zu, sie begriff alles und begriff noch viel mehr. Der Zustand, in dem sie sich befand, war der einer Art mehrfachen Wissens: wenn Richard von den geometrischen Möglichkeiten und Schwierigkeiten dieser radikalsten Raumhypothese sprach, so erfaßte sie es mit weitgeöffnetem Verständnis und wußte dennoch, daß hier der Kosmos für etwas bemüht wurde, das mit der mathematischen Formulierung recht wenig zu tun hatte, für etwas, das überkosmisch, übermächtig hinter aller präzisen Ausdrückbarkeit stand und dessen Vorhandensein ihr womöglich noch klarer war als der exakte astronomische Raum. Es war nichts Astrologisches und nichts Mystisches, und mochte auch die erschreckende Hypothese von dem sich weitenden und sich wieder zusammenziehenden Himmelsgewölbe den Vergleich mit dem menschlichen Atmen nahelegen, so war es mehr als ein äußerlicher Vergleich, wenn Ilse Nydhalm jetzt mit jedem Atemzug den unlöslichen Zusammenhang zwischen Gedachtem und Erlebtem, zwischen Denkbarem und Erlebbarem als ein neues und großes Aufklingen ihres ganzen Wesens empfand, denn das Erkennen, in dem dies geschah, schwebte einem vielfachen Echo gleich im Gewölbe des Seins, und die Worte, die es trugen, die Stimme, von der die Worte getragen wurden, sie schwebten in den Schalen der Sphären und doch in ihr selbst.

Zwischen ihren Brauen bildete sich wieder die zarte Denkfalte, und Ilse Nydhalm sagte:

»Eigentlich ist es fürchterlich, daß ein Mensch all dies wirklich erfunden und durchdacht hat.«

Aber über all der Furchtbarkeit des Gedankens schwebte noch furchtbarer die zweite Bedeutung der Welt, kaum mehr zu begreifen, weder mit mathematischen Formeln noch mit irgendeinem Wort ausdrückbar, dennoch über alle Furchtbarkeit emporgehoben, eine auffallende Kühle und Freibeweglichkeit des Gehirns, eine erregende Transposition in eine Wirklichkeit zweiter Ordnung, die sich mit nichts mehr deckte und trotzdem die Evidenz vollkommener Wahrheit in sich trug. Es war wie ein schönes Schauen.

Manchmal knackte es brüchig im Geäst der Finsternis, die lautlos im Walde ruhte.

Ilse Nydhalm sagte: »Und es ist so furchtbar still... aber das ist wohl auch das Schöne.«

Richard Hieck hielt nun beim Zusammenhang der kleinsten nichteuklidischen Raumteile mit dem nichteuklidischen Gesamtraum. Er liebte keine Unterbrechungen. Auch wenn er mit seinen Darlegungen etwas anderes meinte. Oder ebendeshalb. Er sprach weiter.

Ein wenig gerührt lächelte sie über seinen Eifer, beinahe dankbar, daß er sich nicht aufhalten ließ, daß er auf dieser Form der Mitteilung bestand und daß es unentschieden blieb, ob die Mehrsinnigkeit der Welt in den Dingen selber lag oder in der Art, wie er sie vorbrachte, oder in der, wie man sie hörte. Ein wenig heiser und gedämpft klang seine Stimme, nicht so draufgängerisch wie im Seminar, es war eine Stimme menschlicher Erkenntnis, umwoben von Finsternis, sich rankend um das Geäst der Finsternis.

Die Bäume der Kindheit neigen sich über jede Nacht, und immer aufs neue ertönt die vergessene Stimme, vergessene Stimme der Geborgenheit.

Und als ob die entfaltete Nacht, als ob das schöne Schauen der Vielfalt nun auch ihm offenbar würde, stockte Richard in seiner

Rede, und verwundert stehenbleibend, klappte er seinen alten steifen Strohhut, den er bisher in der Hand getragen hatte, sich auf den Kopf. Irgend etwas stimmte nicht, fast schämte er sich seines Verhaltens, schämte sich seines Vortrags – sein unduldsames Asketengesicht zog sich schmerzvoll zusammen, es war die Scham der Unzulänglichkeit, die ihn befallen hatte. Einen Augenblick mußte er an die Badeanstalt denken. Aber es war anders. Einen Augenblick lang hörte er die durchsichtige Stimme der Mutter. Das Wesentliche ist nicht ausdrückbar. Die letzte Wahrheit und die tiefste Sünde, Grenzen des Wortes. Er schaute in die nächtliche Ebene hinaus, er vermied es, dem Blick Ilses zu begegnen.

Die Liebe.

Plötzlich fiel ihm dieses Wort ein; schreckhaft fiel es ihm ein. Aber er vermochte keinerlei Vorstellung damit zu verbinden. Undeutlich entsann er sich menschlicher Paarungen, entsann sich noch dunkler, daß er selber schon bei Derartigem mittätig gewesen war, gleichzeitig fiel ihm Susanne ein, die aller Liebe abgeschworen hatte – das war wenigstens deutlich vorstellbar –, und der Nachthimmel leuchtete schwarz wie ein feuchter Badeanzug. Keine Verbindung zu dem, was hier wirklich geschah, obwohl die Ebenen des Erkennens ganz nahe beieinanderlagen und man immerzu meinte, von der einen zur andern gelangen zu können. Das Wort blieb isoliert, ohne Verbindung. Hell leuchtete das Kleid Ilses in der Dunkelheit.

Die Liebe.

Plötzlich war das Wort da, und Ilse Nydhalm erschrak so sehr, daß das Wort wieder verschwand.

In sich beschlossener, einsamer Klang.

Bestürzt riß Richard Hieck sich zusammen. Und er fing wieder an, von seinen eigenen Dingen zu sprechen und von dem Ziel, das ihn bewegte: die ganze Welt im Spiegel der Mathematik zu erfassen. Er sprach von sich, nur von sich, dennoch war es Flucht, Flucht vor dem blinden eigenen Sein in ein übergeordnetes, dennoch auch Flucht in dieses Sein zurück und in dessen hellsten Willenskern, es war in einem Ablehnung des Du und Hingabe des Ichs. Und als sie bei der schweigenden Waldwirtschaft anlangten, in der nur mehr das einsame Licht hinter dem Dachkammerfenster brannte, sagte er etwas, das er bisher noch niemals formuliert, ja, von dem er bisher nichts geahnt hatte:

»Wem es gelungen ist, so viel Erkenntnis zu erreichen, daß er das gesamte Geschehen umfaßt, der ist unsterblich... ich meine innerlich unsterblich.«

Gleich darauf schämte er sich:

»Wollen wir uns nicht ein wenig setzen?« sagte er und wies auf die bedrohlich dunkle Flottille der Tische und Bänke.

Erfüllt von unbewegter heißer Luft, umrahmt von dem unbewegten Nadelwald, lag die Lichtung. Doch eine Wolkenwand schob sich von Norden her unter das Sternengewölbe.

»Eine Sternschnuppe«, rief Ilse.

Richard hatte sie nicht bemerkt; er sah die Wolken:

»Wir können nicht bleiben, es kommt ein Gewitter.«

Es war ein unbewegter Nebel aus Harzgeruch, durch den sie hinabschritten, und Ilse sagte:

»Ich habe mir etwas gewünscht...«, und als er wartend schwieg, fügte sie ungeschickt hinzu: »...daß Sie diese Unsterblichkeit erreichen.« Das klang ein wenig nach Festwünschen, wie sie sie einstens am Geburtstag des Vaters aufgesagt hatte, vielleicht nur ein bißchen herzlicher, und sie fürchtete beinahe, daß nun auch Richard Hieck sie väterlich in die Arme nehmen werde. Aber er empfing den Wunsch ohne Dank, allzu nahe war es dem eigenen Wunsch, und ruchlos war es, ihn in Worte zu fassen. Unbeschreiblich bleibt die kristallische Landschaft des Todes und der Unsterblichkeit, kein Wort vermag je sie zu erreichen. Und Richard seufzte bloß vernehmlich. Wortlos gingen sie weiter.

Als sie aus dem Wald herauskamen, wetterleuchtete es lautlos am Horizont. Doch als sie bei der Straßenbahn eintrafen, rauschte der Sturm bereits in den Baumkronen der Allee, und die ersten Blitze zuckten auf, vom Donner in immer kürzeren Intervallen gefolgt.

Ilse lachte: »Gerade zur rechten Zeit.«

Während der lärmenden Fahrt hörte man den Donner nicht, aber stets aufs neue wurde die Ebene weiß aufgehellt, eine ungeheuere Schüssel, bereit, den Regen und den dröhnenden Strahl des Blitzes zu empfangen. Erwartung und Erfüllung des Kommenden.

»So ein Guß tut schon gut nach der fürchterlichen Hitze«, sagte der Schaffner, der sich vor ihnen aufgepflanzt hatte und sich im Rhythmus der Fahrt auf den Beinen schaukelte. Es war nett von dem Mann, daß er mit ihnen redete.

Dann stiegen Leute ein mit tropfenden Hüten und nassen Flecken auf den Schultern. Und wer immer einstieg, sprach vom Wetter und vom bereits nachlassenden Regen. Und tatsächlich, in der Stadt regnete es kaum mehr. Neben den Gehsteigen lief das Wasser in raschen kleinen Bächen zu den Kanalgittern, stürzte hinein. Richard brachte Ilse Nydhalm, die ihre weiße Jacke angezogen hatte, nach Hause.

6

Es war Sonntag, und die Morgenluft war hellgolden flüssig, sie schmeckte angenehm und leicht. Aber Otto, der noch im Bette lag, schmeckte die Luft nicht. Er war verkatert, es war ihm heiß, er hatte die nackten Füße zum Bett hinausgestreckt.

Susanne trat ein:

»Wann wirst du endlich frühstücken kommen?«

»Laß mich schlafen.« Otto seufzte.

Sie stand vor seinem Bett, betrachtete den leichtgebräunten Körper und war ein wenig gerührt. Otto streckte ihr eine Fußsohle entgegen.

»Kein Wunder, daß du müde bist; glaubst du, ich weiß nicht, wann du heimkommst.«

»Wenn es dir der Richard erzählt hat, dann weißt du's eben.«

Er war nun drei Nächte hintereinander später als Richard heimgekehrt. Und jedesmal hatte es Krach gegeben.

»Kann ich nicht hier Kaffee haben?« bettelte er.

»Nein, so was wird nicht eingeführt«, entschied Susanne, »wer Frühstück haben will, muß aufstehen.«

Otto räkelte sich: »Wenn du nur schon in deinem Saukloster hocken würdest.«

Halbangezogen, ungewaschen, ungekämmt erschien er in der Wohnstube. Weinerlich konstatierte er:

»So'n schönes Wetter.«

»Deshalb stehst du wohl nicht auf?« Richard, ohne Rock und Weste, im weißen Sonntagshemd, die Füße in Pantoffeln, saß hausväterlich da und las das von Susanne abonnierte Diözesanblatt.

Otto sagte giftig: »Ja, deshalb stehe ich nicht auf.«

»Das begreife ich nicht«, sagte Susanne.

»Weil alle Burschen bei so'm Wetter auf ihren Motorrädern rausfahren.«

»Du hast wirklich keines?« meinte Richard, »verwunderlich.«

»Du dicker Kerl«, schrie Otto, »du hast leicht reden«, seine Brezel in der Hand, war er aufgesprungen, »da treibt sich so ein dicker Kerl mit seinen Mädchen an der Universität herum ... du hast leicht reden ... du hast es leicht.«

Richard hatte zwar keine Lust sich zu ärgern, aber es war ihm merkwürdig peinlich, daß in Susannens Gegenwart auch nur die Möglichkeit irgendeiner Mädchenbeziehung erwähnt werde, es war ihm, als bezichtige man ihn, und nicht einmal mit Unrecht, einer Treulosigkeit, und deshalb sagte er:

»Halt endlich deinen Mund, Otto, du bist nämlich langweilig.«

»Na, Otto, sei gut«, sekundierte Susanne.

Otto war nicht geneigt, sein Toben einzustellen, er war in Schwung und hatte seine besten Trümpfe noch nicht ausgespielt:

»Ihr, ... ihr tut, was euch behagt ... aber ich ... habe ich Maler werden dürfen? ... he?«

Frau Hieck kam aus der Küche:

»Was ist denn hier los?«

Der Anblick seiner Mutter machte Otto vollständig rabiat:

»Alles geht schief ... ich wollte, ich wäre tot.«

Einsam der Klang des Todes, selbst dann noch, wenn er aus kindischer und hysterischer Seele tönt. Und Richard fuhr los:

»Jetzt ist's aber genug mit der kindischen Wichtigtuerei. Idiot, Kretin.«

»Wollt ihr mir nicht endlich sagen, was ihr habt?« Frau Hiecks wasserhelle Stimme klang auch nicht gerade gedämpft. Blond und jung stand sie inmitten der dunklen Geschöpfe, die ihre Kinder waren, und sie hatte die Arme in die Hüften gestemmt: »Otto, warum schreist du wie ein Besessener?«

»Man muß die Fenster schließen, sonst läuft noch die ganze Straße zusammen«, sagte Susanne.

Am Fenster rankte sich ein Efeustock; im prallen Sonnenlicht glänzten seine Blätter.

»Du hast keine Rechenschaft von mir zu fordern, du nicht«, fauchte Otto seine Mutter an.

Unvermittelt gleich dem Wunder ist das Böse, ist das Irrsinnige in der Welt vorhanden, meteorgleich stürzt es ins Leben und trägt den Tod in sich, unerfaßbar allem Denken.

»Hast du ihm etwas getan, Richard?« fragte Katharine Hieck. Sie hatte das Gefühl, als ob nun auch das letzte und das ihr wesensnächste Kind von ihr weggleiten wollte ins Gefilde der Dunkelheit, dem es entstammte. Und doch konnte sie das nicht ernst nehmen: keines ging völlig verloren, mochten sie auch bis ans andere Ende der Welt verschlagen werden.

Richard lachte auf: »Nein, ich habe dem jungen Mann nichts getan.«

»Otto, sei ein guter Junge.« Frau Hieck hatte den Kleinkinderton angenommen und versuchte Ottos Gesicht an sich zu ziehen.

»Der gute Junge braucht ein Motorrad«, brummte Richard.

»Nein, so was!« Frau Hieck war erstaunt. »Ihr habt doch eure Fahrräder ... ihr wollt doch heute einen Ausflug damit machen ... na, sei gut, Otto, wenn Karl davon hörte, müßtest du dich ja schämen ...«

Das schlug dem Faß den Boden aus. Entsetzt, irr und bösartig starrte Otto seine Mutter an und rannte aus dem Zimmer.

Die Erwachsenen blieben mit dem unbehaglichen Gefühl einer Verantwortung für ein Schicksal zurück, das – Teil ihres gemeinsamen Schicksals – aus den gleichen Quellen wie das ihre gespeist wurde und doch, von ihnen abgesondert, seine eigenen Wege und zu seinem eigenen Tod ging. Aber eben weil es die gleiche Dunkelheit war, fühlten sie sich beleidigt und gereizt.

»So ein Narr«, sagte Richard und griff wieder nach der Diözesanzeitung.

»Hat er wenigstens gefrühstückt?« fragte Katharine Hieck.

»Da kannst du beruhigt sein.«

Katharine Hieck lachte befriedigt.

»Was sind das für Mädchen an der Universität?« ließ sich Susanne vernehmen.

Es hätte nicht viel gefehlt, und Richard wäre ebenso wütend wie sein kleiner Bruder davongerannt. So sagte er bloß:

»Will mal sehen, was der kleine Narr macht.«

Hellgekleidet und mit weißer Schürze stand Katharine Hieck neben ihrer düsteren Tochter.

»Kannst du gelegentlich dem Karl Wohlfahrt ein paar Nachhilfestunden in Mathematik geben? ... Du weißt, Ottos Freund.«

»Ja, warum nicht.« Auf seinen weichen Filzpantoffeln und unbewegten Ganges entfernte sich Richard, die eine Schulter ein wenig hochgezogen.

Otto stand vor dem Waschtisch, hatte den Kopf in die Schüssel gesteckt und prustete. »Na also«, sagte Richard und stellte den Fuß auf einen Stuhl und begann die Schuhe zuzuschnüren.

Das geschah vormittags. Am Nachmittag kam Karl Wohlfahrt und wurde von Otto mit aller Freundlichkeit empfangen.

Vierter Teil

1

Krispin meldete beglückt: »Die Magnus sagt, daß sie morgen abreist.«

Natürlich, ihre Arbeit war ja so weit abgeschlossen. Hieck ging ins Laboratorium hinauf.

Erna Magnus saß vor ihren Aufzeichnungen: »Also, das hätten wir; für eine Dissertation wird es wohl langen. Was meinen Sie?«

Richard war verwirrt, weil sie nicht mehr den gewohnten Laboratoriumskittel trug, sondern ein rotes und, wie ihm schien, duftiges Sommerkleid. Und es war für ihn irgendwie unfaßbar, daß diese Dame etwas mit Elektronenladungen zu tun haben sollte.

»Nun, Doktor Hieck, denken Sie über unseren nächsten Sternwartebesuch nach?«

»Fräulein Magnus...«, begann Richard.

»Ja, ich weiß, Sie konnten mich damals nicht mehr verständigen, aber jetzt bin ich da.« Sie schaute ihn belustigt an.

Er warf einen schrägen Blick aufwärts. Warum fiel ihm jetzt Hilde Wasmuth ein?

»Reisen Sie ins Gebirge?« versuchte er abzulenken. Das Gebirge, in das Erna Magnus reisen mochte, war unzweifelhaft größer, reichhaltiger, mondäner als jenes, in dem Kapperbrunn jetzt weilte. Und zwischen dem Leben, das in den Gebirgsbächen da draußen unerfaßlich rauschte, und dem abstrakten Leben innerhalb des Instituts wurde durch Erna Magnus ein merkwürdiger Zusammenhang hergestellt, ein sehr merkwürdiger Zusammenhang, der sich sogar bis zu Susannens Stube hin erstreckte.

»Na, sind Sie sehr erleichtert, daß Sie mich loswerden?«

Ja, er fühlte sich von dieser Abreise erleichtert. Und trotzdem nahm sie etwas mit sich fort, das sich nicht ohne weiteres ausdrücken ließ. Und deshalb war es keine Lüge, als er sagte:

»Aber nein.«

Gutmütig meinte sie: »Gequält habe ich Sie gerade genug«, doch sie konnte sich's nicht versagen, hinzuzusetzen: »Mit Ilse Nydhalm haben Sie's leichter, was?«

Natürlich ärgerten ihn diese gewissermaßen geradlinigen Anspielungen, aber sie schmeichelten ihm auch, ja, von irgendeiner Seite her, von der er eigentlich nichts wissen wollte, waren sie ihm geradezu wichtig, denn sie verliehen Ilse Nydhalm eine Weiblichkeit, die zu sehen erst Erna Magnus ihn gelehrt hatte. Manchmal schien es wirklich, als ob durch die Anwesenheit Erna Magnus' eine neue Note in das Institut hineingetragen worden wäre, eine durchaus weibliche Note, die den Kreis der Studentinnen in eine Art Schwesternschaft verwandelte und aus der Starrheit der Geschlechtslosigkeit hob. Eine Art schwesterlicher Gleichberechtigung, die auch Ilse Nydhalm zugute kam.

Nichtsdestoweniger mußte er ihre Anspielungen entkräften:

»Fräulein Nydhalms Arbeit ist doch ganz anders als die Ihre.«

»Das will ich meinen.« Erna Magnus lachte leise und warm; sie nahm ein Liebespaar in Schutz, sie war eine richtige Frau.

Ihr Lachen stand plötzlich isoliert im Raum, und Richard mußte an einen chemischen oder physikalischen Katalysator denken, der bei gewissen Reaktionen selber unbeteiligt bleibt, dessen Anwesenheit aber unbedingt notwendig ist, damit die Reaktionen vor sich gehen können.

Also blieb er beim Thema:

»Fräulein Nydhalm wird die ganzen Ferien für die Sichtungsarbeit benötigen.«

»Ja, ja, überhetzen Sie sich nur nicht.«

Erlauben und verbieten, das fiel eigentlich in den Machtbereich Susannens, und der wird sich jetzt wieder vergrößern, wenn Erna Magnus abgereist sein wird. Auch dies war Richard nicht recht, und unwirsch beendete er das Gespräch:

»Also, da kann ich Ihnen nur noch eine gute Reise wünschen.«

Sie zwinkerte ihm zu: »Und ich wünsche Ihnen eine prachtvolle Arbeit.«

Einem Menschen, der den andern nackt gesehen hat, ist es erlaubt, ironisch zu sein; also ließ er sich ihre Ironie gefallen. Und wieder mußte er an Susanne denken, als sie hinzufügte: »Nun denn, auf Wiedersehen im Herbst.«

Wird Susanne sie ersetzen können? wird das Unerfaßbare und Furchtbare, das Leben heißt, im Herbste wiederzufinden sein? in einer halben Stunde wird Erna Magnus das Institut verlassen haben, und er verstand nicht, warum dies ihm solches Unbehagen erzeugte. Das Gleichnis von dem Katalysator besagte nichts, das war keine Theorie; sein Bedürfnis nach Theorienbildung war nicht befriedigt. Trübselig nahm er die vorbereitete Mappe mit Erna Magnus' Arbeitsresultaten: »Ja, auf Wiedersehen im Herbst.«

Die Mappe unterm Arm, die eine Schulter etwas hochgezogen, begab er sich engen und ein wenig schwerfälligen Schrittes in Weitprechts Gemächer hinüber. »Wiedersehen, Doktor Hieck«, klang es ihm nach.

Nun wird Krispin das Großreinemachen im Laboratorium beginnen.

Der Himmel schaut blaß durch die Fenster des Korridors; ein windiger Augusttag, von der Kühle des Herbstes bereits geschwängert, unmerklich geht das Blau des Himmels in eine helle Wolkendecke über.

Richard war beinahe überrascht, als er Ilse Nydhalm vorfand. Sie saß an Weitprechts Tisch, die Hände gefaltet, den Blick irgendwo in der Luft. Vor ihr der gewohnte Papierstoß.

Hell, nackt, nüchtern fiel der winderfüllte Tag durch die Scheiben, manchmal vom Gold der Sonne unterbrochen. Verlassen fühlte sich Richard und nackt unter den Kleidern.

Aber sie lächelt ihn an, wie er eintritt, und dann setzt sie die Brille auf und beugt sich über die Arbeit. Daß es nur so aussieht, als arbeite sie, während sie in Wirklichkeit sinnloses Zeug macht, das merkt er allerdings nicht. Aber er bemerkt den hilflos kurzsichtigen Blick, mit dem sie die Schrift abtastet, und er muß an Blindheit denken. Das rührt ihn. Und es ist ihm eine Beruhigung, daß sie ihren hygienisch weißen Kittel anhat. Allerdings ohne Krawatte; um den nackten Hals trägt sie eine Kette aus großen bernsteinfarbigen Kugeln.

»Fräulein Magnus ist fertig«, sagt er und deutet auf die Mappe, die er auf den Tisch legt, »Weitprecht wird zufrieden sein.«

»Ja«, sagt sie und betrachtet den Mappendeckel; Versuchsreihen D-G ist darauf geschrieben und darunter in Klammern: Erna Magnus.

Ein Strom unbekannten Lebens drang von irgendwo herein. Strom einer noch unbekannten Evidenz, die irgendwo floß, einer Evidenz, die allen eigentlichen Sinn, sogar den der Mathematik tragen mochte. Denn das Ziel der Erkenntnis liegt außerhalb der Erkenntnis.

Jedenfalls liegt es außerhalb des Instituts.

»Soll ich das Fenster öffnen?« fragt er und tut es auch schon; das Ergebnis ist ein Windstoß, der die Papiere auf dem Tisch aufwirbelt, ein paar Bogen landen im Gleitflug auf dem Fußboden. »Änhn«, macht Richard unwillig und beginnt, die Bogen aufzulesen, aber kaum ist er so weit, als der Wind eine zweite Portion auf den Boden fegt. Nun muß auch Ilse helfen. Und sooft sie sich bückt, gleitet die Bernsteinkette aus dem Mantelausschnitt und baumelt ihr vor dem Kinn.

Es ist ein aussichtsloser Kampf mit dem Wind. Richard sieht das schließlich ein und sagt:

»Man muß das Fenster schließen.«

Beide stehen beim Fenster. Unten fährt ein Auto vorbei. Die Papierhandlung Sidonie Metzinger, dem Institut gegenüber, hat die Türe mit Ansichtskarten voll behängt. Das Schaufenster des kleinen Modistengeschäftes daneben zeigt die wohlbekannten drei Hüte. Ein Mädchen tritt aus einem Haustor, kämpft gegen den Wind und hält die flatternden Röcke mit der Hand zusammen. Papier und Staub wird vom Wind über den Asphalt getrieben, bleibt in wellenförmigen Strichen liegen.

Ob Erna Magnus noch im Institut ist?

Dunkel rauscht irgendwo das Leben, unendlich, unerreichbar, unerfaßlich.

Eine dunkle Wolke ist die Vergangenheit, aufgehoben werden wir aus dem Meer der Finsternis, von der Flut gehoben und geworfen in die blinde Einsamkeit. Hier ist die Grenze der Sehnsucht, und das Helle schlägt zurück in die Woge des Einst. Mit zitternder Stimme sagte Ilse: »Ja, jetzt können wir weiterarbeiten«, und im nächsten Augenblick schluchzte sie, an ihn gelehnt. Die Lippen auf ihrem Haar, hielt er sie ungeschickt umfangen.

Zwischen den Ansichtskarten an der Türe des Papiergeschäfts hängt eine Todesanzeige. Ein Hund an der Ecke hebt ein Bein. Ein Auto mit schwarzlackiertem Dach, dessen Lüftungsklappe offenstand, ist vorbeigefahren. Aus einem Fenster der gegenüberliegenden Front beugt sich eine Frau; sie hat ein derbes gelbes Gesicht, ein schwarzes Kleid, sie lehnt mit fleischig nackten Armen auf dem Fensterbrett und schaut zur Straße hinunter. Der Rauch des Schornsteins schlägt auf das Ziegeldach, wird vom Wind auseinandergezogen und davongetragen.

Doch nun entdeckt Ilse die Frau da drüben und drängt vom Fenster weg. Und als ob sie nichts Eiligeres zu tun hätte, als die Arbeit fortzusetzen, nimmt sie den Rotstift verkehrt zur Hand und beginnt wirr in den Papieren zu stöbern. Ihr schmaler Körper zuckt, eine Träne fällt auf das Papier, und Richard, in vollkommener Bestürzung danebenstehend, erinnert sich, daß Otto ebenso verkrampft geschluchzt hatte. Er zückt das Taschentuch, um den Tropfen auf dem Weitprechtschen Papier wegzuwischen.

Da schaut sie auf und schaut in sein schmerzlich verdüstertes Asketengesicht, und da erst, in ihrem kaum merkbaren, ihr selbst unbewußten Lächeln, finden sich ihre Gesichter zum unbeholfenen Kuß, losgelöst von ihrem Willen, losgelöst von ihrem Sein, getragen von der Woge der Dunkelheit, die über ihnen zusammenschlug.

Klang der Einsamkeit, einsamer Klang des Todes.

Es war ohne Begehren. Es war mehr als Begehren. Es war Ausgeliefertsein und war Angst. Es war kein Entzücken. Es war mehr als Entzücken. Es war das Herausgehobensein aus dem Meere, es war der Augenblick auf dem Wogenkamm, das Preisgegebensein dem Sonnenwinde, der über die Dunkelheit dahinstreicht. Es war nicht Verzweiflung. Es war mehr als Verzweiflung. Es war das Entlassensein aus dem Geflecht des Seienden, aus dem mütterlichen und geschwisterlichen Geflecht des blinden Schlafes, es war das Grauen der Freiheit, das Phantom des Mittags, das sie berührte. Oh, Angst der Helle, Angst des Mittags.

Irgendwo im Hause fiel eine Tür ins Schloß.

Sie blickten einander an. Und dann versuchten sie Ordnung zu machen. Und lächelten einander an. Legten vieles verkehrt. Nahmen sich bei den Händen. Taten die Aufzeichnungen Erna Magnus' in den Schrank. Sprachen nichts. Und waren wie Verurteilte. Und lächelten dennoch. Und legten die Bleistifte in die Glasschale. Und er beugte sich über ihr Haar und küßte es.

Und ohne etwas verabredet zu haben, verließ er das Haus vor ihr, damit der Diener Krispin nichts ahnen möge.

Richard Hieck ging heim und ging doch nicht heim. Er ging

zu dem kleinen Papierladen und betrachtete die Todesanzeige und die Ansichtskarten, und er warf einen Blick auf die drei Hüte im Modistengeschäft. Er ging durch die Stadt und betrachtete die Diamanten auf dem schwarzen Samtgrund in den Schaufenstern der Juweliere. Er stand am Geländer der Brücke und suchte etwas in dem blinden Spiegel des flaschengrün dahingleitenden Wassers. Etwas floß in ihm, dunkel, trug ihn; und er wollte Susanne nicht sehen.

Ilse Nydhalm ging heim und ging doch nicht heim. Sie fühlte sich sehr wach, obwohl sie es wahrscheinlich durchaus nicht war. Sie spähte in alle Gesichter, ob sie eines von asketischem Aussehen darunter fände. Sie begegnete allerdings einigen Herren von schwerfälliger Gestalt und mit engem Gang, aber sie bemerkte sie nicht. Sie war bedrückt, aber diese Bedrücktheit hatte etwas Helles, beinahe Feierliches an sich. Und plötzlich fiel ihr herrlich, flügelschlagend und doch mit furchtbaren Krallen ein Wort ins Herz: die Liebe.

Der Wind in den Straßen hatte sich gelegt; es war wieder drükkend schwül geworden, wie sich's für Anfang August gehört.

2

Als der alte Meister Haubigl in die graphische Kunstanstalt eingetreten war, fertigte man dort noch Kupfersticharbeiten und dergleichen an. So alt ist der alte Haubigl. Er ist gelernter Kupferstecher und hat es dem Otto beigebracht.

Über die Kupferplatte gebeugt, die Vorlage unter dem schrägen Spiegel, die Nadel in der Hand, saß Otto an dem langen Eichentisch vor dem großen schrägen Atelierfenster. Haubigl schaute ihm erfreut über die Schulter: ein seltener Auftrag, den die Anstalt da erhalten hatte, eine Speisekarte im alten Stil für ein mondänes Restaurant, eine Girlande von Gerichten, Blumen, Sektflaschen, das Ganze bekrönt von einem üppigen Tafelaufsatz, der von Früchten überquillt. Und wenn der alte Haubigl nicht gewesen wäre, hätte die Anstalt den Auftrag nicht übernehmen können. Daß Otto daran arbeiten durfte, war eine besondere Auszeichnung.

»Du wirst noch ein besserer Maler als die Gimpel von der Akademie.«

Otto, ohne aufzuschauen, schüttelte den Kopf:

»Aus mir wird nichts mehr«, sagte er theatralisch.

Haubigl mit alten starkadrigen gelben Händen, schwarzgerändert die schmalen, auffallend aristokratischen Nägel, wendete den Jungen mitsamt dem Drehstuhl zu sich:

»Hör mal, solches Gerede paßt dem Papa Haubigl durchaus nicht, überhaupt gefällst du mir schon die längste Zeit nicht mehr, mein Sohn.«

Es war ein bartstoppeliges Gesicht, welklippig, welkäugig, dennoch ein scharfäugiges Gesicht hinter der Stahlbrille, in das Otto blickte.

»Also, was gibt's, mein Sohn?«

Otto antwortete, was jeder Junge in einem solchen Fall zur Antwort gibt:

»Nichts.«

»Zu viel gelumpt?«

»Dazu habe ich kein Geld.« Mit verstockter Miene glitt er von seinem hohen Drehstuhl.

Haubigl klopfte ihm besorgt auf die Schulter: »Na, geh dich waschen, es ist viere schon lange durch.«

Stumm ging Otto zum Wandbrunnen, entledigte sich seiner blauen Arbeitsbluse, wusch sich, zog seine Jacke an. Er hätte gerne gesprochen, doch es würgte ihn im Halse. Und überdies: was hätte er erzählen sollen? es war ja nichts vorgefallen.

»Gute Nacht, Herr Haubigl.«

»Gute Nacht, mein Junge.«

Otto holte sein Rad aus dem Fahrradständer im Hofe und fuhr gehetzt davon. Zu Hause schlich er die Stiege hinauf, schlich in die Wohnstube und stürmte dann überfallsmäßig in das Zimmer seiner Mutter:

»Ist Karl da?«

»Nein«, gab sie ruhig zurück, »aber vielleicht sitzt er bei dir drüben.«

Das war Enttäuschung und Erleichterung zugleich. Und beides verstärkte sich, als er Karl auch in seiner Kammer nicht antraf. Er kehrte zur Mutter zurück:

»Drüben ist er nicht... ist er wirklich nicht gekommen?«

»Meines Wissens nicht... aber was machst du denn immerfort beim Wäscheschrank, Otto?«

»Nichts, ich dachte nur, daß er offenstünde...«

Etwa nach einer halben Stunde kam Karl wirklich daher, er

wurde von Otto hinterlistig begrüßt:

»Du hast mich schon gesucht, sagt die Mutter.«

Er prüft Karls Augen, ob sie einen besonders glückhaften liebebefriedigten Ausdruck trugen.

»Nein«, sagte Karl, »ich war heute noch nicht da.«

Vielleicht will Karl bloß den Besitz des Geldes verschweigen? dann soll er es in Gottes Namen behalten. Otto mag von dem Geld nichts mehr wissen, er pfeift darauf, aber Klarheit muß er haben, und die wird er aus dem Karl schon herausbringen:

»Weißt du, eigentlich brauche ich jetzt kein Geld. Haubigl meint, daß ich bald ein perfekter Maler sein werde, dann verdiene ich Geld wie Heu.«

Indes, aus Karl ist ebensowenig herauszuholen wie aus der Mutter. Karl hält dicht. Und ob der Mutter Geld fehlte, das war trotz aller Umwege und Anspielungen von ihr nicht zu erfahren gewesen. Der Verdacht wuchs, daß sie es dem Karl geschenkt hat und daß ihm dies von den beiden verheimlicht wurde. Was war zwischen den beiden vorgefallen? Otto stand vor einer Mauer und hatte das Gefühl, sich an ihr den Schädel einrennen zu müssen.

Karl sagte: »Ich soll bei deinem Bruder mathematische Nachhilfestunden bekommen. Heute ist die erste Stunde.«

»Sonderbar«, sagte Otto argwöhnisch.

»Warum sonderbar?«

»Weil man mir nichts gesagt hat.« Das stimmte nicht ganz, denn Richard hatte sich bei ihm nach Karl erkundigt. Freilich war seitdem schon mehr als eine Woche vergangen. Und Richard war so offenkundig von anderen Dingen gefangengenommen, daß die ganze Geschichte nicht recht ernsthaft geklungen hatte. Überhaupt war Richard in seinem Gehaben seit etwa einer Woche unzuverlässig geworden, er hatte sich geradezu verändert – Ottos wacher Beobachtungsgabe war das nicht entgangen –, nicht nur, daß es wegen späten Heimkommens keinen Krach mehr gab, sondern es stand außer jedem Zweifel, daß Richard eine sozusagen passive Kameradschaftlichkeit und Brüderlichkeit an den Tag legte. Er hat was am Kerbholz, dachte Otto. Allein was nützte das schon.

Richard kam. Karl wurde vorgestellt und ins Verhör genommen.

Mittlerweile saß Otto bei seiner Mutter in der Küche. Auf dem

Gasherd brodelte ein großer Topf. Es roch nach den Aprikosen, die eingelegt wurden. Die Mutter mit aufgerollten Ärmeln schälte und entkernte. In einer grünen Steingutschüssel lagen die kochbereiten Fruchthälften.

Otto fischte langsam eine nach der andern heraus. Während er aß, war ihm wieder einmal zum Weinen. Warum gab es kein Zurück? Warum mußte er sich den Kopf an einer Mauer einrennen, die zu errichten ihm niemand befohlen hatte? Etwas hatte ihn erfaßt, das er nicht benennen konnte, aber er ahnte, daß es das Gegenteil alles dessen war, was er hier sah, ja, man konnte wohl sagen, was er nun zum erstenmal sah: die langsam und gleichmäßig schälenden Arme seiner Mutter, die Aprikosen, die gleichmäßig in das Gefäß fielen, er sah zum erstenmal diese Küche, die Geräte an dem Wandregal, jedes einzelne wollte er benennen, den Quirl, den Schaumschläger, die Reihe der hölzernen Kochlöffel, und indem er sich gleichzeitig wunderte, daß er all dies noch nicht abgezeichnet hatte, befiel ihn ungeheures Mitleid mit sich selbst und ungeheure Bangigkeit. Welch grausame furchtbare Macht hatte ihn erfaßt und stand all dem feindlich gegenüber? ach, es war das Leben schlechthin, es war das Leben an sich, diese furchtbarste Macht, der der Mensch ausgeliefert ist, und es hat gar keinen Sinn, darüber zu seufzen. Aber das wußte Otto nicht, er ahnte es kaum, und so tat er sich leid und seufzte: »Ach.«

Vorwurfsvoll sagte er: »Warum hast du Karl Nachhilfestunden geben lassen?«

Katharine Hieck schaute auf: »Wenn du so viel Aprikosen ißt, wirst du Leibschmerzen kriegen.«

Otto trollte sich beleidigt fort, und obwohl er noch rasch eine letzte Aprikose genommen hatte, saß die Beleidigung tiefer, als er selber glaubte. Und während er das weichkörnige Fruchtfleisch im Munde zergehen ließ, fühlte er sich ausgestoßen. Ja, ausgestoßen, das war es. Nicht einmal ein Zimmer hat man. Dort sitzt der Richard noch mit dem Karl beisammen. Ekelhaft.

Karl war gerade mit seiner Prüfung fertig und sagte: »Dankschön.«

»Bleibst du da?« fragte Otto.

»Nein, ich muß nach Hause.«

Das war gut. Obgleich man nicht wissen konnte, ob er nächtlings nicht im geheimen zurückkehren würde.

Und wie zum Beweise solcher Annahme fragte Katharine Hieck während des Abendessens:

»Nun, wie steht's mit Karl, wirst du ihn unterrichten?«

»Natürlich hat er eine Menge Lücken«, sagte Richard, »das kommt eben von dem verdammten Fußball, ich werde ihn zu einer befreundeten Studentin schicken.«

»Aber er spielt gut«, sagte Otto, dessen Opposition gereizt war, »was, Mutter, Karl spielt gut?«

»Davon verstehe ich nichts, aber wenn du's sagst, will ich es gerne glauben.«

»Er ist der beste Läufer im Feld«, beharrte Otto.

»Wer ist diese Studentin?« fragte Susanne.

»Ach, das ist ja egal«, sagte Richard, »Ilse Nydhalm heißt sie.«

»Er braucht gar keine Nachhilfestunden«, platzte Otto heraus.

»Wenn er etwas lernen will, so ist das nur löblich«, sagte die Mutter.

Richard entschied: »Ich glaube, daß ich es wohl beurteilen kann, ob er Nachhilfestunden braucht oder nicht.«

Otto hatte das Gefühl, als hätten sich alle gegen ihn verschworen. Wo es anging, hielten sie gegen ihn zusammen. Er war ausgestoßen. Welche Sprache redeten sie? sie bewegten die Lippen, und sie verständigten sich mit etwas, das aus ihren Mündern herauskam. Aber er, er vermochte nicht mehr, sich ihnen verständlich zu machen. Sahen sie nicht, was vorging?

»Du ißt ja nichts«, sagte die Mutter in ihrer Scheinheiligkeit.

»Kann nicht, hab' keinen Hunger.«

»Ich wußte ja, daß du zu viel Aprikosen gegessen hast.«

Das war die Mutter! und Susanne? die faselte immer von der christlichen Nächstenliebe und saß trotzdem da und fraß genau so stumpf das Futter in sich hinein wie die anderen. Otto machte einen Versuch:

»Susanne.«

»Ja.«

»Susanne, ich möchte beichten gehen.«

Susanne wurde aufmerksam: »Ja... ist das wahr?«

Richard warf einen schrägen Blick auf sie: »Er hat nämlich zu viel Aprikosen gefuttert. Du müßtest ihn endlich schon kennen.«

Susanne fühlte sich verletzt: »Wenn du mich zum besten halten willst, Otto, spreche ich überhaupt nicht mehr mit dir. Das sind heilige Dinge.«

»Ich habe genug von euch«, sagte Otto, »ich gehe jetzt schlafen.«

Er hörte noch, wie die Mutter sagte: »Jetzt hat er wirklich Leibschmerzen.«

Als Richard später in ihr gemeinsames Zimmer trat, lag Otto auf dem Bett. Er war angekleidet, nur das Hemd klaffte über der Brust. Mit sonderbar unjugendlichem Gesicht lag er da, und sein Körper atmete unter dem geöffneten Hemd. Richard war beinahe beunruhigt, als er ihn sah. Otto setzte sich auf:

»Richard«, sagte er gepreßt, »die Mutter...«

»Ja, was ist mit der Mutter?«

»Die Mutter protegiert den Karl.« Nun war's heraus, so milde als möglich ausgedrückt, aber es war heraus.

»Nun ja, was kümmert's dich...«

Otto sprang auf: »Natürlich... um mich scherst du dich einen Dreck...«

»Bist du verrückt, Otto?«

»Du machst dir's ja recht bequem... bloß daß der Karl Nachhilfestunden kriegt... bei deinem Fräulein Nydhalm.«

Richard fühlte sich hilflos:

»Du wolltest doch schlafen gehen...«

»Ich gehe schlafen, wann ich will... jetzt gehe ich ins Café.«

Richard antwortete nicht. Was zuviel ist, ist zuviel. Und fast war er froh, als der Kleine, frechen Gesichts, sich entfernt hatte. Er machte sich an die Arbeit.

Daß Otto mittwegs wieder umgekehrt war und nun die halbe Nacht um das Haus herumstrich, das konnte allerdings kein Mensch voraussetzen.

3

Es gab einige Schwierigkeiten, ehe Karls Privatstunden ins richtige Fahrwasser gebracht wurden, und Richard, mit der allen Hieckkindern eigentümlichen Schlauheit, hatte es vorausgesehen: sowenig die Sittenstrenge im Hause Ilse Nydhalms es erlaubte, daß er selber dort auftauchte, ebensowenig war es möglich, Karl Wohlfahrt als Schüler dort einzuführen. Und da man Ilse nicht zumuten konnte, Karl zu besuchen, so wurde zwangsläufig die Hiecksche Wohnung zum Schauplatz der Zusammenkünfte gewählt. Darauf aber war es Richard angekommen; er machte es sich zwar nicht klar, doch sein Wunsch, Ilse seiner Schwester Susanne zu zeigen, war seit der Abreise Erna Magnus' immer mehr gewachsen.

Katharine Hieck betrachtete Ilse mit eifersüchtigen Augen. Irgendwie dämmerte die Vorstellung von einer Schwiegertochter und von einer neuen Generation, die sich gegen sie zusammenschloß und der auch Karl angehörte. Instinktiv verbündete sie sich mit Susanne.

»Glaubst du, daß er etwas mit ihr hat?« fragte sie naiv, und Susanne, mit der Weltläufigkeit der Älteren, gab die erwartete Antwort: »Das sieht doch jedes Kind; so sind sie eben alle an dieser Universität.« Im Grunde glaubte freilich auch sie nicht daran.

Indes Richard hatte wirklich nichts mit Ilse. Er sah sie nach wie vor im Institut, er holte sie zu den Stunden ab und begleitete sie wieder nach Hause, doch mit einer gewissen Gewalttätigkeit vermied er jedes weitere Zusammentreffen, und mit einer gewissen Gewalttätigkeit verharrte er im mathematischen und physikalischen Gebiet, duldete keine Abschweifung vom wissenschaftlichen Thema und hielt seine Vorträge. Und er wurde zornig, wenn er zu bemerken glaubte, daß sie nicht mit der gleichen Aufmerksamkeit folgte wie ehedem.

Warum war dies so? war vielleicht die Verachtung daran schuld, die Susanne zur Schau trug, wenn von Ilse Nydhalm gesprochen wurde. Nicht etwa, daß sie, wie man eigentlich hätte annehmen können, den Mangel an Moral verachtete, im Gegenteil, sie gab in sehr eindeutiger Weise zu verstehen, daß er seine sträflichen Beziehungen zu Ilse vor ihr nicht zu verbergen brauche. Aber daß er, für dessen Streben sie immerhin Respekt bekundete und mit dem sie immerhin von gleich zu gleich verkehrte, sich mit »so etwas« abgäbe, das unterlag schärfster, verachtungsvollster Geringschätzung. »So etwas«, das war keine Frau, das war bestenfalls eine Studentin. Das taugte zu nichts, weder zu einer rechtschaffenen Arbeit noch zu einem rechtschaffenen Mann ins Bett und am allerwenigsten zu Gott. Sie nahm sich kein Blatt vor den Mund, und wenn Richard sich auch sagte, daß er auf das Urteil dieser idiotischen Person nichts geben müsse, so dachte er doch an Erna Magnus: da könnte Susanne nicht dieses verächtliche Gesicht ziehen. Er dachte an das schwarze Schwimmtrikot, das Erna Magnus getragen hatte. Er dachte an Hilde Wasmuth. Er bemühte sich, an seine einstigen niedrigen Liebesabenteuer zu denken, deren er sich kaum mehr entsann. Und er war überzeugt, daß all dies vor Susannens Augen eher bestehen mochte als eben Ilse Nydhalm. Man brauchte bloß Susanne zu betrachten: die Art, wie sie gelassen dasitzt, in ihrem schwarzen Kleid, umgeben von ihren Heiligenbildern, den strengen Kopf über einem zu fetten Körper, und wenn sie dann einen schrägen Blick aufwärts sendet und das Weiße in ihren Augen sichtbar wird, hintergründig belustigt von etwas, das einem zwar unbegreiflich bleibt, so begreift man dennoch, daß Ilse Nydhalm vor ihr keine Gnade finden kann.

Von hier aus besehen: »so etwas« taugte gerade noch für Karls Nachhilfestunden.

Es war also gewissermaßen eine Ovation für Susannens Autorität, wenn Ilse zur Erteilung von Nachhilfestunden degradiert wurde, aber das blieb ihr ebenso wie Richard selber verborgen, ja, ihr erst recht, denn die Stunden machten ihr Spaß: sie wollte sich vor Richard beweisen, ihr aufgestachelter Ehrgeiz wollte alle mathematischen Talente in ihrem Schüler erwecken, und so war letzten Endes Karl Wohlfahrt zum eigentlich Leidtragenden des seltsamen Mechanismus geworden, den Richard Hieck zwischen Susanne und Ilse in Gang hielt.

Sowenig aber Richard solchen Mechanismus durchschaute, er fühlte, daß er Ilse Nydhalm, daß er der Liebe etwas schuldig blieb und daß dies durch mathematische Gespräche nicht zu ersetzen war, auch wenn Ilse sich ihm anpaßte und mit ihm gemeinsam eine mathematische Welt zu errichten trachtete, in der er der König sein sollte. Das war keine Welt, die sich mit der Susannens hätte messen können, das war überhaupt keine Welt, es war bestenfalls eine kleine isolierte und darum sündige Verstandesgemeinschaft. Und in der Anstrengung, diese Welt trotzdem für Ilse Nydhalm und mit ihr zu errichten, schien ihm die Liebe oder das, was sich an ihrer Stelle befand, wie eine Kurve, die in die Unendlichkeit sich schwingt, das Unendliche ewig annähernd, nie es erreichend. Und alle Anstrengungen zur Erfüllung solch hoffnungsloser Aufgabe, sie waren gleichzeitig ein Versuch, jene unbekannte Schuld an die Liebe oder an Ilse – was hier dasselbe bedeutete – abzutragen, Ilses Verzeihung zu erringen für etwas, das ihm ebenso unaussprechlich bleiben mußte wie das einfache Wort Liebe.

Die Tage wurden kürzer. Noch war es warm. Am lichtblauen Abendhimmel standen schwarze silbergeränderte Wolken. Unbewegt.

In die dämmernde Wohnstube, in der Ilse und Karl ihre Stunden abhielten, trat Katharine Hieck:

»Für heute könnt ihr wohl Schluß machen, es wird dunkel.«

»Jawohl«, sagte Karl erfreut und klappte das Heft zu.

Katharine Hieck beugte sich über den Tisch, auf dem die Schulbücher und Hefte lagen, strich Karl über die krausen blonden Haare. Er wurde rot und blaß, aber das sah man nicht, es war schon zu dunkel.

»Wirklich, sollen wir schon Schluß machen? wir waren gerade im besten Zuge...« Ilse Nydhalm brach ungern die Stunde ab, erstens weil Karls mathematisches Talent noch immer nicht geweckt war, zweitens weil sie die Wohnung ungern verließ.

Otto war seiner Mutter gefolgt. Er hörte bloß den fürsorglichen Ton, den sie für Karl hatte, ahnte in der Dunkelheit die fürsorgliche Gebärde. Allein das genügte:

»Der arme Karl wird sich die Augen verderben«, sagte er böse.

»Wie sind Sie mit dem Kinde zufrieden, Ilse?« fragte Katharine.

Ilse machte eine schüchterne und gehemmte Bewegung mit dem erhobenen Finger: »Oh, es geht, wir werden bald durch sein.«

Otto erhaschte diese Geste. Sie gefiel ihm. Alles, was Frauen taten, gefiel ihm. Doch zugleich ärgerte er sich, daß dieses Mädchen mit dem dicken Richard in Verbindung stand, allerdings in einer nicht ganz durchsichtigen Verbindung, – und mit der kleinen neugierigen Bosheit, die ihn in solchen Fällen auszeichnete, sagte er düster: »Richard sitzt bei Susanne drüben. Haben Sie schon Susannens Kapelle gesehen? Kommen Sie, ich zeige sie Ihnen.«

Er zog sie mit sich. In der Küche, durch die sie mußten, um in Susannens Kammer zu gelangen, zupfte er sie am Kleide: »Das ist ein hübsches Kleid, das Sie da anhaben.« Werbend lächelte er. Aber dann öffnete er die Türe, ließ sie eintreten, knipste das Licht an. »Da ist die Kapelle«, sagte er. Und dann drehte er sich auf den Hacken um und lief leise zur Wohnstube zurück, in die er unvermittelt hineinstürzte –: es hatte sich nichts geändert.

Karl packte seine Sachen zusammen, und in gemäßer Entfernung saß die Mutter. Es gab nichts Auffälliges.

»Du begleitest wohl deinen Freund.« Katharine Hieck stand auf, gab Karl einen leichten Stüber, sagte noch: »Leb wohl, Karl«, und verließ den Raum.

»Schau, was ich da habe«, sagte Otto, als sie draußen war. Er hielt auf der flachen Hand einen dünnen Eisenhaken mit Endring. Es war ein einfacher Dietrich. »Selbst in der Werkstatt fabriziert«, erklärte er stolz.

Karl nahm das Instrument, betrachtete es.

»Willst du ihn haben?« bot Otto an.

Karl überlegte, dann sagte er:

»Nein, behalt ihn nur, ich brauche ihn jetzt nicht.«

»Nun ja, wenn du ihn nicht brauchst...«, sagte Otto mit verengter Stimme, »...nun ja...«, und er ließ Karl allein weggehen.

In Susannens Zimmer betrachtete währenddessen Ilse die Heiligenbilder an den Wänden. Sie fürchtete sich. Sie fürchtete sich vor den Bildern, fürchtete sich vor Susanne, die Richard ähnelte und doch ihm nicht ähnelte und die, stumm mit ihrer Strickerei beschäftigt, sie mit forschenden Augen beobachtete.

»Gefällt es Ihnen?« fragte Richard. Die Bilder waren ihm wie Symbole einer undurchsichtigen Algebra.

»Ja«, sagte Ilse schüchtern, »sehr schön.« Sie spürte, daß dies ein Stück Welt war, das Richard trotz aller Bemühung, sich zu offenbaren, bisher vor ihr geheimgehalten hatte, weil er selber nicht wußte, wie sehr es zu ihm gehörte.

Susanne nickte: »Wer den ganzen Tag an der Universität sitzt, hat kein Verständnis dafür.«

Warum mußte sie Ilse beleidigen? Richard fiel neuerdings der Unterschied zwischen der asketenhaften Schärfe ihres Kopfes und der Massigkeit ihres Rumpfes auf, es war der gleiche Unterschied, der bei ihm bestand. Und wie immer, wenn er sich dieser Diskrepanz bewußt wurde – und dies geschah regelmäßig in den Augenblicken des Zweifels und in jenen Situationen, in denen Körper und Geist miteinander ringen –, schien es ihm am vorteilhaftesten und wünschenswertesten, daß solcher Kopf mit einem glatten Schnitt von dem ungebärdigen Körper getrennt werden sollte. Ob dieser Wunsch sich jetzt auf den eigenen Kopf oder auf den Susannens bezog, das vermochte er nicht zu entscheiden. Sich abwendend, brummte er:

»Was willst du von der Universität, sie ist, wie sie ist, weder Fräulein Nydhalm noch ich haben sie gemacht.«

Ilse fühlte dankbar, daß es ein Versuch war, sich von der unbekannten Welt Susannens loszuringen und sich zu ihr zu stellen. Dennoch erschrak sie: welche Welt hatte sie selber dieser unbekannten geheimnisvollen Heiligenwelt entgegenzustellen? was konnte sie ihm bieten? das bißchen Mathematik? War Susanne ihr nicht von vornherein überlegen?

Susanne lachte gutmütig. Sie hatte es Ilse gegeben und war jetzt befriedigt:

»Es war ja nicht böse gemeint... vielleicht gerate ich auch noch an die Universität; Richard meint, daß ich ganz gut studieren könnte.«

Versöhnlich, obwohl im Herzen noch gekränkt, antwortete Ilse: »Wir wissen doch alle, daß es was Wichtigeres gibt... etwas, das jeder sich allein erkämpfen muß und zu dem keinerlei Studium verhilft.« Und sie beneidete in diesem Augenblick Susanne, beneidete sie mit der ganzen Kraft einer zarten und eifersüchtigen Seele.

Wäre Susanne statt Ilse an der Universität, dann wäre alles gut, dachte Richard. Ilse im Kloster? Eine groteske Vermengung der Sphären, eine Vermengung des Oben und Unten.

Otto kam herein; sein Gesicht war weniger gespannt als vorher. »Alle Geschwister beisammen«, sagte er anzüglich und vergnügt.

Ilse lächelte ihm zu. Es war angenehm, dem Kreise der Geschwister zugezählt zu werden. Ihr Leben lang hatte sie eine Schwester oder einen Bruder haben wollen, und nichts war so schön gewesen, als wenn der Vater mit ihr Bruder und Schwester gespielt hatte; im Zuge dieses Spiels hatte sie auch Lesen gelernt. Richard, ihr großer Bruder, es war ein beruhigender und freundlicher Gedanke.

Von der Wand grüßte der Spruch:

Du bist der Herr,
ich bin Dein Knecht.

Ihr Lächeln bemerkend, warf sich Otto in Positur; die eine Hand in der Tasche seiner weiten Hose, wies er großartig auf die Dekoration des Zimmers: »Das alles habe ich arrangiert«, sagte er werbend und auf Lob erpicht.

Kein Zweifel, Otto ließ sich von Susanne nicht stören, für ihn galt »so etwas«, wie Ilse es war, als richtige Frau, für ihn hatte sie nichts an Weiblichkeit eingebüßt: die Welt brennt in uns, nicht außer uns, mußte Richard denken, und unheimlich war es ihm, Ilse zu betrachten, unheimlich dieser unvorstellbare Schoß, unheimlich, daß dieser unvorstellbare Schoß ein Kind tragen könne, es war wie Blindheit, unheimlich und unvorstellbar, und eine wehe und blinde Zärtlichkeit war es, die ihn überkam; die Liebe als unendliche Aufgabe, ja, und als Knecht ihr zu dienen, wie man der Erkenntnis zu dienen hat!

Wie immer roch es ein wenig nach Weihrauch und Lavendel in Susannens Stube. Über dem weich und hoch aufgeschichteten Bett – es war ja auch Susannens Bettzeug eingebettet – lag eine waffelförmig gewebte weiße Decke, von der lange Fransen fast bis zum Boden herabhingen.

Ilse sagte: »Ja, das ist herrlich arrangiert... wenn ich mal eine Wohnung haben werde, müssen Sie sie mir einrichten, Otto.«

Und Richard sagte halb ironisch, halb wohlwollend: »Ja, unser Haustapezierer.«

Die letzte Begründung der Mathematik liegt außerhalb der Mathematik und doch in ihr, das göttliche Ziel des Seins liegt außerhalb des Seins, das letzte Ziel der Liebe liegt außerhalb der Liebe und ist doch die Liebe – oh, lichte Braut, oh, dunkler Tod, seltsame Vermengung der Sphären.

Der Gedanke an Flucht, an ein Zueinanderflüchten war beinahe gleichzeitig in Richard und Ilse aufgekeimt. Das Flakkernde, das unsichtbar Drohende, es hatte mit dem Flügel der Angst nun auch Ilses Herz gestreift, aber im Hauch dieser Angst ward der Klang einer leisen Hoffnung mitgetragen, Botschaft aus einer Welt, die ihr allein gehörte und nicht Susanne, Hoffnung auf einen Weg, der ihr allein beschreitbar war und nicht Susanne, Hoffnung auf einen Auftrag, den sie allein erfüllen würde und nicht Susanne. Und im Zusammentreffen ihrer Gedanken mit den seinen fiel Richard plötzlich das Ehepaar Curie ein und die Möglichkeit gemeinsamer wissenschaftlicher Entdeckungen.

Otto hatte einen bunten Glühlampenkranz um das Madonnenbild oberhalb des Bettes eingerichtet, und den ließ er jetzt aufflammen.

»Das ist prächtig, Otto«, sagte Ilse, ein wenig kurzsichtig mit den Augen zwinkernd, und setzte ihre Brille auf. Ihr Gesicht hatte nun wieder den über alle Maßen altklugen und kindlichen Ausdruck, und sogar Richard bemerkte dies.

Susanne schämte sich ein bißchen: »Nun ja, Ottos Firlefanz... aber das Bild ist geweiht, und da hat es doch seine Bedeutung.«

»Das Sichtbare ist nur Symbol«, antwortete Ilse.

Vereinigung der Sphären im Symbol? es war Susannens Sprache im Munde Ilses, – noch war es nicht das Endgültige, noch war es selber Symbol und Abbild, doch die Welt wurde still in Erwartung des Endgültigen, einkehrend in sich selbst, das Wort befreiend aus der Ruchlosigkeit des Unzulänglichen. Richard hätte gerne Ilses Hand genommen. Und wie sie nun neben Otto stand, sie beide schlank, jungenhaft, geschwisterlich, da wünschte er Otto zum Teufel.

In der Küche trafen sie auf die Mutter: »Sie gehen schon, Ilse«, sagte sie leichthin. Otto antwortete vorlaut: »Leider.« Aber Richard empfand es als wohltuend, daß die Mutter einfach »Ilse« gesagt hatte.

Auf der Straße begann er allerdings wieder einmal mit großer Leidenschaft von den erkenntnistheoretischen und logischen Grundlagen jeglicher Forschung zu sprechen, zeigte wieder einmal, daß sogar die Mathematik und die Physik trotz ihrer scheinbar unanfechtbaren Exaktheit immer aufs neue zu diesen letzten Grenzproblemen der Erkenntnis hinführten und daß dies die Probleme seien, für die allein es sich lohne, ein den Wissenschaften hingegebenes Dasein zu leben, ja überhaupt zu leben.

»Ja«, sagte Ilse. Sie gab ihm recht, aber sie sah Susannens hochaufgeschichtetes Bett vor sich.

Denn hinter allem stünde die Welterkenntnis, fuhr er fort, und er zeigte, nicht etwa vage, sondern mit aller wünschenswerten Präzision, wie er seine eigenen Forschungen und wie weit er selber das Wissen um die Welt fördern werde. Ja, er war voller Zuversicht, – beglückt sah er auf sie, die klein und schmal, den Kopf leicht gesenkt, neben ihm einherschritt.

Ein einzelner, schwachbesetzter Trambahnwagen fuhr vorbei.

Und wieder glaubte Richard, daß mit der Größe und Höhe der Welterkenntnis, daß mit der Entfaltung und Preisgabe seiner Ziele auch seine Hingabe an die Liebe wachse und daß er damit eine Schuld abtragen könne.

Wie aus weiter Ferne sagte Ilse: »Ich liebe dich.«

Vielleicht war es wirklich Verzeihung. Vielleicht hatte sie gefühlt, daß er sich um die Hingabe quälte. Und doch war gerade damit sein Verbrechen klar zutage getreten. Denn es war das erstemal, daß zwischen ihnen das Wort »Ich liebe dich« fiel, und es war sie, die es zuerst ausgesprochen hatte.

Ich liebe dich. Zarte und furchtbare Bitte an das andere Sein, daß es sich öffne. Bitte um Aufnahme, zartes und furchtbares Angebot des eigenen Ichs.

Ich liebe dich. Augenblick der Freiheit zwischen der Knechtschaft der Vergangenheit und der Knechtschaft der Zukunft.

Ich liebe dich. Aber nicht Ilse Nydhalm war es, die das magische Wort ausgesprochen hatte, sondern das Phantom ihrer Zukunft war es gewesen und hatte sie herausgehoben aus ihrem eigenen Sein, sie schmerzlich entreißend dem versinkenden Nebel, der bisher Ilse Nydhalm hieß.

Den einsamen Klang dieses einsamsten Wortes in den Ohren, schritt Richard an Ilses Seite dahin. Er nahm es für Verzeihung, doch die ganze Ungesetzlichkeit der Welt hatte sich neuerdings aufgetan. Wäre jemand entgegengekommen, der ihm den Kopf vom Rumpfe hätte spalten wollen, er hätte ihn als Freund begrüßt.

4

Professor Weitprecht war heimgekehrt. Richard erhielt eine Postkarte ins Institut mit der Bitte, ihn aufzusuchen: er selber könne leider noch nicht ausgehen, sein Befinden habe sich noch nicht so weit gebessert.

Es mußte übel um Weitprecht bestellt sein, wenn er nicht imstande war, ins Institut zu kommen; das war sonst unweigerlich sein erster Weg. Und in der Tat, als Richard bei ihm eintrat, erhob er sich bloß mühselig von seinem Platz hinter dem Schreibtisch, und an dem unbeschriebenen Papier sah man, daß er den Bleistift bloß müßig in der Hand gehalten hatte.

»Ja«, sagte er, »Sie wundern sich über dieses Wrack.«

Unter seiner Wehmut spürte man zwar noch immer seine alte drängende und ängstliche Höflichkeit, und mit der alten unsicheren Schärfe suchte der Blick noch immer über die Halbgläser der Brillen hinweg in den Zügen des Besuchers.

»Ich danke Ihnen sehr für Ihre Berichte, Herr Doktor Hieck.«

»Die Arbeit von Fräulein Magnus hat recht erfreuliche Resultate gezeitigt.«

»Ja, ja«, sagte Weitprecht zerstreut, »recht erfreuliche Resultate.«

In der dünnen Luft des Vorherbstes zwitscherten die Vögel auf den Straßenbäumen.

»Die Sichtung Ihrer Aufzeichnungen ist nun auch so gut wie beendet, Herr Professor, ich hoffe, daß Sie zufrieden sein werden.«

Aber Weitprecht schien dem Vogelgezwitscher zu lauschen. Dann sagte er:

»Ja, ich wollte darüber mit Ihnen sprechen... aber sehen Sie, eigentlich kommt es gar nicht darauf an.«

Hatte Weitprecht auch schon Kapperbrunns Skepsis angenommen?

Weitprecht bemerkte Richard Hiecks Verwunderung. Er fuhr sich mit der Hand in den Kragen, als müßte er sich Luft verschaffen, obwohl keine Krawatte ihn behinderte und der Kragenknopf offenstand. Richard hatte ihn bisher bloß mit Stärkwäsche und einem korrekten kleinen schwarzen Schlips gesehen. Weitprecht lächelte mit schmal und weich gewordenem Greisenmund:

»Sie müssen nicht erschrecken, Doktor Hieck... ich vertrete meine Arbeiten nach wie vor mit der gleichen Überzeugung, sie sind mir nur etwas weniger wichtig geworden.«

»Die Wichtigkeit Ihrer Theorien steht doch außer jedem Zweifel, Herr Professor.«

»Die objektive wohl, mein lieber Doktor Hieck, so will ich's wenigstens hoffen, aber die subjektive Wichtigkeit hat nachgelassen... ja, ja... sehen Sie, wenn man mich nicht nach Nauheim geschickt hätte...«, er verfiel in einen zänkischen Ton, »...wenn meine Frau nicht darauf bestanden hätte... nun ja, sie hat es gut gemeint, aber es war eine Torheit... ja, wenn das nicht gewesen wäre, dann wäre ich heute wahrscheinlich noch der Alte...«, er sah furchtsam und geärgert nach der Türe, die zum Nebenzimmer führte.

»Herr Professor werden sich gewiß wieder völlig erholen«, warf Hieck ein.

Weitprecht schlug einen geheimnisvollen Ton an: »Das ist es ja eben, ich will ja gar nicht... es ist ja gut so, wie es gekommen ist... die anderen wissen das nur nicht...« Es war eine Mischung von Weisheit und kindischem Eifer in seinem Gehaben. Aber es war der gleiche Eifer, mit dem er früher seine wissenschaftlichen Gedanken vertreten hatte; damals war es bloß verbrämter gewesen, jetzt war es nackter.

Richard wartete, was weiter erfolgen würde; er hatte noch nichts verstanden.

»Sehen Sie, Doktor Hieck, auch Sie haben Ihren wissenschaftlichen Ehrgeiz... ja...« Weitprecht erinnerte sich: »Sie haben ja Bemerkenswertes in der Gruppentheorie geleistet... ich bin doch recht?« Weitprecht schien stolz auf sein Gedächtnis, er lachte ein wenig und nickte Richard zu.

»Das ist nicht weiter bemerkenswert, Herr Professor, das waren sozusagen Nebenarbeiten.« Richard war trotzdem geschmeichelt.

»Schön... wenn es Nebenarbeiten waren, dann werden Sie immer mehr leisten und immer mehr...«, er wurde offenbar müde, »...und immer mehr... und vielleicht werden Sie auch mehr Glück haben als ich.«

Richard schüttelte den Kopf, und Weitprecht wurde böse: »Glück ist doch keine Schande... sehen Sie, auf das richtige Arbeitsgebiet treffen, das ist schon Glück, und nicht zu früh und nicht zu spät kommen, das ist Glück... sehen Sie, das ist das Glück des Genies... Ideen hat bald einer, die Ideen liegen in der Luft... aber zur richtigen Zeit am richtigen Ort sein, das ist Genie...« Er hielt die Hand auf sein Herz gepreßt und sagte matter: »Sehen Sie, dieses Glück hat mir gefehlt...«

Richard wußte wenig zu sagen: »Vieles im Fortschritt der Physik bestätigt jetzt nachträglich Ihre Annahmen, Herr Professor.«

Weitprecht fuhr sich durch die Haare, die noch immer spröd und wirr um seine Glatze standen: »Vorläufer zu sein, ist eine tragische Angelegenheit, Herr Doktor Hieck, das habe ich erfahren, und ebendas wünsche ich Ihnen nicht.«

Aber er hatte einen empfindlichen Punkt bei Richard getroffen, und es war nun Richard, der sich ereiferte: »Aber das ist doch nicht das Wesentliche, ob zu früh oder zur rechten Zeit... das Wesentliche ist doch die Erkenntnis...«

»Ja, ja, die Erkenntnis«, nickte Weitprecht und lächelte wieder sein kindisch weises und beinahe pfiffiges Greisenlächeln, »ja, die Erkenntnis... das habe auch ich bisher geglaubt... und es ist auch was Wahres dran...«, und wieder geheimnisvoll werdend: »...das ist es ja eben... an die Erkenntnis habe ich geglaubt, und ich habe viel Unrecht im Namen der Erkenntnis verübt...«, er nickte bedeutungsvoll »...ja...«

»Unrecht im Namen der Erkenntnis?... das gibt es nicht, Herr Professor.«

»Doch...« Weitprecht schaute wieder zur Türe, »und deshalb war es gut, daß sie mich nach Nauheim geführt haben... und daß ich jetzt... na, wie soll man's denn sagen... daß ich jetzt meine Strafe erhielt.«

»Sie sind doch nur überarbeitet, Herr Professor.«

»Kommen Sie mir auch mit dem Unsinn... beklage ich mich denn?... ich sagte Ihnen doch, daß ich's gar nicht anders will... es ist gut, wie es gekommen ist... es gehört zum Leben, so wie der Tod zum Leben gehört.«

»Aber Erkenntnis und Unrecht, Herr Professor!«

Weitprecht war müde, er nickte nur leise und deutete auf sein Herz:

»Wo man gesündigt hat, da wird man gestraft.«

Das hätte Susanne sagen können, dachte Richard; sollte Weitprecht auch noch eine Betschwester werden? Erstaunt sagte er bloß:

»Ja, aber... wissenschaftliche Erkenntnis...«

Still sagte Weitprecht:

»Lassen Sie nicht ab in Ihrem Streben nach wissenschaftlicher Erkenntnis... auch sie ist heilig..., doch es ist die Heiligkeit des Lebens, und der Tod wird darüber vergessen... hören Sie, die Heiligkeit des Todes... wer an der wissenschaftlichen Erkenntnis arbeitet, arbeitet mit siebzig genau so, wie er mit dreißig gearbeitet hat... und schließlich wird er gefällt, mittendrin gefällt, aber an keinem Ende, weil er seines eigenen Todes vergessen hat... ein böser Mensch mit einem bösen Herzen... ja, ja, lieber Freund, mit einem bösen Herzen, das im Namen der Erkenntnis viel Unrecht geübt hat...« Er hielt erschöpft inne.

Richard konnte zu fragen sich nicht enthalten: »Sie meinen die Religion, Herr Professor?«

Weitprecht schien nun völlig verfallen. Aber hinter der Maske seiner Greisenhaftigkeit und Verfallenheit schimmerte es nun wieder pfiffig, und es gab ein kleines, brüchiges Lachen: »Das muß jeder mit sich selber abmachen... Gauß war gläubig, Kant war gläubig... alles in allem...«, er dozierte ein wenig, wie er auf dem Katheder doziert hatte, »... wer alt wird, ohne den Sinn seines Todes zu erfassen, der stirbt als schlechter Mensch... ohne Erkenntnis... auch wenn er noch so viel erkannt und gearbeitet hat...« Er erschrak, denn die Türe tat sich auf.

Frau Professor Weitprecht kam herein:

»Er spricht zu viel, Herr Doktor«, sagte sie mißbilligend zu Richard gewendet.

Weitprecht machte sich klein: »Ich habe mit Doktor Hieck die Ordnung meiner ganzen Papiere im Institut durchsprechen müssen.«

»Ach, immer diese Papiere...«, sagte sie unwillig, »hast du schon die Tropfen genommen?«

Mit der Hemmungslosigkeit des Greises keifte Weitprecht: »Ja, meine Papiere... ich weiß, wie wichtig dir meine Arbeiten sind...«

Richard fand es an der Zeit, sich zu empfehlen. Aber als die Frau Professor sich umwandte, um ihn zu verabschieden, zwinkerte ihm Weitprecht, der inzwischen leise weitergebrummelt hatte, pfiffig und verständnisinnig zu.

Die Luft glitzerte, als er auf die Straße trat. Der Herbst führte gläserne Schnitte durch die Sommerwärme. Was Weitprecht gesagt hatte, schmeckte nach Susanne und war doch tröstlicher. Rechtfertigung des Wortes durch das Endgültige. Oh, einsamer Klang des Todes.

5

Mit warmen Gewittern hatte der Wettersturz eingesetzt, doch schon nach vierundzwanzig Stunden waren sie von kaltem Dauerregen abgelöst worden, und jetzt fegte ein übereilter und blindwütiger Herbst durch die noch sommerlich gerüstete und grüne Natur. Die Schwimmbäder waren mit einem Schlage verödet, der Waldweg von der Sternwarte war nachts unpassierbar, so glatt war der Boden geworden. Richard, ausgerüstet mit Gummimantel und Stock, mußte jetzt immer die Fahrstraße nehmen. Die Schaffner auf der Trambahn trugen ihre dunklen Winterblusen. Der Stadtweiher, der beinahe bis zum Grunde entleert gewesen war, füllte sich innerhalb weniger Tage wieder bis zum Rande. Über den Fußballplatz strich schräg und eisig der Regen.

Durch die Ungeduld dieses verfrühten und entscheidungsreifen Herbstes schritt Ilse. Wenn sie in ihrem adretten Regenmantel, einen Ledergürtel umgeschnallt, mit aufgestelltem Kragen die Straße daherkam, sah sie erwachsen und fraulich aus. Dann geschah es, daß sie sich in plötzlicher Aufwallung im Treppenhaus küßten, und obwohl es scheue trockene Küsse waren, unwürdig einer erwachsenen Frau und eines jungen Mannes, Küsse von Fünfzehnjährigen, blieb es alles in allem eine unberechenbare Sphäre der Welt.

Ilses Nachhilfestunden mit Karl fanden jetzt jeden Montag und Donnerstag am frühen Nachmittag statt. Das hatte sich so ergeben, vielleicht aus Katharinens Hauseinteilung. Otto war um diese Zeit selten daheim, er mußte um zwei Uhr zur Arbeit. Begegnete er Karl trotzdem, so wechselten sie zwar den üblichen Rippenstoß, aber Otto trabte davon, und wenn es niemand sah, gab er Karls Rad, das unter der Stiege stand, einen Tritt in die Speichen, daß es klirrte.

An einem solchen Montag war Ilse nach der Stunde dageblieben, um mit Richard ein neues Buch über Mengentheorie – die Materie, in die er sie jetzt einführte – durchzunehmen. Wie gewöhnlich vollzog sich dies an dem Tisch vor dem Fenster, Richards allnächtlichem Arbeitsplatz, und Ilse freute sich hier zu sitzen. Susanne, die es sonst nie unterließ, von Zeit zu Zeit nach dem Rechten zu sehen, war ausgegangen, doch das hatte wenig zu bedeuten, denn die beiden saßen Hand in Hand, auch wenn Susanne hereinkam, und im übrigen waren sie ihrer Arbeit hingegeben. Außerdem war Katharine Hieck zu Hause.

Otto kam in gewohnter Weise mit plötzlichem Aufreißen der Türe ins Zimmer geschossen. Ilse tat einen kleinen Schrei, Richard sah auf:

»Du bist schon hier? ist denn die Arbeitszeit schon um?«

»Mir war übel«, log Otto.

»Wieder Katzenjammer?«

Otto fauchte Unverständliches und suchte im Zimmer herum. Schließlich fragte er:

»Ist Karl hier?«

»Meines Wissens dürfte er schon längst fort sein.«

»Susanne ist auch fort?« Ottos Stimme war heiser.

»Schon längst, mein Söhnchen, wozu brauchst du sie denn?«

»War Karl nicht drüben?«

»Wo drüben?«

»Drüben... bei... bei der Mutter...« Ottos Augen waren voller Angst.

»Was soll er bei der Mutter machen... was willst du eigentlich?« fragte Richard ärgerlich.

»Otto, mit dir ist was los...«, sagte Ilse.

»Ja, daß er zu viel lumpt«, sagte Richard gutmütig.

Otto riß Schubfächer, riß den Schrank auf.

»Was suchst du denn gar so wild?«

»Nichts... ein Schlüssel... war Karl im Zimmer?«

»Soll Karl ihn etwa weggenommen haben?... wozu braucht er denn ausgerechnet deinen Schlüssel?«

»Ja... kann sein... vielleicht...« Das Gesicht in den Händen, sank er auf einen Stuhl.

»Ist dir so übel, Otto?«

»Nein... laß mich.«

Richard wurde ungeduldig: »Otto, wir müssen hier arbeiten.«

»Du hast mich nicht immer hinauszuwerfen... draußen regnet es... ich habe auch ein Recht.«

Ilse sagte begütigend: »Wenn dir der Schlüssel so wichtig ist, kannst du ihn doch bei Karl holen.«

»Ich sehe schon, daß ihr mich nicht brauchen könnt«, sagte Otto und verließ das Zimmer.

»Er ist jetzt ganz verrückt«, sagte Richard besorgt. Kein Zweifel, Ottos Verhalten war lästig, im Grunde wünschte er ihn zum Teufel – ja, das hatte er schon einige Male getan; irgendwie hing das mit Ilse zusammen, mit Ilses sonderbar weiblicher Unweiblichkeit; die ganze drohende Unberechenbarkeit der Welt lauerte dahinter, da mochte sich der Teufel auskennen, undurchschaubar war es auf jeden Fall. Es war gut, daß der kleine Narr draußen war. Und Richard wiederholte: »Er ist verrückt, aber auch lästig.«

»Du«, sagte Ilse.

Er küßte sie geistesabwesend. Er küßte ihre Haare. Aber dabei blieb es. Otto machte ihm Sorgen.

Als er dann abends zur Sternwarte hinaufstieg, überfiel ihn wieder die vieldeutige Unsicherheit des Seins. Freilich, was im Kopf vor sich geht, das ist berechenbar, das ist hell und erstrebenswert, und was unterhalb des Kopfes geschieht, ist dunkel und nächtlich in seiner Unberechenbarkeit. Erfassung des Unberechenbaren durch das Berechenbare, darauf allein kommt es an, und wenn dies nicht gelingt, so bleibt nur scharfe Trennung der beiden Teile übrig. Wie konnte man richtig handeln, wenn mittendurch die Trennungslinie ging. Dann dachte er an Weitprechts sonderbare Rede vom Herzen, mit dem man sündigt und an dem man gestraft wird, dachte, daß das Herz wie eine Resultante in einem Kräfteparallelogramm zwischen oben und unten lag, und obwohl dies halbwegs plausibel war, konnte er sich doch nichts dazu vorstellen. Besser, die Kräfte separieren. Mit einem raschen glatten Schnitt.

Der Regen hatte ausgesetzt. Die Wolkendecke war zerrissen, Mondlicht kam schräg durch helleren Wolkensaum. Auf der feuchten Straße erkannte man die gerillte Radspur eines Autos. Richard nahm den Gummimantel übern Arm. Er dachte an den kommenden Winter, an die Einkehr der Welt in sich selbst, an die Schneelandschaft, die er hier unter den Wintersternen durchqueren würde. Er dachte ans Älterwerden, er dachte an Weitprecht und ans Sterben. Und plötzlich fiel ihm der Vater ein: der Vater hatte gleichfalls vom Tode gesprochen, er hatte den Tod gemeint, als er die Nacht liebte. Einsames Lachen des Todes. Doch still und klar schimmerte Ilses Lächeln; weiße Blumen im nächtlichen Wasser.

In der Sternwarte gab es nicht viel zu tun. Er ging zu Doktor Loßka hinüber, der verzwickt und nervös lächelte und eine Zigarette nach der andern rauchte. Er sollte nächste Woche auf Urlaub gehen und betrachtete das Wetter als persönliche Beleidigung, die ihm vom Kosmos angetan wurde. Zehnmal wiederholte er: »Dabei ist der September laut dem langjährigen Durchschnitt der stabilste Monat.« – »Es gibt eben bloß statistische Naturgesetze«, sagte Richard und dachte an die Unberechenbarkeit der Welt, dachte an die unumstößliche Korrektheit des geistigen Geschehens, an die Überkonkretheit der Mathematik. Angst befiel ihn wieder.

Das Unbehagen hielt an. Er kam früh heim. Vor dem Hause verstärkte sich das Unbehagen in üblicher Weise, wurde zur Angst vor dem Unerwarteten. Doch das Unerwartete bestand darin, daß Otto bereits im Bette lag und fest schlief. Das war schon lange nicht vorgekommen.

Die Fenster waren geöffnet. Die Konturen der gegenüberliegenden Dächer waren sichtbar, darüber die Sterne, von dahinziehenden Wolken immer wieder überdeckt. Richard setzte sich auf den Stuhl neben der Türe und betrachtete Otto, der braun und schlank, mit geballten Fäusten, regelmäßig atmete. Von ferne huschte das Bild Ilses vorbei, aber es hatte die weiße Jacke an, die sie damals getragen hatte, als sie von der Sternwarte in die nächtliche Stadt zurückgekehrt waren; auch damals hatte es geregnet.

Er saß lange. Dann ging er gleichfalls zu Bett.

Er wurde aus dem ersten Schlaf durch einen Aufschrei Ottos geweckt. Er fuhr empor und sah im Mondlicht, daß Otto in aller Eile seine Kleider zusammensuchte und sich anzog.

»Was ist, Otto, bist du krank?«

»Er war da«, keuchte Otto.

»Wer?«

»Die Flurtüre ist zugeschlagen worden.«

»Wer?... so rede doch.. wer soll sie zugeschlagen haben?«

»Wer... wer...« Otto war bereits in den Schuhen. »...Karl natürlich... wer denn sonst...« Man vernahm das Knirschen von Ottos Zähnen.

Nun war auch Richard aus dem Bette.

»Du bist verrückt... was willst du heute immer mit Karl...«

»Ich weiß, was ich weiß...« Otto war bei der Türe.

Richard hielt ihn am Rock: »Du träumst, Otto... wach auf...«

Aber Otto riß sich los: »Ich hab' es gehört... ich hab' es gehört... laß mich, ich muß ihn einholen...«, und lief davon, Richard, unbekleidet wie er war, ihm nach. Im Flur feuerte ihm Otto die Türe vor der Nase zu. Als Richard hinaustrat, hörte er nur noch, wie Otto unten sein Rad hervorzog und das Haustor hinter sich zufallen ließ.

Schwerfällig tappte er auf seinen nackten Sohlen durch den dunklen Vorraum zur Wohnstube zurück. In seiner Verwirrung vergaß er Licht zu machen. Aber die Wohnstube war bereits erleuchtet, und die Mutter trat ihm entgegen. Er konnte sich's nicht zusammenreimen, daß sie plötzlich dastand, sogar schon im Schlafrock, und er war so überrascht, daß er bloß hervorbrachte: »Du bist schon angezogen?«

»Was ist geschehen?«

»Otto...«

»Ist er wieder so spät heimgekommen? sicherlich war er wieder im Café.«

»Nein, nein...« Richard deutete zur Türe, »fort...«

Hatte sie's noch nicht begriffen, so begriff sie es jetzt. Sie weckten Susanne, und in der undeutlichen Sorge, in der sie sich befanden, und in ihrer Angst, es könne diese Undeutlichkeit jeden Augenblick zur krassen Deutlichkeit durchbrechen, waren sie nahe daran, mit Susanne ins Streiten zu geraten, als diese, schlaftrunken, auf die Nachricht von Ottos Flucht nichts anderes zu sagen wußte als: »Er ist vom Bösen besessen.« – »Begreif doch, er ist davongelaufen!« Und Katharine Hieck versuchte, sie wachzurütteln. Susanne, noch immer schwer von Schlaf, steckte die Füße unterm Oberbett vor und stand langsam auf, argwöhnisch die Mutter beobachtend, ob diese nicht mehr wüßte, als sie verriet. Aber Katharine Hieck kam immer wieder nur auf ihren ursprünglichen Gedanken des Cafés zurück, und da doch etwas geschehen mußte und hier immerhin irgendeine konkrete Möglichkeit bestand, so rannte Richard, der sich mittlerweile bekleidet hatte, zum Marathonklub ins Café. Otto war nicht da, Richard rannte zur Polizei. Dort zuckte man die Achseln, vor dem Morgen würde sich nichts machen lassen. Das war einzusehen. Er kehrte zu den Frauen zurück. Sie verbrachten die Nacht in Warten.

Am nächsten Morgen fand der Schleusenwärter des Stadtweihers die Leiche Ottos am Wehr angeschwemmt. Und unterhalb der Böschung des Fußballplatzes lag sein Rad im Wasser. Er war, wie die Radspur zeigte, in vollem Schwung in den Stadtweiher hineingefahren.

6

Vormittags kam die Nachricht. Ein Mann von der Polizei brachte sie. Richard war nicht daheim, er war, um vielleicht dort etwas in Erfahrung zu bringen, in Karls Wohnung gegangen, ohne Hoffnung freilich, bloß weil es ihn zu Hause nicht litt.

Ja, man hätte natürlich sofort Wiederbelebungsversuche angestellt, Frau Hieck könne versichert sein, es sei nichts versäumt worden. Jetzt – der Mann brachte es bloß schwer heraus – in der Totenkammer. Leider. So jung. Ein Unglück.

Die beiden Frauen hörten die Nachricht an. Sie suchten zu begreifen, und es gelang nicht. Katharine Hieck nahm die Hand, die sich ihr entgegenstreckte, und sagte: »Dankschön.« Der Mann fragte, ob er etwas tun könne, ob sie vielleicht mitkommen wollten... es wäre notwendig, leider. Katharine Hieck antwortete neuerdings: »Dankschön«, wandte sich ab und ging in das Zimmer, in dem Ottos Bett noch so dastand, wie er es verlassen hatte. Wortlos begann sie das Bett zu machen.

Der Mann und Susanne standen sich nun stumm gegenüber. Und dann schlug Susanne die Hände vors Gesicht, wandte sich um und lief in ihre Stube, wo sie auf den Betschemel niederfiel und mit gerungenen Händen und schief emporgerecktem Kopf in ein rasend gestammeltes Beten geriet, unterbrochen von immer wilderen Schreien: »Gott sei seiner armen Seele gnädig.« Durch die offenstehenden Türen hörte man das Gellen bis in den Vorraum, in dem das Amtsorgan geblieben war, unschlüssig, was es nun tun sollte. Es war ausgesprochen erfreut, als Richard daherkam.

Richard war atemlos, er hatte das Geschehene schon vernommen, die Nachricht hatte sich schon herumgesprochen. Was ihm nun von Amts wegen mitgeteilt wurde, war nur mehr traurige Bestätigung. »Ich komme gleich mit Ihnen«, sagte er und ging zur Mutter hinein. Sie hatte das Bett gemacht, sah sich im Zimmer um, und was sie von Ottos Sachen herumliegen fand, räumte sie säuberlich in den Schrank. Aus einer Hosentasche fiel ein Dietrich, sie nahm ihn und legte ihn ins Schubfach zu Ottos Malutensilien.

»Mutter«, sagte Richard.

Sie unterbrach ihre Tätigkeit nicht, und indem sie einen Rock ausbürstete, sagte sie nebenbei und wie zur Erklärung: »Otto ist tot.«

Er faßte sie bei den Schultern: »Mutter.« Und jetzt erst löste sich ihre geschäftige Erstarrung, löste sich in jenem tierischen Aufheulen, das den Menschen überkommt, wenn ihm der Tod ein Stück Fleisch herausgerissen hat. Denn die Würde und Erhabenheit des Todes wächst unmittelbar aus dem Tierischen, ernst und gewaltig das Tierische in der menschlichsten Klage der Mutter, und da sie sich jetzt umfangen hielten, da war es das Stück Tier, das sie einst geboren hatte und an das sie sich jetzt anklammerte, und da war es der Leib, der ihn einst ausgestoßen hatte und über dessen Kopf er sich beugte, schmerzverzerrten Mundes den blonden Scheitel zu küssen.

»Ich gehe jetzt zu ihm«, sagte er, »komm inzwischen zu Susanne.« Sie nickte.

Susanne lag noch immer auf den Knien und ließ von ihren Anrufungen nicht ab. Und obwohl ihm im Augenblick anderes wichtiger war, staunte Richard, daß in Susannens Welt und in ihr System sogar der Tod gesetzlich sich einfügte. Doch er packte die Betende recht unsanft am Arm:

»Willst du dich nicht endlich um Mutter kümmern?«

Sie drehte ihnen ein tränenüberströmtes ekstatisches Antlitz zu:

»Mutter, bete mit mir.«

Vielleicht war es ungerecht, aber es schien ihm das Gehaben Susannens nicht anders, als wenn er jetzt Mathematik triebe, die Person schien ihm jetzt im besten beruflichen Zuge zu sein, und ob nun gerecht oder ungerecht, oder bloßer Ausfluß seiner furchtbaren Spannung und Übernächtigkeit, er brüllte sie an:

»Deine Privatspäße kannst du später erledigen, koch der Mutter einen starken Kaffee, sie bricht sonst zusammen... ihr habt beide nicht geschlafen und nicht gefrühstückt, und dir wird's auch gut tun.«

Er hatte recht. Katharine Hieck schluchzte jetzt kindlich und hilflos vor sich hin, schluchzte über das Kind, das sie verloren hatte, und schluchzte doch über das eigene Dasein, das verfehlt gewesen war und nun abbröckelte, ehe das wirkliche Leben noch begonnen hatte. Und es dünkte sie, als hätte Otto sterben müssen, bloß weil er ein Stück eines verfehlten Lebens gewesen war.

Richard ging mit dem Amtsorgan zur Polizei und in die Totenhalle.

Da lag Otto in dem kahlen, etwas grauen Raum, in dem es gleichzeitig nach Hygiene und nach Verwesung roch, nach frischem Kalk und ein wenig nach Kloake. Drei Tische auf Steinfüßen und mit polierten Marmorplatten standen gleich Altären in der Mitte. Auf dem einen lag ein nackter brauner Körper, die Lenden mit einem schmalen Tuch bedeckt. Altar Nummer zwei und drei waren leer. An einer Wand tropfte ein Wasserhahn.

Aus den beiden hoch angebrachten großen Fenstern floß gelbes Sonnenlicht auf Otto. Ja, es war Otto, er war einwandfrei zu agnoszieren. Da er nur kurze Zeit im Wasser gelegen hatte, war er kaum verändert, und mochte auch der Leib ein wenig aufgetrieben scheinen, am Brustkorb sah man trotzdem die Rippen, wie einstens beim lebendigen Otto; nur daß sie unbeweglich blieben. Otto war eine Sache geworden, unbeweglich – es war so, er atmete nicht. Noch nicht in offizieller Leichenpositur, war der Kopf ein wenig zur Seite gedreht, und aus den halbgeöffneten Augen blickte das Weiße schräg nach aufwärts. Der blinde Blick des Todes, den sie alle schon bei Lebzeiten besaßen. Otto hatte zu seinen Vätern heimgefunden.

Dies war wirklicher Tod, kein Scheintod, er war so wirklich, wie das Leben Ottos ein wirkliches gewesen war. Durfte dieses Leblose hier noch Otto genannt werden? Aber angesichts dieses Todes begann etwas in Richard zu leben. Es war das nämliche, das sich damals gemeldet hatte, als er den Vater tot vor sich hatte liegen sehen. Jetzt erinnerte er sich, wie er, noch ein Junge, sich vor dem entseelten Körper hatte fürchten müssen – zum Teil wohl auch, weil man ihn gelehrt hatte, daß man jeden Toten für alles angetane Unrecht um Verzeihung zu bitten habe – und wie aus dieser Furcht, sie verstärkend und doch sie überdeckend, die Frage aufgekeimt war, ob er an der Unerbittlichkeit jenes nicht erfaßbaren Sterbens mitschuldtragend gewesen wäre, mitschuldig durch Gleichgültigkeit und Nichtwissenwollen, mitschuldig durch Verharren in der eigenen schlechten Einsamkeit, und damals schon hatte ihn die lebendige Stimme in seinem Innern freigesprochen. Und auch jetzt, da er sich fragte, ob er kein schlechter und verständnisloser Bruder gewesen sei, ein Bruder, der das Unglück hätte verhüten können, wenn er nur vorsorglicher gewesen wäre, auch jetzt meldete sich die Stimme des Lebens, vernehmlicher als in jener Jugendzeit, und sagte: ja, selbst wenn du ihm Unrecht getan hättest, Unrecht um der eigenen Erkenntnis willen, selbst wenn du um deiner eigenen Ziele willen ihm nicht jene Hilfe warst, die er vielleicht von dir verlangt hat, selbst dann wärst du frei von jeglicher Schuld. Denn gegen den Tod kann keinerlei menschliche

Gewalt etwas ausrichten, und du kannst nicht die Tode der anderen sterben, ehe du mit deinem eigenen Tod ins reine gekommen bist. So sprach die innere Stimme seines erwachenden Lebens, sie sprach recht plausibel und vernünftig und wäre doch nicht überzeugend gewesen, hätte nicht Ferneres und Größeres mitgeschwungen, etwas Wesentliches, das bei aller Ferne trotzdem ganz nahe schien und an den Stimmklang des zu seinem Tode hinsterbenden Weitprecht gemahnte, erfüllt von ein wenig Pfiffigkeit und von ein wenig Weisheit.

Als Richard aber dann hintrat und gewissermaßen aus Konvention die Hand des Toten ergriff, Abschied zu nehmen, Verzeihung zu tauschen, und als er diese erstarrte Hand in der seinen hielt, da stiegen aus den tierischen Urgründen des Seins die Tränen auf, und er schämte sich nicht, sondern ließ den Tränen ihren Lauf. Und wenn es seine tierische Existenz war, die solcherart aufschrie, lautlos und doch befreiend aufschreien durfte, so war der Wunsch, das denkende Haupt vom tierischen Rumpf getrennt zu erhalten, nun plötzlich erschwiegen, war nicht nur nicht vorhanden, sondern war befreiend weggehoben, ohne daß man wußte, was da weggehoben war, dennoch Befreiung von einem Alp:

denn in dem Animalischen, das da aufgeschrien hatte, und in der Furcht, deren Schrei alles Animalische durchzittert, war ein Wissen durchgebrochen, vom Animalischen getragen und doch die Furcht überdeckend, ein sonderbares und einmaliges Wissen, das in keinerlei System stand und daher auch nicht beweisbar war, vollkommen isoliert, trotzdem Leben, trotzdem Erkenntnis, und in gleicher Weise vom Animalischen wie vom Erkennen gespeist. Und wenn man auch meinen mochte, daß es sich mit diesem Wissen bloß um Otto handelte, daß es bloß Ottos Sein war, wie es bestanden hatte, wie es vielleicht noch weiter besteht und das solcherart begriffen und erkannt wurde, es war ein Wissen, das, über Otto und über Ottos Tod weit hinausreichend, die Ganzheit der Welt umfaßte und bei aller Unbeweisbarkeit, bei aller Isoliertheit eindeutig, hell und bestimmt war, befreit von aller Mehrsinnigkeit, befreit vom Flackern der brennenden Dunkelheit. Gewiß, die Erscheinung währte nicht lange, bald verschwand sie wieder – mag sein, daß sie bloß eine einzige Sekunde gewährt hatte –, aber sie war, wie jede Wahrheit, unabhängig von der Zeit, unabhängig von der

Dauer, sie war unauslöschlich vorhanden, kein Traum, sondern unverlierbares Wissen um den unräumlichen Weltraum einer jeden Seele. Es war Erkenntnis, oh, man konnte es nicht anders als Erkenntnis nennen, da es aus der Bereicherung der Welt stammte und aus jenem Geöffnetsein vor der Welt, durch das allein die Welt bereichert wird, aber es war eine Erkenntnis einsamsten Klanges, Erkenntnis, die auf nichts anderes sich berief als auf sich selbst, einsam im Klang des Todes wie der Tod selber, von dem sie ihren Ausgang nahm, und allumfassend wie der Tod, der abgeschieden ist von jeglichem Leben und doch das Ziel eines jeglichen Lebens ist, in seiner Ganzheit es umfassend: denn es ist die Evidenz an sich, die vom Tod ihren Ausgang nimmt, und es ist nicht mehr dieses oder jenes logische Wissen, ja, es ist nicht einmal mehr das Wissen um das Sein dieses oder jenes Toten, möge er nun Otto oder sonstwie heißen, sondern es ist die einfältige und große Erkenntnis des Seins schlechthin, unabhängig von jedem Seinsinhalt, verbunden jeglichem Sein, verbunden jeglichem Leben, allumfassend in ihrer Einfachheit und in der Einsamkeit des Gefühls, letzte Evidenz des Logischen, das erst von hier aus seine Rechtfertigung findet. Und angesichts des toten Bruders und erfüllt von den aufsteigenden Tränen, wußte Richard, daß dieses Erkennen die Liebe sei und daß auch die Liebe nichts anderes ist als Erkennen.

Oh, Leben, Gewitterwolke des Lebens, rauschende, vorüberrauschende, heilige.

Auch die Wissenschaft ist heilig, auch sie trägt die Heiligkeit des Lebens. Lassen Sie nicht ab von ihr, hatte Weitprechts brüchige Stimme gesagt. Doch die Heiligkeit des Todes ist die Liebe: erst Tod und Leben zusammen bilden die Ganzheit des Seins, und das Gesamterkennen ruht im Tode. Nichts Pathetisches ist darin, dachte Richard, und eigentlich auch nicht sehr viel Religiöses. Und es war auch nicht sehr pathetisch, wie Otto dalag; da hatte er's im Leben pathetischer getrieben.

Richard erledigte noch die notwendigen Formalitäten, und dann ging er ohne Scheu zu Ilse. Es war nicht nur der Tod des Bruders, der ihm dazu die Legitimation gab.

»Otto ist tot«, sagte er zu ihr, die ihm überrascht die Türe geöffnet hatte.

Und mit der Selbstverständlichkeit großen und entscheidenden Geschehens kümmerte sie sich nicht weiter um das verwunderte Gesicht ihrer Mutter, die nachgefolgt war, sondern sagte einfach: »Ich muß Richard Hieck begleiten.«

Sie schritten nebeneinander. Manchmal berührten sich ihre Finger. Verzeihung strömte herüber, hinüber. Er sah ihr kindlich ernstes Gesicht und die zarte Falte zwischen den Brauen, und er liebte dieses Gesicht. Er versuchte an Susanne zu denken, und er konnte sie nicht finden. Das Wetter befand sich in rascher Aufheiterung. Wenn er an den Häuserreihen aufwärtsschaute, glänzten die Fenster in der Sonne.

Fünfter Teil

Noch einmal war das Aufheulen des Tieres hervorgebrochen, in jenem Augenblicke nämlich, da der Sarg Ottos in der Erde verschwand. Es war der Augenblick, in dem Katharine Hieck zum Himmel emporheulte, weil er ihr das letzte Stück Jugend aus dem Fleische riß. Und die Anrufungen Susannens gellten über den Friedhof.

Ein beinahe wolkenloser Tag wölbte sich über der geöffneten Erde. Nüchtern inmitten der Ebene lag der Friedhof, umgeben von Fabriken, die ihm an den Leib gerückt waren. Von ferne sah man die Allee, die zur Sternwarte hinausführte, und wenn man ortskundig war, erkannte man auch den weißen Fleck der Badeanstalt zwischen den Bäumen. Aber dort hinten auf dem Hügel waren die Kuppeln und die roten Mauern des Observatoriums deutlich wahrnehmbar, umrahmt von der dunklen Fläche des Tannenwaldes, in dem hier und da das lichtere Grün einiger Laubbäume leuchtete. Über den Bergen schwammen ruhig einige weiße Herbstwölkchen. Sonst Blau, scharfes Blau, wie es bloß der Herbst hervorbringt.

Emilie war zum Begräbnis gekommen. Ihre Anwesenheit bedeutete eine rechte Hilfe, freilich eine einigermaßen äußerliche: als Emilie eintrat, war Frau Katharine Hieck vor Erstaunen fast vom Stuhle gefallen, so schlank war die Tochter geworden, und das Wunder solchen Abmagerungsprozesses bildete fortan einen unerschöpflichen Gesprächsstoff für Katharine und Susanne Hieck, die solcherart über das Ereignis manches Ungemach und manches Leid und manche Aufregung vergaßen. Nun stand die fremde Schwester neben der schwerfälligen Susanne am Grabe, schlank in ihrer neuen Trauerkleidung, fremd und schlank, dennoch eine Schwester. Und Ilse, die zwar keine Trauerkleider, sondern nur ihren dunkelblauen Mantel hatte, stand nicht allzu weit von ihnen, auch sie schmal und schlank, schwesterlicher als je: es war gut, daß Emilie gekommen war.

Wie einstens schlief Emilie in Susannens Kammer, sehr gerührt und entzückt von dem Brautbett, das Susanne ihr gerichtet hatte. Und Katharine Hieck saß kindlich bei ihren beiden erwachsenen Töchtern, freute sich der Schönheit Emiliens, in

der sie ihr Abbild sah, und wiederholte nur immer wieder:
»Schade, daß man Rudolf nicht verständigen konnte.«

Wäre auch noch Rudolf hier gewesen, es wäre ein richtiges Familienfest geworden. Aber Emilie mußte versprechen, zumindest alle Weihnachten mit ihnen zu verbringen.

»Wißt ihr, gar zu lange hielte ich es hier wirklich nicht aus«, drohte Emilie mit einem Blick auf die Heiligenbilder.

»Ach, für ein paar Tage geht es schon«, sagte Katharine.

Susanne saß breit da: »Sie wird sich schon gewöhnen«, sagte sie ruhig.

»Ich mache mir keine Illusionen mehr«, sagte Katharine.

Richard trat ein.

»Nett ist deine kleine Braut«, belobte ihn Emilie.

»Braut?« erstaunte sich Richard, »wo denkst du hin!« Allein das Lob tat ihm wohl. Susanne war endgültig entthront. Und ihr Zimmer schwebte nicht mehr im Unendlichen, es war zu einem gewöhnlichen Teil einer gewöhnlichen Wohnung in der Kramerstraße geworden. Indes auch die Erinnerung an Erna Magnus schien verschwunden. Es war, als hätte Otto all dies mit sich genommen und hätte ihm doch etwas anderes dafür gegeben: es war, als sei eine Verschiebung und gleichzeitig eine Erhellung des Unendlichen eingetreten.

»Wie kann Richard ans Heiraten denken«, ereiferte sich Katharine, »er hat ja noch keine Anstellung.«

Nein, er dachte nicht ans Heiraten, aber er sah das schmale Gesicht Ilses vor sich, und nicht mit geschlossenen Augen, nicht aus der Nacht tauchte es auf, sondern hell in kristallisch durchsichtiger Landschaft sah er die graue Helle ihrer Augensterne.

Und in plötzlicher Opposition gegen die Mutter sagte er:

»Und die Stellung an der Sternwarte? in einem halben Jahre kann ich definitiv werden.«

Das Leben ging weiter. Und Emilie blieb noch. Sie gewöhnte sich ein, wie Susanne es gesagt hatte.

Kapperbrunn kam vom Urlaub zurück. Gebräunt, aber nicht magerer, eher das Gegenteil. Im Kampf mit dem Bauch war er wieder einmal unterlegen.

»Jetzt kann's mit der Fron wieder angehen«, ächzte er.

»Doktor Kapperbrunn, es ist keine Fron«, sagte Richard, »ich finde, daß unsereiner ein unbändiges Glück hat.«

Kapperbrunn schaute auf: »Sind Sie aber abgeklärt; ich muß

sagen, ich fühle mich für diesen täglichen Trott noch zu jung.«
»Ich meine, daß wir eine Arbeit machen dürfen, die uns freut... während andere...«
»Lieber Gott, eine Arbeit, die uns freut... es ist ein Handwerk wie jedes... überschätzen Sie es nur nicht, sonst werden Sie auch noch so ein Narr wie unser armer alter Weitprecht.«
»Haben Sie ihn besucht?«
»Natürlich... es sieht mies aus mit ihm... das hat er nun davon.«
»Er hat sich in seinem Leben redlich geplagt... aber...« Richard schwieg.
»Und die Frau... großer Gott, so eine Frau... und wenn ich denke, daß ich auch einmal so eine Professorentochter werde heiraten müssen... Hieck, ich sage Ihnen, besser ist's, man gibt dieses Gewerbe auf und wird Bergführer... sind Sie schon mal geklettert, so richtig in Wänden geklettert?«
»Nein.«
»Dann wissen Sie nicht, was Leben heißt.«
»Doch, ich hoffe wenigstens, daß ich's weiß«, sagte Hieck, der solch weltfrommer Skepsis wenig entgegenzusetzen hatte.
»Kommen Sie mir nicht wieder mit Ihrer Erkenntnis... Erkenntnis ist gar nichts, Erkenntnis ist ein großer Dreck... und die Welt pfeift auf Erkenntnis, wenigstens die heutige... Sie sind kein moderner Mensch, Hieck.«
»Mag sein«, antwortete Richard Hieck, »aber was die Erkenntnis anlangt, dürfte es wohl zu allen Zeiten das nämliche gewesen sein.«
»Sie sind ein Sterngucker, Hieck«, sagte Kapperbrunn in jenem richtigen Erfassen der Sachlage, das ihm eigentümlich war und ihn befähigte, die Oberfläche der Dinge richtig zu sehen, »Sie sind ein Sterngucker, und solche Narren hat es immer gegeben, da haben Sie recht, Sie stehen auf dem richtigen Platz.«
»Ja«, sagte Hieck und dachte an die kristallische Landschaft des Erkennens.
»Wie heißt es doch bei Ihrem alten Kant: der gestirnte Himmel über mir und das moralische Gesetz in mir...«, Kapperbrunn lachte, »heißt es nicht so?«
»Ja«, sagte Hieck, »das stimmt.«
Das moralische Gesetz in mir: das hing irgendwie mit dem

Herzen zusammen, mit dem Herzen, von dem Weitprecht gesprochen hatte, einsamer Klang des Herzens im Dunkel der Nacht, einsame Erkenntnis der Liebe, moralisches Gesetz, gültig ohne Beweis.

»Das stimmt gar nicht«, behauptete Kapperbrunn, »denn wie windig es mit den kosmischen Gesetzen aussieht, das erleben wir gerade jetzt, und von den moralischen wollen wir lieber ganz schweigen.«

»Es gibt statistische Annäherungswerte«, sagte Hieck, aber er dachte dazu: in der Einsamkeit des Herzens ist alles absolut, hier gibt es keinen statistischen Annäherungswert, hier gilt das Gesetz schlechthin.

»Na schön«, gab sich Kapperbrunn zufrieden, »à propos moralische Gesetze: was macht Ihr Sommerharem, was machen Ihre beiden Mädchen?«

»Sie waren sehr fleißig«, wich Richard aus, »und ich bin froh, daß man Weitprecht noch diese Freude machen konnte.«

»Um die Magnus ist's schade«, bemerkte Kapperbrunn sinnend, »aber passen Sie auf, die bleibt nicht bei dem Wissenschaftsbetrieb, die hat zu viel Leben in sich.«

»Nein«, sagte Richard, »die bleibt nicht dabei.«

»Wenn Weitprecht geht«, sprang Kapperbrunn ab, »dann wird es wieder mal einen Pairsschub geben, dann heißt es aufpassen, daß auch für Sie etwas abfällt... irgendwie werden wir es schon deichseln...« Er war hilfsbereit wie immer.

»Danke, Doktor Kapperbrunn«, sagte Hieck, »es ist nett, daß Sie daran denken.«

»Na, hören Sie mal, ...aber sagen Sie selber, ist das nicht furchtbar, diese Hierarchie, diese Leiter, dieses Aufpassen, daß man nur ja auf eine freie Sprosse springt... ekelhaft ist das... und da reden Sie von Erkenntnis!«

»Mein Gott...«, sagte Hieck.

Das Leben wird weitergehen. Und man wird mit Gruppentheorie und Mengentheorie und allerlei astronomischen Berechnungen beschäftigt sein. Und wenn das Glück es will, wird man in den erkenntnistheoretischen und logischen Grundlagen ein gutes Stück weitergelangen. Genügte das nicht?

Und aus der Dunkelheit, aus der man gekommen ist, wird man zu neuer Dunkelheit fortschreiten, auf schwarzem Grunde stehen die Sterne, und sie werden in die Fläche dunklen Wassers gleiten, auftauchend in der Größe und Erhabenheit des Todes. Genügte das nicht?

Und die verwehte Unsicherheit der Herkunft und des Zieles wird um ein weniges erhellt sein im Klange der Einsamkeit und des Herzens. Ziel außerhalb des Lebens, dennoch Leben. Oh, Liebe!

Genügte das nicht?

Draußen rauscht das Leben, fernab, unerfaßbar, ungeheuer, unerschöpflich, aber es rauscht auch durch das Herz, ebenso unerfaßbar, ebenso ungeheuer, ebenso unerschöpflich. Ebenso furchtbar.

Genügte das nicht?

Richard ging durch die Straßen. Die Blätter in den Anlagen hatten die welke, ein wenig starre Frische des Herbstes. Das Gras war geschoren, schmale braune Streifen durchzogen die Rasenflächen. Hell wölbte sich der Himmel. Das Herbstwetter hatte seine gesetzmäßige Stabilität erreicht. Doktor Loßka wird einen guten Urlaub haben.

Ende

Das Unbekannte X

Der Film einer physikalischen Theorie
(Unter Anlehnung an den Roman
Die Unbekannte Größe)

Teil I

Unter aufrauschender Musik wird auf der Leinwand *der Sternenhimmel* mit der Milchstraße sichtbar, wird etwas übertrieben deutlich, bewegt sich vorwärts und kreist langsam. Mond und Saturn sind zu sehen. Ein Komet zieht seine Bahn. Die Musik wird zu Gustav Mahlers *Urlicht.*

Plötzlich erschweigt die Musik, und statt dessen tönt breit eine Stimme, gewissermaßen die Stimme des kosmischen Spießers über alle Ewigkeiten hinweg:

»Sagen Sie mal, was braucht man die ganze Mathematik?... können Sie vielleicht eine Quadratwurzel ziehen? ich nämlich, ich kann es nicht, und ich lebe trotzdem...«

Mit den letzten Worten wird, heraustretend aus den Sternen, nun auch die *überlebensgroße Gestalt* des kosmischen Spießers sichtbar, seine schwerbäuchige mächtige Gestalt, sein Gesicht, ein spezifisches Unteroffiziersgesicht, brutal, wenn auch mit gutmütigem Einschlag, schlau komisch und mit dem unerschütterlichen Ausdruck des Mannes, dem etwas zugemutet wird.

Das Phantom des Spießers taucht wieder im *Sternenhimmel* unter. Die Musik erklingt aufs neue, eventuell der Chor: »Ewig, ewig wirst du leben.« Aufs neue kreisen die Sterne. Einer wird größer. Wird zum Erdball. Wird zum Schulglobus. Und dieser Schulglobus wird nun flach, verändert sich in einen gemalten Globus, der sich als Oberteil eines *Wirtshausschildes* entpuppt, das jetzt zur Gänze sichtbar wird und auf dessen Unterteil die Aufschrift steht: »Restauration Zum Globus. Wilhelm Mauser.«

Die Musik ist verstummt.

Einfache Wirtsstube. Der Wirt Wilhelm Mauser steht hinter der Theke, er ist der Mann, dessen kosmisches Antlitz soeben sichtbar gewesen ist, und er spricht mit dem Diener des physikalischen Instituts, Anton Krispin, der – im schwarzen Laborantenkittel – an einem Tisch sein Frühstück verzehrt.

Vor allem nimmt der Wirt einen großen Schluck Bier, läßt ihn hinunterrinnen, schnaubt ein wenig und sagt: »Ah, das ist Leben... und nun sagen Sie mir mal wirklich, wozu die ganze Mathematik dienen soll...«

Krispin denkt nach: »Wenn es keine Mathematik gäbe, gäbe

es auch kein mathematisch-physikalisches Institut... und Laborant kann ich bloß im physikalischen Institut sein... wovon sollte [ich] denn sonst leben...?«

Der Wirt, nicht sehr überzeugt: »No ja... immerhin.«

»Wir haben übrigens eine große Erfindung gemacht...«

Der Wirt: »Wer, wir?«

Krispin: »Nun, wir... das Institut vom Weitprecht...«

Der Wirt verachtungsvoll: »Ah, der Weitprecht, der spindeldürre Professor, der kann mir gestohlen werden... Antialkoholiker ist er auch...«

Krispin entschuldigend: »Ja... leider... aber ein sehr feiner Mann... ein sehr gebildeter Mann... er braucht kein Bier, sagt er... es gibt auch solche Leute, die Welt ist so...«

Der Wirt trinkt aus: »Ah, das ist Leben...« Und er leckt sich den Schnurrbart.

Bergesgipfel. Der Dozent für Mathematik, Dr. Ewald Kapperbrunn, ein rundlicher fröhlicher Mann, Anfang der Dreißig, erscheint angeseilt mit einem Führer: »Das ist Leben... bei Gott, wenn ich nochmal auf die Welt komme, werde ich Bergführer und nicht Mathematikdozent.«

Schaufenster einer Spielwarenhandlung. Mechanisches, sich bewegendes Spielzeug, Teddybären etc. Die Kinder vor dem Schaufenster jubelnd: »Es lebt, es lebt.«

Exerzierplatz. Soldaten mit Gasmasken vor dem Gesicht üben Handgranatenwerfen. Der Kommandierende Unteroffizier (ohne Maske): »Nochmals, nochmals... und rascher, viel rascher... zum Teufel, wozu, glaubt ihr, lebt ihr denn eigentlich...«

Zeitungsnachricht: »Das Geschäft an der heutigen Börse war belebt. Blick in den *Börsensaal.* Getriebe, Getöse, Schreien und Überschreien. Bösartige Gesichter gereizter wilder Tiere. Zwei Börseaner verlassen den Palast: »Ah, das ist wenigstens wirkliches Leben.«

Jagd vom Hochstand. Ein Reh bricht zusammen. Der Jäger, die rauchende Büchse in der Hand: »Schön ist das Leben.«

Kaffeekränzchen von Professorendamen. Eine Dame: »Und am Totenbett hat er noch den roten Adlerorden bekommen... ein beneidenswertes Leben.«

Vergnügungspark. Ein Liebespaar kommt eng umschlungen, bleibt vor einem Kino stehen. Das Mädchen will ihn weiterziehen. Er: »Aber man will doch leben.« Und sie betreten das Kino.

Ein Tanzlokal. Lärmender Jazz. Der Sänger singt: »Nur leben, leben, leben, nichts gibt es daneben, leben, leben, leben.« Der Saal singt tanzend unter steigendem Lärm mit: »Leben, leben, leben.«

Plötzlich Stille.

Und in dieser vollkommenen Stille wird der Schauplatz des Films, nämlich die Ruhe wissenschaftlicher Arbeitsstätten gezeigt, die *physikalischen und chemischen Laboratorien,* die *Bibliotheken,* die *Korridore,* darunter *Türen* mit der *Aufschrift:* »Prof. Dr. Weitprecht«, »Assistent Dr. Richard Hieck«, »Doz. Dr. Ewald Kapperbrunn«, »Laborant«, und in diese letzte Tür huscht, schmächtig und listig, der Laborant Anton Krispin. Ebenso folgt dann in rascher Folge die *Universitätssternwarte* mit ihren stillen Einrichtungen, dem *Refraktorraum* etc. etc., eine Tür mit der *Aufschrift* »Sternwartedirektor Geheimrat Prof. Dr. Maier«. Und schließlich das *Portierhaus der Sternwarte* mit dem Portier Santer, der die Radiohörer am Kopf hat.

Kleines nächtliches Café. Zwei Schachspieler. Der Kellner lehnt gähnend in einer Ecke, schaut auf die Uhr. Bedeutet den beiden, daß es Zeit sei. Der erste Spieler sich erhebend: »Nicht einmal leben läßt man einen.«

Korridor im Institut. Eine Tür mit der Aufschrift »Prüfungssaal«. Irgend ein Student öffnet die Tür. Drinnen im *Prüfungssaal* hat Ilse Nydhalm bei Professor Lenhart soeben ein Kolloquium abgelegt. Ein paar Kollegen beglückwünschen sie. Am Ausgang trifft sie mit Doz. Kapperbrunn zusammen.

Kapperbrunn: »Na, jetzt geht's ja mit Riesenschritten auf den Doktor zu.«

Ilse: »Hoffentlich.«

Kapperbrunn: »Und dann wirklich Astronomie?«

Ilse: »Natürlich.«

Kapperbrunn: »Es ist himmelschreiend... so ein hübsches Mädel...«

Ilse: »Ja, warum denn?«

Kapperbrunn: »Daß Sie in dem stillen Staub bleiben wollen, der Wissenschaft heißt...«

Ilse: »Daß Sie so reden, Herr Doktor, ... Sie, der Sie schon ein so berühmter Mathematiker sind...«

Kapperbrunn: »Wissen Sie, wie mir die ganze Wissenschaft vorkommt? ... wie ein stilles und merkwürdiges Spiel, das weltscheue Herren in irgendeinem Kaffeehauswinkel spielen ... etwas, das mit dem Leben kaum mehr etwas zu tun hat ... wie ein Schachmeister komme ich mir vor ... tja.«

Ilse: »Als Lehrer dieser Wissenschaft sind Sie wirklich *sehr* ermutigend, Herr Dozent.«

Kapperbrunn: »Das macht nichts ... wenn Sie etwas brauchen, so kommen Sie hoffentlich trotzdem zu mir ... für Sie bin ich immer da.«

Ilse: »Gerne, Herr Doktor.«

Physikalisches Laboratorium. Dr. Richard Hieck, der Assistent Prof. Weitprechts, arbeitet an einer komplizierten Apparatur. Er ist ein junger Mann von mönchisch-asketischem Aussehen. Kapperbrunn tritt ein.

Kapperbrunn: »Nun, Hieck, Ihr sollt ja angeblich Eure Sache unter Dach und Fach haben.«

Hieck weiterarbeitend: »Mein Gott, Sie wissen ja, wie weit wir sind. Wenn es mir gelingt, die Spaltung des bewegten Elektrons in eine longitudinale und eine transversale Masse nachzuweisen, dann ist die Theorie praktisch erwiesen, das heißt experimentell ... der astronomische Erweis ist dann eine Sache für sich ... aber das wissen Sie ja ohnehin ...«

Kapperbrunn: »Ja, das weiß ich, aber dagegen scheinen Sie nicht zu wissen, daß Ihre Arbeiten fix und fertig abgeschlossen sind ...«

Hieck schaut erstaunt auf.

Kapperbrunn: »Krispin sagt es, und der ist verläßlich ... viel traut er Euch ja nicht zu, aber wenn er einmal zugibt, daß Ihr fertig seid, dann ist es wahr und Ihr seid fertig ...«

Hieck arbeitet weiter. Dann sagt er: »Eigentlich möchte ich wissen, aus welch verborgenen Quellen der Krispin seine Informationen herhat ...«

Auf der Leinwand erscheint das *Experiment,* an dem Hieck arbeitet.

Korridor. Kapperbrunn hält Krispin an, der – eine Bierflasche im schwarzen Laborantenkittel und ein Staubtuch über die Schulter – ihm entgegenkommt.

»Sagen Sie mal, Krispin, Sie erzählen da Märchen herum ...«

»Ich, Herr Dozent? ... i wo ...«

»Nun, daß Professor Weitprecht seine Arbeit abgeschlossen hat.«

Krispin weitergehend: »Hat er auch.«

Kapperbrunn: »Doktor Hieck sagt das Gegenteil.«

Krispin mit einem überlegenen Lächeln: »Aber, aber, Herr Dozent... ein bißchen verstehe ich doch auch was davon... Sie können sagen, nicht genug, meinetwegen... aber der Weitprecht... pardon, der Herr Professor, haben gefunden, daß die Sonne jetzt verkehrt läuft oder so was ähnliches... und das habe ich selber mit ihm besprochen...«

Kapperbrunn: »Hm, hm, große Sache... und davon soll Doktor Hieck nichts wissen... merkwürdig, was Krispin?«

Krispin, weiter überlegend: »Natürlich weiß er davon... was denn!... aber der Aberglaube, Herr Dozent... jetzt, wo wir so weit sind und bald berühmt sein werden, kann er es ja nicht zugeben, der Hieck... pardon, der Herr Assistent.«

Kapperbrunn: »Aha, wegen der Nemesis...«

Krispin: »Die Frau Professor... nein, die hat damit nichts zu tun... nein, Aberglauben, daß im letzten Augenblick doch nichts draus wird...«

Kapperbrunn: »Ich verstehe, daß die Sonne sich's überlegt und doch nicht verkehrt laufen will...«

Krispin etwas verdutzt: »Nein, das gerade nicht... aber vielleicht auch...« Und er geht etwas beleidigt davon.

Vor dem *Zimmer Weitprechts* warten einige Studentinnen.

Krispin streng: »Meine Damen, der Herr Professor hat zu arbeiten... adieu.«

Einige Studentinnen: »Aber er hat uns doch herbestellt, Herr Krispin.«

Krispin: »Auf den Professor haben Sie nicht zu hören... wenn der Krispin sagt, daß der Herr Professor zu arbeiten hat, so hat er zu arbeiten... wir haben eine sehr wichtige Sache fertig zu machen... adieu, meine Damen...« Und er scheucht sie mit dem Staubtuch davon, indem er »kscht, kscht« macht.

Arbeitszimmer Weitprechts. Weitprecht am Schreibtisch. Er ist vom Typus Einsteins, soll aber nicht dessen Maske haben.

Krispin: »Ich habe die Gänse hinausgeworfen, Herr Professor....«

Weitprecht, in die Arbeit vertieft: »Ja, ja...«

Krispin: »Meiner Ansicht nach, jetzt, wo der Herr Professor

berühmt werden, können wir die Gänse nicht brauchen...«

Weitprecht: »Ja, ja...«

»Der Herr Professor müssen ungestört arbeiten, damit wir fertig werden.«

Weitprecht arbeitet weiter.

»Ungestört müssen der Herr Professor bleiben... hören Herr Professor... ungestört.« Er hat die Stimme streng und laut erhoben, so daß Weitprecht unwillkürlich aufblickt.

Krispin befriedigt: »Ah, Herr Professor hören doch... was ich sagen wollte, der Maier ist sehr ungehalten.«

Weitprecht: »Wer bitte?«

Krispin: »No, der Maier... er ist sehr ungehalten wegen der astronomischen Umwälzung...«

»Ich verstehe nicht... wer ist ungehalten?«

»Der Maier, der Direktor Maier von der Sternwarte...«

»Geheimrat Maier?«

»Ja, der Maier... der Herr Santer hat es mir gesagt...«

»Verzeihung, wer ist der Herr Santer?«

Krispin strafend: »Aber Herr Professor! der Herr Santer...«

Weitprecht schüchtern, schuldbewußt: »Ich kann mich wirklich nicht erinnern...«

Krispin, mit dem Ausdruck eines Menschen, dem die Dummheit seines Gegenübers schon zu bunt wird: »Herr Professor, der Herr Santer ist doch der Diener an der Sternwarte...«

Weitprecht, sehr schüchtern: »Aha... ja... aber ich begreife nicht ganz gut, Herr Krispin...«

Krispin kopfschüttelnd, gleichsam einem Idioten erklärend: »Der Herr Santer sagt, daß sie auf der Sternwarte drüben, mit Respekt zu sagen, auf neue Theorien pfeifen... sie haben schon genug Theorien, sagt er, und sie lassen sich auf keine neuen ein, weil sie ihre Ordnung haben möchten...«

Weitprecht: »Verzeihung, das sagt Geheimrat Maier?«

Krispin: »Nein, das sagt der Herr Santer, aber er hat's mit dem Maier besprochen... wir werden jedoch nicht nachgeben, Herr Professor...«

»Was sollen wir nicht?«

»Nicht nachgeben...« wie zu einem Kind: »Nachgeben, nicht nachgeben werden wir...«

Weitprecht, dem irgendwelche Zusammenhänge aufdämmern: »Aber ich habe doch mit Herrn Kollegen Maier niemals darüber gesprochen… woher weiß er denn…«

Krispin: »No, vom Herrn Santer…«

Weitprecht verzweifelt: »Aber auch mit diesem Herrn… wie heißt er?… habe ich nie gesprochen… ich kenne ihn doch gar nicht…«

Krispin mißbilligend: »Natürlich kennen ihn Herr Professor… er kennt ja auch Sie… außerdem habe ich mit ihm gesprochen, und der Herr Santer ist eben indiskret.«

Weitprecht verwundert: »Sie haben diesem Herrn etwas mitgeteilt?«

Krispin, von oben herab und bagatellisierend: »Andeutungsweise… nur so weit es für unsere Reputation wichtig ist…«

Weitprecht: »Hm… das entzieht sich meiner Beurteilung…«

Krispin: »Natürlich kaum Andeutungen, kaum die Hälfte…«

»Die Hälfte wovon?«

»No, die Hälfte von dem, was mir der Herr Professor selber mitgeteilt haben…«

»Ich habe Ihnen etwas mitgeteilt?«

Krispin wendet sich unwillig achselzuckend ab: »Ja, wenn der Herr Professor sich nicht erinnern will.«

Landtag. Alle Abgeordneten sehen Mauser ähnlich. Es ist sozusagen Mauser in sechzigfacher Auflage, wenn auch in verschiedenen Exemplaren abgewandelt. Sitzungspause. Alle strömen zum *Büffet,* alle trinken Bier, alle klopfen sich gegenseitig auf den Bauch. Es ertönt ein Klingelzeichen. Die Pause ist beendet, Fortsetzung der Sitzung. Unwillig und langsam bewegen sich die Herren in den Saal zurück. Der Präsident verkündet Debatte über das Kulturbudget. Einige Redner haben sich zu Wort gemeldet. Die Reden sind kurz. Sie beginnen alle mit einer gewaltigen Lobpreisung von Kultur, Kunst und Wissenschaft, schwingen aber allesamt mit einem »aber leider« ins Gegenteil um, wenn sie zum finanziellen Punkt kommen. Noch mehr Geld für die sogenannten Kulturzwecke? Unmöglich, unmöglich, unmöglich. Wir sind dem Steuerzahler verantwortlich. Und der Steuerzahler verwahrt sich dagegen, Professoren zu mästen. Für das Geld des Steuerzahlers kann man leicht forschen. Das ist keine Kunst, das trifft jeder. Kurz und gut, das Kulturbudget wird um die Hälfte gekürzt.

Korridor des Instituts. Ein Klingelzeichen. Vorlesungspause. Die Hörsaaltüren öffnen sich. Das spezifische Bild einer Pause.

Das Büffet. Hieck geht durch das Gewimmel.

Arbeitszimmer Weitprechts. Hieck tritt ein. Er hat noch ein paar Kontrollresultate seiner Experimente mitgebracht.

Weitprecht: »Also diese Kontrolle stimmt auch... nun ja, es war ja nicht anders zu erwarten... die Publikation habe ich meinerseits fertiggestellt...«

Hieck bewegt: »Darf ich Ihnen Glück wünschen, Herr Professor?«

»Gewiß dürfen Sie das... aber wir wissen ja doch schon beide seit langem, wie es steht... ich meine, wir haben doch etwas Anständiges zustande gebracht.«

»Ja, Herr Professor.«

»Leider werden wir für das Kommende weniger brauchbar sein... mit der astronomischen Verifikation wird es eine arge Plage geben.«

»Wenn es bloß auf einer europäischen Sternwarte ginge.«

»Es geht aber nicht... wir müssen wohl bei der Südsee bleiben... es ist ein Jammer...«

»Wegen der atmosphärischen Verhältnisse.«

»Nein, der Jammer sind die Kosten... haben Sie sich überlegt, wie teuer so eine Südsee-Expedition sein wird... und daß die Mittel aufgebracht werden müssen?«

Hieck, betreten und überrascht: »Nein, daran habe ich wahrlich noch nicht gedacht.«

Weitprecht mit der Festigkeit eines Menschen, der an sich und seine Sache glaubt: »Aber es wird gehen... die Wahrheit hat Riesenkräfte und sie setzt sich immer durch, sie macht alles möglich... ich glaube nämlich an die Wahrheit.«

Physikalisches Laboratorium. Ilse mikroskopiert, während Hieck am gleichen Tisch tabellarische Berechnungen anstellt. Sie arbeiten schweigend. Manchmal schaut Ilse zu Hieck hinüber. Dann hebt Hieck den Kopf und sagt:

»Es ist, als ob sich die ganze Welt verändert hätte...«

Er schaut in Ilses schönes Gesicht. Aber unter seinem Blick verändert es sich. Es versinkt sozusagen in der physikalischen Apparatur. Die Augen werden zu Mikroskopiergläsern; es ist kein Gesicht mehr, es ist ein Apparat, eine Experimentieranordnung – und er fährt fort:

»Ja, seit der Entdeckung Weitprechts ist es, als hätte sich die ganze Welt verändert.«

Und Ilse, die in sein Gesicht geschaut hat, in dieses sehr gespannte und geistige Gesicht, sieht es nun auch nicht mehr, denn es verschwindet für sie in einem Getümmel mathematischer Formeln, algebraischer Zeichen, geometrischer Linien und Zahlen.

So arbeiten sie schweigend weiter.

Und schließlich sagt Hieck: »Nur die Erkenntnis macht das Leben lebenswert.«

»Ja«, sagt Ilse. Aber es klingt nicht ganz echt.

Hörsaal. Es ist Abend. Hieck geht durch den dunklen leeren Hörsaal. In dem Winkel beim Katheder küssen sich zwei und schrecken auf. Hieck geht mit zornigem Gesicht vorbei. Auf dem *Korridor* ruft er Krispin: »Krispin, bitte schließen Sie den Hörsaal ab!«

Abendliche Straße. Ilse geht allein heim. Sie kommt durch eine *verschneite Gartenanlage.* Trotz der Kälte sitzen zwei auf einer Bank und küssen sich. Ilse geht still weiter. Über ihre Wange rollt eine Träne; aber das kann auch von der Kälte herrühren. Sie bleibt stehen, wischt die Träne ab und schneuzt sich. Dann geht sie weiter und verschwindet in einem belanglosen Miethaus, kommt in die *elterliche Wohnung,* begrüßt die Geschwister und begibt sich in ihr *Zimmer,* wo sie sich zum Studieren hinsetzt.

Mansardenzimmer Hiecks. Man sieht auf die Dächer der Altstadt. Hieck kommt heim und setzt sich mit einem Buch hin.

Sitzung der Akademie der Wissenschaften. Eine Versammlung von Greisen. Weitprecht, der seine Publikation eingereicht hat, hält nun einen Vortrag darüber. Erst hört man bloß den Tonfall, ohne die Worte zu verstehen. Die Köpfe der Greise bewegen sich im Takt, als ob sie alle schliefen oder doch gleichzeitig taktmäßig atmeten.

Weitprecht schließt mit den Worten: »...und so bin ich der begründeten Ansicht, daß mit der Wandlung unserer Anschauungen über Raum und Zeit auch eine Wandlung unserer astronomischen Anschauungen eintreten wird. Gewiß muß noch vieles praktisch erwiesen werden, und ich hoffe, daß uns der Staat die Mittel für diesen praktischen Erweis zur Verfügung stellen wird, aber gestützt auf die theoretischen Untersuchungen, die ich einer hohen Akademie vorzutragen soeben die Ehre gehabt habe...« (mit erhobener Stimme) »...kann ich nicht mehr zweifeln, daß die praktischen Nachprüfungen ein positives Ergebnis zeitigen werden.«

Die am Ende erhobene Stimme Weitprechts weckt die Greise mit einem Ruck auf, und nach Schluß der Rede klatschen sie alle Beifall. Sie drängen sich um Weitprecht, der das Rednerpult verläßt, und jeder einzelne beglückwünscht ihn mit überschwenglichen Worten. Kaum aber wendet Weitprecht den Rücken, um sich zu einer anderen Gruppe zu begeben, so stekken die Greise paarweise oder zu dritt die Köpfe zusammen: »Haben Sie verstanden?« »Nicht ein Wort verstanden.« »Ein ausgemachter Unsinn.« »Eine Gefahr für die Wissenschaft.« »Ein Hohn auf den gesunden Menschenverstand.« »Eine Entgleisung, ich sage, eine Entgleisung.« »Ich dachte, Herr Kollege hätten geschlafen.« – »Auch im Schlafe behalte ich meine ungetrübte Urteilskraft.« usw. usw.

Auf der *Galerie* haben die Freunde, die Schüler Weitprechts etc. dem Vortrag beigewohnt. Darunter Kapperbrunn, Hieck, Ilse Nydhalm. Auf der gegenüberliegenden Galerie die Professorendamen.

Kapperbrunn: »Wissen Sie, Hieck, was die da drunten jetzt treiben?«

Hieck: »Nun?«

Kapperbrunn: »Intrigieren ... jeder einzelne da drunten intrigiert bereits gegen den armen Weitprecht ... sie können ja gar nicht anders, weil sie ständig untereinander intrigieren ... das ist nämlich das sogenannte Leben der Wissenschaft ... was ihr an sogenannter Lebensfülle entgeht, muß sie durch Universitätsintrigen ersetzen ... irgendwo muß der Mensch sich doch ausleben ... ogottogottogott, wenn man bedenkt, daß man in zwanzig Jahren unabweislich auch da drunten sitzen und intrigieren wird ... Hieck, ich möchte doch lieber sterben ...«

Hieck: »Ich halte das nicht für so unabweislich ... sehen Sie sich doch Weitprecht an.«

Kapperbrunn: »Aber das ist doch der reine Tor ... deshalb werden die da drunten ihn auch noch unterkriegen ... passen Sie auf, wie sie ihn unterkriegen werden ...«

Hieck: »Niemals ... die Wahrheit setzt sich durch ...«

Kapperbrunn: »Ah?«

Hieck: »Und ich verstehe etwas anderes unter wissenschaftlichem Leben ... und es ist auch etwas anderes!«

Kapperbrunn: »Und Sie sind der reine Tor Nr. 2... mein Vater Parsifal trägt seine Krone, aber damit ist er denen da drunten noch lange nicht gewachsen...«

Auf der *gegenüberliegenden Galerie.* Die Professorendamen: »War das langweilig.« – »Mein Gott, man konnte es doch dem armen Weitprecht nicht verwehren.« – »Sie meinen, weil Ihr Gatte neulich hier gesprochen hat?« – »Es ist furchtbar, daß man immer zu diesen Sitzungen gehen muß.« – »Mein Gott, so ist das Leben, es ist nicht immer amüsant.« – »Es fehlt dem guten Weitprecht eben jeder Funke Inspiration und Göttlichkeit.« – »Und so unpatriotisch.« – »Pst, Frau Weitprecht.«

Frau Weitprecht erscheint. Sofort geht ein Schnurren los: »Blendend, einfach blendend.« – »Und so geistvoll.« – »Ein Erlebnis.« – »Wie schade, daß Sie keine Kinder haben; beneidenswert ein Kind, das einen solchen Vater hätte.«

Im *Wandelgang der Aula* hat das Gegacker der Professoren seinen Fortgang genommen. »Möchte wissen, was das heißt, unbegrenzt, aber nicht unendlich.« – »Eine Häufung sinnloser Hypothesen.« – »Ein Jonglieren mit Worten.« – »Nein, mit Formeln.« Das Gegacker geht weiter. Die Professoren haben sich plötzlich in Hennen mit Akademikergesichtern verwandelt, auch diese Gesichter verschwinden, und man sieht auf einmal einen gewöhnlichen *Hühnerhof,* in dem die Hühner scharrend einander angackern: »Unbegrenzt, aber nicht unendlich.« – »Der Raum soll gekrümmt sein.« – »So etwas!« – »Ich meine, es ist eher ein gekrümmter Geist.« – Allgemeines gackerndes Gelächter. »Hat man so etwas gehört, gekrümmter Raum.« Das Gelächter geht weiter, wird undeutlich und verwandelt sich langsam in eine Bachfuge. Und statt des Hühnerhofes erscheint nun wieder

der Sternenhimmel. Die Sterne wandern auf ihren Bahnen. Doch langsam zieht sich nun die Sternfläche zusammen, bis sie kugelförmige Gestalt annimmt, eine riesige, langsam rotierende Kugel, aus lauter Sternpunkten bestehend und im Schwarzen schwebend. Man erkennt in ihrem Innern u. a. auch die Milchstraße, die sich zu einem Ringnebel zusammengezogen hat, die stärker leuchtenden Sonnen, hie und da taucht ein Komet auf, bleibt entweder innerhalb der Sternkugel oder wird in hyperbolischer Bahn aus der Sternmasse ins Schwarze hinausgeschleudert, wo er auf Nimmerwiedersehen verschwindet.

Die Bachfuge ist zur gewaltigen Sphärenmusik gesteigert.

Eine der Greisenstimmen: »Ja, was ist außerhalb des gekrümmten Sternraumes? ...da muß doch auch etwas sein...«

Da wächst die Sternkugel, füllt die ganze Fläche aus, alle Sternbahnen vergrößern sich, und dann zieht sich die Sternkugel wieder zusammen. Das wiederholt sich einige Male. Es ist, als ob das Weltall atme.

Die Musik bricht unvermittelt ab. Das Bild verschwindet.

Doch noch ehe das nächste Bild auftaucht, hört man die Stimme Hiecks: »Weitprecht ist das größte physikalische Genie seit Kepler und Galilei.«

Dabei erscheint als nächstes Bild wieder die *Galerie*. Die Besucher sind im Aufbruch begriffen.

Kapperbrunn: »Das größte physikalische Genie... wird schon stimmen, aber eine gefährliche Veranlagung.«

Hieck: »Warum?«

Kapperbrunn, sich am Kopfe kratzend: »Hm, eine bedenkliche Nähe zum Scheiterhaufen... Sie werden doch nicht meinen, daß die paar hundert Jahre die Menschen wesentlich geändert hätten...«

Ilse, im Weggehen, wendet sich um: »Aber Herr Doktor, wir sind doch nicht mehr im Mittelalter.«

Kapperbrunn: »Gewiß nicht, wir sind im Untermittelalter.«

Ausgang des Akademiegebäudes. Weitprecht steht da ohne Mantel und Hut; seine Schüler umringen ihn, gratulieren, eine Studentin bringt ihm Blumen, die er ungeschickt in der Hand hält.

Frau Weitprecht stürzt aus dem Gebäude: »Ja, um Gotteswillen, Heinrich, bei dieser Kälte ohne Überrock... du holst dir ja den Tod...«

Weitprecht zerstreut: »Ach, findest du... ich finde es ganz warm...«

Der Sturm treibt ihnen den Schnee ins Gesicht.

Nach ein paar Sekunden sagt Weitprecht: »Weiß der Himmel, ich habe etwas vergessen...«, er denkt nach, »...ach doch, ja... meinen Überrock in der Garderobe.«

Er geht zurück und kommt im Pelz wieder.

Hieck ist zu ihnen getreten.

Weitprecht: »Sie kommen mit uns, Doktor Hieck.«

Hieck geht mit dem Ehepaar Weitprecht. Ihre Gestalten werden kleiner. Man sieht, wie Weitprecht und Hieck trotz des Schneesturms immer wieder stehen bleiben und debattieren und wie Frau Weitprecht Mühe hat, sie vorwärts zu bringen.

Auf der Straße. Kapperbrunn und Ilse. Aus dem stillen Viertel der Altstadt, in der die Akademie liegt, biegen sie in eine großstädtische Straße ein. Trams. Lärm. Zeitungsverkäufer.

Kapperbrunn: »Immerhin ein Kontrast, der Lärm und Weitprechts stille Theorien.«

Ilse: »Ja, es ist wie zwei Welten, es ist, als sei unsereins für diese Art Welt verloren... oder ausgeschaltet, wie Sie's eben nennen wollen.«

Kapperbrunn bleibt stehen: »Wer hat Ihnen das schon wieder eingeredet? der Hieck vielleicht?«

Ilse: »Aber nein... das ist eben so.«

Kapperbrunn: »Das ist gar nicht so... sehen Sie mich an.«

Ilse lacht.

Kapperbrunn: »Ja, jetzt lachen Sie, weil ich dick bin... deshalb glaubt man mir nie etwas...« weinerlich, »wenn Sie wüßten, wie ich gegen dieses Fett kämpfe, Bergsteigen, Schwimmen, Boxen, Fechten... ich bin ein Meister in allen Sporten... und das Resultat... Sie lachen über mich.«

Ilse: »Aber ich lache ja nur, weil Sie so beharrlich zu dem andern Leben hinüberdrängen... und dabei sind Sie doch der berühmte Mathematiker Kapperbrunn und müssen es bleiben.«

Kapperbrunn: »Warten Sie... heute Abend müssen sie mit mir tanzen gehen, da werden Sie eine andere Meinung bekommen.«

Eine Abteilung Soldaten marschiert vorüber.

Kapperbrunn: »Wenn ich nur Soldat wäre!«

Ilse: »Sie imponieren mir so viel mehr.«

Kapperbrunn: »Ich glaube, Sie würden mich lieben, wenn ich als Greis in der Akademie säße... das scheint Ihnen allein zu imponieren... hat die Welt schon so was gesehen, so ein hübsches junges Mädel... augenblicklich hat dann wohl bloß der Professor Lenhart bei Ihnen Aussichten... ein durchaus berühmter Mathematiker... na, ich werde mich bemühen, aber wenn ich in der Akademie bin, nehme ich Sie beim Wort.«

Ilse: »Ich habe imponieren und nicht lieben gesagt.«

Kapperbrunn: »Ich aber will Liebe... oder wissen Sie nicht einmal, was das heißt... ich will von Ihnen geliebt werden.«

Ilse: »Aber ich liebe Sie ja, Herr Dozent.«

Kapperbrunn: »Und lachen mich wegen meines Bauchs aus.«

Ilse: »Aber Herr Doktor.«

Kapperbrunn: »Oder nennen Sie das vielleicht Liebe, daß Sie noch nicht ein einziges Mal bei mir waren... wie oft habe ich Ihnen angetragen, Ihre Dissertation durchzuschauen!«

Ilse: »Das war ja nicht Ihr Ernst, Herr Doktor.«

Kapperbrunn nachdrücklich: »Hören Sie, Ilse, ich helfe immer gern, wo es sich um etwas Wertvolles handelt... vielleicht ist Helfen die einzige wirkliche Beziehung, die unsereiner zum wirklichen Leben haben kann... wir sind arme Wissenschaftler, aber in diesem Beruf ist immer ein Stück Verpflichtung zur Hilfe... Beim Arzt tritt das am reinsten in Erscheinung.«

Ilse: »Das ist schön.«

Kapperbrunn: »Ja, wenn ich pathetisch sein wollte, würde ich vom priesterlichen Beruf in der Wissenschaft sprechen.«

Ilse: »Aber meine Doktordissertation gehört nicht zu den wertvollen Anlässen...«

Kapperbrunn: »Wie ich von Doktoraten denke, das wissen Sie ja... weiß Gott, daß das überflüssig ist... aber Sie sind etwas Wertvolles, Ilse...«

Ilse wehrt ab: »Herr Dozent...«

Kapperbrunn lacht: »Also schwächen wir ab... für mich sind Sie wertvoll... und Ihnen würde ich gerne immer helfen... immer...«

Ilse lächelnd und ein wenig betreten: »Das nennen Sie eine Abschwächung?«

Sie sind in die *Anlage* gekommen, in der Ilse das Liebespaar angetroffen hat, und sie verabschiedet hier Kapperbrunn, der rundlich und sorgenvoll durch die Straßen zurückwandert.

Verschiedene Zeitungsausschnitte mit den Überschriften:

»Sonderbare Umwälzungen auf dem Gebiet der Astronomie.«

»Denkwürdige Sitzung der Akademie der Wissenschaften.«

»Gilt noch der gesunde Menschenverstand?«

»Hirngespinste der Gelehrsamkeit.«

»Bewegte Massen sollen schwerer als ruhende sein.«

»Gekrümmte Lichtstrahlen im gekrümmten Raum.«

»Das Licht hat ein Gewicht.«

Kanzlei des Sternwartedirektors Geheimrat Maier. Maier ist einer der Herren aus der Akademie. Bei ihm ist Professor Loßka. Maier, beleibt, bequem, nicht unsympathisch. Loßka, nervös, mit zuckenden Mundwinkeln.

Loßka: »Ein Hohn auf den gesunden Menschenverstand.«

Maier zuckt die Achseln: »Mein Gott, Sensationshascherei... Spekulation auf die breite Masse der Halbgebildeten... durch meinen Diener mußte ich die ersten Nachrichten darüber erhalten... das spricht Bände.«

Loßka: »Und für solche Dinge ist Geld vorhanden.«

Maier: »Das wollen wir erst mal abwarten.«

Loßka: »Ich bin im Begriff, eine Widerlegung zu schreiben; der gesunde Menschenverstand muß wieder zu Ehren kommen.«

Philosophisches Dekanat der Universität. Der Dekan und einige Professoren. Alle aus der Akademiesitzung bekannt.

Prof. Ringdürr: »Ich als Philosoph erkläre hiermit feierlich, meine Herren, daß die Theorie Weitprechts nicht nur dem gesunden Menschenverstand widerspricht, sondern auch im Widerstreit mit allen erkenntnistheoretischen und logischen Erwägungen steht.«

Der Dekan: »Weitprecht war stets ein wenig abwegig.«

Prof. Lenhart: »Ich als Mathematiker bin selbstverständlich erfreut, wenn der Geltungsbereich der Mathematik innerhalb der Physik erweitert wird...«

Ringdürr: »Aber alles mit Maß und Ziel.«

Prof. Lenhart: »Gewiß, und allzuviel ist ungesund... ich leugne kategorisch die außermathematische Anwendbarkeit der vierten Dimension und ich bin im Begriffe, eine Schrift über den gesunden Menschenverstand in der Mathematik zu verfassen.«

Das Gespräch verwandelt sich wieder einmal in ein Gegacker, die Gesichter der Anwesenden in Hühnergesichter, es erscheint wieder das Bild des Hühnerhofes, aber nur für einen Augenblick, während welches das Gegacker, aus dem man immer das Wort »Gesunder Menschenverstand, gesunder Menschenverstand« heraushört, in ein Geknurre übergeht.

Das Geknurre hält bis zur völligen Sichtbarwerdung des nächsten Bildes an: es ist das *Gasthaus Zum Globus.* Man sieht jedoch zuerst einen gepanzerten Ritter, der eine Fahne hält. Der Ritter vergrößert sich. Es ist eine gußeiserne Zierplastik, auf der Fahne steht: »Stammtisch zum gesunden Menschenverstand«. Die Figur verkleinert sich, der Tisch mit den Biergläsern wird sichtbar. Um den Tisch sitzen der Wirt Mauser und einige Herren, welche ihm alle ähnlich sehen. Bei den meisten herrscht ein bulldoggähnliches Aussehen vor, und sie knurren Unverständliches. Der Diener Krispin, der allerdings eher einem Foxterrier ähnlich ist, ist auch darunter. Einer der Anwesenden ist der Sternwarteportier Santer, ein anderer der Dekanatsadjunkt Holle, ein anderer der Redakteur Pohl vom *Volksboten.*

Krispins Stimme wird nun aus dem allgemeinen Geknurr verständlich: »Und Ihr werdet sehen, wie ungeheuer berühmt wir werden.«

Santer: »Ja, wegen Euerer Narrheit werdet Ihr berühmt werden.«

Mauser: »Ist das wahr, was in der Zeitung steht, daß die Erde jetzt keine Kugel mehr sein darf?«

Pohl: »Wenn es in meiner Zeitung steht, so ist es wahr.«

Krispin wichtig: »Wie man's nimmt... vielleicht nicht mehr so ganz eine richtige Kugel... mehr so...« Er formt mit den Händen ein vages Gebilde in der Luft.

Mauser schlägt mit der Faust auf den Tisch: »Ah, das gibt's nicht... da gäb's ja keinen Globus mehr, da müßt ich ja mein Schild abändern... die Erde keine Kugel... ha... das geht ja gegen den gesunden Menschenverstand.«

Das Geknurr verebbt. Das Bild verschwindet. Statt dessen hört man Schnurren und zartes Miauen. Es zeigt sich ein *eleganter Salon.* Eine Anzahl mondainer Damen beim Tee. Zuerst unverständliches Schnurren. Sodann eine der Damen: »Und jetzt soll sogar der Weltäther überflüssig werden... was sagen Sie da dazu?!«

»Lächerlich, ohne Äther.«

Der Chor: »Das geht ja gegen den gesunden Menschenverstand.«

Die Damen bekommen Katzengesichter. Das Bild verwandelt sich in eine *Gruppe hingelagerter und spielender Katzen,* und aus dem allgemeinen Miauen hört man fein aber deutlich und in ganz hoher Tonlage: »Gesunder Menschenverstand, gesunder Menschenverstand.«

Das Miauen verstärkt sich, nur tönt auch wieder Knurren hinein. Das Bild verschwindet, und es erscheint wieder der *Ster-*

nenhimmel, während sich zum Miauen und Knurren nun auch Kläffen, Gackern, Piepsen, Wiehern, Blöken, I-A-Schreien, Brüllen, Grunzen, Muhn dazugesellt und zwischendurch in allen Tonlagen und Schattierungen die Worte »Gesunder Menschenverstand, gesunder Menschenverstand« erklingen.

Die kosmische Katzenmusik verstummt, der Sternenhimmel verschwindet, Glocken tönen. *Der Dom.* Sodann das *Fürsterzbischöfliche Palais.* In einem *Salon* hat der Fürsterzbischof, ein Kleriker der diplomatischen Schule und ebensolchen Aussehens, eine Deputation von Akademikern unter Führung Ringdürrs empfangen.

Ringdürr: »...und so wollen wir die Aufmerksamkeit Ew. Eminenz auf diese Theorien lenken, die zwar wissenschaftlich sehr anfechtbar sind, aber darüber hinaus und auch wohl eben deshalb eine gewaltige Beunruhigung in Laienkreise tragen, so daß eine entsprechende Gegenwirkung der Kirche sicherlich am Platze und ebensowohl im Interesse der gefährdeten Wissenschaft als der Religion äußerst begrüßenswert wäre.« Er macht zum Abschluß eine Verbeugung.

Kleine Pause. Der Erzbischof lächelt. Dann sagt er: »Meine sehr geehrten Herren Professoren, seien Sie versichert, daß die Anregungen, die Ihre Gelehrtheit und Erfahrenheit mir vorzutragen geruhte, von den maßgeblichen kirchlichen Ämtern nicht nur mit aller Dankbarkeit entgegengenommen, sondern auch in ernsteste Erwägung gezogen werden sollen. Ich bitte jedoch Ihrerseits zu bedenken, daß die Kirche ihrer Wesenheit gemäß mit bedeutend größeren Entwicklungsspannen als die Wissenschaft zu rechnen genötigt ist, und daß ihr selbst Zeiträume von einigen hundert Jahren, wie sie bisher in der Entwicklung historischer Fragen üblich waren, im Gegensatz zur weltlichen Wissenschaft gering erscheinen. Problemlösungen, die der weltlichen Wissenschaft als endgültig erscheinen, werden von der Kirche noch vielfach als provisorische betrachtet, und da es ihr solcherart stets weit weniger auf naturwissenschaftliche Beweisbarkeit als auf den Glaubenskern angekommen ist und sie nur unter diesem Aspekt zu weltlichen Fragen Stellung genommen hat, hat sie nur geringe Veranlassung, in die immer rascher wechselnden wissenschaftlichen Lehrmeinungen autoritär einzugreifen. Und so meine ich, daß die Kirche es vorziehen wird, auch für die nächsten Saecula eine vorderhand noch abwartende Haltung einzunehmen...«

Es erscheint einen Augenblick der *Sternenhimmel,* und dazu erschallt mächtig der Ruf: »Und sie bewegt sich doch!«

Büro des Unterrichtsministers. Weitprecht beim Minister, der von ausgesuchter Höflichkeit ist. Indes, da Weitprecht auf die Mittel zu sprechen kommt, die ihm der Staat für die Südsee-Expedition zur Verfügung stellen soll, um seine Theorie astronomisch zu verifizieren, da wird der Minister abweisend:

»Schauen Sie, Herr Professor, machen Sie's billiger... wir sind doch ein so armer Staat, und Sie wissen ja, wie ich mich um einen jeden Groschen des Budgets mit dem Landtag streiten muß... vielleicht probieren Sie es erst einmal mit einer inländischen Sonnenfinsternis... muß es denn gerade eine ausländische sein?! und gar eine so teuere! malaiisches Archipel...!!«

Weitprecht läßt nicht locker. Er hat die Hartnäckigkeit des Menschen, der für etwas Großes kämpft. Da gibt der Minister ungeduldig den gemütlichen Ton auf.

»Herr Professor, ich muß Sie doch auch darauf aufmerksam machen, daß nach den Gutachten der Fakultät und der Akademie, objektive Gutachten, die ich eingeholt habe, Ihre theoretischen Vorarbeiten noch keineswegs als so einwandfrei gesichert angesehen werden, daß irgendwelche namhafte Mittel für diese Angelegenheit ausgeworfen werden dürfen. Ich habe doch eine Verantwortung zu tragen.«

Weitprecht ist vor den Kopf geschlagen. Dann begreift er. »Ach so«, sagt er und verläßt den Minister.

Arbeitszimmer Kapperbrunns im Institut. Ilse tritt ein.

Kapperbrunn entzückt: »Ilse... Fräulein Nydhalm... also haben Sie sich doch entschlossen, die bescheidenen Dienstleistungen eines schlechtbesoldeten und leider allzu korpulenten Dozenten anzunehmen!«

Ilse: »Herr Dozent, ich schäme mich ja beträchtlich...«

Kapperbrunn: »Oh, fein... alle Damen, die ein Junggesellenvoluptoir betreten, schämen sich... so verlangt es Regel und Gesetz...«

Ilse lacht.

Kapperbrunn: »Aber natürlich, so ist es, so gehört es sich, so habe ich es gelernt... oder lachen Sie mich schon wieder einmal aus?!«

Ilse: »Ach Gott, Herr Dozent, ich schäme mich ja, weil es da in meiner Arbeit eine Stelle gibt, mit der ich allein nicht zurecht komme.«

Kapperbrunn: »Wirklich? Hand aufs Herz?«

Ilse: »Ja, wirklich, Hand aufs Herz.«

Kapperbrunn: »Und ich, ich habe schon geglaubt, daß dies alles nur ein Vorwand ist, um mich zu besuchen... wehe Ihnen, wenn Sie jetzt wieder lachen... wenn ich unglücklich bin, verstehe ich keinen Spaß.«

Ilse lachend: »Ich lache ja nicht.«

Kapperbrunn: »Wenn Sie ernst sind, dürfen Sie sich zu mir setzen.«

Ilse setzt sich: »Also ich will es Ihnen zeigen...« sie blättert im Manuskript, »...es ist nämlich wirklich eine große Schande... und Sie dürfen niemandem etwas davon sagen... Herr Dozent, Ehrenwort, sonst muß ich gleich wieder weg.«

Kapperbrunn: »Ich habe es noch nie verraten, wenn schöne Frauen mich besucht haben.«

Ilse: »Das dürfen Sie ruhig verraten... aber von meiner mathematischen Schande müssen [Sie] schweigen... Ehrenwort?«

Kapperbrunn: »Meinetwegen, Ehrenwort.«

Ilse: »Jedermann gegenüber... auch Richard Hieck.«

Kapperbrunn: »Meinetwegen auch Hieck gegenüber... warum aber der? so viel Mathematik wie der Hieck werden Sie auch bald können... so ein kommuner Physiker.«

Ilse: »Ich schäme mich halt.«

Kapperbrunn: »Vor mir aber nicht... ich bin wohl so eine Art Onkel für Sie?«

Ilse: »Sie haben mich doch selber eingeladen... und dann der schöne Vergleich mit dem Arzt... nun, und vor einem Arzt...«

Kapperbrunn: »Danke schön, ich werde mich hüten, je wieder Vergleiche zu äußern... also lassen Sie Ihr Wehweh besichtigen...« Er nimmt das Manuskript.

Es klopft und Hieck tritt ein. Kapperbrunn klappt rasch das Manuskript zu.

Kapperbrunn streng: »Hieck, sehen Sie nicht, daß ich Damenbesuch habe, ziehen Sie sich sofort zurück.«

Hieck bleibt betroffen und unschlüssig stehen. Er weiß nicht, wie es gemeint ist.

Ilse: »Kommen Sie nur, Doktor Hieck, und setzen Sie sich zu uns.«

Hieck kommt unsicher näher. Sein Gesicht ist sorgenvoll.

Kapperbrunn: »Hallo, Hieck, was ist mit Ihnen los? so eine Leichenbittermiene ... ich sage es ja immer, wenn Sie nicht bald mit mir in die Berge klettern, verkommen Sie völlig ... nächstens geht es unweigerlich auf die Kloberhütte. Verstanden?«

Hieck verwirrt: »Ja ... nein ... ich komme nämlich von Weitprecht ... es ist alles verloren ... die Mittel werden nicht bewilligt.«

Ilse fährt erschrocken auf: »Nein!«

Kapperbrunn: »Und deswegen wollen Sie nicht auf die Kloberhütte?«

Hieck verzweifelt und ungeduldig: »Daß Sie jetzt daran denken können!«

Kapperbrunn: »Ja, haben Sie denn geglaubt, daß das alles so glatt vonstatten gehen würde? habe ich Ihnen nicht gesagt, daß sich die ganze Gesellschaft mit ihren Intrigen quer legen wird, daß sie ihn doch noch unterkriegen wird?«

Hieck düster: »Ja.«

Kapperbrunn: »Das kommt davon, wenn man vor dem Leben die Augen verschließt ... wenn man sich in einem Elfenbeinturm verkriechen will ... das Leben rächt sich ... es ist nämlich unerbittlich ...«

Hieck: »Diese Elenden.«

Kapperbrunn: »Sie meinen unsere Wissenschaftszunft ... diese braven Handwerker ... ja, was wollen Sie denn von denen?«

Hieck: »Diese Intriganten.«

Kapperbrunn: »Jetzt tragen Sie ihnen das bißchen Intrigieren nach ...«

Ilse: »Aber, Herr Doktor Kapperbrunn!«

Kapperbrunn: »Ja, mein Kind?«

Ilse: »Auf einmal entschuldigen Sie das Intrigieren?«

Kapperbrunn: »Nein, ich habe es nur immer für natürlich gehalten, besonders wenn sich ein Genie unter brave Handwerker verirrt ... sehen Sie, mir wird so etwas nie passieren, erstens weil ich kein Genie bin, und zweitens weil mein Ehrgeiz nicht über mein Handwerk hinausreicht ... wer ein braver Handwerker bleibt und am Sonntag seine Bretteln nimmt, der wird sich mit der Zunft stets ausgezeichnet vertragen...«

Hieck wütend: »Kapperbrunn, ich verbiete Ihnen, so zynische Reden zu führen.«

Ilse: »Doktor Hieck hat recht, Sie sind zynisch... wenn man bedenkt, wie verzweifelt Professor Weitprecht jetzt sein muß.«

Ilse und Hieck sehen einander an. Für einen Augenblick ist es wie menschliches Erkennen, aber schon im nächsten Moment versinken ihnen ihre Gesichter wieder einmal in physikalische Apparate und in mathematische Formeln.

Kapperbrunn: »Sie elender Überläufer, Sie... ja, Sie meine ich, Fräulein Nydhalm... machen da Partei gegen mich... also ich bin zynisch?«

Hieck: »Sie verraten die Erkenntnis... gegen Ihr besseres Wissen... es ist nicht wahr, daß für Sie die Wissenschaft nur ein Gewerbe ist...«

Kapperbrunn: »So?«

Ilse: »Und nur, um keinen Anteil an Weitprecht zu nehmen...«

Kapperbrunn: »Na, so weit ich Weitprecht kenne, gar so leicht ist er doch wieder nicht unterzukriegen... in welcher Stimmung war er denn, als Sie ihn verließen?«

Hieck: »Schweigsam.«

Kapperbrunn: »Es wird ihm schon wieder was Theoretisches im Kopf herumgegangen sein.«

Hieck düster: »Ich würde es verstehen, wenn sich ein Mensch in solcher Lage erschösse...«

Kapperbrunn: »Hieck, Sie sind ein Dramatiker, aber Weitprecht ist gottlob etwas zerstreut... glauben Sie, daß er die Zusammengehörigkeit von Pistole und Munition je erfassen würde? und wenn er schon das eine hätte, das andere hätte er ja doch schon wieder weißgottwo verlegt... oder etwa nicht?«

Hieck lächelt.

Kapperbrunn: »Na also.«

Ilse: »Aber es ist doch sein Lebenswerk... es kann gar nicht anders sein, er ist sicherlich in tiefster Verzweiflung...«

Weitprechts Wohnung. Weitprecht spielt Cello, seine Frau begleitet ihn am Flügel, das Bild harmonisch kleinbürgerlicher Behaglichkeit, von Verzweiflung oder von Selbstmord keine

Spur. Das Bild bleibt lange genug sichtbar, damit ein Stück der Cellosonate gehört werden kann.

Hieck und Kapperbrunn werden angemeldet. Sie treten ein. Weitprecht spricht von Musik, von seinen Vorlesungen, es ist, als wäre nichts vorgefallen.

Schließlich sagt Hieck: »Aber Herr Professor, unsere Arbeiten müssen doch fortgesetzt werden...«

Weitprecht vollkommen unbefangen: »Ja, warum sollen wir sie denn nicht fortsetzen?«

Hieck verzweifelt: »Wenn uns das Geld dazu nicht bewilligt wird?«

Weitprecht mit der Verwunderung eines Kindes: »Ja, das Geld... freilich.« Aber dann fährt er unbefangen, sanft und selbstverständlich, ohne jegliches Pathos fort: »Freilich das Geld... doch darüber, Doktor Hieck, sollen Sie sich keine Sorgen machen... die Wahrheit wird sich natürlich durchsetzen... wir müssen eben nur ein wenig Geduld haben.«

Gasthaus Zum Globus. In einem Nebenzimmer hat die Burschenschaft Walkyria ihren Sitz. Die Burschenschaft ist vollzählig versammelt. Mauser bedient persönlich und bringt stets neue Lagen Bier. »Silentium.« Silentium. Ein Bursche, älteres Semester, erhebt sich und führt Anklage gegen Prof. Dr. Heinrich Weitprecht, der mit unwürdigen Irrlehren die Universität verraten, die akademische Wahrheit geschändet und die Freiheit mit Füßen getreten habe. Er verlangt, daß genannter Weitprecht in den Bann gesetzt werde. Der Antrag wird angenommen und daraufhin Ex getrunken. Mauser, der wieder mit dem Bier kommt, hat die Sache mit viel Behagen teilweise angehört und liefert nun noch einen Anklagepunkt: Weitprecht ist Antialkoholiker. Darauf wird ein zweites Mal der Bann über den Inkulpaten verhängt und beschlossen, ihm eine Katzenmusik darzubringen, auf daß der gesunde Menschenverstand und die akademische Freiheit wieder zu ihrem Rechte kämen.

Nächtliche Straße. Im Gänsemarsch und unter schönen Gesängen zieht die gesamte Burschenschaft aus dem »Globus«, wobei ihre Linie altem studentischem Brauch gemäß sich in vielerlei Schlangen-, Achter- und Zickzackwindungen vorwärtsbewegt. Wer irgendein Lärminstrument mitnehmen konnte, und sei es nur ein Bierglas mit Deckel, einen Topf etc., hat es getan. Vor Weitprechts Haus beginnt das Spektakulum, freilich nur ein schwacher Abglanz der vordem gehörten kosmischen Katzenmusik, aber gleichfalls durchsetzt von dem Rufe »Gesunder Menschenverstand«.

In Weitprechts Wohnung. Frau Weitprecht sagt erschrocken: »Was ist denn das?« Weitprecht mit dem ihm eigentümlichen weltentrückten Lächeln: »Ach, sicherlich nichts von Belang.« – Kapperbrunn springt zum Fenster, schaut durch die Vorhänge: »Nein, das ist wirklich nichts von Belang, bloß ein kleines Privatvergnügen der ehrenwerten Burschenschaft Walkyria.« – Hieck wütend mit zusammengebissenen Zähnen: »So eine Infamie.«

Auf der Straße zieht die Walkyria nach Beendigung ihres Lärmgeschäftes und ihrer Leistung stolz wieder im Schlangenliniengänsemarsch ab und in den »Globus« ein.

In der Wohnung wird der wütende Hieck von Kapperbrunn beruhigt: »Das sind ja wirklich nur belanglose Kindereien... überschätzen Sie doch nicht die Menschen und ihre harmlosen Äußerungen... das ist doch alles hohle Mache, diese Leute sind doch weit davon entfernt, eine wirkliche Meinung oder Gesinnung zu haben... wenn Sie wollen, habe ich diese kindischen Burschen innerhalb einer halben Stunde so weit, daß sie dem Professor Weitprecht auf der Stelle ein Vivat darbringen... alle Wetter, den Spaß leiste ich mir tatsächlich...« Und er läuft davon.

Im »Globus«. Kapperbrunn tritt ein. Schüttelt Mauser mit Herzlichkeit die Hände.

Mauser: »Daß Sie sich wieder mal blicken lassen, Herr Dozent!... wissen Sie, wenn ich Sie so anschaue, könnte ich beinahe glauben, daß die Mathematik doch zu etwas nutze ist.«

Kapperbrunn: »Ja, ja, sie nährt mich leider«, und er schaut schmerzlich zu seinem Bauch hinab.

Mauser führt ihn persönlich ins Walkyria-Zimmer, wo er als A. H. mit Erheben von den Sitzen begrüßt wird. Kapperbrunn nimmt eine Mütze vom Haken, bedeckt sein Haupt. Ein Cantus steigt ihm zu Ehren. Hierauf erhebt sich Kapperbrunn zu einer Rede. Er beglückwünscht die Burschenschaft zu der so schön gelungenen Katzenmusik und erklärt, daß sie sicherlich eine gerechte Maßnahme gewesen sei, denn die Kommilitonen hätten zweifelsohne die Weitprechtschen Theorien genau studiert, ehe sie sich zu einer solchen Verdammung entschlossen hätten. Daran sei nicht zu zweifeln. Oder etwa doch? Nun, da müsse es unter den Kommilitonen doch zumindest einen Referenten für die Weitprecht-Theorie geben. Der Referent möge sich melden, das sei doch interessant. Der Referent meldet sich nicht? hm, das sei bedenklich, ja, da sei eigentlich zu befürchten, daß die verehrliche Verbindung sich einen Mißgriff geleistet, vielleicht sogar mit Schande sich bedeckt haben mochte...

Es entsteht ein kleiner Tumult, den Kapperbrunn überschreit, er als alter Herr ersuche um Ausschluß aus der Walkyria und er verpflichte sich mit jedem zu hängen, der unter Nachweis, die Weitprecht-Theorie studiert zu haben, die gegen sie gerichteten Anwürfe trotzdem noch aufrechthalte; da aber bisher keiner der Kommilitonen die Weitprecht-Theorie kenne, müsse bis auf weiteres die Katzenmusik als eine kommentwidrige, unakademische und die Verbindung entehrende Handlung angesehen und daher sofort rückgängig gemacht werden. Es sei nicht anzunehmen, daß die Kommilitonen sich der Logik dieses Gedankenganges entziehen können, und er fordere sie daher auf, ihm zu folgen. Und Kapperbrunn ergreift sein Glas, leert es Ex, läßt es sich neuerdings füllen und kommandiert: »Kommilitonen, mir nach.« Nach einigem Zögern formiert sich wieder der Zug im Gänsemarsch und folgt Kapperbrunn.

Auf der Straße. Kapperbrunn, das gefüllte Bierglas in der Hand, marschiert in Achter- und Schlangenlinien an der Spitze, der Zug ihm nach. Vor Weitprechts Haus wird ein dreifaches Vivat dargebracht, und als Weitprecht sich zeigt, wird es wiederholt, und Kapperbrunn leert sein Glas. Dann geht es in der gleichen Ordnung ins Wirtshaus zurück, wobei Kapperbrunn auch im Singen der Anführer ist.

Morgengrauen. Gestützt von zwei Kommilitonen und diese stützend, torkelt Kapperbrunn nach Hause. Und dazu rezitiert er Hölderlinsche und Eichendorffsche Gedichte. Und dann setzen sich alle drei hin und intonieren, erst unsicher, dann rein und dreistimmig Hugo Wolfs »Wer in die Fremde will wandern, muß mit der Liebsten gehen...« Bei der Zeile »Deutschland« dämmert es grau über den winkligen mit Schnee bedeckten *Dächern* der Altstadt. In rascher Folge rollen Bilder dieser kleinen *deutschen Stadt* ab, die Versonnenheit, Versponnenheit ihrer alten Gassen, zum Schluß noch ihre *Gesamtansicht,* wie sie mit ihren Türmen in der dämmerigen *Schneelandschaft* liegt. Und dazu erklingt der dreistimmige Gesang weiter, ausklingend schließlich in der Schneedämmerung.

Ende von Teil I

Teil II

Der dreistimmige Gesang, mit dem Teil I geendet hat, geht in ein eintöniges Gemurmel über. *Philosophisches Seminar.* Prof. Ringdürr trägt vor. Die Studenten sitzen gelangweilt, lesen Bücher unter der Bank, schlafen, einige schreiben Wort für Wort mit.

Prof. Ringdürr: »...und beachten Sie, meine Damen und Herren, daß die Philosophie, oder richtiger, die von mir vertretene Richtung der Philosophie sich von allen anderen Wissenschaften durch ihre unmittelbare Lebensnähe unterscheidet. Während sich die sogenannten Fachwissenschaften immer mehr vom lebendigen Leben entfernen und sich in müßigen mathematischen und ähnlichen Spekulationen verlieren, ihren Namen empirische Wissenschaft, wie ich kühn behaupten darf, zu Unrecht tragen, ist es unsere Aufgabe, die Lebenserscheinungen in ihrer, unsern frischen Sinnen präsentierten direkten Unmittelbarkeit zu erfassen. Ich wage zu behaupten, daß diese frische Unmittelbarkeit unserer philosophischen Erwägungen, wie ich sie vertrete und betreibe, die Philosophie zum Kontrollorgan für sämtliche sonstigen Wissenschaften erhebt, denn bei uns gibt es nichts Trockenes, nichts Verstaubtes, bei uns gilt der gesunde Menschenverstand... ich bitte, meine Damen und Herren, doch mit etwas mehr Aufmerksamkeit meinen Ausführungen zu folgen, Sie werden sonst bei den Examina die Folgen zu tragen haben und es bereuen... bei uns gilt die ewige Jugendlichkeit einer scharfen Logik, welche die Sinnesdata unbestechlich registriert und verarbeitet, bei uns wird die Fahne der wahren Empirie hochgehalten, bei uns fließt das Leben in seinem ganzen ungebrochen breiten Strom, ja, fürwahr, der Philosoph, wie ich ihn verstehe, ist im Besitz einer gewissermaßen perpetuellen Jugend, kühn, frisch, frei zupackend...«

Das eintönige Gerede Ringdürrs verebbt. Es ist schon während der letzten Worte von einer leisen eintönigen Musik begleitet gewesen, und diese Musik wird nun selbständig, wird zu einer dünnen, ein wenig kalten und durchsichtigen Melodie – etwa zum Gesang der seligen Geister aus *Orpheus* von Gluck – sie wird zu einer Musik dünner Luft und winterlicher Sonne, und auf- und abschwellend begleitet sie das ganze nächste Bild.

Kapperbrunn und Hieck sitzen vor der *besonnten und von Schneemassen umgebenen Kloberhütte auf dem Berggipfel.*

In dieser durchsichtigen harten Luft ist es beinahe selbstverständlich, daß sie von Mathematik reden, denn diese ist ebenso durchsichtig, ebenso klar, ebenso hart. Und dies kommt auch in dem Gespräch zum Ausdruck, so daß damit eine erste Antwort, oder eine Art Teilantwort auf die einleitende Frage des Films: »Wozu braucht man die ganze Mathematik?« gegeben wird.

Das Gespräch geht langsam vonstatten, immer unterbrochen von »Landschaftspausen«, während welchen die Musik stärker anschwillt; es ist m. e. W. ein melodramatisches Gespräch.

Die Skis und die Stöcke stecken im Schnee und werfen scharfe Schatten.

Kapperbrunn: »Daß ich Sie doch da herauf gebracht habe!«

Hieck lächelt.

Kapperbrunn: »Überflüssige Expedition, was?... aber das schadet nichts, die Mathematik ist mindestens ebenso überflüssig...«

Hieck: »Nur noch schöner...«

Kapperbrunn: »Weiß ich nicht, mir genügt das... bin ein bescheidener Mensch... meinethalben soll die Mathematik noch schöner sein, und noch klarer...« er weist in die Runde, »...und noch durchsichtiger... und noch härter... und noch großartiger... tja, und noch überflüssiger.«

Pause.

Hieck nachdenklich: »Verwunderlich, daß Sie das sagen, Sie, der Sie das Überflüssige nicht gelten lassen wollen, wenigstens in der Erkenntnis... und schließlich ist dies hier, ist die Landschaft hier nicht auch Erkenntnis... und Sie geben zu, überflüssige Erkenntnis...«

Kapperbrunn: »Hieck, verdrehen Sie mir nicht die Worte im Mund... meinethalben überflüssige Erkenntnis, aber außerdem ist Ski-Fahren auch gesund.« Er betrachtet seinen Bauch und untersucht, ob er schon abgenommen hat.

Pause.

Hieck: »Nun, und?«

Kapperbrunn: »Wahrscheinlich ist reine Mathematik auch ganz gesund.«

Hieck: »Wenn man nur wüßte, wann Sie im Ernst reden... das

wissen Sie wohl selber auch nie.«

Kapperbrunn: »Doch... zum Beispiel habe ich, der ich bekanntlich ein von Nützlichkeiten besessenes Schwein bin...«

Hieck: »Nein, Sie glauben bloß, daß die Erkenntnis ein Gewerbe für den Broterwerb sei.«

Kapperbrunn: »Das gerade meine ich ja... und trotzdem habe ich den mystischen Glauben, daß jede wirkliche Erkenntnis auf dieser Welt schließlich in das praktische Weltgeschehen eingreift, eingreifen muß... genau so wie diese sinnlose und überflüssige landschaftliche Erkenntnis schließlich auch ihre praktische Wirkung haben wird...« Er mißt wieder an seinem Bauch.

Pause.

Hieck: »Das gilt Ihrer Meinung nach auch für die Mathematik?«

Kapperbrunn: »Natürlich... haben Weitprecht und Sie nicht schon die verrücktesten mathematischen Dinge in die Physik und Astronomie hineingebracht... Dinge, von denen man früher nicht geglaubt hätte, daß sie den Bereich der Mathematik je verlassen könnten... und was einmal in der Physik ist, das gerät unweigerlich in die Technik, und was in der Technik ist, das gerät unweigerlich in die Rüstungsindustrie und es wird eine nette neue Todesart daraus... ja, jede wirkliche Erkenntnis hat ihre praktische Auswirkung...«

Pause. Die Kamera wandert über das ganze Bergpanorama.

Hieck bestimmt: »Nein, Sie formulieren wieder einmal Paradoxa... die Erkenntnis dient nicht dem Tod, sie dient dem Leben... sonst müßte ja das, was Sie hier oben erschauen und erkennen, auch dem Tode dienen...»

Kapperbrunn ernst: »Hier ist das unmittelbare Leben, das kann sich nicht mehr gegen sich selber wenden...« er lacht, »...es sei denn, daß ein Schneesturm kommt...«

Hieck: »Auch die Erkenntnis ist unmittelbares Leben.«

Kapperbrunn: »Ja, vielleicht... aber doch vor allem für den, der in seinem Elfenbeinturm sitzt und sich verschließt.«

Hieck: »Ihr Elfenbeinturm ist eben hier heroben.«

Kapperbrunn fröhlich: »Aber leider nur einmal in der Woche... ach Hieck, ich wollte, ich wäre Bergführer oder Bauer oder beides zugleich... statt dessen muß ich Mathematikdozent sein und mich mit der Zunft herumschlagen.«

Pause. Das ganze Bergpanorama läuft nun ab. Und ebenso der ganze strahlende Winterhimmel in seiner unendlichen Ausdehnung und Tiefe. Am Rande stehen einige Silberwolken und glänzen im Sonnenlicht.

Hieck: »Ich wünsche mir nichts anderes zu sein, als das, was ich bin.«

Kapperbrunn: »Das ist eben Ihre Überheblichkeit... wissen Sie, was Ihnen fehlt?... Euch allen, die Ihr im Elfenbeinturm der Erkenntnis sitzt, Euch fehlt die Liebe und der Tod... die aber findet man nur hier.«

Nochmals der Himmel in seiner ganzen Ausdehnung.

Hieck: »Die Liebe?«

Kapperbrunn: »Ja, die Liebe... und deshalb ist Eure reine Erkenntnis in der letzten Auswirkung todbringend.«

Hieck: »Und wenn alle Liebe der Erkenntnis gilt? das soll nämlich auch schon vorgekommen sein...«

Kapperbrunn: »So ein Mensch ist die Luft nicht wert, die er atmet... am allerwenigsten diese Gletscherluft... und daraufhin wollen wir abfahren... es wird Zeit.«

Während sie ihre Ski anschnallen, sagt Kapperbrunn: »Übernächste Woche promoviert Ilse Nydhalm ... tja.«

Sie fahren zu Tal, wobei nochmals die *Landschaft* abrollt.

Arbeitszimmer Weitprechts. Hieck ist bei Weitprecht.

Weitprecht: »Sehen Sie, Hieck, dies sind die Grundzüge... eigentlich muß ich also der Fakultät recht dankbar sein...«

Hieck: »Warum denn, Herr Professor?«

Weitprecht: »Nun, in den Fakultätsgutachten über die Theorie wurde gesagt, daß sie noch nicht genügend gefestigt sei... hier...« er klopft auf die Papiere, »...hier ist nun diese Festigung...«

Hieck: »Aber Herr Professor, die Fakultät hat doch kein Wort von Ihrer Theorie verstanden...«

Weitprecht, mit dem ihm eigentümlichen fernen Lächeln: »Mag sein ... aber sie war eben ein Fingerzeig Gottes... und da haben wir dankbar zu sein... Sie machen sich also gleich darüber...«

Hieck: »Natürlich, Herr Professor ...es ist herrlich.«

Weitprecht: »Denken Sie, wie schrecklich es wäre, wenn wir jetzt auf einer Südsee-Insel säßen...«

»Das hätte doch nichts geändert, Herr Professor... wir hätten dann einfach zur Erweiterung der Theorie auch noch die praktische Verifikation.«

Weitprecht, listig und befriedigt, klopft nochmals auf die Papiere: »Aber das ist mir wichtiger.«

Festsaal der Universität. Promotion. Die übliche Aufmachung. Der Dekan überreicht die Diplome. Die Chargierten stehen Spalier. Der Dekan zieht unter Vorantritt der Pedellen ein und ab. Publikum. Unter den neuen Doktoren befindet sich Ilse Nydhalm, die von ihrer Familie abgeküßt wird. Kapperbrunn hat sich mit einem riesigen Blumenstrauß eingefunden. Ilse Nydhalm strahlt.

Hieck bemerkt den Vorgang. Er hat keine Blumen. Er läuft aus dem Saal.

Blumenhandlung. Ohne Mantel und atemlos kommt Hieck herein. Er will einen Strauß haben, der größer als der Kapperbrunns ist. Er bekommt ihn und jagt damit davon.

Stiegenhaus der Universität. Die Feier ist zu Ende. Die Festgäste kommen die Stiege herunter. Hieck mit seinem Strauß atemlos ihnen entgegen. Angstvoll, es könnte Ilse bereits fortgegangen sein. Doch da entdeckt er sie, bricht sich Bahn durch die Menge und stürzt auf sie zu.

Ilse: »Nochmals Blumen, das ist ja großartig, Herr Doktor.«

Hieck, schüchtern, unbeholfen: »Ja.«

Sie stehen sich ein wenig verdattert gegenüber und wissen nicht, was sagen. Die zahlreiche Familie Ilses steht herum und wartet auf die Fortsetzung. Die beiden aber schauen sich an, als ob sie sich noch nie gesehen hätten.

Da kommt Kapperbrunn und rettet die Situation.

Kapperbrunn: »Hallo, Hieck, ich glaubte schon, Sie seien in Australien... wo haben Sie denn gesteckt?«

Hieck, verwirrt, aber glücklich, daß Kapperbrunn da ist: »Da...« er weist zum Saal hin.

Ilse: »Und noch eine gute Nachricht... ich habe bereits eine Hilfsarbeiterstelle an der Sternwarte... Dozent Kapperbrunn hat sich bei Geheimrat Maier für mich verwendet.«

Hieck, etwas unangenehm berührt, findet aber seine Sprache wieder: »Oh doch... das ist aber erfreulich... da gratuliere ich...« und in seiner anhaltenden Verwirrung schüttelt er nicht nur Ilse, sondern auch Kapperbrunn die Hand.

Ilse stellt ihn nun ihrer Familie vor, und Hieck, weil er nun einmal im Gratulieren ist und ihm nicht viel anderes einfällt, gratuliert nun weiter, auch den kleinen Geschwistern Ilses.

Dann geht die ganze Gruppe über die bereits menschenleer gewordene Treppe hinunter.

Am Ausgang. Wieder eine ähnliche Verlegenheit. Der Vater Nydhalm leise zu seiner Frau: »Man muß die beiden einladen.« – Mutter Nydhalm leise zurück: »Um Gotteswillen, ich habe ja nicht genug zu essen.« Der Vater: »Aber man muß doch...« – Die Mutter zischend: »Es geht aber nicht.«

Kapperbrunn, der bemerkt, um was es geht, laut zu Hieck: »Also, Hieck, Sie kommen doch mit mir zum Speisen? natürlich... also, da werden wir uns verabschieden.«

Seufzer der Erleichterung in der Familie Nydhalm.

Hieck und Kapperbrunn verabschieden sich unter nochmaligen Glückwünschen.

Gasthaus Zum Globus. Kapperbrunn und Hieck treten ein. Das Gesicht Mausers wird breit und glänzend, da er Kapperbrunns ansichtig wird. Sofort stürzt er auf einen Tisch los und beginnt ihn abzuwischen. Dann will er ein Tischtuch bringen.

Kapperbrunn: »Aber Herr Mauser, das ist doch nicht nötig... wir sind doch ganz kommune Mathematiker...«

Mauser zu Hieck: »Oh, auch ein Herr Dozent... ich habe noch nicht die Ehre gehabt...« und er reicht ihm mit großer runder Bewegung die Pratze: »...Mauser mein Name.«

Kapperbrunn: »Das ist mein Freund, Doktor Hieck.«

Dann nimmt Mauser die Bestellung auf. Als er hört, daß Hieck kein Bier zu Mittag trinke, wird sein Gesicht verachtungsvoll enttäuscht: »Uijeh.«

Kapperbrunn, indem er Hieck, der protestieren will, mit einem Druck auf den Arm zum Schweigen bringt: »Wein trinkt er schon, Herr Mauser.«

Mauser befriedigt und zutraulich: »Das ist was anderes... ich habe schon gemeint, Sie sind ein Antialkoholiker, wie der spinnerte Professor da drüben.«

Die Kellnerin bringt das Essen und Mauser setzt sich zu den Herren: »Also, Sie sind auch von [der] Mathematik... sagen Sie, Herr Dozent, wozu ist die gut...?«

Kapperbrunn: »Zu nichts, Herr Mauser, zu nichts, wie oft soll ich Ihnen das noch sagen...«

Mauser: »Aber gehen Sie, Herr Dozent, Sie wollen mir's ja nur nicht sagen... deswegen frag ich ja den andern Herrn... für irgendetwas müssen Sie ja bezahlt sein.«

Hieck: »Ja, die Mathematik ist doch für vielerlei da... zum Beispiel für die Astronomie...«

Mauser: »Ah, das mag ich lieber gar nicht hören.«

Hieck: »Ja, warum denn nicht?«

Mauser angeekelt: »Ah so...« Er erhebt sich, weil andere Gäste ins Lokal kommen.

Hieck: »Was hat er denn?«

Kapperbrunn, der zu essen begonnen hat: »Wenn ich ihm noch sage, daß Sie Weitprechts Mitarbeiter sind, wirft er Sie hinaus... das ist die Stimme des Volkes.«

Hieck: »Unbegreiflich.«

Kapperbrunn: »Ja, wenn man im Elfenbeinturm sitzt und das Volk verachtet.«

Hieck: »Mein Gott, Sie sind doch auch kein Popularwissenschaftler.«

Kapperbrunn: »Ich brauche auch kein Geld für Südsee-Expeditionen.«

Hieck: »Wir ja auch nicht... das heißt augenblicklich nicht; ich sagte Ihnen ja, daß wir jetzt wieder theoretisch arbeiten.«

Kapperbrunn nachdrücklich: »Das geht aber nicht... Sie müssen jetzt die praktische Verifikation durchführen... Sie gefährden sonst das ganze Schicksal der Entdeckung... wenn es noch lange dauert, wird Weitprecht nur mehr als schrullenhafter Sonderling gelten, den kein Mensch mehr ernst nimmt... und nach seinem Tode erst wird er entdeckt werden... oder ein anderer wird Euch den Rang ablaufen...«

Hieck: »Weitprecht ist so ruhig und sicher... wenn man mit ihm spricht, ist man sofort voller Vertrauen.«

Kapperbrunn: »Ja, aber die Regierung hat ihn vorerst einmal sitzen lassen, und die Fakultät wird ihm immer wieder in den Rücken fallen... es ist sehr nett, daß er auf die Wunderkraft der theoretischen Wahrheit und auf Gott vertraut... aber auch Gott ist so ein reiner Denker... der sitzt da droben auch in seinem Elfenbeinturm...«

Hieck: »Ja, und?«

Kapperbrunn: »Nun, man muß auch bei ihm ein wenig nachhelfen... Gott ist wie alle reinen Denker etwas bequem... das kennen wir jetzt schon zu genüge... nein, man muß bei ihm nachhelfen...«

Hieck: »Vielleicht... aber wie?«

Kapperbrunn: »Anmaßend wie Ihr seid, Ihr reinen Denker, seid Ihr ja nicht billig... so eine Expedition kostet ja eine Menge Geld.«

Hieck: »Ja... aber die atmosphärischen Verhältnisse in den Tropen...«

Kapperbrunn: »Schon gut, schon gut... ich will Ihnen ja von ihrer Südsee nichts abhandeln... im Gegenteil, ich möchte Euch gern meine geringen Ersparnisse zur Verfügung stellen, fürchte aber, daß es bis dorthin nicht ganz langen wird...«

Hieck: »Ach, Sie machen wieder Ihre Späße...«

Kapperbrunn: »Wie oft soll ich es Ihnen noch wiederholen, daß eine wertvolle Sache einem jeden die Verpflichtung zur Hilfe auferlegt... das ist meine einzige moralische Überzeugung gegenüber der Grausamkeit des Lebens... davon abgesehen, bin ich unmoralisch... und wie!«

Hieck: »Weiß Weitprecht davon, daß Sie sich in den Dienst seiner Sache stellen wollen?«

Kapperbrunn: »Damit er alles wieder zerstört, dieser Parsifal! nein, ich bitte Sie dringend, ihm gegenüber nicht die leiseste Erwähnung zu tun... wenn es so weit sein wird, daß er nicht mehr schaden kann, werde ich es ihm schon vorsichtig beibringen.«

Hieck: »Was haben Sie vor?«

Kapperbrunn: »Da der Staat nichts hergibt und von den akademischen Kreisen nur Widerstand zu erwarten ist, müssen diese Faktoren außer Kalkül gestellt, ja sogar umgangen werden. Die Sache muß jetzt ganz anders angepackt werden, und zwar energisch... es müssen nun Private herhalten, eine Weitprecht-Gesellschaft muß gegründet werden...«

Hieck verwundert: »Nein!«

Kapperbrunn: »Doch ja... noch viel mehr muß geschehen... Straßensammlungen müssen abgehalten werden, Benefizvorstellungen in sämtlichen Theatern und Kinos... was weiß ich, was noch alles... ich werde das in die Hand nehmen...«

»Das wollen Sie wirklich tun?«

»Ich werde es wohl tun müssen... oder trauen Sie es mir vielleicht nicht zu?«

Hieck: »Ja natürlich... aber bei der schlechten Stimmung des

Publikums, von der Sie eben sprachen…«

Kapperbrunn: »Öffentliche Meinung gibt es nicht, die ist ebensowohl so als so zu machen… habe ich das nicht mit der Walkyria bewiesen? heute noch bin ich stolz darauf, wie brav die Burschen Vivat geschrieen haben… na also… ja, ich verpflichte mich sogar, diesem dicken Globuswirt noch ein hübsches Stück Geld für Eure Spazierfahrt herauszureißen.«

Hieck: »Nun spaßen Sie aber wirklich.«

Kapperbrunn: »Ich? niemals… und außerdem werden Sie doch nicht glauben, daß ein so materiell eingestellter Mensch, wie ich es nun einmal bin, irgendetwas umsonst machen wird!«

Hieck erschrocken: »Sie wollen…?«

»Ganz einfach, ich will mit nach der Südsee… als mathematischer Hilfsarbeiter, was mir an sich selbstredend wurscht wäre, aber ich will zu den Löwen, zu den Krokodilen, in die Dschungeln…«

»Das gibt es doch dort gar nicht…«

»Also meinetwegen Känguruhs… und wo käme ein armer Mathematikdozent sonst zu Känguruhs… ich brenne darauf… und deshalb wird die Sache jetzt mit aller Energie angegangen…«

Krispin erscheint im Lokal. Als er die beiden Herren seines Institutes sieht, macht er erstaunt listige Augen.

Kapperbrunn: »Krispin, kommen Sie her, heute ist ein feierlicher Tag, ich erlaube mir, Sie auf ein Bier einzuladen… Herr Mauser, eine Halbe für den Krispin…«

Es beginnt eine Frühlingsmusik, die während dieser Bilder anhält: *Vorfrühling vor der Stadt.* Ilse Nydhalm wandert zur Sternwarte hinaus. Die Kamera begleitet sie. Sie kommt in die *Sternwarte.* Sie durchschreitet die *Korridore und Säle* der Sternwarte und kommt schließlich in ihren *Arbeitsraum,* den sie mit einigen Kollegen teilt. Sie begrüßt die Kollegen und macht sich an die Arbeit. Und nun entwickelt sich das Gegenteil dessen, was einstens geschehen war: während einst das Gesicht Hiecks für sie in mathematische Zahlen entschwunden ist, kommt ihr nun dies Gesicht aus mathematischen Berechnungen, die sie vor sich liegen hat, entgegen.

Die Frühlingsmusik geht weiter.

Die Frühlingsmusik ertönt noch immer. *Physikalisches Laboratorium.* Hieck ist mit den neuen Experimenten beschäftigt.

Aber während er arbeitet und sorgsam seine Versuchsanordnungen überprüft, die Mikroskope einstellt, vollzieht sich auch hier die Umkehrung des einstigen Prozesses: aus den Apparaten entwickelt sich ihm das Gesicht Ilse Nydhalms. Er wischt sich über die Augen, die Erscheinung verschwindet, und er arbeitet weiter, indem er Versuchsresultate einträgt und Notizen macht. Jetzt erst erschweigt die Frühlingsmusik.

Büro Geheimrat Maiers in der Sternwarte. Maier und Loßka.

Loßka: »Haben Sie schon gehört, Herr Geheimrat, es soll eine Weitprecht-Gesellschaft gegründet werden?«

Maier: »Ja, ich bin ganz entsetzt... diese Marktschreiermanieren.«

Loßka: »Woher haben Sie die Nachricht?«

Maier: »Selbstverständlich wieder von meinem Diener... wir werden ja völlig ausgeschaltet.«

Loßka: »Angeblich soll Kapperbrunn der Drahtzieher sein... na, wenn das stimmt, soll Herr Kapperbrunn sich vorsehen...«

Maier: »Dabei habe ich auf Dozent Kapperbrunn stets große Stücke gehalten... man wird eben immer wieder getäuscht.«

Korridor im mathematischen Institut. Die Diener Krispin und Santer. »Ist das wahr mit [der] Weitprecht-Gesellschaft?« – »Das Gleiche wollte ich dich fragen.« – »Gehen wir ins Philosophische hinüber, vielleicht wissen die mehr.«

Philosophisches Dekanat. Professor Ringdürr und der Dekan.

Ringdürr: »Unbegreiflich, jetzt wollen die gar eine Weitprecht-Gesellschaft gründen...«

Der Dekan: »Wenn es tatsächlich Kapperbrunn ist, der dahinter steckt, dann wird er sich die Folgen selber zuzuschreiben haben, dann kann er ewig Privatdozent bleiben...«

Ringdürr: »Aber der Kerl ist zu schlau, der läßt sich nicht pakken.«

Hörsaal des mathematischen Instituts. Man hört die vortragende Stimme Lenharts. Die Kamera geht die Gesichter der Zuhörer ab. Zum Schluß zeigt sie Lenhart vor den vollbeschriebenen schwarzen Tafeln. Es läutet.

Lenhart: »Ja, Schluß für heute. Doch etwas möchte ich gewissermaßen noch privat sagen. Wie ich, das heißt das Professorenkollegium, vernommen, bilden sich in der Studentenschaft Parteien in wissenschaftlichen Fragen, ja, es sollen sogar zu diesem Behufe Gesellschaften gebildet werden. Meine Damen und

Herren, wir, das heißt Ihre Lehrer, stehen auf dem Standpunkt, daß dies ein höchst unakademischer Vorgang ist. Wissenschaftliche Fragen haben innerhalb der Wissenschaft geklärt zu werden, nicht aber außerwissenschaftlich durch Bildung von Klubs und Parteiungen. Wir möchten Sie daher warnen, sich an derartigem Unfug zu beteiligen. Ich hoffe, daß dies genügt, und daß wir nicht genötigt sein werden, schärfere Maßnahmen zu ergreifen.«

Er verläßt das Amphitheater.

Sofort bilden sich Gruppen. »Es handelt sich um die Weitprecht-Gesellschaft...« – »Was ist eigentlich dran wahr?« – »Wir denken nicht daran, uns etwas verbieten zu lassen.« – »Ist es wirklich Kapperbrunn?«

Arbeitszimmer Kapperbrunns im Institut. Ilse Nydhalm tritt ein.

Kapperbrunn hocherfreut: »O fein, wieder eine Doktorarbeit.«

Ilse, ein wenig schüchtern: »Nein, Herr Dozent, es ist was anderes...«

Kapperbrunn: »Noch feiner... was Persönliches, was Privates, was Geheimes, etwas, was nur uns beide angeht? Ja?«

Ilse, die sich gesetzt hat: »Ja, es ist schon richtig... es ist was Privates, vielleicht ist es sogar geheim...«

Kapperbrunn gespannt: »Also... ich bin ja so gespannt.«

Ilse: »Herr Dozent, vielleicht sollte ich gar nicht fragen... es ist wegen der Weitprecht-Gesellschaft...«

Kapperbrunn enttäuscht: »Ach so... ja, von der wird gemunkelt... Hat Ihnen etwa Hieck etwas davon gesagt?«

Ilse rasch: »Doktor Hieck, nein, den habe ich überhaupt nicht gesehen...«

Kapperbrunn: »Gut... ja, ja, den darf man jetzt auch nicht stören, der hat ja wieder neue Arbeiten mit Weitprecht...«

Ilse: »So?«

Kapperbrunn: »Hat er Ihnen das nicht gesagt... ach ja, Sie haben ihn nicht gesprochen... das ist schon recht.«

Ilse: »Ja, aber wie ist es mit der Weitprecht-Gesellschaft?«

Kapperbrunn: »Aber Kind, woher soll ich denn etwas davon wissen? ich bin doch nur ein kleiner Dozent... ich halte es übrigens für ein leeres Gerücht.«

Ilse: »Schade.«

Kapperbrunn: »Warum denn? was wollen Sie von einer Weitprecht-Gesellschaft?«

Ilse: »Nun, die hätte doch die Südsee-Expedition ermöglichen sollen... und da habe ich gemeint, daß man eine astronomische Mitarbeiterin vielleicht hätte brauchen können... ich bin zwar nur eine Anfängerin... aber da Sie doch so gütig waren, mir bei der Sternwarte zu helfen, und es geheißen hat, daß Sie die Weitprecht-Gesellschaft gründen... nun, da wollte ich eben mein Glück probieren... ich möchte nämlich so gerne mit...«

Kapperbrunn entzückt: »Ilse, da würden wir ja zusammen reisen!«

Ilse: »Kommt es also doch dazu?«

Kapperbrunn, der merkt, daß er sich fast verplappert hätte: »Nicht daß ich wüßte... aber daß wir beide mitfahren möchten, das weiß ich... Sie als astronomischer, ich als mathematischer Fachmann... und einmal wird es ja doch dazu kommen... wäre das nicht großartig, Fräulein Nydhalm?«

Ilse: »Natürlich wäre das großartig, Herr Dozent.«

Kapperbrunn: »Und Sie wollen tatsächlich mit mir reisen?«

Ilse: »Schade, daß es noch in so weiter Ferne liegt.«

Kapperbrunn: »Wissen Sie was, Fräulein Nydhalm? Ich rüste eine Privatexpedition für uns beide aus... muß es denn gerade die Südsee sein? wählen Sie etwas anderes...«

Ilse lacht.

Kapperbrunn gekränkt: »Da hat man's wieder... jetzt lachen Sie mich wieder einmal aus... na, warten Sie, jetzt werde ich diese Südsee doch bewerkstelligen, und dann nehme ich Sie beim Wort...«

Ilse: »Das können Sie auch tun, Herr Dozent.«

In der Wohnung Geheimrat Maiers. Er, seine Gattin und seine beiden ausnehmend häßlichen Töchter beim Mittagstisch.

Die eine Tochter: »Papa, ich habe heute Dozent Kapperbrunn getroffen.«

Maier verächtlich: »Ach der...«

Die Tochter entzückt: »So ein charmanter Mensch, er war einfach reizend mit mir... ich habe ihn eingeladen...«

Maier: »So, du hast ihn eingeladen? das paßt mir aber durchaus nicht.«

Die Gattin: »So, das paßt dir wieder einmal nicht? früher war dir Kapperbrunn sehr recht...«

Maier versucht aufzumucken: »Jetzt aber nicht mehr, er hat...«

Die Gattin: »Du willst einfach deine Töchter vor der ganzen Welt absperren... das ist es...«

Maier: »Kapperbrunn ist nicht nur ein Mensch ohne wissenschaftliche Bedeutung, er ist auch...«

Die Gattin, ihm ins Wort fallend: »Wissenschaftliche Bedeutung... als ob es darauf ankäme... damit wird man nicht Geheimrat...«

Maier: »Erlaube mal...«

Die Gattin, scharf und hoheitsvoll: »Na, wärest du es heute, wenn mein Vater nicht Geheimrat gewesen wäre?«

Die erste Tochter hat zu weinen begonnen: »Warum soll ich einen so entzückenden Menschen plötzlich nicht mehr einladen dürfen...«

Die zweite Tochter: »Ja, und es soll jetzt eine neue Gesellschaft gegründet werden, wo es bestimmt sehr amüsant sein wird, aber wir natürlich, wir dürfen nicht dazu...«

Maier, wild schreiend: »Ja, ja, die Weitprecht-Gesellschaft, ich weiß, ...aber die gibt es gar nicht...«

Die Töchter: »Das sagst du... das sagst du nur, um uns fernzuhalten...«

Korridor des Instituts. Kapperbrunn trifft mit Professor Lenhart zusammen.

Kapperbrunn mit Unschuldsmiene: »Ach, Herr Professor, soeben bin ich auf dem Weg zu Professor Weitprecht... hier ist alles voller Gerüchte über eine Weitprecht-Gesellschaft, darüber sollte er doch selber am besten Bescheid wissen; haben Sie ihn vielleicht schon darüber gesprochen?«

Lenhart kühl: »Das sind Angelegenheiten der Physiker, Herr Kollege: Sie und ich sind Mathematiker... ich für meinen Teil ziehe es vor, mich in die Angelegenheiten der Physik nicht hineinzumischen.«

Kapperbrunn: »Sehr wohl, Herr Professor, ausgezeichnet.«

Lenhart, von oben herab: »Und ich würde Ihnen empfehlen, eine ähnliche Haltung einzunehmen, Herr Kollege...« Er entfernt sich steif und würdevoll.

Krispin, der in einer Fensternische gestanden und gelauscht hat, winkt Kapperbrunn mit gekrümmtem Zeigefinger zu sich heran: »Was hat er gesagt, Herr Dozent?«

»Daß du ein vorlauter Halunke bist, Anton Krispin.«

Krispin: »Herr Dozent belieben zu scherzen, das hat er nicht gesagt, ich habe es doch deutlich gehört.«

»So? was fragst du dann?«

»No, nur wegen der Weitprecht-Gesellschaft.«

»Hören Sie, Krispin, über die Weitprecht-Gesellschaft dürfen Sie herumerzählen, was Sie wollen, und es soll mir ein Vergnügen sein, denn es geht mich gar nichts an. Wenn Sie aber noch einmal, wie Sie es schon oft getan haben, meinen Namen mit der Geschichte verquicken, so schauen Sie sich lieber jetzt schon meine Pranken an... die sind schon etwas wert... denn mit diesen werde ich Sie dann höchst eigenhändig erwürgen... verstanden, Herr Krispin?«

»Zu Befehl, Herr Dozent.«

Im Gasthaus Zum Globus. Kapperbrunn sitzt mit dem Wirt Mauser an einem Tische und verzehrt sein Abendbrot, wozu er heftig Bier trinkt.

»Na, Herr Mauser, haben Sie auch schon was von der Weitprecht-Gesellschaft gehört?«

»Weitprecht-Gesellschaft? Weitprecht-Gesellschaft? ja, ja...«

»Hat die nicht bei Ihnen ihren Stammtisch?«

»Nein, bei mir nicht.«

»Ja, wo denn sonst? vielleicht bei der ›Traube‹?«

»Kann sein... ich weiß nicht.«

»Wahrscheinlich hat der Wirt dort anständig gezahlt...«

»Was hat er getan?«

»Nun, gezahlt... das ist doch so üblich bei feinen Gesellschaften... wenn die irgendwo ihren Stammtisch errichten, da muß der Wirt Gesellschaftsmitglied werden und einen anständigen Mitgliedsbeitrag entrichten... das ist nur gerecht, denn mit der Zeit bringt er's durch die Zeche doch wieder herein...«

»Ja, eigentlich ist das gerecht... muß er da viel zahlen?«

»Nun, ich schätze, so 1000 bis 2000 Mark...«

Mauser kratzt sich am Kopf: »Teufel, das ist teuer...«

Kapperbrunn: »No, wenn es sich um eine sehr feine Gesellschaft handelt.«

Mauser: »Nun ja...«

»Wissen Sie, Herr Mauser, Sie könnten sich eigentlich so ein bißchen herum erkundigen, wo die Weitprecht-Gesellschaft ihren Stammtisch hat... vielleicht können Sie sie dann doch herbringen, Sie könnten sie ja dem betreffenden Wirt ablösen...«

»Was soll ich tun?«

»Ablösen, Herr Mauser, ablösen... solche Gesellschaften werden von den Wirten immer einander verkauft, mal teurer, mal billiger...«

Auf dem Markt. Zwei Marktweiber. Die Köchin Weitprechts kauft ein. Die eine Marktfrau: »Ihnen paßt aber schon gar nichts mehr, Fräulein Rosa.« – Die zweite Marktfrau: »No ja, Sie werden jetzt eben stolz, Sie und Ihre Herrschaft.« – Rosa: »Ja, warum denn?« – Die erste Marktfrau: »Werden Sie jetzt nicht viel mehr brauchen?« – Rosa: »Mehr brauchen?« – Die zweite Marktfrau: »Natürlich, wenn Sie für eine ganze Gesellschaft werden kochen müssen...« – Rosa: »Für eine ganze Gesellschaft?« – Die erste Marktfrau: »Stellen Sie sich doch nicht so... für die Weitprecht-Gesellschaft...wir wissen es doch schon.«

Arbeitszimmer Hiecks. Kapperbrunn kommt atemlos herein: »Hieck, die Sache geht vorwärts...«

Hieck, in die Arbeit vergraben: »Was geht vorwärts...?«

Kapperbrunn, freudig erregt: »Die Weitprecht-Gesellschaft, die Australienreise... ist das nicht herrlich?!«

Hieck: »Ja, natürlich, das ist herrlich... aber...«

Kapperbrunn: »Aber Sie haben zu schweigen... hören Sie, jedermann gegenüber haben Sie absolutes Stillschweigen zu wahren!«

Hieck, halb wieder bei der Arbeit: »Ja, gerne... wissen Sie... so herrlich das auch ist, was Sie da zustande gebracht haben... im Augenblick, wissen Sie, wir stecken jetzt so sehr in der theoretischen Arbeit...«

Kapperbrunn: »Ich habe es Ihnen ja schon gesagt, Hieck, Sie sind die Luft nicht wert, die Sie atmen...« Und er stürzt wieder davon.

Eine Damengesellschaft. »Haben Sie schon von der neuen Weitprecht-Gesellschaft gehört, Frau Regierungsrat?« – »Ach ja, Frau Sanitätsrat, man hat unter der Hand schon bei mir anfragen lassen, ob ich in das Gründungskomitee eintreten will...« – »So, so, auch bei Ihnen.« – »Ja, aber es ist doch zu fürchten, daß wir Frau Professor Weitprecht da nicht ganz ausschalten können, und da...«

Die Stimmen verwischen sich. Die Stimmen der Marktweiber, die Stimmen einzelner Professoren und anderer Personen mischen sich hinein, das Bild verschwindet, und statt dessen erscheinen *die Kleinstadtstraßen,* durch die Kapperbrunn am Schlusse von Teil I getorkelt ist. Und alle diese Gassen sind von einem Raunen erfüllt: »Weitprecht-Gesellschaft, Weitprecht-Gesellschaft.« Nun werden auch wieder die winkeligen Dächer sichtbar, auf denen die Spatzen singen, und sie singen (nach Art einer Silly-Symphonie) »Weitprecht-Gesellschaft... Weitprecht-Gesellschaft?... ja Weitprecht-Gesellschaft...« Jetzt sieht man auch die *modernen Stadtteile,* und aus den Trams hört man »Weitprecht-Gesellschaft«. Schließlich sieht man auch wieder das *Gesamtbild der Stadt,* eingebettet in die jetzt frühlingshaften Felder, der Frühlingswind streicht durch das junge Grün der Bäume, die Äste knarren, der Wind pfeift, und überall hört man »Weitprecht-Gesellschaft«. Darüber bricht die Nacht herein. Der Mond geht auf. Es ist wieder das altgewohnte *Bild des Sternenhimmels.*

Und da neigt sich ein Sternchen dem andern zu und wispert ihm ins Ohr: »Haben Sie schon gehört? Weitprecht-Gesellschaft«.

Das Bild verschwindet, und dann sieht man rasch hintereinander *Fabriksanlagen,* dann *Direktionsbüros einer Bank,* dann *Kaufhäuser,* dann wieder eine *Automobilfabrik,* dann eine *Apotheke,* dann ein *Rechtsanwaltsbüro,* und überall taucht, gehetzt, geheimnisvoll, rundlich und guter Dinge Kapperbrunn auf, um sofort wieder zu verschwinden.

Korridor des Instituts. Kapperbrunn kommt sehr rasch.

Krispin: »Wohin so eilig, Herr Dozent?«

Kapperbrunn: »Zum Professor, sehr wichtig.«

Krispin: »Werden Sie wenig Glück haben... böse Zeiten.«

Kapperbrunn, weitergehend: »Aber es ist sehr wichtig.«

Krispin achselzuckend: »Na, probieren können Sie's ja... bin auf den Erfolg neugierig.«

Arbeitszimmer Weitprechts. Kapperbrunn tritt ein. Weitprecht, die Nase in der Arbeit, nickt zerstreut und schaut kaum auf.

Kapperbrunn: »Herr Professor, ich glaube, daß die Dinge ausgezeichnet vorwärtsgehen...«

Weitprecht: »In der Tat, in der Tat...« Er steckt den Kopf

wieder in seine Papiere.

Kapperbrunn: »Ich zweifle nicht, daß sich nun tatsächlich Kreise finden werden, die Ihnen die nötigen Mittel zur Verfügung stellen werden... man darf die Dinge nur nicht überhetzen...«

Weitprecht, ohne aufzuschauen: »Ja, man soll nichts überhetzen... ich bedauere ja lebhaft, meine Publikation herausgegeben zu haben... es war verfrüht... die Erweiterungen sind jetzt von derart relevanter Natur, sie festigen das Gesamtgebäude der Theorie in so außerordentlichem Maße...«

»Ja, Herr Professor, wir müssen nun aber doch schon auch an die praktische Verifikation denken...«

Weitprecht, der ihn gerne draußen haben möchte: »Kollege Hieck wird Ihnen über die mathematische Behandlung der Theoriesätze sicherlich sehr viel sagen, was Sie als Mathematiker besonders interessieren dürfte...«

Krispin steckt neugierig den Kopf zur Türe herein: »Na, geht's, Herr Dozent?«

Kapperbrunn macht eine verzweiflungsvolle Gebärde zu dem arbeitenden Weitprecht hin.

Krispin: »No, was hab ich Ihnen gesagt?«

Kapperbrunn deutet erschrocken auf Weitprecht.

Krispin: »Sie können ruhig reden, er hört's ohnehin nicht...«

Kapperbrunn: »Aber Krispin!«

Krispin unbekümmert: »Aber warten Sie, ich werde Ihnen helfen, ohne Krispin geht es eben nicht...« sehr laut, »Herr Professor...« noch lauter, »Herr Professor, die Frau Professor hat telephoniert...«

Weitprecht hebt den Kopf.

Krispin: »Ja, die Frau Professor haben telephoniert, der Herr Professor mögen ein Brot mit nach Hause bringen... ich habe es bereits besorgt.«

Weitprecht, dem Leben wiedergegeben, freundlich: »Danke, Herr Krispin.«

Kapperbrunn: »Guten Tag, Herr Professor...«

Krispin weist auf Weitprecht wie ein Dompteur nach einer geglückten Nummer, sagt »Bitte«, und verläßt den Raum.

Weitprecht, als sähe er Kapperbrunn erst jetzt: »Was führt Sie zu mir, lieber Herr Doktor...?«

Kapperbrunn: »Eigentlich nur Gutes, Herr Professor... ich

habe verschiedene Wege gemacht... natürlich alles unter Umgehung der akademischen Kreise, die vor ein fait accompli gestellt werden müssen... dann können sie natürlich nicht anders als Ja sagen...«

Weitprecht hält sich nachdenklich die Stirne: »Gut, daß Sie [gekommen] sind, Herr Doktor, ...ich wollte Ihnen doch auch schon die längste Zeit etwas sagen... wenn ich nur wüßte, was es gewesen ist...«

Kapperbrunn: »Schön, es ist mir also gelungen, die Industrie für die Sache zu interessieren... gewissermaßen aus Reklamegründen will sie es tun, das habe ich den Leuten eingeredet... uns kann's ja gleichgültig sein, aus welchen Gründen sie's tun... Autos und dergleichen sind schon so ziemlich sicher gestellt... aber man verlangt nun natürlich doch auch von mir, daß ich genaue Kostenberechnungen vorlege...«

Weitprecht, der nun halbwegs zugehört hat: »Wenn ich nicht irre, handelt es sich da um die Expedition?«

Kapperbrunn geduldig: »Allerdings, Herr Professor...«

Weitprecht: »Hm, hm... könnten wir das nicht ein wenig aufschieben, ich habe nämlich gerade jetzt noch sehr wichtige theoretische...«

Kapperbrunn: »Nein, Herr Professor, es wird nichts aufgeschoben... man muß das Eisen schmieden, solange es warm ist.«

»So... meinen Sie... unangenehm, sehr unangenehm...«

»Herr Professor, die theoretischen Arbeiten werden Sie nach Ihrer Rückkunft wieder aufnehmen, jetzt beschäftigen Sie sich einmal mit dem praktischen Teil...«

Weitprecht schlau: »Es besteht aber doch die Hoffnung, will sagen, die Möglichkeit, daß jetzt die Mittel noch nicht aufgebracht werden...«

Kapperbrunn: »Allerdings, diese Hoffnung besteht... nichtsdestoweniger aber werden Sie sich jetzt mit dem Expeditionsplan beschäftigen...«

Weitprecht, verprügelt und traurig: »Wenn es nicht anders geht...« greift sich wieder an die Stirne, »...ich möchte aber bloß wissen, was ich Ihnen sagen wollte... es war doch da etwas...«

Kapperbrunn energisch: »Nein, Herr Professor, es geht nicht anders... Sie versprechen mir also, daß Sie jetzt das genaue Expeditionsprogramm aufstellen werden, und dann werden wir uns mit den Kosten beschäftigen...«

Weitprecht: »Ja, da kann ich wohl nicht anders... wenn ich nur wüßte, was ich Ihnen zu sagen hatte...«

Kapperbrunn: »Na, bis zum nächsten Mal wird es Ihnen schon einfallen... also wenn es Ihnen paßt, Herr Professor, so komme ich morgen und mithin, auf Wiedersehen, Herr Professor.«

Kapperbrunn geht zur Türe, öffnet sie.

Weitprecht, besorgt und traurig: »Ja, auf Wiedersehen, lieber Herr Doktor Kapperbrunn... wenn ich nur... ach ja... Herr Doktor Kapperbrunn, ich hab's, Doktor Kapperbrunn...«

Kapperbrunn, der schon bei der Türe draußen war, kommt zurück: »Ja, Herr Professor...«

Weitprecht: »Sehen Sie, das habe ich vergessen...« er durchsucht seine Taschen, »...wo habe ich es denn nur... ja, wo steckt es denn? ...ach da...« Und triumphierend ob des geglückten Fundes übergibt er Kapperbrunn einen reichlich zerknüllten Brief: »...seit der Vorwoche wollte ich ihn Ihnen immer schon zeigen und immer wieder habe ich [es] vergessen.«

Kapperbrunn liest mit steigender Verblüffung.

Auf der Leinwand erscheint der *Brief:*

FELLEROCK-STIFTUNG N. Y.

Generalsekretariat

Dem unterzeichneten ständigen Sekretär der Stiftung gereicht es zur besonderen Ehre und Freude, Ihnen, sehr geehrter Herr Professor, mitzuteilen, daß das Komitee einstimmig beschlossen hat, Sie, sehr geehrter Herr Professor, für eine von Ihnen zu bestimmende Reihe von Jahren an sein Institut einzuladen, damit Sie daselbst Ihre so überaus wichtigen Forschungen fortsetzen mögen.

Soferne Sie, hochgeehrter Herr Professor, über die Bestimmungen unseres Forschungsinstituts nicht orientiert sein sollten, bitte ich zur Kenntnis zu nehmen, daß die Stiftung den hier arbeitenden Herren ein Jahreshonorar von $ 10000,– aussetzt. Die Spesen, welche durch die verschiedenen Arbeiten auflaufen, werden selbstverständlich vom Institut getragen.

Die Stiftung hat ferner zur Kenntnis genommen, daß Sie zur astronomischen Verifikation Ihrer bisherigen Forschungsergebnisse eine Expedition in den australischen Archipel planen.

Das Komitee hat beschlossen, Ihnen für den Fall der Ausführung dieses Projektes einen Kostenbeitrag von $ 15000,– zur Verfügung zu stellen.

Mit der Bitte, mich wissen zu lassen, ob Ihnen diese Vorschläge des Komitees genehm wären, bin ich Ihnen, sehr geehrter Herr Professor, sehr ergeben.

Weitprecht schüchtern: »Es ist englisch...«

Kapperbrunn, mit Mühe gefaßt: »Wie lange tragen Sie den Brief schon bei sich herum, Herr Professor?!«

Weitprecht unschuldig: »Seit der Vorwoche...« er deutet zu den Papieren auf dem Schreibtisch, »...so wichtige Arbeiten...«

Kapperbrunn: »Und mich lassen Sie alle diese Wege machen, Herr Professor? mich lassen Sie in der ganzen Stadt herumlaufen?!!!«

Weitprecht: »Ja, besteht denn da ein Zusammenhang?»

»Lieber Himmel! ...und ob da ein Zusammenhang besteht... sagen Sie mal, Herr Professor, wissen Sie, was in dem Brief geschrieben steht?«

Weitprecht schüchtern: »Ach ja, man bietet mir Geld an... ist das eigentlich viel oder wenig Geld, das man mir da anbietet?«

»Aber, Herr Professor, so viel, wie noch nie ein Mensch beisammen gesehen hat...« Kapperbrunns erste Wut ist verflogen, seine Stimme wird jetzt immer freudiger, »...viel mehr Geld als wir brauchen!«

»So? das ist so viel Geld? ...sagen Sie, Kapperbrunn, da können wir wohl einen Teil zurückschicken? das müssen wir wohl?«

»Herr Professor, haben Sie es schon?«

»Nein... aber...« Er weist auf den Brief in Kapperbrunns Hand.

Plötzlich aber überkommt es jetzt Kapperbrunn. Den Brief in der Hand, beginnt er jetzt geradezu zu tanzen. Er packt Weitprecht an den Schultern: »Herr Professor, jetzt wird gereist!« jubelt er, und dann schreit er über die Korridore: »Hieck! Krispin! Hieck!«

Die beiden erscheinen, und Kapperbrunn brüllt ihnen zu: »Es wird gereist... es wird gereist...!«

Krispin setzt sich ohneweiters hin: »Was? ich auch?«

Kapperbrunn: »Meinetwegen auch Sie... was sollte ich denn

ohne Sie anfangen.«

Krispin: »Nun ja, ...hm... ich meine halt auch, daß Sie es nicht allein schaffen werden, wenn ich nicht mitkomme, sonst läßt sich der Professor am Ende noch von einem Menschenfresser auffressen.«

Hieck bedächtig: »Es wäre allerdings zu überlegen, ob es nicht ratsamer wäre, die Reise zu verschieben, bis unsere neuen theoretischen Arbeiten abgeschlossen sein werden...«

Da dreht sich Kapperbrunn zu Krispin und sagt ihm ruhig: »Krispin, schmeißen Sie den Herrn Doktor hinaus... auf meine Verantwortung... ich decke Sie vor Gericht und überall... ich kann ihn nämlich leider nicht selbst anfassen, denn sonst gäbe es einen Mord...!«

»Es war doch nur ein Vorschlag«, sagt Hieck.

»Herr Professor«, ruft Kapperbrunn, »hören Sie sich doch einmal die Vorschläge Ihres Herrn Assistenten an!« Und er dreht sich um, um Weitprecht zu sehen. Aber Weitprecht steht nicht mehr dort, wo er gestanden hatte; er steht überhaupt nicht mehr, sondern er hat sich schon längst wieder zum Schreibtisch geschlichen und sitzt nun da, ohne etwas zu sehen und zu hören, die Nase in der Arbeit.

Kapperbrunn hebt verzweiflungsvoll die Arme. Das Bild verschwindet.

Die Straßen der Stadt, die Akademie, die Universitätsinstitute, die alten Dächer. Und aus den Häusern klingt es: »Also ausgerechnet der Weitprecht wird nach Amerika berufen.« – »So eine Schiebung« – »Ja, ja, und solide Arbeit wird nicht beachtet, die muß im Verborgenen bleiben.« – Das allgemeine Geblöke, Gackern, Knurren beginnt wieder. Und daraus hört man: »Den Amerikanern gefällt eben jede Windbeutelei.« – »Wenn man bedenkt, wie die Frau Weitprecht sich jetzt aufspielen wird!« – Und nun erscheint in raschen Überschneidungen:

Prof. Ringdürr: »Es ist ausgeschlossen, daß die Theorie einem praktischen Beweis standhält... alle erkenntnistheoretischen und logischen Überlegungen sprechen stringent dagegen.«

Geheimrat Maier zu Kapperbrunn: »Ich hoffe, daß wir Sie vor Ihrer Abreise noch bei uns sehen; meine Tochter Ida haben Sie ja geradezu bezaubert.«

Krispin mit Weib und Kind. Er nimmt rührenden Abschied,

weil er zu den »Menschenfressern« muß, um seinen Professor zu beschützen.

Wirtshaus Zum Globus. Der Stammtisch »Zum gesunden Menschenverstand«. Mauser nimmt den Ritter und steckt ihm eine neue Fahne in die Hand. Auf der Fahne steht: »Weitprecht-Gesellschaft«.

Im astronomischen Institut. Ilse Nydhalm verabschiedet sich von den Kollegen. – Hinter ihrem Rücken: »Kunststück, bei ihrem Verhältnis mit dem Hieck.« – »Aber nein, sie hält es doch mit beiden, mit dem Hieck und dem Kapperbrunn.«

Büro des Unterrichtsministers. Der Minister und sein Sekretär. Der Minister: »Sehen Sie, immer nur schön langsam mit dem Geld. Was hätten wir davon gehabt, wenn wir den Weitprecht finanziert hätten? Nichts! Jetzt müssen die Amerikaner seine Expedition zahlen.«

Professor Lenhart zu Kapperbrunn: »Nun, jetzt wird ja auch Ihre Professur wohl sehr bald fällig werden, liebster Kollege, vergessen Sie nicht, daß ich stets dafür eingetreten bin.«

Wohnung Weitprechts. Weitprecht, einen Tropenhelm auf dem Kopf, inmitten von Koffern, sitzt an einem Tisch und arbeitet.

Damengesellschaft. »Doch ein höchst interessanter Mann, dieser junge Doktor Hieck!« – »Angeblich sollen er und die Weitprecht...« – »Aha, daher!«

Und schließlich:

Bahnhof. Abreise. Der Dekan, Geheimrat Maier, Lenhart haben sich als Deputation eingefunden. Frau Weitprecht überhäuft ihren Gatten mit Ratschlägen. Die gesamte Familie Nydhalm.

Der Dekan hält eine Ansprache. Glückwünsche auf die Fahrt und die Bitte, Weitprecht möge die Fakultät den amerikanischen Kollegen wärmstens und kollegial empfehlen.

Weitprecht möchte gern zuhören, wird aber von tausend Dingen abgezogen.

Alles geht drunter und drüber. Kapperbrunn hat sich vervielfältigt, und hält, so gut es geht, die ganze Gesellschaft in Zaum. Aber schließlich gelingt es, alles ist in den Coupés untergebracht. Weitprecht will zwar nochmals aussteigen, wird aber mit Gewalt zurückgehalten. Winken. Abfahrt.

Der Zug fährt in die Sommernacht hinaus. Weiß leuchten die

reifen Ährenfelder in der Dunkelheit, die Lichter der Ortschaften blinken, und der bestirnte Sommerhimmel ist darüber gespannt.

Und nun nur mehr der *Sternenhimmel,* der zu wandern beginnt. Er dreht sich aus seiner nördlichen Hemisphäre in die *südliche;* das Kreuz des Südens wird sichtbar. Die Musik, die wieder als Bachfuge eingesetzt hat, wendet sich ins Orientalische und schließt in einem Aufrauschen.

Ende von Teil II

Teil III

Der *tropische Sternenhimmel.*

Das *Meer unter dem Sternenhimmel,* dunkel, in großen Flächen sanft bewegt. Und dann sieht man das silbern rauschende Kielwasser eines Schiffes.

Nach dem Aufrauschen der orientalischen Musik am Ende von Teil II hat die Musik sofort sehr leise wieder eingesetzt, und nun entwickelt sie sich immer mächtiger zum Schlußchor aus der *Neunten Symphonie* »Freude, schöner Götterfunken«. Die Musik klingt über das Wasser, und es ist, als ob sie von einem Geisterschiff herstammte. Die Delphine erscheinen im Mondlicht, immer größere Herden von Delphinen springen aus dem Wasser, fliegende Fische erscheinen, das Meer leuchtet und spiegelt die Sterne, und alles zieht dem silbern rauschenden Kielwasser nach, gezogen von den Tönen.

Und nun wird auch das Schiff sichtbar, ein *Ozeandampfer mit all seinen Lichtern,* alle Luken sind beleuchtet, die Decks zeichnen sich als lange Lichterzeilen [ab], es gibt so viel Licht, daß der Schiffsrumpf kaum zu sehen ist, und man an ein Lichterschiff gemahnt ist, an ein Geisterfest, das im Klang der Beethovenmusik über das stille Wasser dahinzieht.

Und es kann auch noch *das Leben unter Wasser* gezeigt werden. Die Lichterfülle dringt gespenstisch gebrochen und schillernd in tiefere Wasserschichten, mit ihr aber auch die ewigen Klänge, und orpheisch angelockt, ist alles Getier des Meeres gekommen, die Rudel der Haifische mit verzücktem schrägem Blick, die Schwärme der kleineren Fische, die leuchtenden Rochen und die Laternenfische und die durchsichtigen Quallen. Sie alle umspielen den dunklen Schiffsrumpf, die arbeitenden Schrauben, den scharf schneidenden Bug, vor dem das Wasser hoch aufwallt wie eine Fontäne.

Und nun nochmals *der ganze Sternenhimmel.*

An Bord aber, einsam *am Heck,* im Zelte des Sternenhimmels und beleuchtet von der Lichterfülle, stehen zwei Gestalten: Hieck und Ilse. Sie stehen aufrecht, unbeweglich, und sie berühren einander nicht. Manchmal hebt Hieck den Arm und deutet auf einen Stern. Trotzdem, vielleicht eben durch diese Unbeweglichkeit bewirkt, getragen von den Beethovenschen

Tönen, spürt man, daß diese beiden Menschen eng verbunden sind, daß zwischen ihnen eine außerordentliche Spannung besteht.

Es erscheint Kapperbrunn, rundlich, beweglich und im Smoking. Wie er des Paares ansichtig wird, stockt er, bleibt stehen, betrachtet es eine Weile. Dann senkt er traurig den Kopf und geht leise davon.

Promenadedeck. An die Reeling gelehnt, in Deck-chairs liegend, die Passagiere. Kapperbrunn geht vorbei. Und nun sieht man auch die Herkunft der Geistermusik: die ganze Länge des Decks entlang sind Lautsprecher angebracht, und da jetzt eben der letzte Ton der Symphonie verklingt, hört man die Stimme des englischen Ansagers: »National British Broadcasting usw.«

Bar. Kapperbrunn tritt in die Bar, begrüßt den chinesischen Mixer als einen alten Bekannten, klettert auf einen Hocker und läßt seine kurzen Beine trübsinnig baumeln:

»Mr. Wu Hang, geben Sie mir etwas gegen die größte Liebesenttäuschung des Lebens.«

Der Mixer denkt lächelnd nach: »Ja... ich werde Ihnen machen etwas Spezielles gegen Enttäuschung.«

Kapperbrunn: »Liebesenttäuschung! Liebe!«

Der Mixer: »Es geben nur solche Enttäuschung.«

Kapperbrunn: »So, auch in China... also dann gleich doppelt.«

Er bekommt seinen Doppeldrink. Dann gibt er sich einen Ruck: »So, jetzt geht's wieder...« Und er verläßt die Bar.

Promenadedeck vor dem Eingang zum Tanzsaal. Jazz klingt heraus. Hieck und Ilse kommen das Deck entlang. Wie sie da sind, betrachtet Kapperbrunn Hiecks Gestalt und schaut angeekelt fort.

Ilse: »Was haben Sie denn, Dr. Kapperbrunn?«

Kapperbrunn: »Abend für Abend muß ich mich über die Tracht dieses Menschen ärgern... wo ich ihm ausdrücklich befohlen habe, einen Smoking mitzunehmen... sogar Weitprecht hat den Frack mit...«

Ilse: »Aber er zieht ihn doch nicht an.«

Kapperbrunn: »Das ist wieder ein Glück, denn ich glaube, daß es der Frack seines Großvaters ist... so letzte Mode 1860...«

Hieck: »Dafür sind Sie um so schöner.«

Kapperbrunn: »Bin ich auch... ich rette sozusagen die wissenschaftliche Ehre der Expedition... aber was nützt mir das schon...?«

Ilse: »Was soll es Ihnen nützen?«

Kapperbrunn: »Nun, Sie wandern ja doch mit diesem merkwürdig kostümierten Menschen herum und schauen auf die Sterne, als ob Sie das nicht zu Hause könnten, anstatt mit mir tanzen zu kommen...«

Ilse: »Aber Dr. Kapperbrunn, Sie stecken ja doch nur in der Bar.«

Kapperbrunn: »Ja, teils aus Verzweiflung und Eifersucht...«

Ilse: »Das ist nicht sehr glaubhaft...«

Kapperbrunn: »Sehr glaubhaft sogar... ja, und andernteils aus Wißbegierde... wissen Sie, wie viel Drinkrezepte der Herr Chinese dort hat? zwei-hundert-acht-und-dreißig! bedenken Sie, zwei-hundert-acht-und-dreißig!!! Und ich halte noch nicht einmal bei hundert! mindestens dreimal, wenn nicht viermal werde ich die Reise machen müssen, um durchzukommen, und inzwischen wird der Kerl doch schon wieder neue Rezepte für seine Drinks erfunden haben... von dem Whisky ganz abgesehen... eine Wissenschaft, unendlich und unausschreitbar wie jede Wissenschaft...«

Hieck: »Wir werden Sie mit Delirium nach Hause bringen.«

Kapperbrunn: »Oder als perfekten Barmixer.«

Ilse: »Ich dachte, Dr. Kapperbrunn, daß Sie Bergführer werden wollten...«

Kapperbrunn: »Wollte, wollte... aber jetzt will ich...«

Hieck: »Barmixer?«

Kapperbrunn: »I wo... ich werde doch nicht einen Wissenschaftsberuf mit einem andern vertauschen... nein, Kapitän will ich werden, oder zumindest Matrose... das ist das wahre Leben... denken Sie, in einem Sturm die Frauen und Kinder retten... und dann auf einsamer Kommandobrücke in den Fluten versinken... zurück ins ewige Wasser, dem alles Leben entstiegen ist... aber das verstehen Sie nicht, sie müssen die Sterne zählen und nennen das Erkenntnis...«

Ilse lacht.

Kapperbrunn: »Sie sollen mich nicht immer auslachen... daß ein dicker Mann nicht ernst genommen wird, das ist furchtbar... das ist die einzige Tragik dieses Lebens... und dabei habe ich so gehofft, daß man in der Hitze den Appetit verlieren wird,

Tropenmenschen sind doch immer ausgemergelt... bös sieht es mit meiner Ausmergelung aus...« er schaut betrübt an sich herab.

Ilse: »Was nicht ist, kann noch werden...«

Kapperbrunn traurig: »Nein, es kann nicht werden... auf diesen Schiffen bekommt man zu viel zu essen... und keine Bewegung, Sie wollen ja nicht einmal mit mir tanzen...«

Ilse: »Also kommen Sie... aus hygienischen Gründen...«

Kapperbrunn: »Nein, aus Liebe... anders nicht.«

Ilse: »Schön, aus Liebe... kommen Sie.«

Kapperbrunn: »Wenn man bedenkt, daß dieses Leben übermorgen schon zu Ende geht... ein Jammer...«

Hieck: »Ja, übermorgen sind wir zur Stelle.«

Kapperbrunn: »Ihnen kann's natürlich recht sein... ohne Smoking.«

Am nächsten Morgen. *Kabine Weitprechts.* In einer Ecke lehnt der große Cellokasten. Der Tisch ist mit Papieren bedeckt. In der Mitte aber, unter dem großen surrenden Ventilator, sitzt Weitprecht und spielt Cello.

Deck vor Weitprechts Kabine. Es sammeln sich immer mehr Passagiere an, die Weitprechts Spiel zuhören.

Krispin kommt dahergeschlendert. Er besieht sich einen Augenblick lang die Situation, dann bricht er sich sehr unbekümmert Bahn durch die lauschende Menge und ruft durch die Jalousien des Kabinenfensters: »Herr Professor, aufhören, die Leute horchen Ihnen zu...«

Weitprecht spielt weiter.

Einige Passagiere zerren den sich wehrenden Krispin vom Fenster fort und beschimpfen ihn in mehreren Sprachen.

Krispin: »Wir geben keine Gratiskonzerte.«

Ein Passagier: »Ihr Professor ist wohl ein sehr berühmter Musiker...?«

Krispin: »Haben Sie eine Ahnung, wie berühmt wir sind?! Jetzt werden wir nach Amerika geholt...«

Der italienische Tenor, die Hand am Ohr: »Bravissimo...«

Krispin: »Was sagt er?«

Der italienische Tenor: »Würden Ihr Herr geben mit mir eine Konzert? für den Wohltätigkeit?«

Krispin, platt: »Was, der Herr Professor?!«

Der Tenor, mit einem liebenswürdig runden Öffnen beider

Hände: »Nun ja, eine Konzert...«

Kapperbrunn kommt herzu: »Was gibt's, Krispin? Sie kriegen ja den Mund nicht zu...«

Krispin winkt Kapperbrunn heftig herbei: »Der da will ein Konzert mit dem Herrn Professor geben...«

Der Tenor: »Sind Sie das Manager von Herr Professor?«

Krispin, leise zu Kapperbrunn: »Achtung, Tropenkoller!«

Kapperbrunn: »Der Manager? ...ja, ja, der Manager, das stimmt einmal, das stimmt sogar auffallend...«

Der Tenor: »Wie ist also mit Konzert?«

Kapperbrunn schüttelt den Kopf: »Unmöglich... wäre ein Kontraktbruch...«

Der Tenor: »Jede Kontrakt hat kleine Loch.«

Kapperbrunn: »Kontrakte, die ich abschließe, haben keine Löcher...«

Tenor: »Oh, oh... auch nicht für Wohltätigkeit?«

Kapperbrunn: »Nein, leider... schade.«

Der Tenor: »Schade.«

Weitprecht hat sein Spiel beendet. Die Leute entfernen sich. Auch der Tenor, mit einem liebenswürdig schwungvollen Gruß.

Krispin imitiert den Gruß des Tenors; nachdem er mit Kapperbrunn allein ist: »Was, Herr Dozent, Tropenkoller?«

Kapperbrunn: »Ach, Krispin... ich glaube, den habe eher ich.«

Krispin: »Aber, Herr Dozent, Sie haben bloß Heimweh... der Weitprecht hat auch Heimweh, deswegen fiedelt er ja... und ich erst... schön wär's jetzt beim Mauser im Globus zu sitzen... nicht wahr, Herr Dozent? das Bier auf so einem Schiff heißt auch nichts...«

»Nein, es heißt nichts... aber ich lade Sie trotzdem auf eines ein... kommen Sie, Krispin, wir wollen unsern Schmerz ertränken...«

In Weitprechts Kabine. Hieck ist bei Weitprecht.

Weitprecht: »Also morgen langen wir ein.«

Hieck: »Ja, Herr Professor, die amerikanischen Kollegen werden uns schon im Hafen erwarten...«

Weitprecht: »Ich bin froh, daß es soweit ist... so ein Luxusleben taugt nicht für mich... für Sie wohl auch nicht?«

»Nein, Herr Professor, gar nicht...«

Weitprecht zeigt auf den Tisch mit den Papieren: »Ich habe

hier beinahe gar nichts gearbeitet... es war recht schlecht, daß man mich zu dieser Reise gezwungen hat... was meinen Sie, könnten die amerikanischen Kollegen die Beobachtungen nicht allein durchführen? ...dann könnten wir gleich wieder zurückfahren...«

Hieck unsicher: »Ja, aber Kapperbrunn...«

Weitprecht schmollend: »Immer dieser Kapperbrunn...«

Schwimmbad auf Deck. Neben andern Badegästen auch Ilse und Kapperbrunn. Ilse sitzt am Bassinrand. Kapperbrunn legt eine Badelänge nach der andern zurück.

Ilse: »Noch nicht genug, Doktor Kapperbrunn?«

Kapperbrunn schnaubend: »Noch eine Länge, dann sind's vierundzwanzig... runde Zahl...«

Er schwimmt noch eine Länge, dann steigt er prustend heraus: »Ogottogottogott...«

»Warum jammern Sie denn so, Herr Doktor?«

»Weil es zum letzten Mal ist, daß wir hier baden... das macht mich elegisch... wann werden Sie je wieder mit mir schwimmen? Und ich bin doch so furchtbar eifersüchtig...«

»Was hat denn das mit Schwimmen zu tun?«

»Tja, nicht viel... oder doch... niemals hätte ich mit Ihnen schwimmen gehen dürfen... erstens weil ich dann nicht gewußt hätte, wie schön das ist, und zweitens weil Sie dann nicht gesehen hätten, daß ich so ausschaue... na, wie eine Badepuppe aus Gummi... das ist nämlich der Quell alles Übels.« Und verschämt kreuzt Kapperbrunn die Arme über dem Leib, um dessen Fülle zu verbergen.«

»Mein Gott, Dr. Kapperbrunn, was reden Sie da wieder alles zusammen ...nur damit Sie sich wieder einmal über die ganze Welt und über mich lustig machen...«

Kapperbrunn, ernst und leise: »Ilse... glauben Sie denn wirklich, daß ich nicht weiß, wie es steht? ...und wenn man bedenkt, wie sehr ich mich auf diese Reise mit Ihnen gefreut habe...«

Ilse, still: »Dr. Kapperbrunn...«

Kapperbrunn, über sich selbst gerührt, schnaubt: »Ja...«

Ilse: »Dr. Kapperbrunn, geben Sie mir Ihre Hand...«

Kapperbrunn schaut seine Hand an: »Sie hat so kurze Finger... na, aber trotzdem...«

Sie bleiben eine kleine Weile Hand in Hand sitzen.

Ilse: »Außerdem ist es gar nicht unser letztes Bad... dort wird man doch auch schwimmen können... im Meer oder in einem Flusse...«

Kapperbrunn: »Ach, wenn es da nur Haifische und Krokodile geben würde...«

»Wozu brauchen Sie denn Haifische und gar Krokodile?«

»Damit ich Sie retten kann, Ilse.« Und Kapperbrunn läßt sich nochmals ins Wasser plumpsen.

Ilse springt ihm nach, und sie schwimmen um die Wette zwei Bassinlängen lang.

Weitprechts Kabine. Krispin hilft Weitprecht beim Packen. Sie kommen zum Frack.

Krispin, den Frack hochhaltend: »Was geschieht mit dem da?«

Weitprecht, entschuldigend: »Doktor Kapperbrunn...«

Krispin: »Sie haben ihn ja jetzt auch nicht angezogen.«

Weitprecht: »Ja, aber Doktor Kapperbrunn...«

Krispin: »No ja, wenn's der Kapperbrunn sagt, vielleicht brauchen Sie ihn, wenn Sie mit dem König von den Menschenfressern werden sprechen müssen... also geben wir ihn obenauf.«

Der Frack wird obenauf gepackt.

Die Landung. Das Schiff hält angesichts einer tropischen Insel, eine Motorbarkasse ist in voller Fahrt hin begriffen. Das Meer ist leicht gekräuselt.

An Bord. Die letzten Instrumentenkisten werden soeben aus dem Laderaum hochgezogen. Krispin, der zum Zeichen seiner amtlichen Würde seinen Laborantenkittel übergeworfen hat, überwacht die Manipulation am Rande der Ladeluke und behelligt den kommandierenden Lademeister mit aufgeregten Ermahnungen, vorsichtig zu Werke zu gehen. »Langsamer«, brüllt er zum Kranführer, »langsam niederlassen... optische Instrumente.« Und da er sich nicht verstanden glaubt, brüllt er immer lauter: »Optische, von Sternwarte, astronomisch...«

Der Tenor gesellt sich zu ihm: »Was sein das?«

Krispin über die Achsel: »Instrumente.«

»Ah... Viola da Gamba?«

»Ja, ja... Phiolen haben wir auch...« aber da der Lademeister ihn nicht beachtet, ist er froh, von anderer Seite abgelenkt zu sein, und er wendet sich zum Tenor: »... aber Phiolen nicht hier, Phiolen zu Hause, Universität.«

»Ah… Universität.«
»Ja, Trottel, Universität.«
»Und Cello auch?«
»Ja, Cello unten, Professor.«
Der Tenor erstaunt sich: »So viel Instrumente? alles Herr Professor?«
»Wir noch mehr Instrumente… große…« Krispin breitet die Arme aus, »…bringen Amerikaner.«
»Amerikaner?«
»Ja, Amerikaner, dorthin…« Krispin deutet zum Ufer. »…Trottel.«
Der Tenor entfernt sich kopfschüttelnd.
Weitprecht kommt, fällt beinahe in die Ladeluke, wird im letzten Augenblick von Krispin zurückgehalten, der erschrokken in den sechs Stockwerk tiefen Abgrund zeigt.
Am Fallreep. Die Barkasse hat angelegt. Die gegenseitige Post wird übergeben. Einer der beiden amerikanischen Astronomen, Dr. Thompson, klettert hinauf, Weitprecht abzuholen.
Am Promenadedeck beim Fallreep. Das Gepäck wird von den Stewards gebracht. Kapperbrunn verteilt Trinkgelder. Hieck und Ilse erscheinen, sie beide ein wenig schlafwandlerisch, besonders Ilse, die entzückt zum Ufer hinweist: »Palmen.« Und nun erscheinen auch Weitprecht und Krispin, dieser noch immer im schwarzen Laborantenkittel.
Kapperbrunn: »Herr Professor, haben Sie nichts vergessen? soll ich nicht nochmal in Ihre Kabine schauen?«
Krispin: »Nichts ist unten geblieben, Herr Dozent, Sie können sich darauf verlassen, ich übernehme die Verantwortung…«
Inzwischen wartet aber schon Dr. Thompson, und Kapperbrunn übernimmt die Vorstellung. Krispin dagegen läuft das Fallreep hinunter, um der Verstauung der Instrumentenkisten beizuwohnen.
Nun erscheinen auch der Kapitän und der erste Offizier. Die Passagiere, welche bisher an der Reeling den Verladearbeiten zugesehen haben, merken, daß etwas Besonderes im Gange ist und scharen sich um die Gruppe.
Der Kapitän hält eine kleine Ansprache: »Meine verehrten Damen und Herren, jetzt, da uns Herr Professor Weitprecht und seine Mitarbeiter verlassen, darf ich es ja verraten, daß wir

einen der größten Gelehrten unserer Zeit beherbergt haben, und daß unser braves Schiff die Ehre hatte, an einer der wichtigsten wissenschaftlichen Expeditionen der Geschichte beteiligt gewesen zu sein. Und so gereicht es uns wohl allen zur besonderen Freude, der Expedition Professor Weitprechts ein gutes Gelingen und eine glückliche Heimkunft zu wünschen, ihm zur Befriedigung, der Menschheit zu Nutzen. Hip, hip, Hurrah.«

Die anwesende Mannschaft brüllt begeistert: »Hip, hip, Hurrah«, und ein Teil der Passagiere, ob so viel Seemännischkeit geniert, stimmt etwas schüchterner ein.

Der Tenor stolz: »Ich sein der erste, was ihn haben erkannt.«

In der Barkasse hört Krispin das Hurrah-Geschrei. Er winkt hoheitsvoll hinauf: »Schon gut, schon gut.«

An Deck oben jedoch ist Weitprecht während der Rede des Kapitäns immer unruhiger geworden und hat seine Taschen abgeklopft. Und während er noch die ausgestreckte Hand des Kapitäns schüttelt, schaut er schon hilfesuchend zu Kapperbrunn. Aber es nützt ihm nichts, er ist gezwungen, viele Hände zu schütteln, zwanzig Photographenapparate sind plötzlich da, ein paar junge Mädchen nähern sich auch schon mit Autogrammwünschen, und es dauert eine Weile, bis er zu seinem Schreckensruf kommt:

»Doktor Kapperbrunn, meine Brille.«

Kapperbrunn schlägt die Hände überm Kopf zusammen: »So ein Halunke, dieser Krispin...«

Ilse: »Ich laufe in Ihre Kabine, Herr Professor, vielleicht finde ich sie...« Und sie läuft davon.

Das Gepäck wird das Fallreep hinunter getragen.

Ilse kommt ohne Ergebnis zurück.

Hieck, der die Obsorge über die Manuskripte und Aufzeichnungen übernommen hat, hält dieses kostbare Mappenmaterial krampfhaft in den Armen und hat Schwierigkeiten, da er Autogramme geben soll.

Weitprecht unschlüssig: »Die Brillen... beide Brillen.«

Kapperbrunn schreit zur Barkasse hinunter: »Krispin, die Brillen des Professors...!«

Krispin schreit zurück: »Aber ich habe sie ja eingesteckt, damit er sie nicht verliert... er weiß es doch.«

Und nun, nach nochmaligem Händeschütteln, steigt die Gesellschaft zur Barkasse hinunter.

Die Landung. Die Barkasse stößt ab. Die Mannschaft droben ruft nochmals ihr »Hip, hip, Hurrah«. Der Kapitän und die Offiziere stehen salutierend am Fallreep, die Sirene des Schiffes heult auf, die Schrauben beginnen zu arbeiten. Und während sich die Barkasse entfernt und das Schiff sich in Bewegung setzt, ist das ganze Deck voll winkender Tücher.

Die Scheidenden winken gleichfalls. Doch bald wendet sich ihre Aufmerksamkeit dem Lande zu, einer Bai mit einer kleinen Kolonialsiedlung, umgeben von Eingeborenenhäusern, die zum Teil in dem weitherabreichenden Walde versteckt sind, während die ganze Landschaft von einem fernen blauen Berg überragt wird.

Am Land werden sie von dem zweiten amerikanischen Astronomen Mr. Gershvin und dem hier residierenden Regierungsfunktionär erwartet und begrüßt. Und jetzt ist Krispin in seinem Element. Denn nun gibt es keinen Verlademeister, und wenn es auch die Amerikaner waren, die die eingeborenen Träger bereitgestellt hatten, so sind diese jetzt doch mit der Begrüßung beschäftigt, und Krispin kann das Oberkommando der Löschung übernehmen, wobei er die malaiischen und negroiden Arbeiter unterschiedslos mit »Du, Schwarzer« anredet.

Auf dem Weg zu ihren Unterkünften bemerkt Kapperbrunn wohlgefällig die malaiischen Mädchen; sie lächeln ihn an und er winkt ihnen zu.

Abenddämmerung. Ilse geht durch die *Eingeborenengassen.* Das Leben spielt sich vor den Häusern ab. Eine junge malaiische Mutter sitzt da und säugt ihr Kind. Ilse sieht ihr einen Augenblick zu. Die Gassen sind voller Kinder. Dann kommt sie zum *Strand.* Flach und sanft gleiten die Wellen herauf und wieder zurück. Fischerbarken gleiten vorbei. Im flachen Strandwasser wieder Kinder. Mit tropischer Plötzlichkeit kommt die Dunkelheit. Ilse hat sich in den Sand gesetzt. Tränen laufen ihr über das Gesicht.

Dann hört man die Stimme Kapperbrunns. Er singt: »Wer in die Fremde will wandern, der muß mit der Liebsten gehen.«

Das Bild der heimatlichen Stadt steigt auf, wie sie inmitten der Felder liegt, die nun schon herbstlich abgeerntet sind und über die die Stimme Kapperbrunns dahinzieht. Das Bild verschwindet wieder.

Kapperbrunn, immer noch singend, kommt zum *Strand.* Wie das Lied beendet ist, kommt er in Sichtweite und erblickt nun auch seinerseits Ilse. Er kommt, setzt sich zu ihr und sieht, daß sie weint.

Kapperbrunn, sehr sanft: »Was ist, Ilse?«

Ilse: »Sie haben recht, Doktor Kapperbrunn, das wissenschaftliche Leben ist nichts für eine Frau.«

Kapperbrunn: »Ja, ja... die verfluchten Sterne und die verfluchte Erkenntnis.«

Der Sternenhimmel wölbt sich über sie.

Kapperbrunn: »Ja, ja.«

Der Aufstieg. Am nächsten Morgen macht sich die Expedition auf den Marsch. Zwei Autos sind mit den Instrumenten beladen. Ilse und Weitprecht fahren, die vier jungen Leute marschieren, mit ihnen eine Trägerkolonne. Der Weg führt aufwärts durch den Urwald und durch all seine Schönheit und Fährlichkeiten.

Krispin marschiert mit Kapperbrunn, und sie unterhalten sich über Löwen, Krokodile, Schlangen und Menschenfresser, zu denen Krispin die gesamte Trägerkolonne zählt.

In der Vormittagshitze wird Rast gemacht, und nach Abflauen der Hitze geht es auf immer beschwerlicheren Wegen weiter. Am Abend wird eine Lichtung erreicht, wo die Zelte aufgeschlagen werden, um zu nächtigen. Hoch steht das Gras, durch das der Abendwind streicht, die Lagerfeuer werden angezündet, die Träger kochen ihre Abendmahlzeit. Zur großen Befriedigung Kapperbrunns haben die Amerikaner für alles vorgesorgt, Konserven, Whisky, bloß Krispin ist unzufrieden: es gibt kein Bier. Dann wachen alle Geräusche des nächtlichen Urwalds auf, die Feuer werden kleiner, die Träger hocken herum, werfen von Zeit zu Zeit ein Stück Holz hinein und singen leise.

Am nächsten Morgen geht es schon in der ersten Dämmerung weiter. Jetzt müssen die Autos zurückgelassen werden, die Träger nehmen die Lasten auf sich, und es geht steiler aufwärts. Die Urwaldgrenze wird erreicht, und man kommt auf die steppenartige Hochebene, welche von den Amerikanern als Beobachtungsort erwählt worden ist. Hier oben ist die Hitze nicht mehr so drückend, von den nähergerückten Bergen weht unaufhörlich ein leiser Wind. Gegen Mittag ist das Ziel erreicht. Es ist eine Überraschung:

Das Lager. In der Nähe eines kleinen Wäldchens, in dem ein Quell entspringt, haben die Amerikaner zwei Baracken errichtet, eine für die Apparate, die andere für Wohnzwecke. Stolz zeigen sie ihr Werk. In der Beobachtungsbaracke sind bereits die Teleskope montiert, eine Dunkelkammer mit allem Zubehör ist eingerichtet, die Wohnbaracke hingegen enthält neben einem allgemeinen Raum zwei Abteilungen für Weitprecht und Ilse.

Die nächsten Tage sind mit Montagen der von Weitprecht mitgebrachten Instrumente, mit der Verteilung der Arbeit erfüllt. Der größere Teil der Träger ist wieder zu Tal geschickt worden, nur wenige Leute sind zurückgeblieben. Krispin im schwarzen Laborantenkittel, der sich inmitten der Tropenanzüge sonderbar ausnimmt, ist stets mit seinen Staubtüchern und Putzlappen ausgerüstet und ist damit beschäftigt, die Instrumente blitzblank zu halten.

An der Baumgrenze Kapperbrunn mit den beiden Amerikanern auf der Jagd. Dann rasten sie.

Kapperbrunn: »Wenn man hier eine dauernde Station einrichten könnte, würde ich hier bleiben.«

Dr. Thompson: »Gefällt es Ihnen hier so gut?«

Kapperbrunn: »Nur nicht zurück nach Europa...«

Gershvin: »Kommen Sie zu uns nach Amerika.«

Kapperbrunn: »Ah, da sind auch Städte... ich will davon nichts mehr wissen, ich brauche keine Kultur...«

Gershvin: »Wir leben vernünftiger als Ihr.«

Kapperbrunn: »Mag sein, aber lebt Ihr? Ihr habt Euch rationalisiert... auf Eure Art bringt Ihr das Leben genau so um wie wir ...hier, unsere Träger, das sind noch Menschen, ich liebe sie geradezu...«

Thompson: »Abergläubisches Pack.«

Kapperbrunn: »Unser Aberglauben heißt Wissenschaft... es läuft auf das Gleiche hinaus... aber das sind noch Menschen, das sind Männer, und das sind Frauen... haben Sie die Frauen da drunten gesehen... das lebt wie die Erde selber, und Kinder, nichts als Kinder, verrotzte, dreckige, herrliche Kinder... ich möchte dableiben...«

Im wolkenlosen Himmel hängt der weiße Mond, milchig im

tropischen Dunkelblau. Er ist beinahe zur vollen Scheibe angewachsen.

Thompson weist hinauf: »Noch drei Tage, und wir sind so weit.«

In der Sternwarte der Heimatstadt. Geheimrat Maier und Prof. Loßka stehen auf der Terrasse. Der Himmel ist herbstlich bedeckt. Über die herbstlichen Wälder hinweg sieht man in der Ferne die Türme der Stadt.

Maier: »Wieder mal kein Beobachtungswetter... na, ist ja auch nicht wichtig.«

Loßka, boshaft: »Wenn Weitprecht Glück hat, dann wird es bei ihm ebenso bewölkt sein.«

Maier: »Warum Glück?«

Loßka: »Na, dann wäre ihm jedenfalls für diesmal eine Blamage erspart...«

Beide Herren lachen.

Im Beobachtungsraum. Ilse ist an dem einen Refraktor beschäftigt. Hieck sitzt beim Tisch und rechnet. Sie überprüfen die Genauigkeitseinstellung der Instrumente.

Ilse schaut auf: »Ich glaube, es ist richtig... es stimmt alles.«

Hieck überprüft nochmals seine tabellarischen Aufzeichnungen: »Ja, alles in Ordnung.«

Ilse, aufseufzend: »Also Schluß für heute.«

Hieck: »Ja...« nach einer Pause, »Fräulein Ilse... Verzeihung, Fräulein Nydhalm...«

Ilse, leise lächelnd: »Sagen Sie ruhig Ilse.«

Hieck schüchtern: »Ja?«

Ilse: »Aber Sie wollten doch etwas sagen...«

Hieck, in seiner Art ein wenig dozierend: »Sagen Sie... geht es Ihnen nicht auch so... es ist ein bißchen schwer ausdrückbar... wenn Sie in die Sterne schauen, ist es Ihnen nicht auch, als müßten Sie hinter den Sternen etwas suchen...?«

Ilse langsam: »Das mag schon sein... ja, da mögen Sie schon recht haben... es ist etwas wie Angst, das einen dazu zwingt...«

Hieck eifriger: »Kapperbrunn sagt, daß die Leidenschaft für die Erkenntnis vom Leben wegführe... aber es ist wie bei den Sternen, man sucht Erkenntnis oder richtiger Erkenntnisse, weil man immer hofft, hinter die Erkenntnis zu kommen, dorthin, wo das eigentliche Leben ist und sich versteckt hält...«

Ilse wendet sich ab: »Ja... und auch das ist Angst...«

Hieck: »Vielleicht... Fräulein Ilse, was ist mit Ihnen?«

Ilse lächelt ihm wieder zu: »Oh nichts... das wollten Sie mir sagen?«

Hieck: »Ja... und doch nein... denn ich fühle, daß ich eigentlich etwas anderes und mehr damit sagen will... auch etwas, das dahinter liegt... wie bei den Sternen, wie bei der Erkenntnis... und das das Eigentliche sein sollte...«

Weitprecht tritt ein: »So spät seid Ihr noch auf... geht Euch doch ausruhen... es kommt jetzt ohnehin der große Tag.«

Ilse: »Herr Professor, Astronomen sind Nachtarbeiter.«

Weitprecht: »Ja, aber die andern sind doch schon zu Bett.«

Hieck: »Ich habe heute meinen turnusmäßigen Nachtdienst.«

Ilse: »Und Sie, Herr Professor?«

Weitprecht, gelockerter als sonst: »Ja, das ist so eine Sache... auf dem Schiff meinte ich, daß ich diese Muße nicht mehr aushalten würde, jetzt habe ich es auf einmal gelernt... ich gehe spazieren, schaue mir zu, wie ich mich ausruhe... das ist so interessant, daß ich nicht ins Bett finde...«

Ilse: »Das ist aber recht, Herr Professor... wie lange haben Sie denn schon keine Ferien gemacht?«

Weitprecht: »Nun... warten Sie mal... das mag wohl schon an die vierzig Jahre her sein...«

Vor der Baracke. In dem Lichtrechteck des Fensters taucht die geduckte Gestalt eines Eingeborenen auf, schleudert einen Dolch in den Raum hinein und verschwindet hierauf wieder katzengleich im Dunklen.

In der Baracke. Der Dolch fliegt knapp an Ilses Schläfe vorbei und bleibt in der hölzernen Wand stecken.

Weitprecht, ruhig und interessiert: »Ah, was war denn das?«

Hieck springt zur Lampe und löscht sie aus: »Ein Dolch... Ilse, Herr Professor... in den Winkel, neben das Fenster...«

Ilse zitternd: »Das hat Ihnen gegolten, Herr Professor... das ist furchtbar...«

Nach einem kleinen Schweigen sagt Weitprecht: »Sonderbar... wer mag sich nur zu einer solch sinnlosen Unfreundlichkeit hinreißen lassen... es muß wohl einer der Träger gewesen sein...«

Ilse: »Doch nicht Ali... er ist doch mit Doktor Kapperbrunn so befreundet...«

Hieck: »Ich hatte immer den Eindruck, daß Ali seine Leute

in Zaum zu halten vermag...«

Weitprecht: »Ich will mal Kapperbrunn fragen...«

Man sieht, wie er sich in dem dunklen Raum zur Türe hintasten will.

Hieck: »Bleiben Sie lieber hier, Herr Professor... ich gehe.«

Ilse angstvoll: »Hieck... Doktor Hieck... nein... gehen Sie nicht!«

Aber Hieck ist schon bei der Türe draußen.

Vor den Baracken. Bei den Zelten der Träger brennt ein kleines Lagerfeuer. Ein paar Leute hocken teilnahmslos dort.

Hieck ruft hinüber: »Ali, Ali...«

Krispin steckt schlaftrunken den Kopf aus dem Fenster der Wohnbaracke: »Was ist denn jetzt schon wieder los? ...kann man denn hier nicht einmal ruhig schlafen? ...das ist doch zuwider...!«

Hieck: »Bitte schicken Sie mir Herrn Doktor Kapperbrunn herüber...«

Krispin: »Haben Sie gar wieder einen neuen Stern gefunden, Herr Doktor?« er gähnt, »...mitten in der Nacht...«

Hieck: »Ja, ja, ...schicken Sie mir nur Doktor Kapperbrunn...«

Krispin zieht sich vom Fenster zurück.

Inzwischen ist Ali, der Aufseher der Trägerkolonne, aus einem der Zelte herausgetreten und nähert sich Hieck.

Hieck: »Komm mit, Ali.«

In der Beobachtungsbaracke. Es ist noch dunkel.

Ilse: »Ach, Doktor Hieck, ich habe mich so geängstigt...«

Hieck, mit einem Lächeln in der Stimme: »Wirklich, Fräulein Ilse? ...aber Sie sehen, es ging recht ungefährlich aus... wesentlich ungefährlicher als das Messer, das an Ihnen vorbeisauste... aber nun muß sich Ali für einen Augenblick ans Fenster stellen...«

Ali tut es sofort und gehorsam.

Ilse: »Warum denn?«

Hieck: »Damit ich Licht machen kann, und nicht wieder Dolche hereinfliegen...«

Wie es Licht wird, sieht man Weitprecht seelenruhig am Refraktor sitzen und den Himmel beobachten. Jetzt schaut er allerdings auf.

Hieck zieht den Dolch aus der Wand und gibt ihn Ali: »Das

Messer gehört einem deiner Leute…«

Ali betrachtet die Waffe. Dann senkt er demütig bejahend den Kopf.

Kapperbrunn, notdürftig bekleidet, tritt gähnend ein: »Was haben Sie getan, Hieck… einen Stern haben Sie entdeckt…?«

Hieck: »Nein, einer von Alis Leuten hat einen Dolch hereingeschleudert…« Mit starker Erregung: »Fräulein Nydhalm wäre beinahe getroffen worden…«

Kapperbrunn: »Ali, du gelbes Tier, was soll das heißen?!«

Ali steht mit gesenktem Kopf.

Kapperbrunn brüllt ihn an: »Was das heißen soll, frage ich dich…«

Ali leise: »Ich habe dich gewarnt, Kapirun…«

Kapperbrunn: »Du hast mich nicht gewarnt, sondern Unsinn geredet…«

Ali: »Die Männer sind sehr zornig…«

Kapperbrunn schlägt auf den Tisch und brüllt: »Ich auch.«

Ali zu Weitprecht: »Es wäre besser, Ihr nehmet dies alles wieder fort, auf die Schiffe, in Euer Land…« er weist auf die Instrumente.

Weitprecht: »Das werden wir ja tun, Ali, in ein paar Tagen…«

Ali: »Nein, sofort… morgen…«

Die beiden Amerikaner treten nun auch ein. Sie sind rasiert und vollkommen angezogen.

Hieck: »Was soll das heißen, Ali?«

Kapperbrunn: »Diese Hornochsen glauben, daß wir ihnen mit unsern Instrumenten den Himmel verzaubern wollen…«

Ilse erstaunt: »Zaubern? …wer kann denn zaubern?«

Ali bescheiden: »Ich kann zaubern, Herrin.«

Weitprecht: »Und da meint Ihr, daß auch in diesen Instrumenten ein Zauber steckt…«

Ali: »Die Männer haben sehr große Angst…«

Hieck: »Ist das nicht die Folge Ihrer Witze, Kapperbrunn…?«

Kapperbrunn: »Lieber Hieck, an Zauberei kommen Sie weder mit noch ohne Witze heran, nur mit einem Gegenzauber… und vorderhand habe ich den Eindruck, als ob die Herrschaften uns die Bude kaputt schlagen wollten… das war heute nur der Auftakt…«

Ali, sanft: »Was sagst du, Kapirun?«

Kapperbrunn: »Daß Ihr hier alles zerstören wollt.«

Ali schweigt; dann sagt er eindringlich: »Nehmt es morgen fort.«

Thompson zieht seinen Revolver und legt ihn auf den Tisch.

Kapperbrunn: »Stecken Sie Ihr Argument da wieder ein, Thompson... damit verbessern Sie die Sache nicht... daß wir uns, wenn's sein muß, nicht genieren werden, ein wenig zu schießen, das wissen die sowieso... nicht, Ali?«

Ali weist auf die Instrumente: »Ihr wollt in den Himmel schießen und die Sonne töten.«

Kapperbrunn: »Zeig mir die Kugel, mit der wir schießen werden!«

Ali: »Ihr habt sie versteckt.«

Kapperbrunn: »Ali, vertraust du mir... bin ich nicht dein Freund? bist du nicht mein Freund?«

Ali: »Ja, du bist es... aber du bist ein weißer Mann.«

Kapperbrunn: »Deinethalben werde ich mich nicht gelb anstreichen... aber wenn Ihr uns nicht in Ruhe laßt, wird es ein furchtbares Unglück geben...«

Ali: »Wir fürchten den Residenten nicht, wir gehen in die Wälder.«

Kapperbrunn: »Der Resident... ha... der wird Euch dann nichts mehr anhaben... der wird selber tot sein...«

Ali: »Ah.«

Kapperbrunn: »Ja, aber er wird nicht allein tot sein, sondern Ihr alle mit ihm... die ganze Welt wird verderben, Eure Reisfelder werden verdorren, das Meer wird tote Fische an den Strand werfen, und über Eure Kinder wird die große Seuche kommen... das sage ich dir nicht, weil ich dir drohen will, sondern weil ich dein Freund bin... so und nicht anders wird es kommen...«

Ali: »Ja, aber nur, weil Ihr diese Zaubergeräte hergebracht habt.«

Kapperbrunn: »Nein, weil die Sonne in Gefahr ist.«

Allgemeines Schweigen.

Kapperbrunn: »Übermorgen, in der dritten Stunde nach Sonnenaufgang wird sich das Gestirn verfinstern, wir aber werden es retten ... dazu sind wir gekommen... und wenn es nach einer Stunde nicht wieder erstrahlt, so mögt Ihr uns alle töten...«

Ali nachdenklich und mißtrauisch: »Und wenn in der Stunde

der Dunkelheit das Unheil schon hereingebrochen ist? Du bist listig, Kapirun!«

Kapperbrunn: »Du hast immer gesagt, daß ich dein Freund bin.«

Ali: »Schon die Stunde der Dunkelheit kann Euer Zauber sein.«

Kapperbrunn: »Du Hornochse, wenn ich dich verzaubern wollte, hätte ich es schon längst getan... jetzt auf der Stelle, damit ich schlafen gehen kann.«

Ali: »Jeder Zauber braucht seine Stunde.«

Kapperbrunn spielt seinen letzten Trumpf aus: »Ali, schau dir diesen Mann an...« er nimmt Weitprecht an der Hand, »...ist das ein böser oder ein guter Zauberer?«

Ali, ausweichend: »Ich kenne die Gesichter der weißen Männer nicht.«

Kapperbrunn: »Die Augen der Menschen sind immer gleich... ob es farbige oder weiße Menschen sind... in ihren Augen ist entweder Allah oder der Teufel... mit den Augen kann keiner lügen... sieh dir die Augen dieses Mannes an... Professor, nehmen Sie einmal gütigst Ihre Brille ab...«

Weitprecht nimmt die Brille ab, und mit seinem fernen verlorenen Lächeln schaut er Ali in die Augen.

Weitprecht: »Kann ich etwas Böses wollen, Ali?«

Ali unsicher und prüfend: »Nein... aber ein Zauber kann stärker als ein Mann sein...«

Kapperbrunn: »Ich frage dich, ist das ein guter oder ein schlechter Zauberer?«

Ali, hat sich entschieden: »Ein guter.«

Kapperbrunn: »Na also... ich wußte ja, daß ich der Freund eines klugen Mannes geworden bin... aber wenn du wirklich mein Freund wärest, würdest du mich wegen solcher Dinge nicht aus dem Schlaf reißen... was wirst du deinen Leuten sagen?«

Ali: »Ich werde ihnen sagen, daß sie sich nicht fürchten mögen und nicht zornig sein sollen...«

Kapperbrunn: »Ja, tue dies... und wenn du mich brauchst, so hole mich.« Sie schütteln einander die Hände.

Weitprecht: »Willst du nicht auch mir die Hand geben?«

Ali schüttelt auch Weitprecht die Hand, wobei er ihm nochmals prüfend in die Augen schaut, und dann geht er.

Ilse: »Das haben Sie herrlich gemacht, Doktor Kapperbrunn.«

Kapperbrunn: »Warten Sie nur, mit der Zeit werde ich noch ein ganzer Eingeborener... ich gebe heute schon zu, daß die Leute eigentlich recht haben.«

Gershvin: »Daß sie das Lager ausrauben wollen, denn darauf läuft es doch hinaus...«

Kapperbrunn: »Nein, das wäre höchstens ein angenehmes Nebenresultat... nein, die Leute fürchten sich wirklich...«

Hieck: »Doch nicht, daß wir tatsächlich in die Sonne schießen könnten...«

Kapperbrunn: »Aber daß wir ihre Welt verzaubern werden... und das tun wir ja tatsächlich...«

Thompson: »Verstehe ich nicht.«

Weitprecht: »Nun, Doktor Kapperbrunn meint wohl, es wird eine Zeit kommen, für die wir auch nur gewöhnliche Zauberer waren, eine Zeit, die zwischen unserm Weltbild und dem dieser Halbwilden kaum einen Unterschied sehen wird... tja... so ist es sicherlich, zwei Zauberclans, die sich gegenseitig bekriegen und von denen wir, die Weißen, zufällig die Oberhand gewonnen haben... jetzt sollte aber wirklich alles schlafen gehen...«

Die Gesellschaft tritt ins *Freie.*

Weitprecht weist zu den Sternen: »Die Wirklichkeit bleibt; was wir von ihr wissen, ist Zauberei, daß wir in die Wirklichkeit hineinwirken, daß wir von ihr bewirkt werden, erkennend und erkannt, das ist... man möchte schon sagen... eine recht wundersame Angelegenheit... vielleicht wäre es sogar erlaubt, da von einer göttlichen Einheit zu sprechen... tja... von einer schöpferischen Liebe, in die alles Erkennen der Natur mündet... tja... das habe ich eigentlich noch sagen wollen...«

Und ein wenig entrückt und ferne geht er in die Wohnbaracke hinüber. Die andern folgen ihm.

Hieck: »Ich habe ja heute Nachtdienst... Gute Nacht allerseits.«

Thompson: »Soll ich nicht bei Ihnen bleiben? wegen der Kerle?«

Kapperbrunn: »Die kommen heute nicht... da können Sie auf Ali bauen.«

Thompson: »Ach, ich bleibe doch bei Doktor Hieck... ob ich da oder dort schlafe, ist doch gleichgültig... und hier habe ich doch die Hoffnung, eher zu einer kleinen Schießerei zu gelangen...«

Er holt sein Gewehr und geht mit Hieck in die Beobachtungsbaracke zurück.

Alles ist dunkel. Bloß die Fenster der Beobachtungsbaracke bleiben schwach beleuchtet. Bei den Zelten der Träger flackert ein kleines Feuer. Dort hockt Ali mit seinen Leuten und spricht eindringlich zu ihnen.

Der Sternenhimmel wölbt sich über dem stillen Lager.

Die Träger beginnen wieder monoton zu singen. Und während ihres Gesanges erscheint wieder für kurze Augenblicke der

Sternenhimmel. Und sodann das Innere einer Sternwarte, z. B. das der *Sternwarte auf dem Mount Wilson.* Der Beobachtungsspalt über dem Refraktor wird geöffnet, ein Streifen Nachthimmel schaut herein, das Instrument wird gestellt und der Astronom beginnt seine stille Arbeit. – Und dasselbe wiederholt sich an allen anderen großen Sternwarten der Welt, von denen einige gezeigt werden, z. B. *Greenwich, Paris, Kapstadt, Pulkowa,* die *Lick-Sternwarte.*

Aber nicht nur jetzt ist es so: es werden die uralten Sternwarten *Delhis* und *Pekings* sichtbar, ebenso das

Observatorium Tycho Brahes, der eben seine Beobachtungen vornimmt, und ebenso werden die

Sternbeobachtungen assyrischer und *ägyptischer Priester* gezeigt, und schließlich als Gegensatz hiezu

Geheimrat Maier im *Refraktorraum der heimatlichen Universitätssternwarte,* unterstützt vom Diener Santer, welcher sagt: »Wo der Krispin jetzt stecken mag?«

Und nun erscheint nochmals das *Innere der Beobachtungsbaracke.* Gleich seinen Kollegen an den großen Sternwarten sitzt hier Dr. Thompson am Teleskop, sein Gewehr lehnt neben ihm, und Hieck schläft auf einer Bank. Der Gesang der Träger draußen verstummt.

Der Morgen dämmert. Nochmals das *Barackeninnere.* Thompson, das Gewehr im Arm, schläft nun gleichfalls in einer Ecke. Krispin kommt herein, bemüht, die Schläfer nicht zu wecken. Thompson fährt trotzdem auf und greift ans Gewehr.

Krispin: »Keine Aufregung, Herr Doktor, Sie werden Ihr Frühstück schon rechtzeitig kriegen.«

Der Tag erwacht. Die *Träger kommen aus den Zelten.* Kapperbrunn tritt ins Freie, erkundigt sich bei Ali nach der Stimmung der Leute und wird von Ali beruhigt.

Alles steht unter dem Eindruck des morgigen Ereignisses.

Im *Beobachtungsraum* werden die Instrumente nochmals kontrolliert. Gershvin, der die Aufstellung und Wartung der Radioapparate übernommen hat, stellt die tägliche Funkverbindung mit dem *Mount Wilson* her. Weitprecht kommt, um selber mit den amerikanischen Kollegen zu sprechen, und während des Gespräches erscheinen der *Mount Wilson* und das *Beobachtungslager* abwechselnd auf der Leinwand.

Hieck trifft Ilse auf dem *Platz zwischen den Baracken.*

Hieck: »Bin ich froh, daß Sie da sind, Fräulein Ilse! ... eigentlich müßte man ein großes Fest ob Ihrer Errettung aus Todesgefahr feiern...«

Ilse: »Nein, ein Fest gibt es erst morgen... wenn alles geglückt sein wird...«

Hieck: »Ja, und darüber vergißt man, daß ein Menschenleben..., daß Ihr, Ihr Leben ungleich wichtiger ist als alle astronomischen Resultate...« Und beinahe erschrocken über solchen Erguß: »Ja, gewiß.«

Ilse mit leiser Freude: »Aber Doktor Hieck, wir sind doch übereingekommen, daß die Wissenschaft jedes Opfer wert ist... also sogar das einer mausetoten Ilse Nydhalm... denken Sie nur das Unglück, wenn unsere Instrumente zerstört worden wären... ach, ich bin ja so aufgeregt, wegen des morgigen Tages... Sie gar nicht?«

Hieck: »Seit gestern abend nicht mehr...«

Ilse lächelnd: »Ach, Sie meinen, daß ich gewissermaßen die Belastungsprobe gewesen bin...«

Hieck: »Für mich ja...«

Ilse entfernt sich, Hieck sieht ihr nach, auch dann noch, als sie bereits in der Beobachtungsbaracke verschwunden ist.

Vor der Wohnbaracke. Krispin putzt Schuhe. Weitprecht tritt hinzu.

Krispin: »Herr Professor, diese Aufregung ist einfach ekelhaft... Sie sind der einzige Mensch, mit dem man noch vernünftig reden kann... die andern sind ja ganz verrückt wegen morgen...«

Weitprecht ruhig und heiter: »Also Sie meinen auch, daß es morgen gut ausgehen wird, Herr Krispin?«

Krispin: »Herr Professor, wir haben's immer geschafft, wir werden's morgen genau so schaffen... Herr Professor, ich prophezeie es Ihnen, wir werden noch viel berühmter werden als wir es ohnehin schon sind.«

Weitprecht: »Darauf lege ich nicht viel Wert, Herr Krispin.«

Krispin, mit erhobenem Zeigefinger: »Ein Fehler, Herr Professor, ein Fehler!«

Weitprecht betritt die Baracke. *Es beginnt zu dämmern.* Es kommt Ilse.

Krispin strafend: »Was laufen Sie denn so aufgeregt herum, Fräulein Nydhalm? ...nehmen Sie sich am Weitprecht ein Beispiel... oder an mir... wir zwei sind ruhig...«

In der Beobachtungsbaracke. Nacht. Gershvin und Kapperbrunn beziehen die Wache, ausgestattet mit ihren Gewehren. Gershvin stellt vor die Fenster Schutzschirme aus Holz auf. Die Schirme haben Sicht- und Schießschlitze.

Kapperbrunn, unruhig auf- und abgehend: »Merkwürdig, ich bin doch sonst nicht so... aber heute werde ich nicht schlafen können...«

Gershvin: »Sie sollen ja nicht schlafen, Sie sollen wachen.«

Sonnenaufgang. Die fernen Berggipfel vergolden sich. Das *Lager* ist noch dunkel. Und dann sieht man die ganze *Landschaft im anbrechenden Tag.*

Im Lager ist schon alles auf den Beinen. Es herrscht eine gespannte Geschäftigkeit. Auch die Träger, welche Feuer anfachen, aus der Quelle Wasser herbeischaffen etc., sind von der Erregung gepackt. Kapperbrunn gibt ihnen Schwarzscheiben, damit sie die Sonne beobachten können. Mißtrauisch versuchen sie es, dann aber starren sie unentwegt zum Himmel.

Nicht allzuweit von der höhergestiegenen Sonne steht der weiße Mond, und die Entfernung zwischen den beiden Gestirnen wird langsam kleiner.

In der Beobachtungsbaracke. Die eigentliche Beobachtung nimmt Dr. Thompson vor. Er sitzt beim Hauptrefraktor. Weitprecht am Kontrollinstrument. Gershvin und Ilse haben die Uhrenkontrollen. Hieck, der erst mit spektralanalytischen Untersuchungen zu tun haben wird, und ebenso der Mathematiker Kapperbrunn sind eigentlich unbeschäftigt. Sie dienen als Reserve und Überwachung.

Die Gewehre werden für etwaige Überraschungen bereit gelegt.

Krispin, der bis zum letzten Augenblick mit seinen Staubtüchern und Putzlappen herumhantiert hat, wird als Wache vor das Haus geschickt. Auf ein Gewehr verzichtet er: »Wozu haben wir denn das Brotmesser?« sagt er und zieht das Messer. Dann begibt er sich – in seinem schwarzen Laborantenkittel, das Staubtuch wie gewohnt über die Schulter geworfen – vor die Baracke und setzt sich dort auf die Bank. Das Messer legt er neben sich. Von Zeit zu Zeit schaut er durch ein Schwarzglas zur Sonne.

Am Himmel ist nun der Mond knapp an die Sonnenscheibe herangerückt. Noch strahlt das Gestirn in ungebrochenem Glanz. Alles ist still. Man hört das Zwitschern der Vögel, die mannigfachen Geräusche der südlichen Natur.

Und jetzt schneidet der Mond in die Sonnenscheibe ein, erst eine ganz schmale Linse, und nun verbreitert sie sich unaufhörlich.

Im Beobachtungsraum werden die gleichen Vorgänge in den Apparaten verfolgt. Die photographischen Aufnahmen, bedient von Ilse, beginnen.

Vor dem Haus. Die Natur wird langsam dunkler, das Licht fahl. Mit einem Schlag erschweigen das Vogelgezwitscher und alle Geräusche. Der Schatten des Todes berührt die Erde.

Die Träger, die bisher die Vorgänge interessiert durch ihre Schwarzscheiben beobachtet haben, ja, sogar ganz heiter waren, beginnen unruhig zu werden. Einer nach dem andern läßt die Scheibe sinken; sie werfen angstvolle und böse Blicke auf Ali und auf die Beobachtungsbaracke. Zwei verschwinden hinter den Zelten.

Am Himmel. Die Finsternis ist total geworden. Es ist fahle Nacht. Ganz schwach zeigen sich einige Sterne.

Im Beobachtungsraum. Thompson hebt die Hand: »Jetzt.« Und nun sieht man im vergrößerten Refraktorbild auf der Leinwand, wie knapp neben der dunkeln Finsternisscheibe zwei winzige Lichtpunkte aufscheinen. Diese zwei winzigen Punkte sind es, denen alle Mühe gegolten hat, sie sind die beiden hinter der Sonne verborgenen Sterne, deren Licht dank den gekrümmten Strahlen doch zur Erde dringt, und nun wird ihr Licht im Bilde stärker und stärker, und sie werden zu zwei leuchtenden Diamanten auf schwarzem Grund.

Thompson sagt: »In Ordnung.«

»Ja,« sagt Weitprecht.

Einen Augenblick geht ein Aufatmen durch den Raum, aber die Präzision der Arbeit darf nicht unterbrochen werden. Bloß Kapperbrunn, der nichts zu tun hat, lacht übers ganze Gesicht.

Vor den Baracken. Die beiden Träger, die hinter den Zelten verschwunden sind, schleichen sich – unbemerkt von Ali oder unter seiner stillschweigenden Duldung – zur Beobachtungsbaracke. Aber Krispin hat sie bemerkt. Und wie sie, die an der fensterlosen Rückseite der Baracke entlanggeglitten sind, nun zur Vorderseite einbiegen wollen, erwartet sie an der Ecke schon Krispin. Mit hochgeschwungenem Staubtuch im wehenden Laborantenmantel springt er vor, und die beiden – sei es, weil sie die ungewohnte Art dieses Angriffs und dieses Anblicks entsetzt, sei es, weil nun die Finsternis gerade abzunehmen beginnt – lassen sich in die Flucht jagen, von Krispin unter »Kscht, kscht«-Geschrei, als scheuche er Gänse, und mit wehendem Staubtuch verfolgt.

Am Himmel. Die Sonne wird langsam wieder frei. Und nun werden auch alle Töne der wiederauflebenden Natur hörbar. Das Ereignis ist vorübergegangen.

Im Beobachtungsraum. Das Ereignis ist vorüber. Beinahe gleichzeitig heben Weitprecht und Thompson die Köpfe und lächeln sich an. Dann reicht Thompson stumm die Hand zu Weitprecht hinüber.

Und nun löst sich die Spannung. Alle drängen sich um Weitprecht, Kapperbrunn ist so begeistert, daß er einem nach dem andern um den Hals fällt, bei Hieck stutzt er freilich, umarmt ihn aber trotzdem. Gershvin hat gleichfalls die Besinnung verloren und klopft Weitprecht unausgesetzt auf den Rücken; Ilse lacht, während ihr die Tränen übers Gesicht rinnen, und schließlich sagt sie: »Herr Professor, darf ich Ihnen einen Kuß geben?«

Weitprecht aber steht mit verlorenem fernen Lächeln inmitten des Tumultes, schüttelt alle Hände, und dann senkt er beinahe demütig den Kopf.

Vor der Baracke. Kapperbrunn stürzt hinaus: »Krispin, es ist gelungen... es ist gelungen.«

Aber Krispin ist nicht auf seinem Posten. Vielmehr bietet sich Kapperbrunn ein befremdlicher Anblick: Krispin ist des einen der beiden Malaien habhaft geworden, und nun hält er ihn mit der Linken an der Brust, während er ihm mit der Rechten eine Ohrfeige nach der andern verabreicht, wobei eine Reihe neuartig zusammengesetzter Schimpfwörter, »Du Menschenfresserlaus«, »Du Negerpferd«, »Du Schlitzaugenwanze«, die Begleitmusik bilden. Die übrigen Träger, als hätten sie ihre vorherige Angst und Angriffslust vergessen, sind weit davon entfernt, ihrem Kameraden zu helfen, sondern schauen lachend der Szene zu. Schließlich fühlt sich Ali doch zu einem Eingreifen verpflichtet. Als er sich nähert, läßt Krispin sein Opfer los, um sich gegen Ali zu wenden: »Du Doppeldreck, du schwarzes Tier, ermorden hast du uns lassen wollen, jetzt kommst du dran…«

»Kapirun«, schreit Ali, »rufe ihn… ich bin unschuldig.«

Kapperbrunn: »Krispin, hören Sie doch, es ist gelungen…«

Krispin: »Das ist mir wurscht… das ist wichtiger.« Und er hat auch schon Ali an der Brust.

Kapperbrunn springt hin: »Krispin, hören Sie doch auf, was hat er denn angestellt?«

Krispin, ohne Ali loszulassen: »Ermorden hat er mich lassen wollen… vielleicht auch Sie… Menschenbraten haben sie wieder haben wollen, diese Säue, aber ich werde ihnen einen Menschenbraten geben, an den sie denken werden… diese Sonnenfinsternis werden sie nicht vergessen…«

Kapperbrunn: »Ali, das ist also der Dank dafür, daß wir die Sonne gerettet haben?«

Krispin: »So? die Sonne haben wir Euch auch gerettet? warte, das wirst du noch extra bezahlen…«

Kapperbrunn: »Krispin, wollen Sie ihn nicht zur Feier des Tages begnadigen…?«

Ali: »Herr, die Finsternis war sehr groß, die Männer hatten Angst…«

Krispin: »Ah, Angst nennst du das, wenn du menschenfressen willst… warte nur, aus Angst mache ich Hackfleisch aus dir… ja, Herr Dozent, zur Feier des Tages…«

Ali: »Sein Zorn ist gerecht… Kapirun, aber sage ihm, daß er unsere demütige Bitte hören und uns verzeihen möge…«

Krispin: »Du falscher Haifisch, wenn du mich gefressen hättest, hättest du mich auch um Entschuldigung gebeten? … aber meinetwegen…« Er läßt Ali los und gibt ihm einen Stoß,

»... troll dich.«

Doch nun kommen auch die anderen aus dem Beobachtungsraum, und Ali als Mann, der weiß, was sich gehört, geht zu Weitprecht, um ihm für die Rettung der Sonne zu danken.

Kapperbrunn stolz: »Nun, ist er ein guter Zauberer?«

Ali: »Ja, Herr, ein guter.«

Auf *dem Mount Wilson.* Auch hier ist die Spannung ungeheuer. Der Meridianverschiebung gemäß ist es hier schon Mittag. Alles ist um den Lautsprecher versammelt. Jeden Augenblick schaut einer auf die Uhr: »Jetzt müßte es schon so weit sein.« – »Die haben uns vergessen.« – »Wollen Sie nicht anfragen?« – »Während der Beobachtung haben sie ja dort den Apparat abgestellt.« – »Sollten wir nicht essen gehen?«

Auf einmal die Stimme Gershvins im Lautsprecher: »Hallo, hallo, hier Station Weitprecht, geben Sie Antwort.« – »Hallo, ja, wir hören Sie, sprechen Sie, wir sind ja so gespannt.« – »Alles pünktlich abgelaufen, die Beobachtung ist restlos geglückt, wir hoffen, daß die Platten ein einwandfreies Bild ergeben werden, darüber werden wir Ihnen nachmittags berichten, seien Sie um vierzehn Uhr nach unserer Zeit, das ist neunzehn bei Ihnen, hörbereit. Und im übrigen geht es uns gut, wir stehen kopf und gehen auf den Händen spazieren. Haben Sie gehört?« – »Ja, wir haben verstanden und sind glücklich. Wir gratulieren Professor Weitprecht. Dürfen wir das Resultat bereits publizieren?« – »Professor Weitprecht bittet, nichts zu publizieren, ehe die Aufnahmen entwickelt sind.« »Rufen Sie uns, sobald Sie soweit sind. Es wird immer jemand am Apparat sein. Auf Wiedersehen, Gershvin.« – »Wiedersehen, Morris, grüßen Sie alle.« Während dieses Gespräches wird auch das eine oder das andere Mal der sprechende Gershvin im *Beobachtungsraum* gezeigt.

Redaktion des *Daily Chronicle of California.* Ein junger Redakteur: »Herr Chefredakteur, mir ist es soeben gelungen, die Meldung Weitprechts an die Sternwarte abzuhorchen... ich glaube, daß wir die ersten sein werden, die die Meldung bringen werden.« – »Natürlich, lassen Sie sie sofort plakatieren.« – Der junge Redakteur ab. Der Chef ruft ihm nach: »Apropos, ich weiß ja nicht genau, welchen Blödsinn die dort auf ihrer Beobachtungsstation gemacht haben, aber was hat er eigentlich gefunkt?«

Redaktion der *Ohio Times.* Zwei Redakteure beim Radioapparat: »So, das wäre geglückt... also sofort Extraausgaben, die erste Zeitung, welche Nachrichten über Weitprecht bringt.«

New York Observer. Der Chefredakteur am Haustelefon: »Nun, haben Sie Weitprecht erwischt?« – »Jawohl, soeben einwandfrei, die offiziellen Nachrichten werden erst ausgegeben, wenn die Platten entwickelt sein werden.« – »Um so besser, also werden wir die ersten sein... mithin große Aufmachung, Flammenschrift, na, Sie wissen schon.«

Telefongespräch zwischen Mount Wilson und dem Sekretariat der Fellerock-Stiftung. »Sekretariat der Fellerock?« – »Ja.« – »Hier Mount Wilson. Eine vorläufig vertrauliche Mitteilung: Weitprechts Versuch ist geglückt. Offiziell erst nach Entwicklung der Photographien.« – »Sooo? vertraulich? hier in New York gibt es schon Extraausgaben.«

Im Beobachtungsraum. Hieck und Thompson sind mit Berechnungen beschäftigt. Der Lautsprecher: »Hallo, hallo... hallo, hallo, ...hallo, ist dort Weitprecht Station... hören Sie uns?« – Thompson springt zum Mikrophon: »Ja, wir hören Sie.« – »Ist das Gershvin?« – »Nein, Thompson, Gershvin ist noch in der Dunkelkammer.« – Verzeihen Sie, daß wir Sie stören... aber haben Sie außer mit uns noch mit jemandem gefunkt?« – »Nein, sicherlich nicht.« – »Die Zeitungen haben nämlich alle schon die Nachricht von Ihnen.« – »Nicht von uns.« – »Dann ist der Funkspruch aufgefangen worden... unangenehm.« – »Das Unglück ist nicht groß.« – »Wie steht es sonst dort?» – »Wir sind bei den Auswertungen... warten Sie einmal, ich werde Gershvin fragen, wie weit er ist; er müßte eigentlich schon fertig sein.«

Man sieht Morris beim *Apparat auf dem Mount Wilson* und hierauf die *Dunkelkammer,* in der sich Weitprecht, Ilse und Gershvin befinden. Thompson von außen: »Morris fragt an, wie es steht.« – Gershvin: »Sag ihm, er soll gefälligst Geduld haben.« – Weitprecht: »Na, wir wollen es nicht so genau nehmen, die Resultate sind in Ordnung.« – Thompson: »Hurrah, danke schön.«

Thompson am Mikrophon: »Morris, hören Sie mich? und alle anderen, die unberechtigt mithören, die Resultate sind in Ordnung.« – »Großartig, wir sind glücklich.«

Abenddämmerung vor der Beobachtungsbaracke. Hieck und Ilse treten heraus.

Ilse: »Uff, müde.«

Hieck: »Bis morgen abend sind wir fertig... übermorgen kann die Abmontage beginnen.«

Ilse: »Schade...«

Hieck: »Warum schade?«

Ilse: »Gehen Sie leicht von hier fort?«

Hieck denkt nach: »Merkwürdig, ich habe noch nie daran gedacht, daß wir je wieder von hier abreisen würden.«

Ilse: »Ich muß ein bißchen Luft schnappen... nach so einem Tag... und so lange in der Dunkelkammer.«

Sie gehen langsam über die *abendlichen Wiesen*, es ist still und blau. Leise zwitschern die Vögel. Dann kommen sie zum Quell in dem kleinen *Wäldchen*. Ilse läßt sich am *Waldessaum* nieder.

Ilse: »Kommen Sie, jetzt wollen wir ausruhen.«

Langes Schweigen in der steigenden Dämmerung. Die Berge in der Ferne, hinter denen die Sonne verschwunden ist, werden dunkel. Und nun ist auch schon die Nacht im Firmament.

Ilse: »Woran denken Sie?«

Hieck: »Denken? ja... ich weiß nicht... ich erinnere mich bloß... aber eigentlich besteht da gar kein Zusammenhang mit dem heutigen Tag... man könnte sogar weit eher von einem strikten Gegensatz sprechen, denn ich hatte urplötzlich eine Erinnerung von Schnee und Eis... und jetzt weiß ich es auch genauer, es war die Erinnerung an die Kloberhütte...«

Einen Augenblick lang taucht verschwommen die *Kloberhütte in Wintersonne* auf.

Ilse lacht: »Ja, ich weiß, das war eine Zwangsmaßnahme Kapperbrunns.«

Hieck: »Ja, damals saß ich mit Kapperbrunn unter strahlender Wintersonne im Schnee... und hier sind Sie, und es ist ein Tropenabend... immerhin ein Unterschied... für ein kurzes halbes Jahr...«

Ilse: »Das war durchaus kein kurzes halbes Jahr...«

Hieck: »Kapperbrunn sagte damals, daß die Erkenntnis das Leben töte... ich glaubte es ihm nicht... ich glaube es auch heute nicht, aber ich verstehe ihn...«

Ilse: »Das sind die Dinge, die man hier besser als im physikalischen Institut begreift...«

Hieck: »Und dann sagte er damals, daß ein Leben der Erkenntnis sich in einem Elfenbeinturm abspiele und keine Liebe und keinen Tod kenne...«

Ilse: »Doktor Hieck, ...warum zitieren Sie denn unentwegt Kapperbrunn? sicherlich ist er ein zitierenswerter Autor, aber...«

Hieck betroffen: »Ja... ich weiß nicht... doch... weil nicht alles für alle stimmt... für Kapperbrunn stimmt es, für Menschen wie Kapperbrunn stimmt es, für die mag die Erkenntnis gefährlich sein, und deshalb müssen sie immer dorthin fliehen, wo das Leben allein lebt, beinahe ohne Erkenntnis lebt, bloß von der Erde bestimmt, von der Erde und aus der Erde...«

Ilse: »Und wie wäre es, wenn Sie lieber doch von sich statt von Kapperbrunn reden würden...«

Hieck, verwirrt: »Ja...«

Kleine Pause. Es wird dunkler.

Hieck: »Kapperbrunn...«

Ilse: »Werden Sie schweigen...«

Hieck probiert es anders herum: »Ich habe eine andere Blickrichtung...«

Ilse: »Als Kapperbrunn?«

Hieck eingeschüchtert: »Ja... Verzeihung...«

Ilse: »Dann interessiert es mich nicht...« sie lacht leise und amüsiert, »...nun, Doktor Hieck, was wollten Sie sagen?«

Hieck platzt heraus: »Ich, ich kann nicht auf die Erkenntnis verzichten... ich will weder Bergführer noch Kapitän werden... Fräulein Ilse, Sie können auch nicht auf die Wissenschaft und auf die Erkenntnis verzichten...«

Ilse lacht wieder: »Ich kann mir schon Umstände vorstellen, unter denen ich darauf verzichten kann... vielleicht nur zeitweise...«

Hieck, perplex: »So?«

Es ist nun so dunkel, daß das Bild einen schattenrißhaften Charakter erhält; man sieht die schwarzen Stämme des Hains, dazwischen die Schatten der beiden Menschen, und hoch darüber liegt das Laubdach wie eine schwarze Wolke. Man hört den Quell rieseln.

Hieck, der sich zurecht gefunden hat: »Auch der erkennende Mensch vermag die Liebe, vermag den Tod zu erleben... vielleicht sogar bewußter als Menschen wie... nein... als Menschen, die eine andere Blickrichtung haben...«

Ilse, mit einer zärtlichen Belustigtheit, doch schon ernster als vorhin: »Das ist aber jetzt knapp an Kapperbrunn vorbeigegangen...«

Hieck, ernst: »Und wenn es richtig sein soll, daß die Liebe nicht ohne den Tod erlebt werden kann... Ilse, vorgestern ist der Tod knapp an Ihnen vorbeigegangen...«

Im Schatten sieht man, daß Ilse jetzt ihren Kopf in die Hände gestützt hält. Pause. Man hört den Quell.

Dann hebt Ilse den Kopf. Ihre Stimme zittert ein wenig, ist aber trotzdem noch ein wenig belustigt: »Sie sind ein unverbesserlicher Wissenschaftler... ja, das sind Sie, schön logisch und mit vielen Zitierungen... ich meine, daß sich das, was Sie da so kompliziert herausgebracht haben, auch einfacher sagen ließe...«

Pause.

Dann Hieck, und auch seine Stimme zittert: »Ja...?«

Pause.

Dann Ilse, mit einem plötzlichen Entschluß: »Ich glaube, daß ich's Ihnen werde vorsagen müssen...« sehr leise, »ich habe Sie lieb, Richard Hieck.«

Pause. Die beiden Schatten rühren sich nicht.

Dann endlich reichen sich die beiden Schattenarme, beinahe gleichzeitig zueinander strebend, die Hände. Und nachdem sie wieder eine kleine Weile so dagesessen waren, neigen sich die beiden Schatten zueinander und küssen sich.

Und dann verschwindet das Schattenbild.

Der Lagerplatz ist erleuchtet. Ebenso beide Baracken. Um das Feuer bei den Zelten sitzen die Träger und singen. Bei ihnen ist die Siegesfeier schon in vollem Gang.

Ilse und Hieck tauchen aus der Dunkelheit auf.

Krispin strafend: »Fräulein Nydhalm, Herr Doktor... gerade heute müssen Sie unpünktlich sein... der Gershvin hat selber gekocht...«

Ilse verträumt, glücklich und doch lustig: »Wir werden's nie wieder tun, Herr Krispin...«

Hieck: »Und eigentlich hätte das Fest doch schon gestern sein sollen.«

Krispin empört: »Nein... was heißt das? gestern?«

Thompson kommt aus der Beobachtungsbaracke: »Ah, da sind Sie ja endlich... höchste Zeit, höchste Zeit...!«

Ilse, verträumt, glücklich: »Ja, was ist denn hier los?«

Krispin: »Und beim Telegraphieren waren Sie auch nicht da... wir haben alle unsere Privattelegramme aufgegeben... gratis... na, ich habe für Sie telegraphiert...« er zieht sie zu einem der beleuchteten Barackenfenster, wo er ihr einen Zettel, den er in der Tasche getragen hat, vorliest: »Also, an Herrn und Frau Nydhalm... passen Sie auf, man muß immer stop dazwischen sagen... also... ›Befinde mich bestens wohlauf stop noch sehr beschäftigt stop komme bald stop grüße und küsse alle sowie liebe Bekannte stop Eure Euch liebende Ilse Nydhalm...‹« Er schaut Ilse voller Stolz an.

Ilse: »So haben Sie das telegraphiert... es ist ja sehr schön...«

Krispin: »Der Kapperbrunn hat es ein wenig abgeändert, aber aufgesetzt habe ich es.«

Kapperbrunn kommt im Smoking aus der Wohnbaracke.

Ilse: »Um Gotteswillen, ein Geist.«

Kapperbrunn: »Das ist Hieck zu Ehren... weil heute ein Festtag ist...« er schaut Ilse scharf in die Augen, »oder etwa nicht, Ilse?«

Ilse, mit einem unmerklichen Kopfnicken: »Ja, Doktor Kapperbrunn... aber der Smoking! beinahe allzuviel des Guten...«

Kapperbrunn: »Irgendeiner muß sich ja immer für die Wissenschaft opfern... und immer bin ich es...«

In der Wohnbaracke. Das Festessen. Die Amerikaner haben sogar in Voraussicht dieses Abends Champagner mitgebracht. Kapperbrunn als einziger Smokingträger muß natürlich die Festrede halten. Und selbstverständlich kann er es sich nicht verkneifen, Anspielungen auf Verlobungsfeste zu machen, wobei er immer halb wehmütig, halb lustig zu Ilse hinüberblinzelt.

Wohnung Geheimrat Maiers. Maier entfaltet das Abendblatt. Nachdem er eine zeitlang aufmerksam gelesen hat: »Ah, da hört sich doch alles auf... durch die Zeitung muß man es erfahren... diese Mißachtung der Fakultät... das sieht wieder dem Weitprecht ähnlich!«

Die Gattin: »Ja, was ist denn...?«

Maier: »Ich sage nur, ein absichtlicher Affront...«

Die Gattin: »Beruhige dich doch... was steht denn in der Zeitung über Weitprecht?«

Maier: »Nun, daß sein Versuch geglückt ist... das war schließlich zu erwarten...«

Die Tochter Ida verklärt: »Oh, Dozent Kapperbrunn.«

Wohnung Prof. Ringdürrs. Er liest das Abendblatt und schlägt eine gellende Lache an. Zur Gattin: »Amalie, lies das... das geht nun als einwandfreies Dokument in die Wissenschaft ein... wo es doch eine offenkundige Sinnestäuschung aller Beteiligten, wenn nichts Ärgeres ist... aber dagegen ist man natürlich machtlos...«

Wohnung Prof. Lenharts. Auch diese Wohnung ist, wie die beiden andern, reichlich mit Troddeln und Nippes ausgestattet. Er liest das Abendblatt: »Na, dem Weitprecht ist's geglückt... ich gönne es ihm ja... jeder mag auf seine Fasson selig werden... und wenn man eben nicht behauptet, daß zweimal zwei fünf ist, dann hat man bei den Amerikanern kein Glück...«

Wohnung Prof. Loßkas. Loßka schlägt wütend das Zeitungsblatt zu und schreit: »Zeitungsenten.«

Dekanat. Der Dekanatsadjunkt Holle sitzt an seinem Schreibtisch, ißt Brot und Wurst und ist mit Kreuzworträtseln beschäftigt. Da kommt der Telegraphenbote.

Holle: »Keine Amtsstunden mehr.«

Der Bote: »Soll ich's wieder mitnehmen?«

Holle: »Zeigen Sie mal her.«

Der Bote: »Entweder Amtsstunde oder keine Amtsstunde.«

Holle: »Meinethalben Amtsstunde... geben Sie's her.«

Der Bote gibt ihm das Telegramm, Holle macht es vorsichtig auf, gemeinsam lesen sie: »Weitprecht vollständig geglückt stop Beglückwünschen Sie und die ganze Wissenschaft zu dem großen Erfolg stop Fellerockinstitut.«

Holle: »War nicht der Mühe wert... bringen Sie's doch lieber morgen... ich mag deswegen nicht eigens zum Dekan...«

Der Bote: »Ein geöffnetes Telegramm kann ich nicht mehr mitnehmen.«

Holle: »Ich kleb's wieder zu.«

Der Bote: »Telephonieren Sie doch einfach dem Dekan.«

Wohnung des Dekans. Der Dekan legt das Zeitungsblatt weg. »Tja, man erlebt noch Zeichen und Wunder... jetzt wird der Weitprecht auch noch Geheimrat werden...«

Das Telephon klingelt:

Am Apparat Holle: »Herr Dekan, es ist ein Telegramm gekommen... ich glaube aus Amerika... soll ich es öffnen?«

Der Dekan: »Ach, lassen Sie's liegen... ist nicht der Mühe wert.«

Gasthaus Zum Globus. Am Stammtisch »Weitprecht-Gesellschaft ehemals Zum gesunden Menschenverstand« ist alles versammelt. Auf der Fahne, welche nun diese Aufschrift trägt, ist das Telegramm Krispins aufgespießt. Es lautet:

An den Stammtisch Weitprecht-Gesellschaft ehemals
Zum gesunden Menschenverstand

Gasthaus Zum Globus
des Herrn Mauser Wilhelm

Liebe Freunde und verehrliche Anwesende ich tu Euch zu wissen, daß wir nach viel Gefahren und Mühsal unsere Versuche fertig gemacht haben. Stop. Ihr werdet meine Freude teilen. Stop. Wir haben hier leider trotz großer Hitze kein Bier. Stop. Sonst würde ich mit Euch zur Freude des großen Tages anstoßen. Stop. Professor Weitprecht soll leben und unser Wirt der Herr Mauser daneben. Stop. Mit vielen Grüßen bin ich Euer Krispin Anton.

Die Tafelrunde singt: »Hoch soll er leben, dreimal hoch.«

Der Gesang geht weiter und wird von Kapperbrunn, Krispin und Gershvin übernommen. Sie sitzen *vor der Beobachtungsbaracke,* haben die Whisky- und Champagnerbestände mitgenommen und sind schwer besoffen. Sie haben untereinander Bruderschaft getrunken, und schließlich schlafen sie gleich hier an Ort und Stelle ein.

Zwei Tage später werden im *Beobachtungsraum* die Instrumente abmontiert. Programmgemäß gehen Weitprecht und Ilse mit dem ersten Abtransport ins Tal. Zum Mißbehagen Hiecks will sich ihnen auch Kapperbrunn anschließen.

Hieck: »Es gefällt Ihnen doch hier so gut...«

Kapperbrunn: »Natürlich gefällt es mir, aber ich möchte mir doch auch noch die Gegend da unten anschauen... und auch mit dem Residenten möchte ich einiges besprechen.«

Mehr ist aus ihm nicht herauszubekommen. Und da ja auf alle Fälle einer der jüngeren Leute den Transport hätte begleiten müssen, so bleibt es eben bei Kapperbrunn.

Es erfolgt solcherart der *Abmarsch des ersten Transportes.*

Hieck und Gershvin begleiten ihn bis zur *ersten Raststelle,* wo die Autos bereits warten, und kehren dann wieder zum Lager zurück.

Nun sieht man auch wieder das *Dorf,* das *Haus des Residenten,* wo auch Weitprecht und Ilse untergebracht sind. Und Weitprecht – kaum, daß er in sein Zimmer geführt wird – feiert Wiedersehen mit seinem Cello, das in seinem schwarzen Kasten dort auf ihn wartet.

Die nächsten Tage vergehen geruhsam. Weitprecht spielt Cello, Ilse geht am Strand spazieren, spielt dort mit den Kindern, während Kapperbrunn mit dem Residenten weite *Fahrten ins Land* manchmal im Auto, doch meistens zu Pferde unternimmt. Dabei gibt es Gespräche, die sich weniger mit der Schönheit der Gegend als mit deren landwirtschaftlichem Ertrag befassen. Aber wenn Ilse mitkommt, wird bloß von der schönen Gegend gesprochen.

An einem Morgen sitzen Ilse und Kapperbrunn *im Garten des Residenten.*

Kapperbrunn: »Ilse, sind Sie mit jenem Menschen verlobt oder nicht? wenn Sie gestehen, mache ich Ihnen auch ein Geständnis…«

Ilse: »Sie sind verlobt…«

Kapperbrunn: »Ilse, seien Sie nicht so zynisch… ich stehe sozusagen noch mit beiden Füßen in der bittersten Enttäuschung meines Lebens und Sie höhnen mich…«

Ilse: »Sie werden Schiffskapitän und Bergführer im Himalaya.«

Kapperbrunn: »Solange Sie mir nicht antworten, bin ich auch zu keinerlei Geständnis verpflichtet… ach Ilse, Sie haben mein Leben zerbrochen… man glaubt es mir nur nicht, weil an mir alles elastisch zu sein scheint…« Und er drückt gegen seine Fettpolster, die elastisch nachgeben und sich wieder runden.

Ilse: »Na, Sie dürfen sich nicht beklagen, Doktor Kapperbrunn, zehn Pfund haben Sie sicherlich verloren…«

Kapperbrunn erfreut: »Wirklich… aber welch schwacher Trost… na, Sie brauchen mir nichts zu gestehen, ich weiß ohnehin Bescheid… leider.«

Ilse: »Und was haben Sie nun doch zu sagen…?«

Kapperbrunn geheimnisvoll: »Sie werden's schon rechtzeitig erfahren.«

Im Lager. Die letzten Instrumente sind verpackt. Krispin geht durch die leeren Räume, denn er möchte den Menschenfressern am liebsten nicht einmal eine Konservenbüchse lassen, und es schmerzt ihn, daß sie die verlassenen Baracken benützen könnten. »Fensterglas ist teuer«, sagt er sinnend und er überlegt, ob man nicht doch noch die Fenstertafeln mitnehmen könnte.

Dann setzt sich die Kolonne nicht ohne Wehmut in Bewegung.

Ilse und Kapperbrunn kommen ihnen ein Stück in *den Wald* entgegen. Und die Begrüßung zwischen Ilse und Hieck ist so, daß niemandem ein Zweifel bleibt, auch Kapperbrunn nicht. Die Kolonne setzt sich wieder in Bewegung, Kapperbrunn schließt sich an Thompson und Gershvin an und bemerkt diskreterweise nicht, wie Ilse und Hieck zurückbleiben.

Nun rasseln die Autos durch die *Dorfstraßen,* die Instrumentenkisten werden in den *Lagerschuppen an der Bai* geführt, es kommen Weitprecht und der Resident zur Begrüßung der Ankömmlinge, und am Abend sind sie alle Gäste im *Hause des Residenten.*

In zwei Tagen wird das Schiff erwartet.

Am nächsten Tag wird noch spazieren gegangen, Kapperbrunn ist von wehmütiger Fröhlichkeit, kitzelt die Eingeborenenkinder am Bauch, winkt den Mädchen zu, die an dem mitten durch die Ansiedlung fließenden *kleinen Bach* ihre Wäsche waschen, und trägt im übrigen eine geheimnisvolle Miene zur Schau.

Und am nächsten Morgen wird der Dampfer erwartet.

Die Regierungsbarkasse schaukelt am *Landungssteg,* die Kisten sind unter dem Kommando Krispins verstaut, das Gepäck wird gebracht, und die Reisenden sind um den Residenten zur Verabschiedung versammelt.

Thompson: »Kapperbrunn, Ihr Gepäck fehlt noch.«

Kapperbrunn: »Ich reise ohne Gepäck.«

Gershvin: »Kapperbrunn, du hast doch noch nicht gesoffen.«

Ilse erschrocken: »Kapperbrunn, Doktor Kapperbrunn, Sie werden doch nicht hier bleiben wollen?!!«

Kapperbrunn: »Erraten... ich bleibe, ich habe sogar bereits ein Grundstück für meine Farm... meine malaiische Frau habe ich noch nicht, aber die werde ich haben...«

Weitprecht: »Ist das Ihr Ernst, Doktor Kapperbrunn... Sie wollen nicht mehr ins Institut zurück... und Ihre Professur?«

Kapperbrunn: »Es war nicht leicht, Herr Professor... aber jeder muß schließlich wissen, wo sein wahres Leben ist.«

In der Ferne steigt der Rauch des Dampfers auf. Der Resident drängt zum Einsteigen.

Ilse: »Wirklich, Doktor Kapperbrunn?« sie hält lange seine Hand.

Kapperbrunn drängt sie und Hieck zum Boot: »Seid glücklich und zufrieden, Ihr zwei, und denkt manchmal an mich und an die Kloberhütte.«

Krispin aber fängt zu weinen an. Er wirft sich Kapperbrunn an die Brust: »Das hätten Sie mir nicht antun dürfen, Herr Dozent, das nicht... was wird man von mir sagen, wenn ich ohne Sie heimkomme...«

Kapperbrunn schneuzt sich und drängt alle in die Barkasse.

Weitprecht: »Doktor Kapperbrunn... ich wollte Ihnen doch noch etwas sagen... etwas Wichtiges... und nun habe ich's vergessen... das ist ja zu überstürzt...« Er will nochmals aussteigen.

Die Barkasse stößt ab. Weitprecht steht verzweifelt am Heck.

Kapperbrunn läuft den Landungssteg entlang: »Hieck, vergessen Sie nicht... sowie Sie nach San Francisco kommen, müssen Sie sich einen Smoking bauen lassen.«

Die Sirenen des Dampfers erschallen, die Barkasse antwortet, und sie wird rasch kleiner.

Ende von Teil III

Die amerikanische Hymne. Dann erscheint das Bild, und man sieht, daß die Musik von der Bordkapelle herrührt, die auf dem *Promenadedeck* spielt. Und dann sieht man, daß das Schiff im Begriff ist, in den *Hafen von San Francisco* einzufahren.

Ilse steht mit Weitprecht an Deck.

Ilse: »Herr Professor, darf ich Ihnen vielleicht noch mit irgend etwas behilflich sein? ist alles schon bereit?«

Weitprecht: »Danke, Fräulein Nydhalm... ich glaube, daß Krispin schon alles in Ordnung gebracht hat... er sagte es wenigstens...«

Ilse: »Unser Reisemarschall fehlt uns doch recht sehr...«

Weitprecht: »Kapperbrunn? ja... es war nicht schön von ihm gehandelt, uns so im Stich zu lassen... nein, das war nicht schön...« ängstlich »...wo mag Krispin stecken...«

Ilse: »Warten Sie, Herr Professor, ich will mal nach ihm schauen...«

Im Mitteldeck. Krispin sitzt mit einem Steward auf dem Gepäck.

Krispin geheimnisvoll: »Und wie sich die Sonne verdunkelt hat, da war es wie in der Nacht...«

Ilse kommt: »Herr Krispin, der Herr Professor fragt nach Ihnen...«

Krispin, kaum sie beachtend: »Er hat noch Zeit, er soll nicht nervös sein...«

Ilse weist auf die Hafeneinfahrt: »Schauen Sie doch, Krispin, wie schön das ist...«

Krispin würdigt das Panorama keines Blickes: »Ja, ja... ich komme schon noch zurecht... es ist ja ohnehin alles in Ordnung, er soll nicht nervös sein...«

Ilse, lächelnd sich entfernend: »Na, ich möchte noch höflicher sein, Herr Krispin.«

Krispin, ohne sie weiter zu beachten: »Also, was ich sagen wollte... die Sonne war gerade verdunkelt, es war wie in der tiefsten Nacht, und da bemerke ich, wie sich so vier oder fünf von den Menschenfressern mit ihren Messern an die Baracke heranschleichen... na, ich nicht faul, nehme auch mein Brotmesser... aber es wäre gar nicht nötig gewesen... den ersten habe ich mit der bloßen Hand erwürgt, na, und die anderen habe ich daraufhin mit meinem Staubtuch davonjagen können...« Während er spricht, sieht man den *Lagerplatz in der Dunkelheit der Sonnenfinsternis,* und die Vorgänge spielen sich so ab, wie sie Krispin jetzt eben schildert.

Das Schiff hat inzwischen gestoppt. Die Zollbeamten sind *an Bord* gekommen, mit ihnen aber auch ein Schwarm von Reportern, die auf dem *Promenadedeck* sich Weitprechts bemächtigen, ihn umringen, mit Fragen bestürmen und ihn photographieren.

»Ist es richtig, Herr Professor, daß es keine Gleichzeitigkeit mehr gibt? die amerikanische Öffentlichkeit ist an dieser Frage besonders interessiert!« – »Ist es richtig, Herr Professor, daß kraft Ihrer Theorie nunmehr eine exaktwissenschaftliche Verbindung mit dem Geisterreich hergestellt ist?« – »Wie denken Sie über Baseball? haben Sie selber Baseball gespielt und welche Sports betreiben Sie noch heute?« – »Welche Hobbies haben Sie?« – »Gilt noch der pythagoreische Lehrsatz...«

Weitprecht, verwirrt und entsetzt, versucht Fragen zu beantworten: »Ja, meine Herren... es ist ein wenig viel... wie kommen die Herren auf das Geisterreich? ich möchte meinen...« – Der betreffende Reporter: »Die vierte Dimension spielt doch, wie ich aus zuverlässiger Quelle erfuhr, bei Ihnen eine bedeutende Rolle... oder sind Sie imstande, dies zu bestreiten?« – Weitprecht: »Allerdings... wir haben gewiß die vierte Dimension eingeführt, aber...« – Der Reporter: »Kein Aber, Herr Professor... bei dem starken Interesse, das in unserm Land der vierten Dimension entgegengebracht wird, wäre es unangebracht...«

Es erscheint Thompson: »Gentlemen, so geht das nicht... wir haben morgen einen Presseempfang, und da wird sich Herr Professor Weitprecht freuen, Sie begrüßen zu können und Ihnen Aufklärungen zu geben...«

Der Schwarm der Reporter verzieht sich, entdeckt aber Hieck, auf den er sich nunmehr stürzt.

Weitprecht entgeistert: »Was waren das für Menschen, Doktor Thompson?«

Hieck im Kreise der Reporter: »Ja, Sie wollen Aufklärungen über die Theorie Professor Weitprechts... bitte es ist ganz einfach... jede physikalische Konstatierung bedarf eines Beobachters. Dieser Beobachter wurde in der sogenannten klassischen Physik vernachlässigt... in der Theorie Professor Weitprechts wird nun dieser Beobachter, und zwar ein idealer Beobachter, repräsentiert in seiner Sehfunktion, in das Beobachtungsfeld eingeführt...«

Ein Reporter: »Ein solcher idealer Beobachter muß zweifelsohne ein besonders geschulter Mann sein, ein Mann mit Training gewissermaßen... Beobachtungstraining, wenn man so sagen darf...«

Hieck, belehrend: »Nein, den idealen Beobachter gibt es ja nicht...«

Reporter: »Wegen mangelnden Trainings?«

Hieck, ungeduldig: »Nein, überhaupt nicht, er ist nur eine mathematische Größe, gegeben durch die Lichtgeschwindigkeit, die also in die Theorie funktionell invariant eingeführt erscheint...«

Die Reporter, welche zuerst ihre Füllfedern gezückt hatten, um den Vortrag Hiecks zu notieren, sehen einander verwundert und verdutzt an, lassen Hieck allein weiterdozieren und entfernen sich einer nach dem andern. Statt dessen tritt vor den plötzlich Vereinsamten

Ilse, lächelnd: »Nun, Herr Professor, wem halten Sie denn diese prachtvolle Vorlesung?«

Hieck, sich besinnend, muß nun auch lachen: »Ja, Ilse, so ist's, wenn Du nicht bei mir bist.«

Ilse: »Also, von jetzt ab gibt es keine Mathematik auf der ganzen Reise... Mathematik wird es ein ganzes Leben geben... abgemacht?«

Hieck: »Ja, abgemacht... jetzt soll es nur dich geben...«

Ilse: »Hoffentlich aber auch später... trotz Mathematik.«

Die Reporter dagegen haben Krispin entdeckt, der nun das Expeditions-Gepäck – auch der Cellokasten ist dabei – zu den Instrumentenkisten geschafft hat. Jetzt sind die Reporter an den Richtigen geraten, denn Krispin strahlt und ist bereit, jegliche Auskunft zu geben. Die Flut der Fragen beginnt aufs neue:

»Sind Sie von Jugend an Mitarbeiter Professor Weitprechts?« – »War er ein wilder Knabe?« – »Wieviel Bier trinkt er täglich? trinken auch Sie Bier?« – »Erzählen Sie bitte das Wesentliche von Ihrer Expedition... usw.«

Krispin strahlend: »Also... wie Sie wissen, war da so eine Sonnenfinsternis... eine schreckliche Sonnenfinsternis... nun, und gerade war die Sonne verdunkelt, es war wie in der tiefsten Nacht, da bemerke ich, wie so etwa ein Dutzend Menschenfresser, oder vielleicht waren es auch etwas mehr, mit ihren Messern und Lanzen um die Baracke herumschleichen, ihre Augen haben in der Nacht nur so gefunkelt... na, ich nicht faul, nehme auch mein Brotmesser... dieses hier... na, den ersten habe ich damit erledigt, den nächsten habe ich mit der bloßen Hand erwürgt, und das hat den anderen einen solchen Schrecken eingejagt, daß ich sie einfach mit meinem Staubtuch verscheuchen konnte...« Während er spricht, sieht man wieder den *Lagerplatz in der Sonnenfinsternis,* und die Dinge spielen sich genau so ab, wie sie Krispin jetzt schildert. Mitsamt den Funkelaugen der Wilden.

Die Reporter stehen um Krispin herum und schreiben eifrig mit. Gershvin kommt mit den Zollbeamten.

Der Empfang am Pier. Die offiziellen Persönlichkeiten haben sich zur Begrüßung der Expedition eingefunden, darunter auch die Astronomen von Mount Wilson. Fahrt durch die *Straßen der Stadt* zum *Hotel.* Empfang im *Rathaus,* etc.

Zeitungsaufschriften: »Professor Weitprecht starker Biertrinker.« – »Professor Weitprecht tötet Kannibalen.« – »Sonnenfinsternis beweist vierte Dimension.«

Und nun erfolgt der Triumphzug *quer durch Amerika.* In den größeren Städten finden sich Deputationen von Instituten und wissenschaftlichen Gesellschaften während der *Haltezeiten des Zuges auf den Bahnhöfen* ein, und Weitprecht ist zu seinem Unbehagen genötigt, Huldigungen und Blumen entgegenzunehmen. Zwar sorgt Dr. Thompson, der nun anstelle Kapperbrunns die Rolle eines Reisemarschalls übernommen hat, mit aller Umsicht dafür, daß alles glatt und ohne Beschwernis vor sich gehe, aber Weitprecht ist trotzdem oft nur unter Schwierigkeiten auffindbar, denn oft steigt er verstohlen aus, um irgendwo auf dem Bahnsteig zu promenieren, oder er ist nicht dazu zu haben, Toilette zu machen und sich repräsentativ zu zeigen. Und dann ist es Krispin, der ihn am Ausbrechen hindern oder ihn wieder einfangen muß, damit er sich den Ansprachen und den damit verbundenen photographischen Aufnahmen stelle. Auf diese legt nämlich Krispin besonderen Wert, stets darauf bedacht, bei den Gruppenbildern selber möglichst in die Mitte zu kommen.

Im Zug. Ilse und Hieck sitzen Hand in Hand. Draußen fliegt die Landschaft vorüber.

Ilse: »Woran denkst du?«

Hieck: »An dich...«

Ilse: »An nichts Physikalisches, an nichts Mathematisches?«

Hieck, glücklich: »Nein, und woran denkst du?«

Ilse: »An dich...«

Hieck: »An nichts Astronomisches?«

Ilse, glücklich: »Nein... an nichts Astronomisches...«

Weitprecht kommt: »Nun, haben Sie schon über das Problem nachgedacht, das ich Ihnen vorgelegt habe?«

Hieck: »Doch, Herr Professor, ...sehen Sie sich das einmal an...« Er zieht einige Bögen aus der Tasche.

Ilse: »Natürlich, Herr Professor... da sind ein paar astronomische Bemerkungen...« Sie zieht einige Papiere aus ihrem Handtäschchen.

Weitprecht strahlend: »Oh, das ist vortrefflich... und ich glaubte schon, daß Sie mich im Stiche lassen würden... es wäre ja verständlich... so eine Reise lenkt ja ab.« Er entfernt sich zufrieden und mit einem erfreuten Kopfnicken.

Ilse und Hieck sehen einander an und lachen.

Ilse: »Wann hast du das gemacht...?«

Hieck, wie ein ertappter Schuljunge und fröhlich: »Im Geheimen... aber du... auch nicht eben öffentlich.«

Ilse: »Natürlich... aber es scheint mir, als ließe sich die Wissenschaft doch mit Liebe vereinen...«

Hieck: »Ja, es läßt sich vereinen...«

Sie fallen einander in die Arme.

Im Abteil des Zugführers. Krispin sitzt beim Zugführer.

Krispin erzählt: »...und wie es gerade am dunkelsten war, schleichen so etwa fünzig bis hundert Menschenfresser heran, mit funkelnden Augen, mit Messern, Speeren, Keulen und Gewehren... na, ich nicht faul, nehme mein Brotmesser... dieses da... ein paar habe ich damit erledigt, ein paar habe ich mit der bloßen Hand erwürgt, na, und da sind die andern eben davongelaufen...« Und wieder sieht man während dieser Rede den *Lagerplatz in der Sonnenfinsternis,* auf dem jetzt die fünfzig Wilden heranschleichen, wie es soeben Krispin beschreibt.

Der Zug überquert den *Hudson.* Er fährt in den *Central* ein. Die Ehrungen und Huldigungen vervielfältigen sich und werden in kurzen Bildfolgen und Überschneidungen gezeigt. Frau Weitprecht ist gekommen und begrüßt ihren Gatten.

Ebenso in kurzen Überschneidungen die Nebeneinanderstellung von *New York* und der *heimatlichen Kleinstadt.*

Bankett der Fellerock-Stiftung zu Ehren Weitprechts.

Weitprecht spricht (er ist in seinem altmodischen Frack):

»...ja, es ist uns vielleicht gelungen, unsere Naturerkenntnis ein wenig zu erweitern, die Erkenntnisgrenze um ein kleines Stückchen weiter ins geheimnisvoll Unbekannte vorzurücken. Und das ist ein Resultat, das die Arbeit an der Erkenntnis zu einer beglückenden macht, zu einer sehr beglückenden sogar, trotz aller Zweifel, trotz aller Entmutigungen, trotz aller Schwierigkeiten, von denen alle Forscherarbeit begleitet ist. In diesem zweifelnden und doch tiefbeglückten Ringen um die Formung eines neuen Stückes der Welt, und sei es noch so klein, berührt sich die wissenschaftliche Arbeit auf das innigste mit der des Künstlers, und wenn es scheinbar auch eine andere Art der Erkenntnis ist, nach der der Künstler, nach der der Dichter strebt, so gibt es doch nur eine einzige Erkenntnis, denn es gibt nur eine einzige Welt, und in der leben wir alle, und es ist die gleiche Luft, die wir alle atmen.«

Er macht eine kleine Pause und fährt dann fort:

»Meine Damen und Herren, ich habe den Vergleich mit der Dichtung nicht herangezogen, um in die Gefilde der Ästhetik abzuschweifen, sondern weil hier ein Problem liegt, das jeden angeht, zumindest jeden, der die Augen vor den Zuständen dieser Welt nicht verschließen will, jeden, der die Furchtbarkeit dieses Zustandes zu erkennen vermag. Es mehren sich nämlich die Stimmen, welche rufen: wozu die überklügelten und weltfernen Erkenntnisse der Wissenschaft? ist die Erkenntnis, die dem Leben dient, nicht ganz anderer Art? War der antike Mensch, für den die Erde noch eine flache Scheibe war, nicht ebenso glücklich wie der heutige, ja, vielleicht sogar noch glücklicher als er? Lebte für ihn nicht Aeschylos? war nicht Homer sein Sänger? Was nützte es dem Glück des Menschen, daß die Erde zum Globus sich rundete? Was nützte es ihm, daß sich die Sonne nicht mehr um die Erde bewegen durfte, und daß diese ihren Platz im kopernikanischen System angewiesen erhielt? Wozu also aller Fortschritt der Wissenschaft und der Erkenntnis! Wären wir nicht wesentlich glücklicher, wenn es niemals Wissenschaftler gegeben hätte, niemals Physiker und Chemiker, aus deren Wirken das Schießpulver, das Dynamit, die Giftgase entstanden sind? Kehren wir also zurück – so rufen diese Stimmen –, verlassen wir eine Welt abstrakter, blutleerer Spekulationen, und kehren wir zurück in die bessere Welt des schlicht Sichtbaren und des gesunden Menschenverstands, kehren wir zurück zur Erde und, wenn es sein muß, sogar zur flachen Erdscheibe, kehren wir zurück zur heimatlichen Scholle, wie wir sie kennen und lieben, schauen wir nicht mehr über sie hinaus, denn aus dieser Erde selbst erwächst uns die wahre Erkenntnis, sie ist unseres Lebens einzige Erkenntnisquelle, in ihr wurzelt die Dichtung und die dichterische Erkenntnis, und sie soll uns genügen, weil alles, was darüber hinausgeht, uns heimatlos macht. Ist doch die Wissenschaft nicht Frucht des Bauernlandes, sondern der heimatlosen Städte. Und so glauben die Stimmen, die also rufen, den Geist verneinen zu dürfen, damit die heimatgebundene Seele und die Seele der Landschaft seinen Platz einnehme, und sie glauben das Recht zu haben, die reine Erkenntnis des Verstandes zu verdammen und das Geheimnis des Mythos an seine Stelle zu setzen.«

Kleine Pause (die Aufnahme wird etwas größer).

»Nun, meine Damen und Herren, wir wollen es zugeben: die Wissenschaft ist nicht erdgebunden, und wenn wir unsern Vergleich nochmals aufgreifen wollen, so ist die Wissenschaft die Dichtung der Heimatlosen. Jede Sprache besitzt ihre natürlichen Geheimnisse, die unübersetzbar für jede andere bleiben, die Sprache der Wissenschaft dagegen hat den Ehrgeiz, keinerlei Geheimnis zu haben, an keinerlei Volk, an keinerlei Land gebunden zu sein, sie hat den Ehrgeiz, von jedem, der Menschenantlitz trägt und guten Willens ist, restlos verstanden zu werden. Wehe einer Wissenschaft, die man national machen will, denn die Abgeschlossenheit und die Geheimnisse, die man in sie hineinträgt, sind nicht mehr die natürlichen Geheimnisse der Volkssprachen, sondern die künstlichen der Rüstungsindustrie, mit denen ein Volk das andere vernichten will. Sie wird zur Halbwissenschaft der Halb- und Viertelgebildeten. Wahrlich, niemandem wird es beifallen, die Geheimnisse des Blutes, des Volkstums, der Heimat und der Sprache zu leugnen, wer aber die Erkenntnis bekämpft, weil sie diese Geheimnisse nicht besitzt, und wer diese Geheimnisse künstlich der Erkenntnis aufpfropfen will, der verrät, daß er die Absicht hat, die Erkenntnis zu mißbrauchen: er ist der Soldat, der den Archimedes erschlug, und der dann doch die Erkenntnis des Archimedes für Kriegszwecke verwendete.

Kleine Pause (Großaufnahme).

»Denn, meine Damen und Herren, das Geheimnis der Erkenntnis ist größer als das Geheimnis der irdischen Geburt. Ihre Heimatlosigkeit ist groß, aber sie ist so groß wie die Heimat Gottes, in dem alle Erkenntnis ist, und sie ist so groß wie die göttliche Forderung an den Menschen, unentwegt weiter der Erkenntnis zu dienen. Wer diese vergißt, hat die Demut vergessen, er hat vergessen, daß der Mensch vor Gott ewig heimatlos bleibt und erst im Geist seine natürliche Heimat wiederfinden kann. Wer aber die Demut vergessen hat, der ist böse, und er hat auch die Liebe vergessen, und dem gelingt es, jedes Gottesgeschenk in ein Werkzeug des Teufels und des grausamsten Todes zu verwandeln. Das ist der Mißbrauch der Erkenntnis, von dem ich soeben sprach. Doch wer der göttlichen Aufforderung Folge leistet und sich in den Dienst der Erkenntnis stellt, der hat auch die Pflicht übernommen, sie gegen den teuflischen Mißbrauch zu schützen und dafür zu sorgen, daß die Erkenntnis das bleibe, was sie in ihrem innersten Wesenskern ist, nämlich stetig zunehmende Humanität! Die Erkenntnis dient dem Leben und nicht der Kriegsindustrie, sie dient der Völkerversöhnung und der Liebe, und wenn sie auch zu hassen vermag, so ist es nicht Haß, sondern gerechter Abscheu und Zorn gegen alles, was sich der Humanität und der Freiheit entgegenstellt. Denn in dem Reich des Ideals, das die Heimat und die göttliche Heimatlosigkeit der Erkenntnis ist, herrscht die Humanität, es ist das Reich des Ideals, das Plato und Kant vorgeschwebt hat, und für dieses Reich gilt der Ausspruch Hegels: ›Nichts Großes in der Welt könnte geschehen ohne die große Leidenschaft der Idealisten‹, denn alle Leidenschaft des Forschens und des Erkennens drängt dahin, jeder Erkenntnisschritt, der die Natur erschließt, sei er ein mathematischer oder sonst einer, und sei er noch so klein, zielt in diese ersehnte Sphäre des Humanen.

Nicht zu viel, nein zu wenig Erkenntnis ist noch in der Welt, nicht zu viel Wissenschaft, nein, zu wenig, nicht zu viel Verstand, sondern noch viel zu wenig, nicht zu viel Humanität, sondern noch viel zu wenig. Daß aber, allen Gegenströmungen zutrotz, die Leidenschaft für das humane Ideal weiter wachse, darauf, meine Damen und Herren, möchte ich mit Ihrer Erlaubnis mein Glas erheben, ebenso zum Wohle der großen wissenschaftlichen und humanen Institution, deren Gäste wir heute sind!«

In dem nun einsetzenden und sich steigernden Beifall der versammelten Gesellschaft intoniert die Musik auf der Estrade wieder den Schluß der IX. Symphonie, und diese Musik tönt auch, leiser geworden, die beiden nächsten Bilder hindurch:

Auf der neuen Besitzung Kapperbrunns. Kapperbrunn vor seinem Hause rodet mit seinen Arbeitern, unter denen man Ali bemerkt, den neuen Garten aus. Auf der Veranda des Hauses zeigt sich eine hübsche kleine Malaienfrau; sie eilt Kapperbrunn entgegen, und sie umarmen sich stürmisch.

Kapperbrunn: »Ob ich ein Stück mathematische Wildnis rode oder ein Stück Urwald ausputze... das ist doch eigentlich egal... so oder so, die Grenze wird ein Stückchen ins Unbekannte vorgeschoben... ist es nicht so, Aissa?«

Aissa, verständnislos und zärtlich: »Ja, Kapirun.«

Kapperbrunn tätschelt ihr zärtlich die Wange: »Du verstehst das nicht? aber das tut nichts... Dir bin ich wenigstens nicht zu dick.«

Auf der Plattform der Mount-Wilson-Sternwarte. In lichter Abenddämmerung stehen Ilse und Hieck neben den Instrumenten. Sie haben die Arme umeinander gelegt und lächeln.

Hieck: »Das Unbekannte hinter aller Erkenntnis... das große X, das wir suchen... ich meine beinahe... es ist die Liebe...«

Die Beethovenmusik erschweigt.

Arbeitszimmer Weitprechts im Fellerockinstitut. Weitprecht ist in die Arbeit vertieft. Dann klingelt er. Ein Diener tritt ein.

Weitprecht, ohne aufzuschauen: »Hören Sie, Herr Krispin, sagen Sie Doktor Kapperbrunn, daß mir schon eingefallen ist, was ich ihm sagen wollte... ja, und dann bitten Sie auch Doktor Hieck...«

Der fremde Diener: »Wie bitte, Herr Professor?«

Weitprecht schaut auf, erschrickt: »Ach ja... ich habe mich

geirrt... ich habe vergessen... ja, ich habe vergessen, daß ich allein bin...«

Der fremde Diener entfernt sich leise.

Weitprecht mit seinem fernen Lächeln: »...allerdings... aber das macht nichts...« er steckt die Nase wieder in die Papiere und arbeitet weiter.

Tycho Brahes Observatorium. Tycho Brahe: »Allein...«

Dante in Florenz auf der Brücke. Dante: »Allein...«

Beethoven am Nußdorferbach. Beethoven: »Allein...«

Und damit setzt nochmals die Beethovenmusik ein und untermalt die folgenden Bilder; es sind die Bilder der »Welt«, die Bilder des »Lebens«, die rasch hintereinander und in kurzen Überschneidungen abrollen:

Prof. Ringdürr am Katheder, larmoyant: »Das eigentliche Leben in seiner Kühnheit und Frische, es ist bei uns...«

Akademie der Wissenschaften. Der Präsident: »Und hiermit erscheint unser berühmter Kollege, Professor Doktor Heinrich Weitprecht, zum Ehrenmitglied der Akademie gewählt.« Allgemeines zustimmendes Gegacker und Händeklatschen.

Börsensaal. Die Beethovenmusik bekommt Jazz-Rhythmus, u.z. an der Stelle »Seid umschlungen, Millionen«, die von einem unsichtbaren Chor gesungen wird, dessen Töne sich in das aufgeregte Börsentreiben mischen.

Tanzlokal. Der unsichtbare Chor entpuppt sich als Chor der Tänzer: »Seid umschlungen, Millionen, diesen Kuß der ganzen Welt.«

Landtag. Der Kriegsminister in ordengeschmückter Uniform auf der Rednertribüne: »Die Rüstungskredite sind somit vom hohen Landtag in vollem Umfang bewilligt.« Allgemeines zustimmendes Geknurr.

Die Beethoven-Musik verliert wieder ihren Jazz-Charakter und geht leise weiter.

Büro des Unterrichtsministers. Der Minister am Schreibtisch, vor ihm sein Sekretär. Der Minister: »Also ernennen wir den Weitprecht zum Geheimrat... das kostet uns schließlich nichts.« Er unterschreibt das Dekret.

Vor dem Schaufenster einer Spielwarenhandlung. Mechanische Soldatenpuppen schießen. Die Kinder vor dem Schaufenster jubeln: »Es lebt, es lebt.«

Krispin zu Hause bei Weib und Kind: »Und da sind so hundert bis zweihundert Menschenfresser, vielleicht waren es mehr, auf mich zugeschlichen ...«

Die Kloberhütte, einsam im Schnee.

Malaienkinder am tropischen Strand.

Der vereinsamte Landungssteg. Die vertäute Barkasse an einer Boje wird sanft von den Wellen gewiegt.

Das stille Eingeborenendorf.

Und nun immer leiser werdend, verklingt die Beethovenmusik, während die *Bilder der heimatlichen Stadt* rasch vorbeifliegen, ihre Gesamtansicht, in frühwinterlich entlaubter Landschaft, *die Sternwarte, die Universität* und endlich in beginnender Abenddämmerung *die stillen Gassen der Altstadt,* in der die ersten Lichter aufflammen.

Und schließlich die *Gaststube des Gasthauses Zum Globus.* Der Stammtisch ist vollzählig versammelt. Natürlich ist auch Mauser selbst dabei.

Krispin erzählt: »Also, Ihr habt natürlich noch keine Sonnenfinsternis gesehen, und wenn Ihr eine gesehen habt, so wird sie danach gewesen sein ... wir aber, wir haben eine Sonnenfinsternis gehabt, das war eine Sonnenfinsternis, das war wie die pechschwarze finsterste Nacht selber ... nun, und gerade wie es am finstersten war, da sehe ich die Wilden heranschleichen, lauter Menschenfresser, vielleicht tausend, vielleicht zweitausend, das kann man nicht so genau abschätzen, ich habe bloß die Tausende von Augen in der Dunkelheit funkeln gesehen ... und so sind sie herangerückt von den Bergen, mit ihren Messern, mit ihren Lanzen und Keulen, mit ihren Gewehren und Kanonen ... ganz leise sind sie herangeschlichen und auf meine Baracke zu ... na, was hätte ich machen sollen ... mein Brotmesser habe ich gezogen ... dieses hier ... das habe ich gezogen ... und wie der erste von den Kerlen bei mir war, da habe ich ihn angesprungen ... die nächsten habe ich auch so erledigt, ein paar habe ich mit der bloßen Hand erwürgt ... na, und damit war die Sache glatt gemacht ...«

Während er spricht, sieht man den *Lagerplatz in der Sonnenfinsternis,* und die Dinge spielen sich genau so ab, wie Krispin sie soeben schildert! Aber es bleibt dunkel, es wird sogar noch dunkler, die Vorgänge tauchen in der Dunkelheit völlig unter, und man sieht schließlich in der Finsternis nur mehr die Tausende und Abertausende Funkelaugen der Wilden, ein zunehmendes Glitzern in der schwarzen Finsternis, und auf einmal ist es einfach der *Sternenhimmel,* dessen Bild wieder da ist.

Und während die Sterne aufs neue zu kreisen beginnen und alles wieder wie am Anfang ist, setzt nun auch wieder die Bachfuge ein, freilich um sofort wieder abzubrechen, denn inmitten des Sterngewimmels überlebensgroß erscheint wieder

Mauser als der *kosmische Spießer* und fragt: »Jetzt möchte ich aber doch endlich wissen, wozu die ganze Mathematik da ist.«

Da löst sich ein Sternchen aus dem Gewimmel, wird ein wenig größer, bekommt Engelsflügel und fliegt auf das Ohr des kosmischen Spießers zu, in das es mit der Stimme Ilses hineinflüstert: »Für dein Seelenheil, für dein Seelenheil...«

Der kosmische Spießer, verdutzt, verdattert: »Ah, so was...!«

Dann verschwindet seine Gestalt, die Musik setzt wieder ein. Der *Sternenhimmel* kreist, die Milchstraße ist sichtbar, die Kometen schweifen, und unter den vollen Klängen der Bachfuge ist es der

Schluß des Films.

Hermann Brochs Kommentare

Roman des intellektuellen Menschen, d. h. jenes Menschen, dessen Leben – »intellektuell« im radikalsten Sinn verstanden – rein auf Erkenntnis abgestellt ist.

Gewiß deutet auch ein so abgegriffenes Modeschlagwort, wie das von der Anti-Intellektualität der Zeit auf einen wirklich vorhandenen Sachverhalt: eine ganze Reihe intellektueller Werte, nicht zuletzt die künstlerischen, haben die dominierende Stellung, die sie in der bürgerlichen Vorkriegszeit innehatten, eingebüßt und wurden durch andere Spitzenwerte ersetzt. Aber, wie jedes Schlagwort, gehört auch dieses zum Rüstzeug des Ungeistes, dieses sogar mehr als jedes andere, denn es gestattet, den Kampf gegen alles Geistige zu führen. Solcherart wird oftmals, und oftmals geflissentlich, übersehen, daß die Spitzenwerte der neuen Zeit – möge man sie nun im Politischen, im Ökonomischen, im Technischen oder sonstwo erkennen – nach wie vor vom Geiste aus bestimmt werden, und noch geflissentlicher wird übersehen, daß das Streben nach Erkenntnis keineswegs eine Spezialität des ästhetisierten bürgerlichen Zeitalters war, sondern unverlierbar allem Humanen eingeboren ist und bleibt, auch dann noch, wenn es, wie jetzt, von einer übergroßen Masse anderer Interessen überdeckt erscheint.

Das erste Problem, das sich daher dieser Roman zu stellen hatte, war also die Frage nach den Vorbedingungen, unter welchen ein außerbürgerlicher – hier ein halbproletarischer – Mensch zur Einschlagung eines rein intellektuellen erkenntnismäßigen Lebens gebracht wird. Es wurde also eine Familiensituation konstruiert, welche den aus ihr herausgehenden Kindern die verschiedensten Lebenskonkretisierungen der milieubedingten Grundanlage gestattet. Das intellektuelle Leben des Richard Hieck ist demnach, von hier aus gesehen, bloß eine Spielart unter diesen verschiedenen Möglichkeiten, und wenn der Roman breiter ausgeführt worden wäre, so hätte er neben dem Leben des Protagonisten auch die Lebensläufe seiner Geschwister berücksichtigen müssen, um auf diese Weise zu einer Art Querschnitt durch die Zeit zu gelangen.

Der Roman eines intellektuellen, in diesem Fall eines wissenschaftlichen Menschen, besteht nicht darin, daß man das Material des von ihm bearbeiteten gelehrten Wissensgebietes vor dem Leser ausbreitet. Was Anspruch erhebt, Dichtung genannt zu werden, hat mit den einfachsten Grundtrieben der Seele zu tun, mit Geburt und Tod, mit Liebe und Natur und sozialer Verbundenheit, mit den Ursymbolen ihrer Ausdrucksformen, nicht aber mit wissenschaftlichem Material: der Roman des Mathematikers Richard Hieck hat sich sohin mit der Mathematik so weit zu beschäftigen, als sie zum Kristallisationspunkt jener seelischen Urkräfte geworden ist, m. a. W. soweit sie in der Mechanik seelischen Geschehens selber Symbolwert besitzt und der Erkenntnisvorgang der Mathematik als Exponent der tieferen Seelendynamik dient.

Jedes reine Erkenntnisstreben zielt letzten Endes auf eine platonische Weltanschauung, also auf eine, in welcher die empirische Welt völlig vom erkennenden Ich bewältigt und aufgelöst wird. In Zeiten religiöser Hochblüte wird dieses Streben zum sozialen Phänomen, in ihnen besteht durch das Vorhandensein einer verbindlichen Kosmogonie eine Weltbewältigung weitestgehender Allgemeingültigkeit. Dagegen isolieren Zeiten religiösen Tiefstandes den Erkennenden, sie stellen ihn vor die Aufgabe, mit der Weltbewältigung allein fertig zu werden, sie haben die Gemeinschaft aufgehoben und das Religiöse in die mystische Einsamkeit der Seele verwiesen.

Erkenntnis, intellektuelle Erkenntnis, ist in erster Linie rational und wissenschaftlich. Dem Intellektuellen des Mittelalters stand die Rationalität der Theologie zur Verfügung, in deren übergeordneter Organisation sich auch alle Einzelwissenschaften einordneten. Der vom Rationalen nicht zu bewältigende Erkenntnisrest aber befriedigte sich in der allgemein verbindlichen Grundatmosphäre des Glaubens, der nicht nur die soziale Wirksamkeit der Erkenntnis gewährleistete und den Intellektuellen der sozialen Gemeinschaft verband, sondern ihm auch eben deswegen es ermöglichte, sein persönliches Geschick mit seinem Erkenntnisstreben in Einklang zu bringen.

Mit der Aufhebung des theologischen Gesamtorganons wird der intellektuelle, erkenntnissuchende Mensch auf die Einzelwissenschaften verwiesen, die mit zunehmender Wissenschaftlichkeit und Mathematisierung immer weniger Möglichkeiten für den vom Rationalen nicht zu bewältigenden Erkenntnisrest übriglassen: die Mathematik ist der Typus des rein auf sich selbst gestellten, tautologischen Wissensgebietes.

Hieraus ergibt sich das zweite Hauptproblem des Romans, zusammenfallend mit dem eigentlichen Lebensproblem des Protagonisten Richard Hieck: in welcher Weise kann ein der Wissenschaft hingegebener Mensch zu jener Gesamterkenntnis gelangen, zu der er seiner Grundanlage gemäß – sonst wäre er ja eben auch nicht zur Einzelwissenschaft gelangt – hinstrebt und hinstreben muß? m. a. W. wie kann er, von seiner Einzelwissenschaft kommend, zur Lösung des rational unbewältigbaren Erkenntnisrestes (manifestiert in den großen Fragen des Todes, der Liebe, des Nebenmenschen) gelangen? gibt es hiefür einen Weg?

Es ist klar, daß die Lösung von der eigentlichen Wesensgrundlage des Menschen her erfolgen muß. Hier ist es selbstverständlich jene, die das Erkenntnisstreben und die mathematische Leidenschaft des Kindes geweckt hat. Richard Hieck macht erst den vergeblichen Versuch, die Lösung vom mathematischen Gebiet aus zu finden, hoffend, daß die fluktuierenden Grenzen der Wissenschaft, d. h. hier die mathematischen Probleme der Unendlichkeit zugleich auch die Probleme des unendlichen Lebens seien. Aber vor dem Liebeserlebnis wird es ihm deutlich, daß dieser Weg unbeschreitbar ist, und wahrscheinlich hätte er den richtigen überhaupt nicht gefunden, wenn seine seelische Situation nicht durch den Tod des jüngeren Bruders eine entsprechende Änderung erfahren hätte. Vor dem Leichnam des Bruders wird ihm die ursprüngliche Erkenntnisquelle seines Seins sichtbar, und er erfaßt, daß die rationale und wissenschaftliche Erkenntnis bloß einen Teil einer größeren und zugleich einfältigeren Erkenntnis darstellt, einer wahrhaft mystischen Erkenntnis, die beweislos und doch evident ist, weil sie Leben und Tod, Rationales und Irrationales umschließt.

Was hier im kleinen Maßstab in der Seele des Mathematikers Richard Hieck vor sich geht, unterliegt den nämlichen Strebungen, die im allgemeinsten Sinn das Wesen jeglicher Mystik ausmachen. Die Aufhebung der mittelalterlichen Scholastik geschah zum großen Teil durch mystische Strebungen, durch eine Rückverweisung auf die Einsamkeit des Ichs, durch ein Suchen einer neuen mystischen Gemeinschaft im Wege des persönlichen »ketzerischen« Gotteserlebnisses, Strebungen, die besonders dem deutschen mystischen Denken eigentümlich waren und in der Reformation ihren Gipfelpunkt fanden. Und wenn damals die Reformation als Geist der neuen Zeit aus unendlich vielen bedeutenden und unbedeutenden geistigen Ansätzen, die schließlich zum gemeinsamen Strom zusammenmündeten, entstanden ist, so kann der werdende Geist der heutigen Zeit auch nur wieder aus dem Erkenntnissstreben hervorgehen, aus der Auseinandersetzung, die jeder Intellektuelle – intellektuell in diesem besten Sinne – mit seinen letzten Erkenntniszielen durchzuführen hat. Richard Hieck ist solcherart auch nichts anderes als einer der kleinen Kärrner, die an der Gestaltung der Zukunft mitarbeiten. Denn die Zukunft ist immer eine Funktion des Geistes und der Erkenntnis.

Das Original des Kommentars befindet sich in der Yale University Library (= YUL) und liegt in zwei verschiedenen Typoskripten vor (3 Seiten und 2 Seiten), die inhaltlich nicht voneinander abweichen. Es entstand im November 1933. Erstdruck in: Hermann Broch, *Die Unbekannte Größe und Frühe Schriften. Mit den Briefen an Willa Muir* (Zürich: Rhein-Verlag, 1961), S. 168-171. Der Kommentar ist dort allerdings unter der nicht ganz korrekten Überschrift »Grundzüge des Romans ›Die Unkannte Größe‹« publiziert.

Vorbemerkung zum Filmskript *Das Unbekannte X*

Der Roman *Die Unbekannte Größe* hat einen jungen Mathematiker zum Helden, der in seiner Wissenschaft eine Art modernes Mönchsideal sieht und von dem Vorsatz erfüllt ist, sein Leben ausschließlich der »reinen Erkenntnis« zu weihen. Der Roman zeigt, daß es neben dieser auch eine »Erkenntnis des Gefühls« gibt, unerfaßbar für den Verstand, dennoch gleichberechtigt, und daß erst in der Verbindung beider das wahre Wissen um das Leben erreicht wird.

Dieses Problem wurde von dem vorliegenden Film übernommen.

Aber das wissenschaftliche Milieu dieses Geschehens ergab noch ein zweites und – im filmischen Sinn – sogar größeres und gewichtigeres Problem:

Um ein wissenschaftliches Leben filmisch, also visuell zu zeigen, ist es zwar nötig, die Bilder seines Berufsmilieus – hier von Hörsälen, Laboratorien, Sternwarteeinrichtungen – zu bringen, aber mit der Aufrichtung solcher Kulissen – mögen sie auch um die Story von einem keuschen Josef, dem jedes Physikexperiment wichtiger als die Liebe wäre, gestellt sein – ist noch nichts geleistet. Denn keinerlei innerer Grund könnte erfordern, daß sich zwei Leute gerade in einem Hörsaal küssen oder nicht küssen (dieser Vorgang erfordert erfahrungsgemäß weder im Leben noch auf der Leinwand irgend eines besondern Milieus), es sind auch die Hörsäle keineswegs für diesen Zweck gebaut, vielmehr dienen sie wie alle anderen Einrichtungen des wissenschaftlichen Milieus konkreten Zwecken der Erkenntnis, und diese Zwecke allein sind es, die das wissenschaftliche Leben beeinflussen, bilden, bestimmen und erfüllen. M. e. W.: wenn ein derartiges Leben gezeigt werden soll, dann muß mit dem Wissenschaftsmilieu auch dessen konkreter Zweck sichtbar werden, dann muß der betreffende Wissenschaftszweig selber in den dramatischen Inhalt des Films einbezogen sein.

Der Film hat Ähnliches für andere Gebiete menschlicher Tätigkeit schon erfolgreich zustande gebracht. Es sei an das Gebiet der Maschinentechnik erinnert und an die Virtuosität, mit der deren sachliche Inhalte in die Dramatik mancher Filme verflochten wurde. Es ist eine »milieubedingte Dramatik«, eine

»sachgebundene Dramatik«, die sich solcherart für den Film als eigentümlich erweist, eine Dramatik, die mit der des Theaters (das nahezu »milieufreies« seelisches Grundgeschehen gibt und daher bekanntlich auch ohne Kulissen, ja, sogar ohne besonderes Kostüm gespielt werden kann) nicht mehr viel zu tun hat, sondern weit mehr der Dramatik des Epischen, des Romans und der Romanbiographie angenähert ist.

Es geht sohin um die film-dramatische Darstellung erkenntnismäßiger und wissenschaftlicher Inhalte (besonders wenn sie zu Lebensinhalten werden).

Die Idee wissenschaftlicher Filme ist freilich nicht neu, sie ist beinahe so alt wie das Kino selber. Die Erfahrungen des Theaters und der Volksbildungsbestrebungen besagten stets, *daß das Publikum für eine Befassung mit ernsten Problemen dankbar ist,* daß es in dieser Beziehung nicht unterschätzt werden darf, und es lag daher nahe, den Film in den Dienst dieses *Lern- und Wissens*triebes zu stellen. An der Wiege des Kinos stand bereits die Aufgabe: *in einer kurzen Kinostunde visuell und leichtfaßlich den Erkenntnishorizont des Menschen zu erweitern.*

Die erste Realisation dieser Aufgabe bildeten die *einfachen Lehrfilme.* Sie haben die in sie gesetzten Erwartungen enttäuscht. Abgesehen von Volksbildungsstätten, führen sie ein bescheidenes Dasein im Vorprogramm der Kinotheater.

Der Grund zu diesem Versagen liegt in der *mangelnden Dramatik* des eigentlichen Lehrfilms. Der Film ist zwar, wie gesagt, teilweise dem Theater entrückt, kann aber als szenisches Gebilde seiner eigenen Dramatik niemals entraten – ihr verdankt er seine spezifische Bildauslese, die dramatisch gegliederte und bewegte, straffe Bildabfolge –, und wenn dieses dramatische Moment auf der Leinwand fehlt, so gerät der normale und gesunde Zuschauer unweigerlich in jenes Unbehagen, das er Langeweile nennt. Die dramatische Bildauslese kann offenbar nicht durch die pädagogisch-didaktische des Lehrfilms ersetzt werden. Und auch andere pädagogische Maßnahmen, wie die weiterer Popularisierung der vorzutragenden Wissensmaterie, können daran nichts ändern, höchstens die Langeweile erhöhen. Es handelt sich um die film-adäquate Form: *was film-adäquat ist, das ist auch publikums-adäquat:* wird diese Voraussetzung eingehalten, so können dem Publikum, *seinem*

Wunsche gemäß, ohne weiteres *ernste und angeblich schwierige Themen* geboten werden.

Die Filmproduktion hat diesem Umstand bereits praktisch Rechnung getragen; sie suchte und sucht nach dramatischer Belebung der Wissensmaterien. Im geographisch-zoologischen Naturfilm haben diese Bestrebungen auch ihre Früchte getragen. U. z. konnte dies hier am ehesten gelingen, weil das geographische Landschaftsbild an und für sich Staffage und Kulisse ist, eine im wahren Wortsinn »natürliche Szene«, auf der das Leben sich abspielt, so daß es hier ein leichtes war, in die geographische Wissensmaterie eine ziemlich beliebige story, meist unter Anlehnung an den Abenteuererfilm, einzubauen und so die dramatische Bewegung zu erzielen. Unter steter Zustimmung des Publikums ist solcherart ein eigenes Produktionsgenre entstanden.

Das Problem des wissenschaftlichen Films erfährt also auf dem geographischen Gebiet nur eine Halblösung, freilich eine, die dank den besonderen Verhältnissen dieses Gebietes *lebensfähig* geworden ist. Nichtsdestoweniger zeigen sich auch hier schon *Ansätze zu einer Totallösung,* d. h. einer solchen, bei der die Wissenschaftsmaterie nicht mehr bloße Staffage der dramatischen Handlung bildet, sondern *mit dieser zur dramatischen Einheit verschmilzt,* wie es eben eine »sachgebundene Dramatik« erfordert: wenn in einem Expeditionsfilm – mag er nun von einer wirklichen oder einer nur gestellten Forschungsreise handeln – die Karte Afrikas auf der Leinwand erscheint und ein Pfeil das Vorrücken der Expedition im Lande anzeigt, einmal rascher, einmal langsamer, und nun gar wenn der Pfeil an einer unüberbrückbaren Stromschnelle stecken bleibt und erst nach Überwindung der Schwierigkeiten sich wieder in Bewegung setzt, in diesen höchst dramatischen Augenblicken tritt im Kinosaal etwas ein, das man mit Fug als *»wissenschaftliche Spannung«*, als »echte Erkenntnisspannung« bezeichnen dürfte, und sie wird um so größer – dies ließe sich bei einer ganzen Reihe derartiger Filme nachweisen –, je enger die Filmbilder selber das von dem Pfeil angedeutete Vorrückungstempo illustrieren.

Nun, *solche Momente »wissenschaftlicher Spannung« gibt es überall im Reiche der Erkenntnis.* Sie sind das Symptom für die in ihm waltende und für die Erkenntnis spezifizierte »sachgebundene Dramatik«. Jedes physikalische Experiment, jede medizinische Operation, jede archäologische oder prähistorische Ausgrabung, ja, sogar schon jede Aufstellung einer wissenschaftlichen Theorie oder Hypothese, kurzum alle in der Wirklichkeit eingreifenden Erkenntnisakte enthalten Situationen stärkster dramatischer Spannung. Denn Spannung, Erwartung, Bangigkeit werden von jedem entscheidenden Geschehen erzeugt. *Diese außerordentlich dramatischen Elemente des erkenntnismäßigen Lebens und Schaffens* sind bisher *noch kaum dargestellt* worden, (zum Teil wohl auch aus »mangelnder Sachkenntnis«), selten im Roman, noch viel weniger am Theater, aber sie bilden *spezifisch filmische Motive* und sie stellen *für den Film ein bisher nahezu unbebautes Neuland dar.*

Zu diesem Punkt führt die ganze praktische Entwicklung des wissenschaftlichen Films, und sie läßt sich in der Aufgabe zur *filmischen Gestaltung* einer Wissensmaterie zusammenfassen, nämlich zu der Aufgabe,

1. die handlungslose Detailmenge des simplen Lehrfilms zu überwinden, den ausschließlich pädagogischen Vortrag durch einen dramatisch gegliederten zu ersetzen, der straff bloß das *Wesentliche* einer Wissensmaterie bringt,
2. hiebei jedoch das Dramatische nicht in eine materiefremde Handlung zu verlegen, für die – wie eben noch bei vielen geographischen Filmen – die eigentliche Wissensmaterie bloßer Rahmen, bloße Staffage bleibt, sondern
3. die dramatischen Motive, die der Erkenntnis und vornehmlich der wissenschaftlichen Erkenntnis innewohnen, radikal in den Vordergrund zu rücken und in dieser unbedingten Ausnützung der »sachgebundenen Dramatik« *die Wissensmaterie selber zum Träger der Filmhandlung zu erheben.*

Der vorliegende Film ist ein Versuch zur Realisation dieser Prinzipien. U. z. wird in diesem Versuch die Relativitätstheorie als wissenschaftlicher Filminhalt gewählt, einerseits weil sie des Interesses weiter Laienkreise sicher sein kann, andererseits, weil der zu Grunde gelegte Roman *Die Unbekannte Größe* im mathematisch-physikalischen Milieu, auf der Sternwarte und im Physiklaboratorium spielt. Doch über das mit der Relativitätstheorie aufgegebene, an sich schon große Wissenschaftsthema hinaus, sei dieser Film paradigmatisch gewertet: *er kann und soll zum Ausgangspunkt einer ganzen Serie wissenschaftlicher Filme werden.*

Ein spezielles Thema dieses Filmes ist, zu zeigen, wie auf dem muffigen Boden einer kleinen, von Absurditäten spezifischer Prägung erfüllten Universitätsstadt eine weltbewegende große wissenschaftliche Tat erstehen kann.

Hiebei konnte die Erfahrung berücksichtigt werden, daß das Publikum bei modernen Filmen eine heitere Grundstimmung bevorzugt. Sie ergibt sich hier aus dem Gegensatz zwischen der kleinbürgerlichen Ausgangssituation und der Größe des Menschen, der über sie hinauswächst, sie hinter sich läßt und sich dabei dessen gar nicht bewußt ist.

Da aber ein lebender Zeitgenosse nicht in historischer Treue im Film gezeigt werden kann und außerdem der zwanzigjährige Werdegang der Relativitätstheorie keine filmische Handlung ergeben hätte, wurde hier eine besondere Form gewählt, sozusagen die eines »*durchsichtigen Märchens*«. Es werden weder Einstein selber noch die Relativitätstheorie etc. ausdrücklich mit Namen genannt, es ist alles in die Romanverhältnisse der *Unbekannten Größe* eingebaut, aber so dargestellt, daß die »dichterische Wirklichkeit« auch tatsächlich *stimmt* und auf ihrer Ebene ein zwar zusammengedrängtes, aber prinzipiell *richtiges Abbild* der realen Vorgänge gebe, m. a. W. daß jeder Zuschauer sofort wisse, *wer und was gemeint ist.*

Der Grundsatz, die für den Film und für das Verständnis nötigen Abbreviaturen innerhalb einer heiteren Märchenhaftigkeit zu gewinnen, wurde natürlich auch für den Expeditionsteil in Anwendung gebracht. Die historischen Expeditionen fanden statt: 1919 Sotral (Brasilien) und Principe (afrik. Südwestküste), 1922 Cordillo Dowes und Wallot (Australien), 1929 Nord-Sumatra, 1930 Java. Und es wurden nicht nur zwei, sondern eine ganze Reihe Sterne am Rande der verdunkelten Sonnenscheibe sukzessive konstatiert. – Was aber die zu zeigenden Experimente anlangt, die selbstverständlich wissenschaftlich fundiert sein müssen, so erlaubt die Relativitätstheorie ihrer eigenartigen Struktur gemäß auch besonders *eigenartige und instruktive filmische Verdeutlichungen.* Solche sind in dieser Vor-Skizze nur stellenweise angemerkt worden (z. B. im Bild des begrenzten Sternraumes). Es wäre Aufgabe einer fachphysikalischen Durcharbeitung des Films, derartige fachlich-didaktische Passagen auszubauen und weitere einzuschalten.

Das Original des Kommentars findet sich in YUL. Unter dem Titel »Vorbemerkung« liegt es in einem vierseitigen Typoskript vor, das im April 1935 entstanden ist.

Anmerkungen des Herausgebers

Textkritische Hinweise

Es wird ein Überblick vermittelt über die Textversionen, ihre Entstehungs- und Erscheinungsdaten, ihre Publikationsorte bzw. Aufbewahrungsstellen in Archiven.

1. *Die Unbekannte Größe*

Erste Fassung

Entstanden im Juli und August 1933. 150seitiges, titelloses Typoskript mit zahlreichen maschinenschriftlichen und handschriftlichen Korrekturen, Yale University Library (YUL). Es enthält auf der ersten Seite zweimal den Stempelabdruck »VOSS« und diente als Druckvorlage für die Publikation in der *Vossischen Zeitung*. Inhaltlich weicht es von den späteren Fassungen nicht wesentlich ab. Die Gliederung nach fünf Teilen, die jeweils Unterabschnitte enthalten, liegt schon hier vor. Der erste und zweite Teil enthält je sechs, der dritte und vierte Teil je fünf Abschnitte, der fünfte Teil ist nicht weiter untergliedert. Die Teile waren ursprünglich mit römischen, die Unterabschnitte mit in Klammern gesetzten arabischen Ziffern gekennzeichnet. Der Lektor der *Vossischen Zeitung* benannte die Hauptkapitel in »Teile« um. Damit die Lektüre der Fortsetzungen erleichtert werde, numerierte er die Unterabschnitte fortlaufend von 1 bis 23. (Während Broch in der Korrespondenz und in den Selbstkommentaren bei dem Adjektiv »unbekannt« die Großschreibung benutzt, ist es im Titel bei der Publikation in der *Vossischen Zeitung* kleingeschrieben.)

Erstdruck in:

- *Vossische Zeitung*, 17. September bis 6. Oktober 1933, »Literarische Umschau« Nr. 38 und »Unterhaltungsblatt« Nr. 258-276.

Zweite Fassung

Entstanden Anfang bis Mitte September 1933. Überarbeitete und erweiterte Version der ersten Fassung. Broch wollte die erste Fassung vor Beginn des Abdrucks in der *Vossischen Zeitung* zurückziehen, doch erschienen die ersten Fortsetzungen nach dem Typoskript der Urfassung bereits, als die neue Version bei der Zeitungsredaktion eintraf. Die zweite Fassung wurde nicht gedruckt, ihr Typoskript ist verlorengegangen.

Dritte Fassung
Entstanden Ende September/Anfang Oktober 1933. Überarbeitete und erweiterte Version der zweiten Fassung. 172seitiges Typoskript mit zahlreichen handschriftlichen Korrekturen (YUL). Der Titel lautet »Die Unbekannte Größe«. Gegenüber der ersten Fassung weisen die Teile drei und vier je sechs statt je fünf Abschnitte auf. Im dritten Teil ist der Abschnitt 15 der ersten Fassung aufgeteilt und erweitert zu den Abschnitten 3 und 4, im vierten Teil ist der Abschnitt 19 der ersten Fassung aufgeteilt und erweitert in die Abschnitte 2 und 3. Gegenüber der ersten Fassung weist fast jeder Abschnitt zahlreiche stilistische Änderungen, kurze Erweiterungen und geringfügige Umstellungen auf. Größere zusätzliche Passagen fallen auf in III, 5 (Besuch in der Sternwarte), in IV, 3 (Familienszene bei Hiecks) und in IV, 6 (Richards Reflexionen nach Ottos Tod). Erstmals steht am Ende des vierten Teils (S. 165) das Gedicht »Nachtgewitter«, das in der Schlußfassung wieder gestrichen wurde. (Vgl. das Gedicht im Band 8 dieser Ausgabe: *Gedichte*.) Diese dritte Fassung schickte Broch Anfang Oktober 1933 als Druckvorlage an den S. Fischer Verlag. Bereits Ende des gleichen Monats erhielt er den Umbruch zur Korrektur. Dieser Umbruch liegt in zwei identischen Exemplaren in YUL vor (228 Seiten). In dem ersten Exemplar nahm Broch nur relativ wenige hand- und maschinenschriftliche Änderungen vor; es ist also weitgehend identisch mit der Typoskript-Vorlage. Jene wenigen Änderungen und Zusätze, die dieses Umbruchexemplar enthält, gehören bereits der vierten Fassung an und sind in diese übernommen worden. Bei der vierten Version handelt es sich um das zweite Umbruchexemplar, das zahlreiche stilistische Änderungen und textliche Ergänzungen aufweist.

Vierte Fassung
Entstanden Ende Oktober/Anfang November 1933. 228seitiges Umbruchexemplar mit dem Titel »Die Unbekannte Größe«, YUL. Gegenüber der dritten Fassung weist fast jeder Abschnitt zahlreiche stilistische Änderungen, kurze Erweiterungen und geringfügige Umstellungen auf. Erneut um eine

größere Passage erweitert ist III, 5 (Besuch in der Sternwarte). Das sich am Ende des vierten Teils (S. 219/220) befindliche Gedicht »Nachtgewitter« ist wieder gestrichen. Dieses Umbruchexemplar gab die Vorlage ab für den

Erstdruck:
- Hermann Broch, *Die Unbekannte Größe. Roman* (Berlin: S. Fischer, 1933).

Ferner in:
- Hermann Broch, *Die Unbekannte Größe und Frühe Schriften. Mit den Briefen an Willa Muir* (Zürich: Rhein-Verlag, 1961), S. 39-167.
- dieser Ausgabe.

2. *Das Unbekannte X*

Erste Fassung

Entstanden im März und April 1935. 78seitiges (faktisch jedoch 79seitiges, da die Seite 53 eine Einschubseite 53 A enthält), einzeilig beschriebenes Typoskript mit dem Titel »Das Unbekannte X. Der Film einer physikalischen Theorie (Unter Anlehnung an Hermann Brochs Roman ›Die Unbekannte Größe‹)«, YUL. Es handelt sich um ein Filmskript in vier Teilen mit nur geringfügigen handschriftlichen Änderungen und Zusätzen. Gab die Vorlage ab für den

Erstdruck in:
- dieser Ausgabe.

Entstehungschronologie

1933 Seit Mitte Juli arbeitet Broch an der ersten, noch titellosen Fassung des Romans. Im gleichen Monat nimmt er Kontakt auf zu Peter Suhrkamp, Lektor des S. Fischer Verlags. Mit ihm und Gottfried Bermann-Fischer vereinbart er, das Manuskript des angefangenen kurzen Romans im August abzuliefern. Es ist für die »Fischerbücherei« vorgesehen und soll daher den Umfang von 150 Typoskriptseiten nicht überschreiten. Ende Juli ist bereits die erste Hälfte der ersten Fassung fertig, und im August liefert er wie vereinbart das Manuskript ab. Die erste Fassung wird von Broch als »Rohschrift« bezeichnet. Als Titel erwägt Broch »Der Mathematiker«. Vorübergehend trägt er sich mit dem Gedanken, die kleine Arbeit zu einem größeren Roman auszudehnen, in dem der Intellektuelle seiner Zeit porträtiert werden soll. Anfang September interessiert sich die *Vossische Zeitung* in Berlin für den Vorabdruck des Romans. Broch ist mit dem Plan einverstanden und überarbeitet dazu die erste Fassung. Die Zeitung erhält die zweite Version jedoch zu spät und druckt nach der vorliegenden ersten Fassung. Für den Zeitungs-Vorabdruck in Fortsetzungen erwägt Broch die Titel »Der Mathematiker Richard Hieck«, »Die Gleichung«, »Unsichtbare Seele«, »Gehrender Funke«, »Rationale und Irrationale Erkenntnis« und »Gläsernes Gefängnis«. Die *Vossische Zeitung* schlägt den Titel »Die unbekannte Größe« vor, der von Broch akzeptiert wird. Von Sonntag, dem 17. September 1933 bis Freitag, dem 6. Oktober 1933 erscheint die erste Fassung des Romans in zwanzig Folgen in der *Vossischen Zeitung*. Ende September und Anfang Oktober überarbeitet Broch die zweite Fassung und schickt in der zweiten Oktoberwoche das Typoskript der dritten Fassung an den S. Fischer Verlag. Bereits am Ende des gleichen Monats erhält er den Umbruch und arbeitet diesen bis Anfang November zur vierten und letzten Fassung um. Anfang November verfaßt Broch auch den Kommentar »Grundzüge zum Roman ›Die Unbekannte

Größe‹«. Ende des gleichen Monats erscheint der Roman bei S. Fischer in Berlin.

1935 Seit März interessiert sich die Wiener Vertretung der amerikanischen Filmgesellschaft Paramount für ein nach dem Roman *Die Unbekannte Größe* gearbeitetes Filmskript von Broch. Er entwirft zunächst eine Synopsis, die verlorengegangen ist. Im April verfaßt er das Filmskript *Das Unbekannte X* und die dazugehörige kommentarmäßige »Vorbemerkung«. Im Juli erhält Broch den Bescheid von der Filmgesellschaft, daß sein Skript zur Verfilmung nicht angenommen worden ist.

Verzeichnis der Übersetzungen

Englisch:
- *The Unknown Quantity,* übersetzt von Willa und Edwin Muir, (London: Collins, 1935) und (New York: Viking Press, 1935).

Italienisch:
- *Incognita,* übersetzt von Aurélio Ciacchi, (Milano: Lerici, 1962).

Französisch:
- *La grandeur inconnue,* übersetzt von Albert Kohn, (Paris: Gallimard, 1968).

Auswahlbibliographie zur Sekundärliteratur

Brion, Marcel. »Entre la connaissance et la vie. *La grandeur inconnue* d'Hermann Broch«, in: *Le Monde* (29. 6. 1968).

Busch, Günther. »Ein Frühwerk Brochs«, in: *Zeitwende – Die neue Furche,* 33. Jg., Nr. 5 (Mai 1962), S. 344-345.

Franzen, Erich. »Broch: Die Unbekannte Größe«, in: *Berliner* Börsen-Courier (30. 11. 1933).

Hanson, W. P. »Hermann Broch's *Unknown Quantity*«, in: *New German Studies,* Nr. 2 (1974), S. 157-170.

Vietta, Egon. »Hermann Broch«, in: *Neue Rundschau,* Jg. 45, Nr. 5 (Mai 1934), S. 575-585.

Watt, Roderick H. »Hermann Broch's *Die Unbekannte Größe:* The central symbol of »Sterne im Wasser«, in: *Modern Language Notes,* Jg. 89, Nr. 5 (1974), S. 840-848.

Ziolkowski, Theodore. »Hermann Broch and Relativity in Fiction«, in: *Wisconsin Studies in Contemporary Literature,* Jg. 8, Nr. 3 (1967), S. 365-376. Ferner unter dem Titel »Hermann Broch und die Relativität im Roman« in: Durzak, Manfred (Hrsg.). *Hermann Broch. Perspektiven der Forschung* (München: Fink, 1972), S. 315-327.

Editorische Notiz

»Kommentierte Ausgabe« bedeutet im Rahmen dieser Edition ein Doppeltes: Zum einen werden bei der Ausgabe der dichterischen Werke Brochs die essayistischen Selbstkommentare des Autors mitabgedruckt, und zum anderen werden die einzelnen Bände mit erklärenden Anmerkungen des Herausgebers versehen. Diese Anmerkungen umfassen bei der Edition der Dichtungen entstehungschronologische, textkritische und bibliographische Hinweise, bei den Essays und Briefen zusätzlich einen Fußnotenapparat. Grundlage der Edition bilden die von Broch selbst veröffentlichten Texte; einbezogen werden ferner die posthum erschienenen Publikationen und alle unveröffentlichten Texte, sofern es sich nicht um Vorfassungen oder nur skizzenhafte Entwürfe handelt. Auf letztere wird jeweils in den »Anmerkungen des Herausgebers« des betreffenden Bandes hingewiesen. Offensichtliche Schreib- und Kommafehler werden stillschweigend korrigiert, doch wird, was die Zeichensetzung im allgemeinen anbetrifft, grundsätzlich der Brochsche Usus als Richtschnur anerkannt. Eingriffe in den Text – etwa im Fall einer Wortauslassung oder bei Unleserlichkeit – werden als solche mit Einfügungen in eckigen Klammern gekennzeichnet.

Brochs Roman *Die Unbekannte Größe* existierte in vier Fassungen, wovon drei erhalten geblieben sind. Lediglich die letzte, von ihm selbst für den Druck bestimmte Version wird hier publiziert. Erstmals erschienen ist sie 1933. Das in Anlehnung an den Roman geschriebene Filmskript *Das Unbekannte X* von 1935 wird hier zum ersten Mal veröffentlicht.

Philosophie
in den suhrkamp taschenbüchern

Adorno, Theodor W.: Erziehung zur Mündigkeit. Vorträge und Gespräche mit Hellmut Becker 1959-1969. Herausgegeben von Gerd Kadelbach. st 11

Alain: Die Pflicht, glücklich zu sein. Aus dem Französischen übertragen und mit einem Nachwort versehen von Albrecht Fabri. st 859

Arendt, Hannah: Die verborgene Tradition. Acht Essays. Den Essay »Der Zionismus aus heutiger Sicht« übersetzte Friedrich Griese ins Deutsche. st 303

Bloch, Ernst: Freiheit und Ordnung. Abriß der Sozialutopien. st 1264

Broch, Hermann: Philosophische Schriften. 2 Bde. st 375

Cioran, E. M.: Gevierteilt. Aus dem Französischen von Bernd Mattheus. st 1838

Dürckheim, Karlfried Graf: Erlebnis und Wandlung. Grundfragen der Selbstfindung. st 1945

Gadamer, Hans-Georg / Jürgen Habermas: Das Erbe Hegels. Zwei Reden aus Anlaß der Verleihung des Hegel-Preises 1979 der Stadt Stuttgart an Hans-Georg Gadamer am 13. Juni 1979. st 596

Gulyga, Arsenij: Immanuel Kant. Aus dem Russischen übertragen und mit einem Nachwort versehen von Sigrun Bielfeldt. st 1093

Horstmann, Ulrich: Das Untier. Konturen einer Philosophie der Menschenflucht. st 1172

Jonas, Hans: Dem bösen Ende näher. Gespräche über das Verhältnis der Menschen zur Natur. Erstausgabe. st 2197

– Der Gottesbegriff nach Auschwitz. Eine jüdische Stimme. st 1516

– Macht oder Ohnmacht der Subjektivität. Das Leib-Seele-Problem im Vorfeld des Prinzips Verantwortung. st 1513

– Materie, Geist und Schöpfung. Kosmologischer Befund und kosmogonische Vermutung. st 1580

– Philosophische Untersuchungen und metaphysische Vermutungen. st 2279

– Das Prinzip Verantwortung. Versuch einer Ethik für die technologische Zivilisation. st 1085

– Technik, Medizin und Ethik. Zur Praxis des Prinzips Verantwortung. st 1514

Koestler, Arthur: Die Wurzeln des Zufalls. Einzig berechtigte Übertragung aus dem Englischen von Irmgard Schoppmeier, unter Mitwirkung von Hans-Joachim Grünzig. st 181

Lem, Stanisław: Das Katastrophenprinzip. Die kreative Zerstörung im Weltall. Aus Lems Bibliothek des 21. Jahrhunderts. Aus dem Polnischen von Friedrich Griese. PhB 125. st 999

257/1/7.93

Philosophie
in den suhrkamp taschenbüchern

Lenk, Hans: Kritik der kleinen Vernunft. Einführung in die jokologische Philosophie. st 1771

Russell, Bertrand: Eroberung des Glücks. Neue Wege zu einer besseren Lebensgestaltung. Autorisierte Übersetzung von Magda Kahn. st 389

Sloterdijk, Peter: Der Zauberbaum. Die Entstehung der Psychoanalyse im Jahr 1785. Ein epischer Versuch zur Philosophie der Psychologie. st 1445

Sternberger, Dolf: Über den Tod. st 719

Weischedel, Wilhelm: Skeptische Ethik. st 635

257/2/7.93

suhrkamp taschenbücher
Eine Auswahl

Adorno: Erziehung zur Mündigkeit. st 11
Aitmatow: Dshamilja. st 1579
Alain: Die Pflicht, glücklich zu sein. st 859
Allende: Eva Luna. st 1897
– Das Geisterhaus. st 1676
– Die Geschichten der Eva Luna. st 2193
– Von Liebe und Schatten. st 1735
The Best of H.C. Artmann. st 275
Augustin: Der amerikanische Traum. st 1840
Bachmann: Malina. st 641
Bahlow: Deutsches Namenlexikon. st 65
Ball: Hermann Hesse. st 385
Barnes: Nachtgewächs. st 2195
Barnet: Ein Kubaner in New York. st 1978
Barthes: Fragmente einer Sprache der Liebe. st 1586
Becker, Jürgen: Gedichte. st 690
Becker, Jurek: Bronsteins Kinder. st 1517
– Jakob der Lügner. st 774
Beckett: Endspiel. st 171
– Malone stirbt. st 407
– Molloy. st 229
– Warten auf Godot. st 1
– Watt. st 46
Beig: Hochzeitslose. st 1163
– Rabenkrächzen. Eine Chronik aus Oberschwaben. st 911
Benjamin: Angelus Novus. st 1512
– Illuminationen. st 345
Berkéwicz: Adam. st 1664
Berkéwicz: Josef stirbt. st 1125
– Maria, Maria. st 1809
Bernhard: Alte Meister. st 1553
– Auslöschung. Ein Zerfall. st 1563
– Beton. st 1488
– Claus Peymann kauft sich eine Hose und geht mit mir essen. st 2222
– Gesammelte Gedichte. st 2262
– Holzfällen. st 1523
– Stücke 1-4. st 1524, 1534, 1544, 1554
– Der Untergeher. st 1497
– Verstörung. st 1480
Blackwood: Der Tanz in den Tod. st 848
Blatter: Das blaue Haus. st 2141
– Wassermann. st 1597
Brasch: Der schöne 27. September. st 903
Braun, Volker: Gedichte. st 499
– Hinze-Kunze-Roman. st 1538
Brecht: Dreigroschenroman. st 1846
– Gedichte über die Liebe. st 1001
– Geschichten vom Herrn Keuner. st 16
– Hauspostille. st 2152
Bertolt Brechts Dreigroschenbuch. st 87
Broch: Die Verzauberung. st 350
– Die Schuldlosen. st 209
Buch: Die Hochzeit von Port-au-Prince. st 1260
– Tropische Früchte. st 2231
Burger: Der Schuß auf die Kanzel. st 1823
Cabrera Infante: Drei traurige Tiger. st 1714

265/1/11.93

265/2/11.93

suhrkamp taschenbücher
Eine Auswahl

Handke: Der Chinese des Schmerzes. st 1339
– Der Hausierer. st 1959
– Kindergeschichte. st 1071
– Langsame Heimkehr. Tetralogie. st 1069-1072
– Die linkshändige Frau. st 560
– Die Stunde der wahren Empfindung. st 452
– Versuch über den geglückten Tag. st 2282
– Versuch über die Jukebox. st 2208
– Versuch über die Müdigkeit. st 2146
– Wunschloses Unglück. st 146
Hesse: Gesammelte Werke. 12 Bde. st 1600
– Demian. st 206
– Das Glasperlenspiel. st 79
– Klein und Wagner. st 116
– Klingsors letzter Sommer. st 1195
– Knulp. st 1571
– Die Morgenlandfahrt. st 750
– Narziß und Goldmund. st 274
– Die Nürnberger Reise. st 227
– Peter Camenzind. st 161
– Schön ist die Jugend. st 1380
– Siddhartha. st 182
– Der Steppenwolf. st 175
– Unterm Rad. st 52
– Der vierte Lebenslauf Josef Knechts. st 1261
Hettche: Ludwig muß sterben. st 1949
Hildesheimer: Marbot. st 1009
– Mitteilungen an Max über den Stand der Dinge. st 1276
– Tynset. st 1968
Hohl: Die Notizen. st 1000
Horváth: Gesammelte Werke. 15 Bde. st 1051-1065
– Jugend ohne Gott. st 1063
Hrabal: Ich habe den englischen König bedient. st 1754
– Das Städtchen am Wasser. st 1613-1615
– Tanzstunden für Erwachsene und Fortgeschrittene. st 2264
Hürlimann: Die Tessinerin. st 985
Inoue: Die Eiswand. st 551
– Der Stierkampf. st 944
Johnson: Das dritte Buch über Achim. st 169
– Mutmassungen über Jakob. st 147
– Eine Reise nach Klagenfurt. st 235
Jonas: Das Prinzip Verantwortung. st 1085
Joyce: Anna Livia Plurabelle. st 751
Kaminski: Flimmergeschichten. st 2164
– Kiebitz. st 1807
– Nächstes Jahr in Jerusalem. st 1519
Kaschnitz: Liebesgeschichten. st 1292
Kiefer: Über Räume und Völker. st 1805
Kirchhoff: Infanta. st 1872
– Mexikanische Novelle. st 1367
Koch: See-Leben. st 783
Koeppen: Gesammelte Werke in 6 Bänden. st 1774
– Jakob Littners Aufzeichnungen aus einem Erdloch. st 2267

265/3/11.93

265/4/11.93

suhrkamp taschenbücher
Eine Auswahl

Museum der modernen Poesie. st 476
Neruda: Liebesbriefe an Albertina Rosa. st 829
Nizon: Im Bauch des Wals. st 1900
Nooteboom: In den niederländischen Bergen. st 2253
– Mokusei! Eine Liebesgeschichte. st 2209
O'Brien: Der dritte Polizist. st 1810
Onetti: So traurig wie sie. st 1601
Oz: Bericht zur Lage des Staates Israel. st 2192
– Black Box. st 1898
– Eine Frau erkennen. st 2206
– Der perfekte Frieden. st 1747
Paz: Essays. 2 Bde. st 1036
– Gedichte. st 1832
Penzoldt: Idolino. st 1961
Percy: Der Idiot des Südens. st 1531
Plenzdorf: Legende vom Glück ohne Ende. st 722
– Die neuen Leiden des jungen W. st 300
Poniatowska: Stark ist das Schweigen. st 1438
Praetorius: Reisebuch für den Menschenfeind. st 2203
Proust: Auf der Suche nach der verlorenen Zeit. 10 Bde. st
Puig: Der Kuß der Spinnenfrau. st 869
– Der schönste Tango der Welt. st 474
Ribeiro: Brasilien, Brasilien. st 1835
Rochefort: Zum Glück gehts dem Sommer entgegen. st 523
Rodoreda: Auf der Plaça del Diamant. st 977
Rothmann: Stier. st 2255
Rubinstein: Nichts zu verlieren und dennoch Angst. st 2230
Russell: Eroberung des Glücks. st 389
Sanzara: Das verlorene Kind. st 910
Semprún: Die große Reise. st 744
– Was für ein schöner Sonntag. st 972
Sloterdijk: Der Zauberbaum. st 1445
Späth: Stilles Gelände am See. st 2289
Sternberger: Drei Wurzeln der Politik. st 1032
Strugatzki / Strugatzki: Die häßlichen Schwäne. st 1275
– Eine Milliarde Jahre vor dem Weltuntergang. st 1338
Tendrjakow: Die Abrechnung. st 965
Unseld: Der Autor und sein Verleger. st 1204
– Begegnungen mit Hermann Hesse. st 218
Vargas Llosa: Der Geschichtenerzähler. st 1982
– Der Hauptmann und sein Frauenbataillon. st 959
– Der Krieg am Ende der Welt. st 1343
– Lob der Stiefmutter. st 2200
– Tante Julia und der Kunstschreiber. st 1520

265/5/11.93

265/6/11.93